TASCABILI BOMPIANI 1456

TOM HANKS
TIPI NON COMUNI

Traduzione di Alessandro Mari

I GRANDI TASCABILI
BOMPIANI

Titolo originale:
UNCOMMON TYPE

First published in 2017 by Alfred A. Knopf

ISBN 978-88-301-0560-7

www.giunti.it
www.bompiani.it

Via Bolognese 165 – 50139 Firenze – Italia
Via G.B. Pirelli 30 – 20124 Milano – Italia

Prima edizione italiana a marchio Bompiani: novembre 2017
Prima edizione Tascabili Bompiani: marzo 2021

INDICE

Tre settimane estenuanti 9

Vigilia di Natale 1953 39

In tour nella Città delle Luci 63

OGGI IN CITTÀ DI HANK FISET
Una voce in redazione 85

Benvenuto su Marte 91

Un mese in Greene Street 111

Alan Bean più quattro 139

OGGI IN CITTÀ DI HANK FISET
A spasso per la Grande Mela 151

Chi è chi? 157

Un weekend speciale 179

Le meditazioni del mio cuore 211

OGGI IN CITTÀ DI HANK FISET
Dopo un tuffo nel passato 227

Per noi il passato è importante 233

Restate con noi 267

Chiedi a Costas 327

OGGI IN CITTÀ DI HANK FISET
Nostra sorella Esperanza 359

Steve Wong è perfetto 365

Ringraziamenti 383

A Rita e tutti i ragazzi.
Per merito di Nora.

TRE SETTIMANE ESTENUANTI

GIORNO 1

Secondo Anna il posto dove poter trovare il regalo adatto a MDash era uno e uno soltanto: l'Emporio dell'Antiquariato. Non si trattava di una vera e propria miniera di tesori antichi, ma di un mercatino dell'usato permanente dentro il vecchio cinema Lux. Prima che l'industria dell'intrattenimento di HBO, Netflix e altri 107 fra produttori e distributori lo facessero fallire, io me ne stavo seduto per ore in quello splendido cinema a guardare film. Adesso ci sono file e file di scaffalature stracariche di oggetti d'antiquariato o di ciò che passa per tale. Io e Anna le abbiamo setacciate da cima a fondo.

MDash stava per diventare un cittadino degli Stati Uniti d'America, un grande avvenimento sia per lui che per noi. I nonni di Steve Wong erano stati naturalizzati durante gli anni quaranta. Mio padre era fuggito dall'Europa dell'Est negli anni settanta per sottrarsi a quegli infimi criminali dei comunisti, e molto prima gli avi di Anna avevano attraversato l'Atlantico del Nord a forza di remi per saccheggiare il saccheggiabile del Nuovo Mondo: stando alla leggenda di famiglia, avevano scoperto l'isola di Martha's Vineyard.

Mohammed Dayax-Abdo sarebbe presto diventato americano quanto la torta di mele (ricetta Abdo, però), dunque eravamo alla ricerca di un articolo vintage, un gadget patriottico che racchiudesse l'eredità storica e lo spirito della sua nuova patria. A mio parere il vecchio carretto rosso Radio Flyer sul secondo scaffale era perfetto. "Quando avrà dei figli americani, lo passerà a loro," dissi.

Ma Anna non si sarebbe mai accontentata della prima cosa, così siamo andati avanti a cercare. Io comprai una bandiera americana con quarantotto stelle degli anni quaranta: quella bandiera avrebbe ricordato a MDash che la sua nazione adottiva era un progetto in perenne costruzione – e i cittadini meritevoli avrebbero sempre trovato posto nelle sue fertili praterie, così come c'era posto per altre stelle in quella campitura blu sopra le strisce rosse e bianche. Anna approvò e continuò a rovistare, ben decisa a mettere le mani su un regalo assai più speciale. Voleva qualcosa di unico, niente di meno. Dopo tre ore ammise che il carretto Radio Flyer non era una cattiva idea.

Mentre uscivamo dal parcheggio a bordo del mio furgoncino VW cominciò a piovere. Per tornare a casa ci volle un po' perché i tergicristalli sono talmente vecchi che l'acqua resta sul parabrezza. Il temporale andò avanti fino a sera e, anziché tornare a casa sua, Anna rimase da me: accese lo stereo e mise su le vecchie compilation fatte da mia madre (avevo convertito le cassette in CD); decantò i suoi gusti eclettici nel flusso ininterrotto dai Pretenders ai The O'Jays, fino ai Taj Mahal.

Quando arrivò il turno di "Real Wild Child" di Iggy Pop chiese: "Non hai niente degli ultimi vent'anni?"

Preparai dei burrito con straccetti di maiale. Lei bevve vino. Io birra. Fu lei ad accendere il fuoco nella stufa Franklin, e disse che si sentiva come una pioniera nelle praterie. Ci accomodammo sul divano che fuori rabbuiava, le uniche luci venivano dalla stufa e dall'impianto stereo, le spie del volume andavano dal verde all'arancione e, in qualche caso, al rosso. Il chiarore dei fulmini si allontanava insieme al temporale.

"Sai una cosa?" disse lei. "È domenica."

"Certo che lo so," risposi. "Io vivo il presente."

"È una delle cose che ammiro di te. Sei intelligente. Premuroso. Rilassato al limite dell'indolenza."

"Sei passata dai complimenti agli insulti."

"Sostituisci *indolenza* con *languore*," disse lei sorseggiando il vino. "Il punto è che mi piaci."

"Anche tu." Chissà dove ci avrebbe portato la conversazione. "Stai flirtando?"

"No," disse Anna. "Ti sto facendo una proposta. Flirtare è come pescare. A volte qualcosa abbocca, a volte no. Fare una proposta è il primo passo per chiudere un accordo."

Dovete sapere che io e Anna ci conoscevamo dalle superiori (la St. Anthony Country Day, forza Crusaders!). Non ci eravamo mai frequentati in quel senso, ma eravamo usciti con la stessa compagnia e ci piacevamo. Dopo qualche anno di college, e altri trascorsi a prendermi cura di mamma, io avevo ottenuto una licenza da agente immobiliare e con quella mi ero mantenuto. Un giorno lei si era presentata nel mio ufficio perché cercava uno spazio da affittare per il suo studio di graphic design, e io ero l'unico agente immobiliare di cui si fidasse: ero stato con una sua amica e quando ci eravamo lasciati non mi ero comportato da stronzo.

Anna non aveva perso il suo fascino. Aveva ancora un corpo snello e guizzante da triatleta, cosa che infatti era stata. Quel giorno le avevo mostrato alcune proprietà, ma nessuna l'aveva convinta, per ragioni che non mi erano chiare. Invece mi era chiarissimo quanto fosse ancora motivata, determinata e irreggimentata, proprio come alle superiori. Non le sfuggiva il minimo dettaglio, non c'era sasso che non rovesciasse, ispezionasse, notasse o fosse pronta a sostituire in caso di necessità. L'Anna adulta era estenuante, non era più il mio tipo: lo era stata l'Anna ragazza.

Eppure eravamo diventati grandi amici, più intimi che da giovani. Io sono quel genere di uomo solitario dal culo pesante che può passare una giornata senza mai avere la sensazione di aver sprecato un secondo. Nei fatti, dopo aver venduto la casa di mia madre e aver parcheggiato i soldi in alcuni investimenti, ho abbandonato subito la mia cosiddetta carriera immobiliare per adagiarmi nella Miglior Vita Immaginabile. Datemi un paio di lavatrici da fare e una partita di hockey sul canale della NHL e sono a posto per tutto il pomeriggio. Nel tempo che spendo a cincischiare coi bianchi e i colorati, Anna costruirebbe pareti di cartongesso in mansarda, compilerebbe la dichiarazione dei redditi, si preparerebbe la pasta fresca e aprirebbe un sito internet dove scambiare vestiti. Lei dorme a intervalli brevi da mezzanotte all'alba e ha l'energia per tirare dritto una giornata intera. Io dormo il più possibile, tipo cadavere, e tutti i giorni alle 14.30 schiaccio un pisolino.

"Sto per baciarti." Anna fece ciò che aveva annunciato.

Non l'avevamo mai fatto – tutt'altra cosa rispetto ai bacetti sulle guance e agli abbracci frettolosi. Quella sera lei mi stava rivelando una versione inedita di sé e io mi irrigidii, confuso.

"Ehi, rilassati," sussurrò, cingendomi il collo con le braccia. Aveva un buonissimo odore e sapeva di vino. "È Sabbath. Il giorno del riposo. Stai sicuro che non ti metto al *lavoro*."

Ci baciammo di nuovo e finalmente, padrone di me, ricambiai con convinzione. L'abbracciai e la tirai a me. L'uno addosso all'altra, ci lasciammo andare. Ci esplorammo il collo prima di tornare alle bocche. Era quasi un anno che non baciavo una donna in quel modo, ossia da quando la mia Cattivissima Ex, Mona, mi aveva scaricato rubandomi addirittura dei contanti dal portafogli (Mona aveva qualche problema ma sapeva baciare divinamente).

"Bravo ragazzo," sospirò Anna.

"Shabbat Shalom," sospirai io. "Avremmo dovuto farlo anni fa."

"Penso che dovremmo passare un po' di tempo insieme, nudi," sussurrò lei. "Togliti i vestiti."

Ubbidii. E quando lei si tolse i suoi fui spacciato.

GIORNO 2

Per colazione, il lunedì, mi preparai pancake di grano saraceno e chorizo, un'abbondante tazza di frutti di bosco, e caffè *percolato*. Anna optò per una tisana che era in dispensa da chissà quanto e una piccola tazza di noci che frantumò con la mannaia; per completare la sua colazione nutriente radunò otto mirtilli contandoli ad alta voce. Non dovrei dirlo, perché sembrerà una stravaganza da nudisti, ma nessuno dei due aveva i vestiti addosso: il fatto è che ci eravamo trascinati giù dal letto senza inibizioni.

Mentre si rivestiva per andare al lavoro, Anna mi comunicò che avrebbe iscritto entrambi a un corso di sub.

"Davvero?" chiesi.

"Sì. Prenderemo il brevetto," disse. "E ti serve qualcosa per allenarti. Scarpe da corsa, una tuta. Vai da Foot Locker al centro commerciale, l'Arden Mall. Poi passa da me in ufficio per pranzo. Porta il carretto e la bandiera per MDash che li incartiamo."

"Va bene," dissi.

"Stasera invece ceniamo da me, guarderemo un documentario e rifaremo nel mio letto quello che abbiamo fatto stanotte nel tuo."

"Va bene," ripetei.

Alla fine fu Anna a portarmi da Foot Locker, dove mi costrinse a provare cinque paia di scarpe (ci trovammo d'accordo su un modello da cross-training) e quattro completi sportivi (Nike). Dopodiché comprammo le libagioni per la festa che stava organizzando a MDash. A suo dire, casa mia era l'unico posto adatto a una baldoria del genere.

Intorno a mezzogiorno MDash si trovava insieme agli altri milleseicento riuniti nel palazzetto dello sport per diventare cittadini americani, la mano destra alzata per giurare alleanza all'America: cittadini novelli pronti a preservare, proteggere e difendere la Costituzione che, da quel momento, gli apparteneva tanto quanto apparteneva al presidente degli Stati Uniti. Io, Steve Wong e Anna eravamo sulle gradinate a testimoniare la naturalizzazione di quella marea di immigrati, incarnazioni della natura umana in sfumature diverse di pelle. Fu uno spettacolo glorioso che emozionò tutt'e tre. Anna più di tutti. Pianse premendo la faccia contro il mio petto.

"È... così... bello," singhiozzò. "Dio... lo amo... questo paese."

I colleghi di MDash che potevano concedersi qualche ora di permesso da Home Depot arrivarono a casa mia armati di bandiere americane da quattro soldi comprate con lo sconto dipendenti. Steve Wong piazzò la macchina del karaoke per far cantare a MDash una sfilza di canzoni con la parola "America" nel testo. "American Woman". "American Girl". Anche "Spirit of America" dei Beach Boys: gliela facemmo cantare anche se raccontava di un'auto. Il carretto Radio Flyer si dimostrò utilissimo come cestello del ghiaccio, e in sei ci piantammo la bandiera a quarantotto stelle, quasi fossimo i marine dello sbarco a Iwo Jima: MDash era la nostra avanguardia.

La festa si protrasse fino a tardi, ma alla fine restammo solo noi quattro. Mentre la luna sorgeva, ascoltammo la bandiera – la Vecchia Gloria – che schioccava e frusciava sull'asta. Avevo appena stappato un'altra birra, presa da quelle a mollo nel carretto, quando Anna me la tolse di mano.

"Vacci piano, ragazzo," disse. "Non appena quei due se ne vanno, avrai bisogno di tutte le tue capacità."

Un'ora dopo Steve Wong e MDash se ne andarono: il nuovo cittadino americano stava intonando "A Horse with No Name" (degli America). Quando l'auto di Steve uscì dal vialetto, Anna mi prese per mano e mi portò nel giardino sul retro. Sistemò i cuscini sull'erba morbida e ci sdraiammo lì, ci baciammo e poi, be', diedi prova delle mie capacità.

GIORNO 4

Anna va a correre ogni volta che riesce a far stare una manciata di miglia in quaranta minuti. Un'abitudine che cercò subito di imporre anche a me. Mi guidò lungo uno dei suoi circuiti, un sentiero che si avvitava fino alla cima del belvedere e tornava giù, e ben sapendo che non avrei mai potuto reggere il suo ritmo, accelerò dicendomi di trovare il mio. Mi avrebbe recuperato mentre scendeva.

Per quanto mi riguarda, potrei fare tranquillamente a meno dell'attività fisica. Ho una vecchia bicicletta a tre marce e di tanto in tanto ci vado da Starbucks, e mi piace il frisbee golf (giocavo in un campionato). Quella mattina invece eccomi là a sbuffare come una locomotiva su per il sentiero sterrato mentre Anna era già così lontana che ormai non la vedevo più, e i piedi mi facevano sempre più male, chiusi in quel nuovo paio di cross-trainer (promemoria personale: prendere mezzo numero in più). Il sangue mi circolava in corpo con furia insolita, spalle e collo erano tutti contratti mentre la testa iniziava a martellare. Anna venne giù dal belvedere a rotta di collo battendo le mani.

"Bravo ragazzo," urlò superandomi. "Non male come primo giorno!"

Invertii la marcia e cercai di starle dietro. "Ho le cosce in fiamme!"

"Si stanno ribellando," rispose lei da sopra la spalla. "Col tempo si sottometteranno!"

Mentre facevo la doccia, Anna riorganizzò la mia cucina. Secondo lei tenevo pentole e coperchi negli stipetti sbagliati, e perché il cassetto delle posate era così lontano dalla lavastoviglie? Non avevo una risposta. "Lasciamo perdere. Altrimenti facciamo tardi alla prima lezione di immersione."

La scuola sub puzzava di mute bagnate e cloro. Compilammo un modulo e ci consegnarono i manuali da studiare e l'orario delle lezioni, insieme a un prospetto con le possibili date per il conseguimento del brevetto in acque aperte. Anna scelse una domenica di quattro settimane dopo e fece riservare i posti sulla barca che ci avrebbe condotto alla località della prova.

Pranzammo al Viva Verde Salad Cafe: un'insalata fatta di sola insalata, e contorno d'insalata, dopodiché io avrei voluto tornare a casa per un pisolino. Anna però aveva bisogno d'aiuto per spostare delle cose a casa sua, una faccenda che stava rinviando da troppo tempo. Non era del tutto vero, era una mezza bugia. In realtà voleva che la aiutassi a mettere la nuova carta da parati in corridoio e nel suo studio, e questo significò spostare computer, stampante, scanner e tutta l'attrezzatura grafica, e insomma obbedire ai suoi ordini per l'intero pomeriggio.

Quella sera non tornai a casa. Cenammo da lei, lasagna vegetariana e contorno di verdure, davanti a Netflix, un film su una donna intelligente con un fidanzato cretino.

"Guarda lì," disse Anna. "Parla di noi!" Poi ridacchiò e m'infilò una mano nei pantaloni senza tante storie, baciandomi. O ero l'uomo più fortunato del mondo, o uno sciocco che si faceva prendere in giro. Quando Anna mi lasciò infilare una mano nei suoi pantaloni, non sapevo bene chi ero tra i due.

GIORNO 5

Anna doveva uscire per andare al lavoro. Aveva alle sue dipendenze quattro donne senza fronzoli e una stagista, una studentessa problematica di una scuola superiore. L'anno prima Anna era riuscita a chiudere un contratto con un editore di manuali scolastici: il suo studio doveva occuparsi della grafica, una collaborazione regolare ma noiosa come mettere la carta da parati. Le dissi che sarei tornato a casa mia.

"Perché?" chiese. "Oggi non hai niente da fare."

"Farò una corsetta," mentii d'impulso.

"Bravo ragazzo," mi disse.

Tornato a casa, mi allacciai davvero le scarpe da corsa e uscii per un giro del quartiere. Mr. Moore, il poliziotto in pensione con cui spartisco la staccionata sul retro, vedendomi correre mi strillò: "Che cazzo ti prende?"

"Una donna!" risposi io, ed era la verità, ma non solo: dirlo mi fece sentire bene. E quando, al pensiero di una donna, un uomo muore dalla voglia di raccontarle che ha corso quaranta minuti, be', quell'uomo si sta avventurando nel Territorio Fidanzata.

Sì. Avevo una fidanzata. Una fidanzata può cambiare un uomo dalle scarpe che indossa quando si allena al taglio di capelli (cosa di cui infatti Anna si occupò l'indomani alla presenza del mio barbiere): stava già accadendo. E intanto io, ingannato dall'adrenalina dei sentimenti, correvo più di quanto il mio corpo potesse sopportare.

Anna chiamò proprio mentre abbandonavo l'idea del pisolino perché i miei polpacci erano duri come lattine di birra. Mi disse di andare dal suo agopunturista; avrebbe chiamato lei per fissare una seduta immediata.

L'East Valley Wellness Oasis è un palazzo di negozi/uffici con parcheggio interrato. Alla guida del mio furgoncino VW senza servosterzo, girare e rigirare su quelle rampe in discesa mi costò un certo sforzo. E capirci qualcosa dei diversi ascensori mise a dura prova il mio cervello. Quando finalmente trovai l'interno 606-W, dovetti compilare cinque pagine di questionario, seduto accanto a una fontana la cui pompa elettrica faceva più rumore dell'elemento acquatico in sé.

È favorevole alla pratica della Visualizzazione? Certo, perché no? *È propenso alla Meditazione guidata?* Non vedo come potrebbe nuocermi. *Descriva le ragioni che l'hanno spinta a rivolgersi a noi. La preghiamo di essere specifico.* La mia fidanzata ha detto di portarvi le mie stanche, povere gambe, i miei muscoli ingarbugliati che bramano di essere sciolti.

Consegnai le risposte e attesi finché un ragazzo in camice bianco chiamò il mio nome e mi condusse in un ambulatorio. Mi spogliai restando in mutande mentre lui sfogliava le mie carte.

"Secondo Anna ha dolore alle gambe, è così?" chiese. Aveva lavorato sul corpo di Anna negli ultimi tre anni.

"Già," dissi. "I polpacci, e altri muscoli in rivolta."

"Stando al questionario," disse tamburellando sui fogli, "Anna è la sua fidanzata."

"Uno sviluppo recente," dissi.

"Buona fortuna. Si sdrai sulla pancia." Non appena infilò gli aghi, il mio corpo fu percorso da un formicolio e i polpacci iniziarono a contrarsi involontariamente. Nell'ambulatorio c'era un grosso stereo portatile e, prima di uscire, il ragazzo schiacciò *play* avviando la registrazione per la meditazione guidata. Sentii una voce di donna che ripeteva di liberare la mente e immaginare un fiume. Grossomodo ci provai per mezz'ora; avrei voluto dormire ma gli aghi pungevano.

Anna mi aspettava a casa mia. Aveva cucinato delle piantine fronzute e del riso di un colore terroso. Dopo cena mi massaggiò energicamente i polpacci fino a strapparmi una smorfia di dolore. Più tardi disse che non faceva l'amore cinque sere di fila dai tempi del college, ma che avrebbe fatto un tentativo.

GIORNO 6

Aveva impostato la sveglia del telefono sulle 5.45 perché aveva parecchio da fare, e volle che mi alzassi anch'io. Poi, dopo avermi concesso una sola tazza di caffè, mi convinse a indossare la tenuta da corsa.

"Mi fanno ancora male i polpacci," mi lamentai.

"Solo perché continui a ripetertelo," disse.

"Stamattina non voglio correre."

"Fattene una ragione." Mi tirò addosso i pantaloni della tuta.

La giornata era fredda e nebbiosa. "Perfetta per allenarsi all'aria aperta," disse lei. Per dodici minuti mi costrinse a imitare i suoi movimenti, una routine di stretching sul vialetto di casa – il timer del suo telefono mandava un *bing* ogni trenta secondi per scandire la successione delle ventiquattro posizioni. Dovevo mantenerle, ognuna allungava un diverso tendine o muscolo dentro di me, e ognuna mi cavava una smorfia di dolore facendomi imprecare a voce alta, e provocandomi un lieve senso di vertigine.

"Bravo ragazzo," disse lei. Poi mi descrisse il circuito per il quartiere – lei avrebbe fatto due giri, io uno. Mr. Moore stava raccogliendo il giornale dal praticello quando sfilai davanti a casa sua.

"Quella che è passata un minuto fa era la tua donna?" mi gridò. Ansimavo, mi limitai ad annuire. "Che cazzo ci trova in te?"

Alcuni minuti dopo Anna mi doppiò dandomi una pacca sul sedere. "Bravo ragazzo!"

Ero già sotto la doccia quando mi raggiunse. Ci baciammo, stuzzicammo le nostre rispettive parti meravigliose. Poi mi spiegò come massaggiarle la schiena e mi disse di andare da lei in studio per pranzo: avremmo ripassato il manuale sulle tecniche d'immersione. Io dovevo ancora leggere le prime pagine, lei ne aveva già divorate la metà. Come avesse trovato il tempo, davvero lo ignoro.

Quel pomeriggio bighellonai nel suo studio cimentandomi coi quiz a risposta multipla sulle diverse attrezzature da sub e il loro utilizzo, passai in rassegna le inserzioni immobiliari (mi dilettavo ancora) e cercai di distrarre le donne chine sui rispettivi lavori di grafica: invano. Nel frattempo Anna sbrigò una lunga conference call con un cliente texano di Forth Worth, impostò nuovi frontespizi per una collana di manuali, corresse le bozze di tre progetti, aiutò la sua stagista problematica coi compiti di geometria, riorganizzò le scorte di cancelleria e completò la seconda metà del manuale da aspirante sub. E non avevamo ancora preso la prima lezione.

Comunque non le servì a nulla. Eravamo gli unici due iscritti e in quella prima lezione guardammo alcuni filmati sul glorioso mondo sottomarino prima di entrare in piscina. Restammo dove si toccava finché Vin, l'istruttore, ci illustrò con dovizia di particolari l'attrezzatura per la respirazione subacquea. Ci volle parecchio, soprattutto perché Anna se ne uscì con almeno cinque domande su ogni componente. Alla fine mordemmo gli erogatori, ci inginocchiammo per mettere sotto la testa, risucchiammo quell'aria pressurizzata dal sapore metallico e rilasciammo bollicine. La lezione terminò con un test su condizione fisica e capacità natatorie: dieci vasche. Io nuotai a rana, languidamente, e arrivai secondo con notevole distacco nella gara a due.

Dopo andammo all'East Village Market Mall. Avevamo appuntamento con Steve Wong e MDash per un milkshake da Ye Olde Sweet Shoppe. Anna ordinò una tazza piccola di yogurt senza lattosio e senza zuccheri aggiunti con una spruzzata di cannella. Mentre eravamo là a goderci il dolce, Anna mi prese la mano, un gesto d'affetto che non passò inosservato.

Una volta a letto, a casa di lei che intanto controllava l'iPad prima di dormire, ricevetti un messaggio da Steve Wong.

SWong: **Ma ti fai A?**

Digitai la risposta.

Moonwalker7: **Farti gli affari tuoi no?**

SWong: **sì/no?**

Moonwalker7: 😁

SWong: **6 pazzo??????**

Moonwalker7: 🛬 🏌 🚀 🎯 🏹 ‼ 🏁 😏

A quel punto anche MDash si unì alla chat.

FACEOFAMERICA: 😮

Moonwalker7: **Mi ha sedotto**

FACEOFAMERICA: **"Quando i cuochi fottono, lo stufato brucia"**

Moonwalker7: **Chi lo dice? Lo sciamano del tuo villaggio?**

FACEOFAMERICA: **"Quando gli allenatori fottono, la squadra perde" Vince Lombardi, storico allenatore dei Green Bay Packers**

E così via. Steve Wong e MDash non avevano nulla d'incoraggiante da dire sulla mia stagione amorosa con Anna. Peccato! Quella notte io e lei ci impegnammo sul serio, come due cuochi di Green Bay alle prese con lo stufato. Ben motivati dal piacere.

😏

GIORNO 7

"Non credi che dovremmo parlare della nostra relazione?"

Fui *io* a chiederlo. Ero nel cucinino di Anna, avvolto in un asciugamano dopo la doccia, e stavo infilando la spina del suo marchingegno svizzero per prepararmi l'elisir mattutino. Lei era in piedi da un'ora e mezza, già in tenuta sportiva. Fortunatamente, le mie scarpe da corsa erano rimaste a casa, quindi niente allenamento da maratoneta per me.

"Vuoi *veramente* parlare della nostra relazione?" mi chiese lei, ripulendo i pochi ed evidentissimi granelli di caffè caduti sul bancone chirurgicamente pulito.

"Siamo una *coppia*?" chiesi.

"*Tu* cosa pensi?" ribatté.

"Mi vedi come il tuo *fidanzato*?"

"Tu mi vedi come la tua *fidanzata*?"

"Uno di noi due ha intenzione di sbilanciarsi?"

"E *io* che ne so."

Mi misi seduto e bevvi un sorso di caffè, troppo forte. "C'è del latte?" chiesi.

"Credi che quella porcheria ti faccia bene?" Mi allungò una bottiglietta di latte di mandorle senza conservanti, il genere di bevanda che va consumata in pochi giorni, il genere di bevanda che viene venduta come "latte" anche se in realtà è frutta secca liquefatta.

"Potresti comprare del latte vero? Vorrei macchiarci il caffè."
"Perché fai il difficile?"
"Sarebbe così difficile comprare del latte vero?"
Anna sorrise e mi prese il viso tra le mani. "Pensi di essere l'uomo giusto per me?"
Mi baciò. Ero lì lì per sbilanciarmi, ma lei mi si sedette in grembo e tolse l'asciugamano. Non fece la sua corsa mattutina.

GIORNI 8-14

Essere il fidanzato di Anna fu come affrontare l'addestramento dei Navy Seal e intanto lavorare a tempo pieno nel centro spedizioni di Amazon in Oklahoma durante la stagione dei tornado. In ogni momento, ogni giorno, accadeva qualcosa. La mia siesta delle 14.30 era un ricordo del passato.

Facevo esercizio con regolarità, non solo il jogging mattutino ma anche il nuoto del corso da sub, e frequentavo le lezioni di spinning di Anna in una sala surriscaldata: una cosa talmente impegnativa che mi veniva da vomitare. La quantità di incombenze era spossante e niente era mai frutto di una lista di cose da fare o di una app che organizzasse gli acquisti: erano tutte attività d'impulso, ad hoc. Se non aveva impegni di lavoro, allenamenti o sessioni fra le lenzuola con me, Anna s'inventava qualcosa da fare, da cercare, si metteva in testa di andare all'altro capo della città per visitare una proprietà in vendita o per passare da Home Depot e chiedere a Steve Wong una levigatrice che il sottoscritto avrebbe poi dovuto utilizzare, visto che il piano di sequoia del mio tavolo in giardino aveva bisogno di una levigata. Ogni giorno – tutti i giorni – eseguivo i suoi ordini, comprese le precise indicazioni in macchina.

"Prendi la prossima a sinistra. Non qui. Meglio la Webster. Perché stai girando *adesso*? Non superare la scuola! Sono quasi le tre! Escono i bambini!"

Coinvolse me, Steve Wong e MDash in una prova di arrampicata sportiva in un grande magazzino di articoli d'avventura e sport estremi che aveva una parete d'arrampicata, e anche un fiumiciattolo artificiale dove provare le canoe tra le rapide, senza contare l'enorme silos per lo skydiving – un enorme ventilatore che sputava all'insù i clienti con la forza necessaria affinché, muniti di caschetto protettivo, potessero provare l'ebbrezza di una caduta libera simulata. Non c'è bisogno di aggiungere che quella sera noi quattro provammo tutto. Restammo fino all'ora di chiusura. Dopo una giornata da Home Depot con indosso i loro grembiuli unisex da impiegati, Steve Wong e MDash si sentivano dei macho. Io invece ero esausto, strapazzato dall'agenda sovraccarica di Anna. Mi serviva un *riposino.*

Ci fu tempo per uno snack proteico all'Energy Stand del grande magazzino, poi Anna andò negli spogliatoi.

"Com'è?" chiese MDash.

"Com'è cosa?" dissi.

"Tu e Anna che vi sbaciucchiate?"

"Ce la fai?" chiese Steve Wong. "Hai l'aria sfinita."

"Be', abbiamo appena fatto quella specie di skydiving."

MDash gettò metà barretta proteica nel cestino della spazzatura. "Prima guardandoti pensavo: Questo ha capito tutto. Ha una bella casa col giardino e non lavora per nessuno, lavora solo per sé. È un uomo che si è liberato dell'orologio perché non deve mai essere da nessuna parte. Tu, per me, rappresentavi l'America in cui volevo vivere. Adesso sei lo schiavo di una donna a cui piace comandare. Ahimè."

"Davvero?" chiesi. "*Ahimè*?"

"Ripetigli quel proverbio," disse Steve.

"Un'altra perla di saggezza dello sciamano del tuo villaggio?" dissi.

"Era l'insegnante d'inglese del villaggio," precisò MDash. "'Per fare il giro del mondo, a una nave servono solo una vela, un timone, una bussola e un orologio.'"

"Parole sagge per uno che viveva in un paese senza sbocchi sul mare," dissi. MDash era cresciuto in una regione subsahariana.

"Anna è la bussola," spiegò lui. "Tu l'orologio. E siccome hai provato a sincronizzarti su di lei, hai finito la carica. Le tue mani segnano l'ora giusta solo due volte al giorno. Per colpa tua adesso non potremo più calcolare la nostra longitudine."

"Sicuro che Anna non sia la vela?" chiesi. "Perché a me piacerebbe essere il timone, e magari Steve potrebbe fare la bussola, no? Mi sfugge l'analogia."

"Te lo ripeto in un linguaggio che tu possa comprendere," intervenne Steve. "Noi siamo come un programma TV con un casting attento alla diversità culturale. Lui è il tizio africano. Io, l'asiatico. Tu, il bastardo caucasoide. Anna, la donna forte e determinata che non ha bisogno di un uomo per sapere chi è. Voi due insieme siete come il colpo di scena durante l'undicesima stagione del programma, una cosa ideata dal network per tentare di scongiurarne la chiusura."

Guardai MDash. "Tu l'hai capita questa metafora di cultura pop?"

"Il succo. Ho la TV via cavo."

"Noi quattro," spiegò Steve, "siamo un quadrato perfetto. E se tu ti porti a letto Anna sballi la geometria."

"Come?"

"Lei fa succedere cose nelle nostre vite. Guardaci. È quasi mezzanotte e siamo rimasti qui a penzolare, pagaiare e buttarci col paracadute al chiuso. Cose che di mio non farei mai, dato che domani lavoro. Lei è il nostro catalizzatore."

"Hai usato la navigazione, i programmi TV, la geometria e la chimica per spiegarmi perché non dovrei frequentare Anna. E ancora non l'ho capito."

"Vedo lacrime all'orizzonte," disse MDash. "Per te, per Anna, per tutti noi. Lacrime che ci schizzano fuori dagli occhi."

"Ascolta," dissi mettendo da parte il brownie proteico che sapeva davvero di brownie. "Tra me e la mia fidanzata succederà una di queste cose... Sì, *fidanzata*." Lanciai un'occhiata verso Anna. Era lontana, chiacchierava con la commessa dietro il bancone sormontato dal cartello INVESTI NELL'AVVENTURA! "Uno: ci sposeremo, faremo figli e voi sarete i loro padrini. Due: ci lasceremo senza nascondere il nostro dolore, ci scambieremo recriminazioni, e voi sarete costretti a scegliere da che parte stare: rimanere amici miei o andare contro le regole stabilite dal genere maschile restando amici della donna. Tre: lei incontrerà un altro, mi scaricherà e io diventerò un fallito malinconico... e *non dite* che lo sono già. Quattro: io e lei faremo in modo che le nostre strade si separino decidendo in tutta serenità di restare amici, come succede in TV. Terrò con me i ricordi di questa pseudoarrampicata e del resto, oltre che del miglior sesso fatto in vita mia. E noi tre sapremo affrontare una qualunque di queste eventualità perché siamo adulti e vaccinati. E ammettiamolo: se Anna volesse farsi uno di voi, invece che me, vi ci buttereste senza pensarci."

"E adesso saresti tu a dirmi che vedi lacrime all'orizzonte," disse Steve Wong.

Proprio in quel momento Anna tornò sorridente: sventolava una spessa brochure di carta patinata. "Ehi, ragazzi!" disse. "Andiamo in Antartide!"

"Serve l'equipaggiamento giusto." Anna stava mettendo in infusione una bustina di tè Rainbow Tea Company appena comprato. Lei era in tenuta sportiva e io mi stavo allacciando le scarpe da cross-training. "Calzamaglia. Parka e giubbini termici. Maglioni di lana. Scarponi impermeabili. Bastoni."

"Guanti," aggiunsi. "Berretti." Saremmo partiti per l'Antartide tre mesi dopo – fusi orari, migliaia di miglia, eppure Anna era già in modalità pianificazione. "Non sarà estate al Polo Sud?"

"Non arriveremo mai al Polo. Al Circolo Polare Antartico, forse, ma solo se ce lo permetteranno le condizioni meteo e il mare. Ci sarà comunque un bel po' di ghiaccio e di vento."

Uscimmo. Quarantacinque minuti di stretching sul mio prato; ci inzuppammo di rugiada facendo il cane a testa in giù e il cobra. *Bing*. Il timer suonò e io mi piegai cercando di toccare la fronte con le ginocchia. Molto improbabile.

Anna era in grado di richiudersi su se stessa come un tavolino pieghevole. "Lo sai che gli astronauti dell'Apollo sono andati in Antartide?" disse. "Per studiare i vulcani." Sapeva della mia dipendenza da tutto ciò che riguarda i cosmonauti. Però ignorava quanto ne sapessi.

"Si sono addestrati in Islanda, signorina. Se un astronauta è stato al Polo Sud, di sicuro ci è andato dopo la pensione, cioè dopo aver cambiato il destino dell'umanità ingannando la morte a bordo di una navicella della NASA." *Bing.* Cercai di allungarmi per afferrare le caviglie innescando un incendio nei miei polpacci.

"Vedremo i pinguini e le balene e le stazioni scientifiche," disse Anna. "E il B15K."

"Cos'è il B15K?"

"Un iceberg delle dimensioni di Manhattan, talmente grande che lo sorvegliano con un satellite. Si è staccato dalla Barriera di Ross nel 2003 e gira attorno all'Antartide in senso antiorario. Se il tempo regge potremo affittare un elicottero e atterrarci sopra!"

Bing. Era l'ultimo esercizio. Anna partì di corsa. Io cercai di starle dietro ma non avevo speranze – era elettrizzata dal B15K.

Mentre trotterellavo di fronte a casa di Mr. Moore, lui salì in auto con un thermos in mano. "La tua fidanzata è passata un secondo fa. Se la stava squagliando."

Dopo la doccia e una colazione a base di avocado su pane di farro tostato, Anna prese la levigatrice comprata da Steve Wong e si mise al lavoro sul tavolo da picnic. Di mia iniziativa, la aiutai con la carta vetrata.

"Finito di scartavetrarlo dovrai ridipingerlo. Vernice ne hai?" Ce l'avevo. "Fallo entro stasera. Poi vieni da me. Cenetta e un po' di sesso." Mi sembrò un ottimo programma. "Ora devo andare in studio." Prima però mi indicò altri oggetti di legno che avevano bisogno di una levigata e di una nuova mano di vernice: la panca, la porta di servizio e il vecchio capanno dove tenevo i miei giocattoli da giardino e l'attrezzatura sportiva. Trascorsi il resto della giornata di corvée.

Ero sudato, impolverato e sporco di vernice quando Anna mi mandò un messaggio.

AnnaGraphicControl: cena fra 15 min

Arrivai a casa sua mezz'ora dopo, ma dovevo ancora fare la doccia. Cenammo in soggiorno – grandi ciotole di *pho* vietnamita – guardando due episodi di *Our Frozen Earth* in Blu-ray. In più di tre ore imparammo tutto ciò che si poteva imparare sui pinguini antartici e sulle foche cancrivore che abitavano... indovinate un po'?

Mi addormentai senza essermi avvicinato a una qualunque forma di sesso.

GIORNO 16

Anna aveva prenotato una lezione di sub per la mattina presto senza interpellarmi.

Vin ci volle in tenuta completa – bombole, cintura coi pesi, tutto – inginocchiati sul fondo della metà più profonda della piscina. Dovevamo togliere l'attrezzatura, incluse le maschere, trattenere il fiato e rimettercela. Vin disse che ero indietro con il manuale e che avrei fatto meglio a sbrigarmi.

"Perché non hai finito il manuale?" volle sapere Anna.

"Avevo un appuntamento con la levigatrice."

In macchina verso casa sentii un solletico gessoso in gola, come se stessi covando l'influenza.

"Non dire che ti sta venendo l'influenza," mi rimproverò. "Se dici che sei malato, ti *autorizzi* a essere malato."

Le squillò il telefono e lei rispose col vivavoce: era uno dei clienti di Fort Worth. Un tale di nome Ricardo che, scherzando sulle prove colore, fece ridere Anna che intanto parcheggiava nel mio vialetto. Io entrai mentre lei rimaneva in auto per concludere la telefonata.

"Andiamo a Fort Worth," annunciò quando infine mi raggiunse in cucina. Io stavo scaldando dei noodle di pollo in scatola.

"Perché?" chiesi.

"Devo preparare Ricardo per una presentazione. Comunque quella non è una zuppa, è una montagna di sodio."

"Mi autorizzo a essere malato. La zuppa mi aiuterà."

"Quella schifezza ti ucciderà."

"Devo venire a Fort Worth con te?"

"Perché no? Qui non hai niente da fare. Passeremo lì la notte e visiteremo le bellezze della città."

"Le bellezze di Fort Worth?"

"Sarà un'avventura."

"Ho il naso chiuso ed è come se avessi uno sciame di vespe in testa."

"Se smetti di dire cose del genere, smetteranno anche loro."

Per tutta risposta starnutii, tossii e mi soffiai il naso in un fazzoletto di carta. Anna si limitò a scuotere la testa.

GIORNO 17

Ecco le bellezze di Fort Worth che vidi.

Il gigantesco aeroporto. Gremito di viaggiatori al punto da dare l'impressione che la popolazione del Texas stesse fuggendo dopo il collasso dell'economia statale.

Il ritiro bagagli. In ristrutturazione, dunque un luogo di caos e battibecchi assai prossimi alle scazzottate. Anna aveva imbarcato tre valigie, che furono tra le ultime sputate fuori dal nastro.

Un autobus. Ricoperto di lettere enormi a comporre la scritta PONYCAR PONYCAR PONYCAR. PONYCAR era l'ennesima alternativa a Uber e alle compagnie di noleggio, la più recente. Anna aveva un buono per il weekend; ne ignoro la ragione. L'autobus ci condusse a un parcheggio di automobiline griffate PonyCar. Non ho idea di dove vengano prodotte le PonyCar, ma sono evidentemente progettate per persone minuscole. L'abitacolo poteva contenere noi due e un terzo dei bagagli, così fummo costretti a infilarci dentro a forza.

Il DFW Sun Garden. Più che un hotel, un complesso di miniappartamenti e distributori automatici ideato per viaggiatori d'affari con budget di spesa limitato. Mi sdraiai sul letto non appena entrammo in camera. Anna indossò un completo mentre parlava al telefono con Ricardo. Mi salutò sventolando la mano e uscì dalla porta tirandosi dietro il trolley da lavoro.

Appannato dal malessere, non riuscii a far funzionare la TV. Il menù dei programmi via cavo non mi era familiare. Riuscii solo a sintonizzarmi sul canale del Sun Garden, che mostrava la gloria e le magnificenze di tutti gli hotel della catena sparsi per il mondo. Nuove strutture stavano per essere inaugurate a Evansville, Urbana, Francoforte. Non riuscii neppure a capire come funzionava il telefono: finivo sempre per ritrovarmi nella stessa opzione del menù principale. E siccome ero affamato, mi trascinai giù nella hall per prendere qualcosa ai distributori.

Si trovavano in una saletta, insieme ai tavolini da buffet con ciotole di mele e dispenser di cereali. Presi un po' di tutto. Uno dei distributori vendeva tranci di pizza, un altro articoli da toeletta, inclusi dei rimedi per il raffreddore. Ci vollero quattro tentativi affinché il distributore accettasse la mia grinzosa banconota da venti dollari, ma alla fine comprai capsule, pasticche, sciroppi monodose e un flaconcino di tale *Boost-Blaster!* che, stando all'etichetta, era ricchissimo di antiossidanti, enzimi e qualunque altra cosa salutare sia contenuta nella bietola e in un qualche pesce. Tornato in camera, strappai gli involucri protettivi, trionfai sui tappi a prova di bambino e preparai un cocktail con due di tutti i miei acquisti. Poi buttai giù il *Boost-Blaster!* in un sorso solo.

GIORNO 18

Mi svegliai senza sapere dove mi trovavo. Lo scroscio della doccia. Una riga di luce sotto una porta e una pila di manuali sul comodino. Poi la porta del bagno si spalancò in un lampo di vapore luminoso.

"Sei vivo!" Anna era nuda, si stava asciugando. Era già andata a correre.

"Sono vivo?" chiesi. Il raffreddore non era migliorato. Affatto. L'unica novità era un senso di stordimento.

"Hai preso tutta quella roba?" Fece un cenno verso la piccola scrivania ricoperta dai resti del mio slancio di automedicazione.
"Sto ancora male," dissi tentando una debole difesa.
"Dire che stai ancora male ti farà stare ancora male."
"Sono così a pezzi che le cose che dici sembrano sensate."
"Ti sei perso una bella serata, ragazzo mio. Cena messicana biologica. Era il compleanno di Ricardo. Ci saranno state una quarantina di persone, e una pignatta. Poi abbiamo girato in pista con vecchi bolidi in miniatura. Ti ho chiamato, ti ho scritto, ma niente."
Recuperai il telefono. Dalle sei del pomeriggio all'una e mezza del mattino AnnaGraphicControl mi aveva chiamato e scritto trentuno volte.
Anna intanto si vestì. "Sbrigati a fare le valigie. Dobbiamo lasciare la camera e passare in ufficio da Ricardo. Ho una riunione. E da là andiamo in aeroporto."
Anna guidò la PonyCar fino a un complesso industriale in chissà quale quartiere di Fort Worth. Io mi sistemai nella reception, dove rimasi a soffiare e risoffiare il naso; avrei voluto leggere il libro sull'astronauta Walt Cunningham che avevo nel Kobo, ma mi sentivo annebbiato. Giocai col telefono a 101: un videogame di domande vero/falso e a risposta multipla. Vero o falso: Il presidente Woodrow Wilson alla Casa Bianca usava una macchina da scrivere. Vero! Nella speranza di ottenere aiuti durante la prima guerra mondiale, immaginò e batté a macchina un discorso con la sua Hammond Type-o-Matic.
Dopo tutto quel tempo seduto avevo bisogno di prendere aria e così mi trascinai fuori. Gli edifici si assomigliavano e passeggiando finii per perdermi. Ritrovai la strada dopo aver fortunosamente avvistato una PonyCar che si rivelò essere la nostra.
Anna mi stava aspettando; ingannava l'attesa in compagnia dei suoi clienti. "Dov'eri?"

"A scoprire le bellezze di Fort Worth," dissi. Mi presentò Ricardo e altri tredici responsabili di manuali. Non strinsi la mano a nessuno. Ho l'influenza, come potete vedere.

Restituire la PonyCar fu facile come ci avevano promesso, ma l'autobus per l'aeroporto impiegò un'eternità. Per non perdere il volo io e Anna fummo costretti ad attraversare di corsa il DFW come in un film su due eccentrici amanti in vacanza, o su due agenti federali che tentano di sventare un attacco terroristico. Riuscimmo a imbarcarci, ma il ritardo ci impedì di trovare due posti vicini. Anna si sedette nelle prime file, io in fondo. Durante il decollo le orecchie tappate mi diedero il tormento e all'atterraggio, ore dopo, fu anche peggio.

Di ritorno a casa mia, Anna si fermò in un negozio di liquori e comprò una bottiglietta di brandy. Me ne fece bere un gran bicchiere prima di mettermi a letto con un cuscino ripiegato sotto la testa e un bacio in fronte.

GIORNI 19 e 20

Mi ero ammalato, ecco la verità nuda e cruda. L'unica medicina era il riposo e l'assunzione di liquidi: funzionava così da quando il primo Neanderthal si era ritrovato a tirare su col naso.

Anna invece aveva idee tutte sue. Per due giorni la sua missione fu tentare di curarmi di colpo, non gradualmente. Mi fece sedere nudo su una sedia, coi piedi a mollo in una bacinella d'acqua gelata, e mi collegò braccia e gambe a un macchinario simile a quello per l'elettrocardiogramma; poi mi fece togliere tutte le cose di metallo che indossavo, cioè nessuna, e premette un interruttore. Non sentii niente.

Con il passare del tempo, però, l'acqua attorno ai miei piedi s'intorbidì, divenne marrone e iniziò a raggrumarsi finché la bacinella si riempì di quella che aveva l'aspetto della gelatina più indigesta che si possa immaginare. Una roba talmente densa che estrarre i piedi fu come tirarsi fuori dalla melma di una palude. E puzzava!

"È l'energia negativa che abbandona il tuo corpo," disse Anna mentre scaricava l'acqua lurida nel water.

"Esce dai piedi?"

"Sì. È comprovato. Le schifezze che mangi, i veleni, il grasso: escono dal tuo corpo passando dai piedi."

"Posso rimettermi a letto adesso?"

"Sì, ma poi bagno turco."

"Non ho un bagno turco."

"Lo avrai."

Montò delle tendine di plastica nella doccia e un generatore portatile di vapore. Mi costrinse a restare seduto su uno sgabello finché, madido di sudore, non ebbi mandato giù tre bottiglie di un blando infuso a base di non so cosa. Mi ci volle del tempo perché sapeva d'acqua di fogna, e la vescica di un uomo può contenere solo un po' d'acqua di fogna alla volta.

Consegnarono una cyclette. Anna mi obbligò a pedalare ogni ora e mezza per dodici minuti esatti: dovevo dare prova di aver alzato la temperatura corporea sudando.

"Serve per espellere il muco e il resto," disse.

Mi propinò una zuppa acquosa con pezzi di barbabietola e sedano per tre pasti di fila.

Mi impose sedute di stretching da un'ora, esercizi semplici, ma dovevo muovermi *esattamente* come l'istruttore del video sul suo iPad.

Collegò alla corrente un affare dall'aspetto di una saponetta elettrica che produceva un brontolio e una vibrazione, una sorta di rimedio artigianale con le scritte in cirillico. E dopo avermi fatto distendere nudo sul pavimento lo usò per massaggiarmi tutto, da una parte e dall'altra. Il marchingegno comunista produceva suoni diversi passando sulle diverse parti del mio corpo.

"Bravo ragazzo!" disse Anna. "Siamo sulla buona strada!"

In segreto scolai un po' di NyQuil e masticai qualche Sudafed prima di trascinarmi a letto e sprofondare nel Regno della Narcosi.

GIORNO 21

L'indomani mi sentivo meglio. Le lenzuola erano così intrise di sudore notturno che avrei potuto strizzarle come un panno di camoscio.

Anna aveva lasciato un biglietto attaccato alla macchina del caffè.

Dormivi profondamente. Mi piaci così. Finisci la zuppa in frigo e guarirai del tutto. Mangiala fredda al mattino e calda a pranzo. Sali sulla cyclette due volte prima di mezzogiorno, e fai un'ora di stretching: ti ho mandato un link via email. E non dimenticare il bagno turco: devi bere tre bottiglie di distillato. Butta fuori tutto quel sodio! A.

Ero da solo, alle mie condizioni, quindi me ne fregai. Bevvi caffè e latte caldo. Lessi una copia cartacea del *Times* – non solo la versione online, preferita da Anna perché, nonostante il riciclo, la carta stampata è un crimine contro il pianeta. Mi presi cura di me con una colazione nutriente a base di uova e fette di *linguiça* – una salsiccia portoghese – fritta, una banana, una Pop-Tart alle fragole, succo di papaia confezionato e una tazzona di Cocoa Puffs.

Non feci stretching. Non montai in sella alla cyclette né entrai in quella cabina doccia di plastica. Al contrario, trascorsi la mattinata a fare il bucato – quattro carichi, incluse le lenzuola. Misi su il CD di una compilation e cantai. Me la spassai senza eseguire neppure uno degli ordini di Anna. La mia era la vita migliore che si potesse immaginare.

E questo significava aver finalmente risposto alla domanda che Anna mi aveva fatto due settimane prima: No, non pensavo di essere l'uomo giusto per lei.

Quando chiamò per sapere come stavo, ammisi di aver trasgredito. Aggiunsi che mi sentivo bene, riposato, e mi piacevo così, e che malgrado la ritenessi meravigliosa e sono uno sciocco e blablabla e bla...

Prima che potessi trovare le parole necessarie per chiudere la nostra storia, Anna lo fece al posto mio.

"Tu non sei l'uomo giusto per me, ragazzo."

Non c'era un velo di rancore nella voce, né biasimo o delusione. Lo disse senza la minima esitazione, come io non avrei mai saputo fare. "L'avevo capito," ridacchiò. "Ti stavo prosciugando. Ancora un po' e ti avrei annientato."

"Quando mi avresti liberato dall'amo, allora?" chiesi.

"Se non ti fossi ripreso, il Discorso te l'avrei fatto comunque entro venerdì mattina."

"Perché venerdì mattina?"

"Perché venerdì sera devo essere a Fort Worth. Ricardo mi porta in mongolfiera."

Un po' del mio orgoglio di maschio sperò che neppure questo Ricardo fosse l'uomo giusto per Anna.

* * *

Non lo era. Anna non mi spiegò mai il motivo.

Per la cronaca, ho preso il brevetto da sub. Io e Anna siamo usciti in barca insieme a Vin: ci siamo immersi al largo per esplorare i fondali di alghe insieme a una decina di altre persone. Abbiamo respirato sott'acqua e nuotato in mezzo a quella che sembrava una foresta di alberi marini. C'è una bella foto di noi due, tornati a bordo dopo l'immersione, abbracciati con ancora addosso la muta, un gran sorriso sulle facce bagnate e infreddolite.

La settimana prossima partiamo per l'Antartide. E per essere sicura che nessuno di noi ci arrivi sprovvisto dell'equipaggiamento necessario, Anna ha organizzato una spedizione di acquisti. Ha dedicato gran parte del tempo a MDash, voleva che avesse strati sufficienti per restare al caldo. Non è mai stato in un posto così freddo da trovarci foche e pinguini.

"Circolo Antartico, arriviamo!" ho urlato io mentre provavo parka e giacca termica. Anna ha riso.

Salteremo su un volo diretto a Lima, in Perù, lo scalo prima di raggiungere Punta Arenas in Cile, dove ci imbarcheremo sulla nave per la traversata dal Sud America fino alla vecchia stazione scientifica di Port Lockroy, nostra prima tappa. Il mare nello Stretto di Drake può essere piuttosto burrascoso, a quanto si dice, ma con una vela forte, un timone stabile, una bussola funzionante e un orologio affidabile, la nostra nave punterà a sud, facendo rotta verso il Circolo Antartico e l'avventura.

Oh, sì. E non dimentichiamoci del B15K.

REMINGTON

VIGILIA DI NATALE 1953

Era quasi ora di cena e fuori cadeva una neve leggera quando Virgil Beuell chiuse finalmente il negozio. La strada, già scivolosa, lo divenne ancora di più, e al volante Virgil dovette usare prudenza, cosa meravigliosamente facile nella sua Plymouth dotata di cambio automatico PowerFlite. Niente frizione, nessuna leva, una meraviglia dell'ingegneria. Sarebbe stato un bel guaio se, pattinando sull'asfalto, Virgil avesse perso il controllo e fosse rimasto intrappolato nella neve: nel bagagliaio della Plymouth erano stipati i tesori che Babbo Natale avrebbe dovuto lasciare l'indomani. Erano nascosti lì da quando i ragazzi avevano espresso i loro desideri settimane prima, e avrebbero dovuto comparire sotto l'albero nel giro di poche ore. Trasferirli dal bagagliaio di un'auto bloccata nella neve all'abitacolo del camion venuto a rimorchiarla avrebbe rovinato la vigilia di Natale.

Per tornare a casa Virgil impiegò più del solito, ma non fu questo a irritarlo. A irritarlo fu il freddo. PowerFlite o meno, malediceva spesso quelli della Plymouth, gente incapace di costruire un'automobile con un riscaldamento degno del nome. Imboccando lentamente il vialetto, mentre il fascio giallo dei fari investiva la porta a zanzariera del portico e il fondo di ghiaia mandava il lieve scricchiolio di pneumatici che frenavano, Virgil si sentì indolenzito dal freddo. Arrivò alla porta facendo attenzione a non cadere, come gli era già capitato altre volte, ma con la stessa velocità di un qualunque uomo che rincasa dopo il lavoro.

Pestò i piedi per ripulire le soprascarpe dalla neve e abbandonò gli strati di vestiti caldi sull'appendiabiti mentre il suo corpo si rilassava nel tepore che saliva dallo scantinato attraverso le grate. Dopo l'acquisto della casa, aveva installato personalmente una caldaia sproporzionata alla modestia degli ambienti e in più aveva montato un bestione per l'acqua calda che non esauriva mai il liquido paradisiaco necessario al bagno dei figli e alle sue lunghe docce. Quel comfort valeva le bollette invernali, così come il costo degli otto metri cubi di legna per la stagione.

Il fuoco in soggiorno era acceso. Opera di Davey, cui Virgil aveva insegnato a impilare la legna nello stesso modo in cui il bambino impilava i pezzi di Lincoln Logs, le sue costruzioni: meglio creare una sorta di perimetro quadrato attorno a carta e legnetti che soffocarli sotto una piramide. Da allora l'accensione del camino era diventata per Davey uno dei suoi compiti sacri. Alle prime gelate di novembre, casa Beuell era il posto più caldo nel raggio di miglia.

"Papà!" Davey arrivò di corsa dalla cucina. "Il piano sta funzionando alla grande! Jill ci è cascata in pieno."

"Bravo il mio ometto," disse Virgil salutandolo con la stretta di mano segreta che nessuno conosceva al di fuori di loro.

"Le ho detto che scriveremo la letterina dopo cena e che l'aiuterò a preparare lo spuntino per Babbo Natale, come facevi tu con me quand'ero piccolo." Davey avrebbe compiuto undici anni a gennaio.

Jill, sei anni, stava apparecchiando la tavola: la sua specialità era mettere dritti tovaglioli e posate. "È arrivato il mio papà, evviva," disse, allineando l'ultimo cucchiaio.

"È arrivato?" chiese Delores Gomez Beuell, davanti ai fornelli con la piccola Connie in braccio, infilata tra anca e gomito. Virgil diede un bacio a tutte le donne della sua vita.

"Sì, è arrivato," disse Del dopo aver risposto al bacio prima di sistemare le patate fritte e le cipolle in un piatto da portata e mettere tutto in tavola. Davey prese una lattina di birra dal nuovo enorme Kelvinator e la portò al padre dopo aver richiuso cerimoniosamente le due ante del frigorifero dotate di apribottiglie, un altro dei suoi compiti sacri.

La cena a casa Beuell era uno spettacolo. Davey faceva su e giù dalla sedia; non riusciva a stare seduto dall'inizio alla fine. Connie si dimenava in grembo alla madre, felice di rigirarsi un cucchiaio in bocca o di sbatterlo sul tavolo. Del tagliava il cibo per i figli, ripuliva quello che veniva rovesciato, spingeva in bocca a Connie una forchettata di patate schiacciate e, di tanto in tanto, ne prendeva una per sé. Virgil masticava lentamente, facendosi strada nel piatto in tondo con la forchetta, senza mai prendere due bocconi della stessa pietanza di fila, e intanto si godeva la famiglia.

"È quello che ho detto io, a Babbo Natale bastano tre biscotti." Davey stava regalando a Jill altri particolari del visitatore atteso quella notte. "E non finisce mai il bicchiere di latte. Ha troppo da fare. Giusto, papà?"

"Così ho sentito dire." Virgil gli fece l'occhiolino e Davey cercò di ricambiare, ma per costringere l'occhio a chiudersi dovette strizzare metà faccia.

"Comunque gli lasciano tutti lo stesso spuntino."

"Tutti?" chiese Jill.

"Tutti."

"Ma quand'è che arriva? Non lo capisco proprio." Jill voleva tanto saperlo.

"Se non mangi non verrà." Del batté la forchetta sul piatto di Jill e separò alcune patate dalla carne. "Prima finisci la cena, prima Babbo Natale arriva."

"Arriva appena ce ne andiamo a letto?" chiese Jill. "Viene solo se andiamo a dormire, giusto?"

"Può arrivare in qualunque momento, da quando ci mettiamo a letto a quando ci alziamo." Davey aveva una risposta per ogni domanda della sorella. Dopo aver capito bene la faccenda di Babbo Natale quell'estate, si era preso a cuore la missione di continuare a farci credere lei.

"Sono un sacco di ore. Se il latte rimane fuori così tanto non sarà più buono."

"Babbo Natale sa farlo tornare freddo! Gli basta infilare il dito nel bicchiere di latte caldo, girarlo un po' e... magia: latte freddo."

Jill la trovava una cosa straordinaria. "Berrà un mucchio di latte."

Dopo cena Virgil e i due figli riordinarono la cucina; Jill in piedi su una sedia davanti al lavello per asciugare forchette e cucchiai. Invece Del andò di sopra per mettere a letto Connie e schiacciare un indispensabile pisolino. Davey aprì l'ultima lattina di birra che il padre si sarebbe concesso quella sera e la lasciò sul tavolino del telefono, che si trovava in soggiorno accanto alla cosiddetta Poltrona di Papà, vicino al fuoco. Quando Virgil si sedette per bere, Davey e Jill si sistemarono davanti al giradischi e misero il disco delle canzoni di Natale. Le luci erano spente e l'albero proiettava i suoi giochi di colori sulle pareti. Jill si arrampicò in grembo a Virgil mentre Davey faceva suonare ancora una volta la canzone di Rudolph la renna col naso rosso, e un'altra volta, finché tutti ebbero imparato a memoria le parole; alla fine iniziarono ad aggiungerle a piacimento.

Aveva il naso luminoso.

"Come una lampadina!"

Ridevano e lo prendevano in giro.

"Stupido!"

Quando la strofa cantò di Rudolph destinato a rimanere nella storia, tutti insieme gridarono: "E nell'aritmetica!"

Del scese le scale ridacchiando. "Che sciocchi. Mi spiegate che fine ha fatto 'Astro del ciel'?" Bevve un sorso della birra di Virgil, si sedette nell'angolo del divano e tirò fuori una sigaretta dall'astuccio di cuoio con fermaglio; per accenderla usò uno dei fiammiferi poggiati sul posacenere accanto al telefono.

"Davey, sistema quel pezzo di legno, ti dispiace?" disse Virgil.

Jill saltò su. "Lo faccio io!"

"No, prima io. E non ti preoccupare: gli stivali di Babbo Natale sono antincendio."

"Lo so. Lo so."

Quando anche Jill ebbe dato il suo contributo per ravvivare il fuoco, Del mandò i bambini di sopra a mettersi il pigiama.

Virgil finì la birra e tirò fuori dall'armadio in corridoio la Remington portatile. Delores aveva comprato quel nuovo modello di macchina da scrivere mentre lui era ricoverato all'Ospedale Militare di Long Island. Virgil le aveva scritto con l'unica mano sana finché il terapista gli aveva insegnato la tecnica delle cinque dita e mezza.

Virgil aprì la custodia e sistemò la macchina da scrivere sul tavolino da caffè, poi infilò due fogli di carta, uno sopra l'altro: sempre due, per non rovinare il rullo.

"Bene, adesso scrivete la vostra letterina a San Nicola, Papà Natale o come lo volete chiamare," disse ai bambini che erano tornati giù dalle scale profumati di dentifricio e flanella fresca di bucato.

Fu Jill a scrivere per prima, un *clack* alla volta, lettera per lettera, tasto per tasto.

caro babboo Natale grazie per venire dinuovo e grazie che la valigetta da infermiera la voglio e e anche la bambola e spreo che mi porti tutti e due buon natale ti voglio bene JILL BEUELL

Per la sua letterina, Davey pretese un foglio nuovo e si giustificò con Jill dicendo che non voleva confondere Babbo Natale; ci mise un po' a inserirne altri due e ad allinearli.

24/12/53

Caro Babbo Natale. Mia sorella Jill crede che esisti e quindi. Ci credo. anche io. Sai già cosa voglio per Natale e non mi hai mai DELUSO...! Qcui trovi il latte e lo 'spuntino', ceh noi chiamiamo biscotti. Il prossimo anno devi portare i regali anche alla piccola Connie preché sarà grande abbastanza. Va bene???? Se il lattte è caldo fallo diventrae freddo con il dito.

David Amos Beuell

Davey lasciò la letterina a penzolare dal carrello e piazzò la macchina da scrivere davanti al fuoco, dove Babbo Natale l'avrebbe vista di sicuro.

"Adesso dovreste sistemare i vostri regali sotto l'albero, così domani sarà tutto più facile," disse Virgil. Babbo Natale infatti lasciava i regali di sua competenza – quelli più ambiti – senza carta regalo, pronti per giocarci subito la mattina di Natale, così Virgil e Del avevano tempo per un caffè. Invece i regali di famiglia – quelli da parte di zio Gus e zia Ethel, di nonna e Leo, provenienti dalla lontana Urbana o dalla vicina Holt's Bend – si accumulavano sotto l'albero per giorni, avvolti nella carta colorata, e diventavano più numerosi dopo quasi ogni viaggio all'ufficio postale.

Furono erette due colonne gemelle di regali con scritto rispettivamente DAVEY e JILL, e solo allora i bambini rinfilarono i dischi nelle custodie e rimisero gli album sulla mensola. Del chiese a Jill di sintonizzare la radio sui programmi della vigilia di Natale, perché lì nessuno cantava di una renna col naso rosso.

I biscotti erano stati preparati l'antivigilia. Jill li tirò fuori dal Kelvinator e li sistemò su un piatto mentre Davey versava un bicchierone di latte, e lo spuntino fu messo sul tavolino da caffè accanto alla Remington. Da quel momento iniziò il gioco dell'attesa. Davey aggiunse un altro pezzo di legno al fuoco mentre Jill tornava in braccio a papà e la radio trasmetteva canzoni che inneggiavano agli uomini saggi, alle notti sante e alla nascita di Gesù.

Poco più tardi Virgil portò a letto Jill già addormentata e la fece scivolare tra le lenzuola, stupito dalla tenerezza dei suoi occhi chiusi e dalle labbra, una miniatura di quelle di Del. Davey era sul divano in soggiorno, sdraiato addosso alla madre che gli passava le dita fra i capelli. "Ha abboccato, amo, lenza e piombino," disse lui.

"Sei un bravo fratello maggiore," disse lei.

"Dai, sono capaci tutti." Davey scrutava il fuoco. "La prima volta che Jill mi ha chiesto se Babbo Natale esisteva si capiva che aveva paura di chiederlo a voi e che doveva essere un segreto solo tra me e lei. E io non sapevo cosa dire."

"E come te la sei cavata, tesoro?"

"L'idea mi è venuta in quel momento. Avere una risposta pronta per ogni sua domanda. Come fa Babbo Natale a visitare tutte le case del mondo? Ha la supervelocità, e non ci sono poi tutte queste case da visitare. E se la casa non ha il camino? Può usare il forno o la caldaia."

"E infilare il dito nel latte per raffreddarlo," sussurrò Del scostandogli i capelli dalla pelle morbida della fronte. "Sei intelligente. Sei proprio sveglio."

"È stato un gioco da ragazzi. Babbo Natale è un uomo magico."

"Presto dovrai fare lo stesso per Connie."

"Certo. È il mio compito."

Virgil tornò di sotto e andò alla Poltrona di Papà mentre alla radio Bing Crosby sussurrava un canto in latino.

"Papà, come funziona la radio?" volle sapere Davey.

* * *

Alle dieci e un quarto Davey andò finalmente a letto dichiarando che quella era forse la migliore vigilia di Natale di sempre.

"Metto su un po' di caffè?" chiese Delores.

"Meglio," disse Virgil seguendola in cucina, dove l'avvolse in un abbraccio impedendole di prendere il barattolo del caffè. La baciò. Lei restituì il bacio, e tutti e due ebbero la sensazione che quel bacio fosse una delle ragioni per cui erano ancora sposati; durò più del previsto, e alla fine si sorrisero. Poi Del preparò il caffè e Virgil restò con lei ai fornelli.

"L'anno prossimo vorrei andare alla messa di mezzanotte," disse Delores. "Stiamo tirando su dei figli senza dio."

"Solo Davey," ridacchiò Virgil. Davey era nato sette mesi dopo il giorno delle nozze.

"La Messa di mezzanotte è bella."

"Tre ragazzini svegli tutta la vigilia? E il tragitto fino alla St. Mary? Pensa andarci stanotte, con la neve."

"I McElheny ci vanno."

"Ruth McElheny è matta come un cavallo e Ed non ha il coraggio di opporsi."

"Sì. Ma le candele. La musica. Che meraviglia." Negli anni a venire sarebbero andati in chiesa per la Messa di mezzanotte, e Virgil lo sapeva. Non perché gli mancasse il coraggio di opporsi, ma perché amava dare a Del ciò che desiderava. Per quel Natale, però, ci furono solo la sua mano su quelle di lei, la cucina calda e silenziosa, la casa isolata dalla neve mentre bevevano il caffè.

Poi Virgil indossò le soprascarpe e, preso il giaccone pesante, aprì la porta quanto bastava per scivolare fuori. Erano caduti sette, otto centimetri di neve. Senza cappello, andò al bagagliaio della Plymouth e recuperò il bottino di Babbo Natale. Due viaggi con un carico leggero per evitare una caduta. Richiuso il bagagliaio, si prese un momento per contemplare quell'ultima ora di Vigilia del 1953. Una notte fredda, ma Virgil aveva provato sulla sua pelle tutt'altro freddo.

Mentre camminava con cautela, avvertì lo strappo di un dolore fantasma là dove metà della gamba non c'era più. Fece i cinque passi fino all'ingresso uno per volta.

Del sistemò la valigetta col set da infermiera accanto alla pila di regali di Jill. La Honey Walker, la bambola che camminava "come una bambina vera" aveva bisogno di batterie, ma Babbo Natale aveva pensato anche a quello. Non ci sarebbe voluto molto perché Davey trovasse la sua Base di Lancio Spaziale con torri e soldatini e rampe, e allora Virgil avrebbe dovuto assemblare tutti i pezzi perché le navicelle potessero essere lanciate subito. Connie si sarebbe divertita sul nuovo tappetino da gioco, coi cubi che venivano direttamente dal Polo Nord. Quando fu tutto pronto e la Honey Walker ebbe fatto una passeggiata di prova, Virgil e Del si sedettero insieme sul divano e si baciarono ancora.

Restarono seduti a lungo, le braccia intrecciate, in silenzio, poi Del guardò il fuoco e si alzò. "Sono sfinita," ammise. "Cerca di rispondere al primo squillo, tesoro. E digli che gli voglio bene."

"Lo farò." Virgil controllò l'orologio. Erano quasi le undici e mezza. Sette minuti dopo la mezzanotte, il lacerante scampanellio del telefono ruppe la quiete della notte. Virgil sollevò il ricevitore mentre lo squillo si spegneva prima del secondo, come Del gli aveva chiesto.

"Buon Natale," disse.

All'altro capo della linea c'era un'operatrice. "Interurbana per Virginia Beuell da parte di Amos Boling."

"Sono io. Grazie." Come sempre l'operatrice aveva sbagliato il nome di Virgil.

"Signore, l'utente che cercava è in linea," disse l'operatrice, e poi si sconnesse.

"Grazie, tesoro," disse una voce. "Buon Natale, Virgin."

Virgil sorrise a quel soprannome. Era colpa di Amos Boling se tutta la sua famiglia aveva cominciato a chiamarlo Virgin. "Dove diavolo sei, amico?"

"San Diego. Ieri ero oltre il confine."

"Non ci credo."

"Fatti dire una cosa sul Messico, Virgin. È pieno di *cantinas* e bordelli. Un posto bello e caldo, troppo. Lassù a Dogpatch quant'è alta la neve?"

"Ho visto di peggio. Ma sono qui seduto davanti al fuoco e non mi lamento."

"Delores ti sopporta ancora?"

"Dice che ti vuole bene."

"Sei un fortunato bastardo, e quella donna avrebbe potuto avere di meglio."

"Lo so, ma non gliel'ho mai detto."

Ridacchiarono tutti e due. Amos "Bud" Boling non aveva mai smesso di prenderlo in giro: secondo lui, una volta che Virgil "Virgin" Beuell aveva tolto Delores Gomez dal mercato, che ragione c'era di sposarsi? C'era stato un tempo, più di tredici anni prima, in cui altri della loro compagnia avrebbero voluto cogliere al volo Delores: se non fosse stato Virgil a provarci per primo, sarebbe stato Ernie, Clyde o Bob Clay, o uno dei due Johnny. Un ballo alla sede della Croce Rossa gremito di soldati delle forze di terra, della marina e dell'aeronautica, durante il quale, a un certo punto, Virgil aveva avuto bisogno di prendere aria e di un momento di solitudine. Era uscito a fumare, e ad accendergli la sigaretta era stata una ragazza dagli occhi castani di nome Delores Gomez. Prima della mattina dopo lei e Virgil avevano danzato, riso, mangiato pancake e bevuto parecchi caffè, e si erano baciati. Due vite erano cambiate per sempre.

* * *

Bud poi non si era sposato e Virgil sapeva che non l'avrebbe mai fatto. Ma Delores non c'entrava. Da anni Virgil aveva capito che Bud era come zio Russell, il fratello più giovane di suo padre. Virgil l'aveva visto in poche occasioni, l'ultima delle quali era stata la lunghissima giornata del funerale della nonna. Zio Russell era arrivato da New York in auto insieme a un amico, un tale di nome Carl, che si rivolgeva a Russell chiamandolo "Rusty". Dopo la funzione, la sepoltura e la riunione di famiglia finita con torta e caffè, Carl e Rusty erano andati via col buio della sera per tornare subito a New York: avevano ancora indosso gli abiti del funerale. Virgil ricordava quello che il padre aveva detto, sottovoce: "Le donne non sono né la debolezza né la passione di mio fratello." Bud Boling aveva parecchie debolezze e qualche passione ma, come zio Russell, nessuna era incarnata dalle donne. "Allora," disse Virgil. "Come te la passi, Bud?"

"Il solito," rispose Bud. "Stavo in una città vicino a Sacramento e me ne sono venuto da queste parti tre mesi fa. È la capitale dello stato, lo sai? Ho comprato una Buick usata e mi sono messo in strada. Bella città. Città di marinai. Tassisti che ti raccontano di essere stati a Pearl Harbor."

"Stai lavorando?"

"Mai, finché qualcuno non mi costringerà."

"Te lo ripeto ogni anno, ma te lo dico di nuovo. Al negozio, se vuoi, un posto per te c'è. Mi faresti comodo, visto come vanno le cose."

"Vanno bene, vero?"

“Ho così tante ordinazioni che lavoro sei giorni alla settimana.”

“Che inferno.”

“Sul serio, Bud. Vieni da me e ti sistemi.”

“Mi sono già sistemato.”

“Ti pagherò più di quanto vali.”

“Non valgo un soldo bucato, Virgin. E tu lo sai.”

Virgil rise. “Passa a trovarmi. Quest’estate. Monta su quella Buick. Andremo a pescare.”

“Per voi ragazzi di campagna pescare è sempre un affare di stato.”

“Mi farebbe piacere rivederti, Bud. E anche a Del. Se vieni, Davey non starà nella pelle.”

“Magari l’anno prossimo.”

“Lo ripeti ogni Natale,” insistette Virgil. “Vieni a trovarci, Bud. Andremo alla Messa di Natale. Pregheremo per tutti i compagni.”

“Ho già detto abbastanza preghiere per tutti quelli a cui potrei mai dedicare una preghiera.”

“Avanti, non fare storie, l’anno prossimo saranno dieci anni.”

“Dieci anni?” Bud lasciò risuonare l’interferenza elettrostatica dell’interurbana. “Dieci anni per *chi*? Dieci anni da *cosa*?”

Virgil si sentì uno stupido.

* * *

Bob Clay era stato ucciso in Normandia lo stesso giorno che Ernie, ferito alla coscia sinistra, era morto dissanguato – nessuno aveva capito che l’arteria era stata recisa perché il sangue, invece di formare una pozza sotto il suo corpo, era stato assorbito dalla fanghiglia. Difficile accorgersene. Difficile farci caso mentre i tedeschi, ben nascosti dietro il fronte di cespugli, in un punto imprecisato della *bocage* francese, cercavano di sterminarli. I colpi di mortaio che venivano dalle postazioni invisibili del nemico li tenevano inchiodati da quasi un'ora. Bud e Virgil facevano parte di due squadre inviate ad aprire un varco tra radici e alberi – impossibile, a meno di non usare le granate. Avevano sorpreso il nemico arrivandogli ai fianchi e l'avevano decimato, ma a un costo. Il caporalmaggiore Emery, capitano della squadra di Bud, era stato tagliato letteralmente in due da una mitragliatrice tedesca. Virgil non era riuscito a soccorrere il sergente Castle, a cui tre colpi al petto avevano spaccato la spina dorsale. E nessuna medicazione avrebbe potuto curare la ferita alla testa di Burke. Un commilitone di nome Corcoran invece aveva perso un braccio, reciso di netto dalla spalla, ed era stato portato alla stazione di soccorso nelle retrovie. Nessuno sapeva se era sopravvissuto.

Una settimana più tardi Johnny Boy scomparve e l'altro Johnny Boy ebbe un crollo, e l'intera unità, uno dopo l'altro, si perse nel modo in cui si perdono i soldati. Per cinquantotto giorni, dal 7 giugno ai primi di agosto, l'unità si trovò a combattere o a muoversi verso uno scontro. Bud fu promosso caporalmaggiore e i denti di Virgil cominciarono a marcire perché non masticavano altro che razioni K.

Al cinquantanovesimo giorno l'unità poté riposarsi in un accampamento francese: brande, coperte, docce relativamente calde, cibo bollente e tutto il caffè che lo stomaco di un soldato poteva tollerare. C'era una grande tenda che serviva da sala di proiezione. Clyde fu trasferito ai servizi di spionaggio perché parlava discretamente il francese. Gli aeroplani in cielo erano della RAF o della USAAF, e correva voce che i tedeschi fossero in fuga, che gli scontri più cruenti fossero una cosa del passato, e che tutti sarebbero tornati a casa per Natale. Invece arrivarono nuove riserve che andavano addestrate. Bud fu duro con tutti quei ragazzi, e Virgil non volle sapere neppure uno dei loro nomi.

A metà settembre, ricevute nuove armi e uniformi, l'unità fu caricata su una colonna di camion diretti in Olanda per un'offensiva. Quattro di quei camion si tamponarono durante la notte: cinque soldati morirono sul colpo, tre rimasero feriti, inutili a qualunque guerra. I camion furono riparati e si rimisero in moto alle prime luci. Tre giorni dopo l'unità fu sorpresa dai tedeschi poco prima dell'alba. Il posto di comando fu fatto saltare in aria e ne seguì una battaglia cruenta e caotica che Virgil e Bud combatterono corpo a corpo. Per pura fortuna, tre carrarmati – Cromwell britannici – erano abbastanza vicini per riuscire ad arrestare l'avanzata tedesca. Molte delle nuove reclute morirono in quello che fu il loro primo combattimento, e molto di ciò che accadde non aveva senso, non aveva alcun senso.

Virgil perse il conto dei giorni prima di tornare di nuovo in Francia, dove lui e Bud poterono dormire, dormire, dormire. E passeggiare dentro un'enorme, antica cattedrale o giocare a football. Venivano le star del cinema per gli spettacoli. Non lontano dai baraccamenti c'era un bordello chiamato Madame Sophie. Al contrario di molti ufficiali che avevano permessi di tre giorni a Parigi, Bud e Virgil e gli altri soldati dovevano addestrare le reclute, anche sotto la pioggia. Ogni sera c'era un film diverso. Poi venne il dicembre più freddo che fosse mai stato registrato, e i tedeschi imperversarono in Belgio. L'unità fu caricata sui camion, condotta a gran velocità nella notte e scaricata su una strada da qualche parte tra Parigi e Berlino. Virgil apprezzò la gentilezza dell'autista – un commilitone di colore – che gli regalò un pacchetto di Lucky Strikes promettendogli che avrebbe pregato per lui.

L'unità marciò su strade e attraversò campi che il ghiaccio aveva reso compatti, lungo sentieri da disseppellire dalla neve, trascinandosi dietro vettovaglie e munizioni per sé e per chi si trovava già al fronte, quel fronte che Virgil intravedeva in lontananza: sembravano i fuochi d'artificio del 4 luglio. Combatterono fianco a fianco coi paracadutisti che avevano subito gravi perdite, avanzando senza risparmiare proiettili, per convincere i tedeschi che un'intera divisione fosse sul punto di travolgerli. L'espediente funzionò. Ma andarono perse altre vite.

L'unità si trovò sotto il fuoco d'artiglieria nei boschi belgi e alcuni compagni furono centrati in pieno, polverizzati. Poi a Virgil, Bud e all'unità fu ordinato di marciare nell'altra direzione, attraverso Bastogne. Superarono una pila ordinata di cadaveri fuori da una chiesa distrutta dal fuoco, carrarmati senza cingoli, e un paio di mucche che ruminavano il fieno accatastato da un fattore. Il fattore e le mucche sembravano ignari degli sforzi tedeschi per riprendere il porto di Anversa e della baraonda generale. Il freddo decimò l'unità. Il sonno era raro, alcuni impazzirono e furono rispediti a Bastogne. La speranza era che si riavessero per poter tornare al freddo e alla battaglia.

* * *

Un ragazzo nuovo – Qualcosa Qualcosa Jr. – montava la guardia. Virgil si trovava in una buca, sotto un soffitto di rami, sul fondo ricoperto di aghi di pino, avvolto nella coperta da soldato semplice. Impossibile chiudere occhio. Aveva ancora delle barrette di frutta della razione e ne infilò due in bocca; ce n'era una terza, così si sporse dal nascondiglio gelato e mise l'ultimo quadrato indurito della barretta in mano al ragazzo nuovo.

"Buon Natale del cazzo," gli sussurrò.

"Grazie, Virgin."

"Junior, chiamami Virgin un'altra volta e ti riempio di botte."

"Non ti chiami Virgin?"

"Non per voi nuovi."

La buca era ai margini del bosco, a due alberi di distanza dall'altura che alla luce del giorno dominava l'arido campo del fattore belga e, più in là, un grappolo di case costruite lungo una stradina diretta a nordest. Di notte invece c'era solo il vuoto. Da qualche parte laggiù dovevano esserci i tedeschi. I compagni d'unità di Virgil erano nascosti in altre buche e ripari ben distanziati alla sua destra. Questa era la linea di difesa principale, in teoria. In realtà, l'idea di una linea di difesa era assurda tanto quanto il pensiero di schiacciare un pisolino. La linea era così sottile che non c'erano avamposti oltre il fronte degli alberi. E le truppe corazzate delle retrovie erano esigue. Per i calibri più grandi delle bocche da fuoco erano rimasti pochi proiettili. Nel raggio di miglia non c'era una cucina da campo, dunque non c'era cibo caldo.

Da quando avevano attraversato Bastogne, quella era la settima buca che Virgil scolpiva nel terreno gelido e che ricopriva di rami. Non voleva scavarne altre. Avanzare avrebbe voluto dire portare a spalla armi ed equipaggiamento, trasportare tutto per chissà quanto, scavare di nuovo e costruire un altro rifugio: lavorare finché il sudore, in quell'inverno sotto zero, si sarebbe congelato incollando l'uniforme alla schiena. La morsa del freddo aveva strappato alla linea di difesa più uomini di quanti ne avessero portati via le ferite del fuoco nemico. Alcuni ragazzi quasi assiderati erano stati trascinati via prima dell'accerchiamento – quelli che non avevano ancora perso le dita di mani e piedi, o addirittura mani e piedi interi.

Virgil non voleva diventare uno di loro. Teneva il secondo paio di calze sotto l'uniforme, annodato sotto le ascelle e dietro la nuca; la temperatura del corpo, ciò che ne rimaneva, lo avrebbe asciugato un po'. La sua unica speranza era poter contare sempre su quella scorta di calze semiasciutte per evitare l'assideramento. Aveva anche sperato che Hitler attraversasse quel campo sventolando un fazzoletto bianco per arrendersi di persona al soldato di prima classe Virgil Beuell. E poco dopo sarebbe arrivata Rita Hayworth a fargli un pompino.

"Metto su un po' di caffè?" mormorò Junior.

"No no, te lo dico io cosa," rispose Virgil. "Adesso io accendo un bel fuoco e ne faccio un paio di tazze. E visto che ho un po' di preparato per torte, potremmo farne una teglia per tutta l'unità, no? Però magari tu tieni chiusa quella cazzo di bocca, testa di cazzo."

"*Butterfly, butterfly!*" Un sussurro squarciò le tenebre alla sinistra della buca, la parola d'ordine per quel giorno.

"*McQueen!*" sibilò Virgil.

Un secondo più tardi il sergente Bud Boling si gettò nella buca disarmato. Durante il giorno aveva cercato di dormire in un'altra buca, ma scesa l'oscurità aveva vagato lungo il fronte in silenzio, da solo, per tornare con la luce del sole a fare rapporto prima di rintanarsi di nuovo nel buio del suo nascondiglio.

"Crucchi. Venticinque. Tu chi cazzo sei?" Bud ce l'aveva con Junior, il ragazzo nuovo. E senza dargli la possibilità di rispondere con il suo nome, aggiunse: "Lascia perdere," e gli impartì un ordine. "Dammi il tuo fucile e vai al comando, di' che un'avanguardia di crucchi avanza verso il nostro fianco sinistro."

Gli occhi di Junior si spalancarono. Non era mai stato in combattimento. Mentre si arrampicava fuori dalla buca e si allontanava, Bud ripeté: "Un'avanguardia crucca sul fianco sinistro." Il ragazzo era svanito e Bud preparò il suo M1 spingendo i proiettili nel caricatore.

Virgil sollevò la mitragliatrice tutta in una volta, il tripode e il resto, e la puntò a ore nove. "Ce li avevo davanti, Virgin."

"Ti hanno visto?"

"Nessun cazzo di Luger mi ha mai visto." I due sussurravano con la familiarità di soldati esperti, cosa che erano, non come ragazzi di ventidue anni, cosa che erano.

Dal terreno gelato si levò un crocchiare di passi.

"Facciamo un po' di luce," sibilò Bud.

Il soldato Virgil Beuell premette il grilletto della mitragliatrice sputando proiettili contro la colonna nemica a neppure tre metri da lui. Le fiammate brillanti della canna e le scie rosse dei proiettili illuminarono i contorni dei corpi e i fusti degli alberi mentre il resto dell'unità americana imbracciava le armi. La furia dello scontro incendiò il bosco e la sottile linea di difesa parve tramutarsi in un muro impenetrabile. In un istante, così ben definito che sembrava registrato da una fotocamera Speed Graphic piazzata a bordo ring durante un incontro di pugilato, Virgil vide l'elmetto di un soldato tedesco esplodere in una nuvola di vapore rossastro e brandelli di ciò che fino a poco prima era una testa d'uomo. I tedeschi si sparpagliarono rapidamente e a loro volta vomitarono morte. Bud si sollevò quanto bastava per puntare il fucile e sputò l'intero caricatore – otto *blam* in successione – dispensando proiettili con precisione geometrica finché si sentì il *pi-cling* del caricatore vuoto. Automaticamente Bud ricaricò e si sporse fuori dalla buca proprio mentre un corpo ci piombava dentro rompendo la copertura di rami.

Il tedesco cadde sparando e colpì Virgil al ginocchio sinistro, ma lui non se ne accorse. Un secondo colpo invece gli centrò le dita della mano sinistra e punse come un calabrone.

"Fanculo!" gridò Bud colpendo la mascella del tedesco con il calcio del suo M1. "Stronzo!" gridò, massacrandogli la faccia con altri due colpi. Allora i bengala sprigionarono una luce inclemente nel bosco e Bud si rese conto di aver spaccato il naso e la mascella del crucco, che giaceva immobile, gli occhi vitrei. Bud capovolse il fucile, puntò la canna contro il bottone di mezzo dell'uniforme nemica, esplose due colpi a bruciapelo e mise fine a una vita. "Uno di voi stronzi in meno," disse al cadavere del soldato nemico.

Le poche riserve americane intanto accorrevano. L'azione dei tedeschi, iniziata come una semplice esplorazione, gli si stava rivoltando contro, una vera carneficina, e quando cominciarono a battere in ritirata fu dato l'ordine di inseguirli. Virgil smise di sparare, avrebbe voluto smontare la mitragliatrice per unirsi ai compagni, ma si accorse che qualcosa non andava. Aveva la mano appiccicosa e la gamba intorpidita.

"Mi si è addormentata la gamba!" gridò. Quando cercò di tirarsi in piedi cadde all'indietro, sul tedesco senza più faccia né vita. Provò a risollevarsi, ma la gamba si piegò nella maniera sbagliata all'altezza del ginocchio, senza che lui capisse cosa stava succedendo. Per fortuna c'era Bud Boling ad aiutarlo. Invece di farlo alzare, Bud si accovacciò, si caricò Virgil sulle spalle e lo rovesciò fuori dalla buca.

Ecco cosa ricordava Virgil della vigilia di Natale del 1944. Da qualche parte, tra la buca e la stazione di soccorso nelle retrovie, era scivolato nel torpore dell'incoscienza.

* * *

Virgil si sentiva un vero stupido.

Dieci anni rappresentavano un anniversario per lui, perché la guerra del soldato scelto Beuell si era conclusa la vigilia di Natale del 1944. Virgil si era svegliato all'ospedale da campo di Bastogne dopo l'arrivo dei carrarmati americani e la ritirata dei tedeschi. Alcuni giorni dopo, invece, si era risvegliato nell'ospedale militare in Francia. E settimane dopo era tra le migliaia di soldati ricoverati negli ospedali inglesi. Alla resa tedesca, quando la guerra in Europa si era conclusa, Virgil aveva iniziato a considerarsi un fortunato bastardo. La gamba sinistra era andata, amputata sopra il ginocchio, e tre dita della mano sinistra erano ridotte a moncherini, avvolte in così tanti strati di bende da sembrare infilate in un guantone da baseball di garza.

Però aveva ancora due pollici e una gamba sana, la vista, la sua mascolinità. Rispetto ai molti altri ricoverati negli ospedali inglesi e sulla nave diretta in patria, Virgil sentiva di aver vinto la lotteria. Quello che avrebbe rivoluto indietro più di ogni altra cosa era il suo anello nuziale, perduto in quei boschi del Belgio.

Amos "Bud" Boling invece era rimasto in Germania per tutto il servizio di leva, ovvero per tutta la durata della guerra più altri sei mesi. Le ferite di Virgil venivano curate insieme alle infezioni mortali che portavano con sé, e intanto Bud prendeva d'assalto la Linea Siegfried e si apriva una strada nella Germania nazista uccidendo. Poi sfondò la linea del Reno e quella dell'Elba, avanzando in sacche della nazione nemica ignare dei quattro anni e mezzo di conflitto che aveva infuriato attorno a lui.

Bud non era mai stato ferito, ma ne aveva visti troppi che invece sì, e troppi morti. Lui stesso aveva ammazzato moltissimi tedeschi, uomini e ragazzi. Aveva messo fine alla vita di soldati che, pur volendosi arrendere per sopravvivere, si erano scontrati con gli occhi impietosi del sergente Bud Boling. Aveva esploso il colpo di grazia contro diciotto ufficiali tedeschi, uno solo o anche due, tre per volta, lontano dalle strade o nel folto dei boschi, dietro i muri delle fattorie o nei campi. Con la sua calibro .45 Bud aveva elargito giustizia nel pieno della guerra: una giustizia che aveva senso solo per lui. Aveva freddato l'ultimo tedesco nell'agosto del 1945. Gli erano giunte voci di un uomo, un ex ufficiale del partito nazista che si nascondeva sotto il falso nome di Wolfe; l'aveva trovato in coda insieme ad altri rifugiati che speravano di tornarsene nella loro città natale, nelle varie regioni di quello che fino a poco prima era il Terzo Reich. Quando Wolfe gli aveva mostrato i documenti, Bud gli aveva ordinato di uscire dalla fila. Poi, dietro un muretto di mattoni, aveva tirato fuori la pistola e gli aveva sparato al collo, rimanendo impassibile a guardare quello che era stato un ufficiale nazista contorcersi negli ultimi istanti di vita. Bud Boling non ne aveva mai parlato con nessuno. Non aveva mai raccontato nulla. Neppure dei campi che aveva visto. Virgil non ne sapeva nulla di preciso, ma nutriva dei sospetti. Aveva visto il vuoto, il cambiamento nel suo amico.

* * *

"Quanto pensi di rimanere a San Diego, Bud?"

"Una settimana, un anno, non so. A capodanno magari me ne vado a Los Angeles per la sfilata dei carri."

"La Rose Parade?"

"Sì. Dicono che sia meravigliosa. Ti chiederei cos'hai da fare tu, ma già lo so. Al negozio sei giorni la settimana."

"Mi piace il mio lavoro, Bud. Non sarei capace di bighellonare in giro come te."

"Virgin, piuttosto che timbrare il cartellino mi farei sbattere in galera."

I due risero.

"Allora buon Natale. E sarai più che benvenuto se vorrai bighellonare da queste parti."

"È sempre bello parlare con te, Virgin. Felice che tu sia felice. Ti meriti ogni bene."

"Grazie a te, Bud."

"È quasi il 1954. Riesci a crederci? E tu sei lì con Del e Davey e Jill e, uh, Connie? L'ultima si chiama Connie, giusto?"

"Connie, sì."

"Virgil il Vergine ha fatto tre bambini. La teoria biologica la capisco, ma la realtà biologica resta un cazzo di mistero..."

I due si scambiarono gli auguri, si salutarono un'altra volta, appesero. L'anno seguente avrebbero parlato di nuovo.

Virgil rimase seduto in silenzio, scrutò le fiamme fino all'una del mattino. Poi si alzò dalla Poltrona di Papà e spense il fuoco in modo che Davey, l'indomani mattina, trovasse le braci per riaccenderlo. Cercò la spina delle lucine dell'albero e la tirò per scollegarla dalla presa a muro usando il pollice, l'indice e i moncherini della mano sinistra. Stava quasi per dimenticarsene: si fermò davanti al piatto coi biscotti di Babbo Natale e ne mangiò tre. Esitò, diede un morso al quarto, lo riappoggiò sul piatto e bevve un sorso del latte ormai caldo.

Trovò la via per le scale al buio, risalendo un gradino alla volta, la scarpa sinistra che si affiancava al piede destro. Diede un'occhiata ai figli addormentati, a Connie nella culla accanto al letto matrimoniale, dal lato di Del. Lei gli lasciava sempre fuori il pigiama: tolti i pantaloni, Virgil slacciò le cinghie e le fibbie della protesi, che appoggiò alla sedia, e se lo infilò.

Arrivò al letto con una specie di saltello. Come ogni notte, cercò le labbra di Del per baciarle con dolcezza, e lei fece le fusa nel sonno. Poi Virgil si rimboccò il lenzuolo, le due pesanti coperte e il piumone. Abbandonò la testa sul cuscino dopo la lunga giornata e, alla fine, chiuse gli occhi.

Come quasi ogni notte intravide un balenio: l'immagine di un elmetto militare che esplodeva in una nebbia rossastra. Brandelli umidi di ciò che era stata la testa di un uomo. Virgil si sforzò di pensare ad altro, qualunque cosa ma altro. Frugò nella mente in cerca di un'immagine e si fermò su quella del giovane Bud Boling, ventidue anni, nel caldo sole di una strada californiana, parte di una moltitudine sorridente che urlava al passaggio di una parata di carri allegorici ricoperti di rose.

IN TOUR NELLA CITTÀ DELLE LUCI

Ma la volpe col suo balzo ha davvero raggiunto il quieto Fido, alla fine?

Ehi, i tasti di questa macchina da scrivere funzionano tutti!

Che diavolo è successo? Chi sono oggi? Ancora Rory Thorpe, credo, ma lui chi è?

Ieri sera – giusto una manciata di ore fa – ero ancora Rory Thorpe, attore del famosissimo film di cui parlavano tutti, il tizio che se l'è spassata con una dea, quello con un bel sedere. Mi hanno sballottato qua e là per le capitali d'Europa – e d'America – come un politico, a bordo di auto e dentro sale da ballo gremite di giornalisti strilloni armati di fotocamere. Ho salutato le folle e molti hanno ricambiato il mio saluto anche se nessuno sapeva chi ero. Anche se, insomma, io sono un signor Nessuno. Però ho qui con me... certi documenti... in cui è custodito IL NOME TOP-SECRET di Willa Sax (si chiama Eleanor Flintstone!).

Ieri era il secondo giorno della mia conquista di Parigi e dovevo restarci un terzo, e il terzo giorno ci sarebbero stati i FUOCHI D'ARTIFICIO! Viaggiavo spesato. Indossavo vestiti che non avevo pagato. Potevo chiedere un sandwich a qualunque ora, ma purtroppo gli impegni erano così tanti che c'era tempo per un morso solo.

Stamattina invece è tutto finito. Dovrò liberare la stanza entro l'orario del check-out. Peccato. Questo è un bell'hotel. Ci hanno alloggiato i nazisti.

Una buona regola da seguire quando si viaggia in Europa: alloggiare in posti con trascorsi nazisti. L'hotel di Roma era il quartier generale della Gestapo durante la guerra. Camere spaziose. Soffitti alti. Giardini meravigliosi. L'hotel di Berlino era stato raso al suolo dai russi – con dentro tutti i tedeschi che ci si nascondevano. E per vantarsi della vittoria i comunisti non si erano presi il disturbo di ricostruirlo, o di ricostruire altro in quella zona di Berlino Est. Quando il Muro è venuto giù, però, l'hotel è stato rimesso in piedi e adesso ha una sala dove fumare i sigari. A Londra, quella vecchia gloria di grand hotel era stato bombardato dalla Luftwaffe in un momento imprecisato tra le gesta naziste di Roma e i calci in culo rimediati dai comunisti pochi anni dopo. Dal 1973 la regina ci ha cenato due volte.

Comunque quest'hotel parigino è stato il quartier generale delle forze d'occupazione tedesche. A quanto si racconta, Hitler ha preso un caffè su uno dei balconi prima di fare un giro in macchina per godersi la vista della Ville Lumière conquistata.

Finora il sottoscritto non ha pagato nulla, neanche gli hotel a L.A., Chicago e New York: è stata la casa di produzione a occuparsi di tutto, perché ho interpretato Caleb Jackson in *Cassandra Rampart 3: La mano del destino* (Cassandra Rampart alias Willa Sax alias Eleanor Flintstone!)

Per il terzo giorno della mia scampagnata parigina – pardon, del mio tour promozionale – era previsto un altro giro di giostra. Invece dovrò fare i bagagli e liberare la stanza entro l'una – pardon, le 13.00…

A: RORY THORPE
CC: IRENE BURTON ECC.
DA: ANNETTE LABOUD
RE: PROGRAMMA INCONTRI STAMPA PARIGI

Benvenuto a Parigi!

Sarai esausto, ce ne rendiamo conto, ma vogliamo farti sapere quanto siamo emozionati all'idea di lavorare al lancio francese di CASSANDRA RAMPART 3: LA MANO DEL DESTINO! I nostri colleghi di Roma, Berlino e Londra dicono che l'accoglienza del film è stata straordinaria... grazie a te! I numeri sono ottimi, solo due punti in meno di CASSANDRA RAMPART 2: L'AGENTE DEL CAMBIAMENTO e solo 10 punti dietro a CASSANDRA RAMPART: LE ORIGINI. Per un sequel sono risultati fantastici. L'impressione è che il pubblico apprezzi molto la tensione sessuale tra Cassandra e Caleb.

Crediamo che in Francia il film possa andare benissimo perché l'universo Cassandra Rampart ha un seguito stratosferico sulle piattaforme social.

Forse Irene Burton e l'Ufficio Marketing ti hanno già informato, ma in Francia non sono permessi spot televisivi a pagamento per la promozione di un film: per questo avrai notato un numero di interviste inferiore alla media. Ma quelle in programma sono cruciali per il mercato francese. Nel tour americano sei andato alla grande e a Roma/Berlino/Londra eri preparatissimo per tutte le domande.

Perciò divertiti!

Sotto trovi il programma dei prossimi tre giorni. (Programma separato per Eleanor Flintstone.)

GIORNO 1

1:10 circa – Arrivo all'aeroporto Charles de Gaulle da Londra – trasferimento in hotel.
7:10 – Trucco nella camera 4114.

7:40-8:00 – Apparizione live a "¡Nosotros Cacauates!" Si tratta del più famoso programma per ragazzi in Spagna, con un impressionante numero di contatti online (4.1 milioni di visualizzazioni). Vengono a Parigi apposta per CR3: LMDD.
8:05 – Trasferimento in Sala Media al 3° piano.
8:15-8:45 – Incontro con la stampa #1 (ca.16 testate. Lista disponibile)
8:50-9:20 – Incontro con la stampa #2 (ca. 16 testate. Lista disponibile)
9:25-9:55 – Incontro con la stampa #3 (ca. 16 testate. Lista disponibile)
10:00-10:30 – Incontro con la stampa #4 (ca. 16 testate. Lista disponibile)
10:35-11:05 – Incontro con la stampa #5 (ca. 16 testate. Lista disponibile)
11:10-11:40 – Incontro con la stampa #6 (ca. 16 testate. Lista disponibile)
11:45-11:50 – Sessione mattutina con Reddit (per gli Stati Uniti)

BREAK

12:00-13:00 – Mini-interviste con Social Media Influencer (3-5 minuti l'una). Gli influencer selezionati contano almeno 1.5 milioni di follower. Ciascuno avrà richieste specifiche per la realizzazione del suo post. Alcune interviste saranno brevissime; altre verranno limitate a 5 minuti.
13:05-14:00 – Sessione fotografica sulla Terrazza dell'hotel. (Nota: Eleanor Flintstone ti raggiungerà per gli ultimi 10 minuti.)
14:05-14:45 – Pranzo/Intervista con PARIS MATCH. (Nota: sarà presente un fotografo.)
14:50-15:00 – Intervista radio con TSR-1
15:05-15:15 – Intervista radio con RTF-3
15:20-15:30 – Intervista radio con FRT-2
15:40-16:00 – Caffè informale con le testate di social news autorizzate (ca. 20) con minimo 3.5 milioni di follower. (Lista su richiesta.)
16:05-16:10 – Ritocco del trucco.
16:15-16:45 – Collegamento live dalla Terrazza per il programma della TV belga "PM TODAY". (Nota: Eleanor Flintstone si unirà a te alle 16:30.)

17:00 – Trasferimento in auto allo Studio du Roi per la registrazione dello spot Air France. Lo spot verrà trasmesso su tutti i voli internazionali operati da Air France per promuovere il lancio di CR3: LMDD. Lo shooting durerà ca. 3 ore.
20:00 (ca.) – Trasferimento in auto al ristorante Le Chat. Cena offerta da UPIC. (Nota: sarà presente un fotografo.)
Dopo cena sarai libero di restare oppure tornare in hotel.

Rory Thorpe aveva ringraziato la sua buona stella per avergli mandato Irene Burton, e per la benevolenza degli ultimi due anni. Rory aveva recitato in un film accanto a – nientemeno – Willa Sax: Cassandra Rampart in persona! Per la prima volta il suo conto in banca non era in rosso! E avrebbe visto l'Europa senza tirare fuori un soldo! In cambio doveva rilasciare solo un po' di interviste! Il suo entusiasmo aveva fatto morire dal ridere – in silenzio – Irene Burton.

Irene aveva sessantasei anni, aveva lavorato nel marketing delle sei maggiori case di produzione cinematografiche e adesso viveva una sorta di pensionamento a metà in una villa sulla spiaggia di Oxnard, abbastanza lontano da Hollywood per evitare lo stress quotidiano dello showbiz, ma abbastanza vicino per intervenire in caso di incendio nelle pubbliche relazioni. Undici anni prima, Irene Burton aveva accompagnato una giovane attrice bella e talentuosa nel tour promozionale di un pessimo film intitolato *Dementia 40* che aveva ottenuto risultati scadenti ma che era assurto a *cult* avendo presentato al pubblico la giovane, bella e talentuosa Willa Sax. La stampa l'aveva chiamata Willa *Sex* per anni – nomignolo azzeccato – ma adesso Willa era Cassandra Rampart, un'azienda di una sola persona che possedeva una sua linea di abbigliamento, un rifugio per animali abbandonati e una fondazione che promuoveva l'alfabetizzazione nei paesi del Terzo Mondo. I primi due film di Cassandra Rampart avevano incassato 1,75 miliardi di dollari. Willa Sax veniva pagata 21 milioni di dollari a film più una percentuale sui profitti, e soprattutto incuteva rispetto.

"Irene," aveva detto Willa al telefono. "Devi aiutarmi."

"Che c'è, zuccherino?" Irene chiamava così tutti i suoi giovani attori.

"Rory Thorpe è un idiota, un somaro."

"Chi è Rory Thorpe?"

"Quello che ha recitato nell'ultimo film. Ho appena visto il suo press-kit." Il press-kit digitale era l'intervista che la casa di produzione metteva a disposizione della stampa prima del lancio. "In pratica tutte le sue risposte iniziano con 'Be', uhm. Insomma, sapete...' Tra poco partiremo per il tour promozionale e non posso andarmene in giro per il mondo con il signor Cretino a farmi da spalla. Qualcuno deve spiegargli cosa cazzo non deve fare."

"Me ne occupo io."

Irene aveva mantenuto la parola. Aveva portato Rory da Fred Segal e Tom Ford a comprare l'abbigliamento adatto – qualche *mise* informale per le interviste, smoking con cravatta nera per i gala delle prime. Tutto spesato. Poi lo aveva portato da T. Anthony a comprare le valigie giuste – a prezzo scontatissimo, pagate dalla casa di produzione – affinché gli abiti fossero sempre in ordine e pronti, anche con un preavviso di pochi minuti. Rory avrebbe posato in due shooting fotografici al fianco di una delle donne più belle del mondo e doveva dare prova di averlo meritato. E siccome avrebbe dovuto rispondere alle stesse domande migliaia di volte, Irene gli aveva inculcato le espressioni e gli argomenti predisposti dalla casa di produzione: *CR3-LMDD regala all'universo di C. Rampart il film più avvincente e sofisticato, perché in questo terzo episodio lei non è solo un'eroina di grande attualità, ma* ***una figura femminile memorabile destinata a rimanere nella storia.*** *Vi preghiamo* *di usare l'espressione* ***"figura femminile memorabile destinata a rimanere nella storia"*** *quando vi riferite a Cassandra.*

Quando uno dei suoi clienti se ne usciva con qualche idiozia o ingenuità, Irene sapeva riderne tra sé e sé, un'abilità perfezionata negli anni: nel caso di Rory, per esempio, la sua convinzione che quel primo viaggio in Europa sarebbe stato gratis.

"Zuccherino," gli aveva spiegato lei. "Dovrai farti il culo."

Il tour iniziò a Los Angeles: tre giorni di interviste, shooting, videoconferenze, sessioni di domande e risposte, forum coi fan e tutte le ospitate possibili nei talk show televisivi; e ciascuna richiedeva un'ora di pre-intervista coi produttori del programma. Irene controllò che Rory fosse sempre ben vestito, ben truccato, ben istruito su cosa cazzo non doveva fare. Poi ci fu la tappa al Comicon di San Diego. Willa Sax ebbe bisogno di una squadra di bodyguard che tenessero a bada i fan, molti travestiti da Cassandra, l'ex agente dei Servizi Segreti con un chip nel cervello – la donna potenziata, muscoli dalla forza sovrumana, capacità di comunicare a livello subconscio coi Sette, gli extraterrestri che vivono tra noi, alieni che possono essere buoni o cattivi, e che eccetera eccetera eccetera... vi siete fatti un'idea. Al Comicon molti erano travestiti da Sette. Nessuno invece da Caleb Jackson, il surfer professionista/genio della programmazione, perché nessuno aveva ancora visto il terzo capitolo della saga. Ma l'anteprima del teaser di venti minuti sembrò elettrizzare tutti i fan, che ne fecero un trending topic per gran parte del giorno sia su Twitter che su Poppit!

Due giorni dopo, a Chicago, il teaser fu proiettato al campus della Northwestern University, l'alma mater di Willa Sax. Le avevano intitolato il vecchio dormitorio. Irene rimase con Rory nelle due giornate di interviste e durante la parata, la partita di pallavolo di beneficenza, l'introduzione del disco a una partita di hockey dei Blackhawk e la proiezione esclusiva per promuovere l'alfabetizzazione dell'Africa che si tenne nella stessa sala cinematografica dov'era stato ucciso il gangster John Dillinger.

Poi ci furono i quattro giorni a New York, iniziati con una conferenza stampa nella sala da ballo del Waldorf Astoria alla presenza di 152 testate e network. La prima domanda per Rory arrivò dopo trenta minuti dedicati a Willa, che perlopiù parlò della sfida di lavorare con la nuova FLIT-cam digitale e del nuovo sistema per gli effetti speciali chiamato DIGI-MAX. Dopotutto Willa era anche una delle produttrici del film, avendo opzionato i diritti della graphic novel Cassandra Rampart nel 2007 per appena diecimila dollari.

Willa si schermì dietro una risata quando le chiesero del talento finanziario di suo marito e delle voci che ne descrivevano l'abilità fra le lenzuola. "Ragazzi!" ribatté. "Bobby è un banchiere!" Bobby era il marito e valeva 1,2 miliardi di dollari. Willa dichiarò alla stampa che Bobby era un tipo normale a cui si doveva ricordare di portar fuori la spazzatura.

Da qui si arrivò alla domanda per Rory. "Cosa significa per un ragazzo come te aver baciato una delle donne più belle del mondo?"

"È stato un bacio memorabile, che durerà nel tempo," rispose lui. Irene sogghignò, consapevole di aver fatto un buon lavoro. La sala gremita rimase in silenzio, a parte il *click* delle macchine fotografiche. Alla fine della conferenza, Willa fu scortata via rapidamente, inseguita da urla e domande. Irene guidò Rory nella sala da ballo più piccola, allestita con tavoli rotondi, tutti affollati di giornalisti e microfoni. Rory si trattenne venti minuti a ogni tavolo, senza pause, rispondendo in modo leggermente diverso alle stesse tre domande.

Com'è stato lavorare con Willa Sax?
Com'è stato baciare Willa Sax?
Il sedere nella scena dell'uragano è davvero il tuo?

Poi Irene lo accompagnò al Media Center all'ottavo piano per le cinquantasette interviste TV della durata di massimo sei minuti l'una, tutte realizzate lì, nella stessa sala: Rory seduto in poltrona, la locandina del film alle sue spalle. Nel poster, Willa si stagliava con lo sguardo rivolto allo spazio, un'espressione feroce e concentrata racchiusa nella meravigliosa cornice del viso, il busto fasciato in un maglione aderente, uno strappo a lasciar intravedere la spalla e parte del seno. Dietro di lei un mosaico di immagini tratte dal film – un'esplosione, sagome scure che correvano in un tunnel, un'onda gigantesca, Rory con indosso un paio di cuffie e gli occhi al computer, serissimo. WILLA SAX TORNA A VESTIRE I PANNI DI CASSANDRA RAMPART era stampato a caratteri cubitali. Il nome di Rory era incastonato nei crediti in fondo: la grandezza del carattere era la stessa del montatore del film. Irene continuò a portargli tè, barrette proteiche, tazze di mirtilli.

CBS This Morning avrebbe promosso il lancio del film per tutta la settimana e così ogni mattina dalle 7.40 alle 8.10 Rory doveva fare le previsioni del tempo davanti al green-screen su cui prendeva forma la mappa. Willa Sax invece era ospite di Kelly Ripa al *Live with Kelly*: le due facevano pilates in diretta.

La prima del film avrebbe dovuto tenersi ai dock sull'Hudson – un capannone attrezzato con cinquemila posti – ma l'allerta meteo per una tempesta mandò tutto all'aria. Furono prenotati diversi cinema sparpagliati per la città e si optò per una proiezione digitale in simultanea. Rory e Irene, scorrazzati da un SUV, visitarono tutte le sale: in totale ventinove. Willa Sax partecipò solo alla proiezione al Museo di Storia Naturale per raccogliere fondi destinati al programma Giovani Scienziati.

Alla fine dei nove giorni di tour negli Stati Uniti, Rory era esausto, a secco di parole e in preda alle vertigini; non aveva visto altro che automobili e camere d'albergo e foto/videocamere. Ma la cosa peggiore erano state le domande: sempre le stesse, in più di quattrocento interviste.

Com'è stato lavorare con Willa Sax?
Com'è stato baciare Willa Sax?
Il sedere nella scena dell'uragano è davvero il tuo?

A quel punto Rory aveva la sensazione che lavorare con Willa Sax fosse come mangiare un sandwich al burro d'arachidi in sella a una moto, baciare Willa fosse come Natale a luglio, e il sedere nella scena dell'uragano fosse quello di un cavallo parlante di nome Braghe Corte.

"Benvenuto in serie A, zuccherino," gli disse Irene. "Domani Roma."

Willa Sax arrivò in Italia con un volo charter, e insieme a lei arrivarono la sua squadra, il suo clan, i suoi addetti; sullo stesso aereo si imbarcarono anche gli altri cinque produttori del film, tutti i dirigenti e i capi del marketing. Siccome non restavano altri posti, Rory e Irene viaggiarono in business class su un volo della TraxJet Airways con scalo a Francoforte.

Il programma dei tre giorni a Roma era fitto come quello negli Stati Uniti. L'ultima sera il teaser promozionale fu proiettato al Circo Massimo. A Rory ricordò un immenso campo sportivo. Le scene del film furono proiettate su un grande schermo montato appositamente, ma non prima che una delle squadre di calcio cittadine avesse sfilato con la coppa vinta in qualche campionato. Secondo le stime, i presenti raggiunsero quota 21.000. Quando Rory fece la sua apparizione sul palco per un saluto ai romani non accadde nulla. Quando Willa fece la sua apparizione, invece, la marea di fan in maglie sportive cercò di superare le transenne e ci fu un gran parapiglia. I carabinieri dovettero intervenire con la forza mentre Willa veniva messa in salvo a bordo di un'auto blindata e scortata all'aeroporto. L'indomani Rory e Irene presero un volo qualunque – Air Flugplatz – diretto a Berlino per altri tre giorni di tour.

Ormai Rory aveva l'orologio biologico talmente sfasato dal jet-lag che si ritrovò sveglio alle 3.00 del mattino e, pieno di energia, pensò di fare una corsa. Uscendo dall'hotel fu ignorato dalle decine di fan tedeschi che rimasero appostati tutta la notte nella speranza di vedere Cassandra Rampart. Rory corse lungo i sentieri oscuri del Tiergarten, fermandosi a fare le flessioni sui gradini del monumento all'Armata Rossa – con tanto di veri carrarmati – che aveva conquistato Berlino nel 1945. L'indomani, a mezzogiorno, era così stanco che si sentiva come un sonnambulo. E intervistato da *Bild*, il quotidiano nazionale, parlò anche come un sonnambulo: la sua opinione, in qualità di fan della saga di Cassandra Rampart e di ultimo coprotagonista di Willa Sex (aveva detto davvero "Sex" invece di "Sax"), era che "questa Sandra Rampart è l'episodio più avvivato e sofistico di tutta quanta la serie di questi film perché Willa Sex è un'eroina dei nostri tempi, una tipa storica." Poi ecco le domande.

Com'è stato lavorare con Willa Sex?
Com'è stato baciare Willa Sex?
Il sedere nella scena dell'uragano è davvero il tuo?

"Cerca di non chiamarla più Willa Sex," gli disse Irene a bordo dell'auto che li riportava in albergo.

"L'ho chiamata Willa *Sex*?" chiese Rory.

"Sì. In un'intervista col più importante quotidiano tedesco."

"Mi dispiace," disse Rory. "Non so più che cosa mi esce dalla bocca."

Il teaser promozionale fu proiettato di sera, sulla Porta di Brandeburgo, davanti a seimila fan. Willa Sax apparve sul balcone dell'hotel per un saluto e, non vedendo scazzottate, restò delusa.

"Mi sa che stasera non sono Willa Sex," disse più tardi alla cena di gala, nello stesso museo in cui era esposto il busto di Nefertiti.

A quell'ora Rory e Irene avevano già preso un aereo per Londra (CompuAir, atterraggio a Gatwick), e il tour internazionale aveva tramutato Rory in una celebrità sproloquiante.

GIORNO 2

7:30 – Trucco in camera.
8:00 – Trasferimento in auto alla Gare de l'Est.
8:10-9:00 – Interviste sul red carpet prima dell'imbarco sul CASSANDRA EXPRESS.
9:05-13:00 – Viaggio in treno fino a Aix-en-Provence. A bordo, interviste di 15 min nel vagone attrezzato a sala stampa. (Lista delle testate disponibile.)
14:30-16:00 – Interviste sul red carpet dopo l'arrivo all'antico teatro romano. Ricreazione della scena dell'uragano per la stampa. (Nota: Trasmissione in diretta TV su RAI-Due.)
16:30 – Di nuovo a bordo del CASSANDRA EXPRESS. Apparizione live a "Midi & Madi" trasmesso dalla carrozza panoramica.
17:15-21:45 – Ritorno a Parigi con il CASSANDRA EXPRESS. Durante il viaggio interviste di 15 min con i media non-francesi nel vagone stampa. (Lista delle testate disponibile.)
22:00 – Trasferimento in auto al ricevimento/cena presso l'Hotel Meurice, organizzata da Facebook France.
Dopo cena sarai libero di restare o tornare in albergo.
Irene riceverà il PROGRAMMA DETTAGLIATO PER L'ASIA prima del tuo arrivo a Singapore/Tokyo.

Ottenere la parte era stato un vero colpo di fortuna, uno dei rarissimi gratta&vinci vincenti. Dopo sei mesi da modello-attore-barista con due soli ruoli all'attivo sulla tessera del sindacato attori, Rory aveva smesso di riporre le sue speranze in Los Angeles. Era stato scritturato per la pubblicità di uno yogurt: una scena in spiaggia, la versione meno fisica di una partita di football. Tre giorni nuvolosi a San Diego dove Rory non aveva fatto altro che correre a petto nudo – faceva una gran bella figura senza maglietta – insieme a un gruppo di "amici" di razza mista, e infine la merenda con uno yogurt. La produzione aveva spiegato a tutti come immergere i cucchiaini nei barattoli e come infilarsi lo yogurt in bocca. C'era un trucco per farlo nel modo corretto.

Nove settimane più tardi Rory aveva ottenuto una parte – per un singolo episodio – nel remake della serie *Kojak* prodotta dalla CBS. Doveva interpretare uno spacciatore di metanfetamine, un tipo rasato e coi tatuaggi che, fingendo di essere un invalido della guerra in Iraq, *ovviamente* doveva morire. Rory era andato incontro alla fine con stile: a petto nudo (naturalmente), scaraventato giù dal tetto di un grattacielo in sella alla sua carrozzina a motore truccata, mentre il nuovo Kojak si metteva in salvo saltando di lato all'ultimo momento.

Con poco altro all'attivo, a parte le rate della macchina e gli allenamenti in palestra, Rory si era stufato della California e, intascati i soldi di yogurt-Kojak, si era trasferito in Utah per la stagione invernale. Quando il Nuovo Kojak era andato in onda, però, uno dei produttori di Cassandra l'aveva visto per caso e aveva scritto un messaggio a Willa Sax. *Credo di aver appena visto il prossimo amante di CR.* Pochi giorni dopo Rory aveva ricevuto una telefonata dalla sua agenzia: doveva tornare subito perché qualcosa di *enorme* lo attendeva sulla scrivania, nel forno, insomma qualcosa bolliva in pentola.

Il primo incontro con Willa Sax, bella da matti, bella oltre l'immaginabile, era stato davanti a una tazza di tè verde nello studio di lei, a Hollywood, nella sede della Capital Records in Vine Street. La villa che divideva col marito, il banchiere, si trovava da qualche parte sulle colline nei paraggi. Lei era stata gentilissima, aveva cominciato a parlare d'arte e dell'allevamento di cavalli. Siccome Rory sapeva poco di tutt'e due le cose, però, lei aveva cambiato argomento raccontandogli delle Fiji. Le aveva visitate quando cercava location per il film. Aveva descritto a Rory la bellezza del cielo notturno e la limpidezza dell'acqua e i volti allegri degli abitanti, soprattutto durante la cerimonia della Kava fatta per i visitatori. Alle Fiji lei aveva imparato a surfare. Erano previste almeno due settimane di riprese in loco.

L'incontro era durato poco più di un'ora, ma prima che Rory rimontasse in macchina per restare bloccato nel traffico della superstrada di Hollywood il suo telefono era stato bersagliato dai messaggi. *WSaX ti adora! $$$$.* Due settimane dopo era stato ufficialmente scritturato per il ruolo di Caleb, con l'assurdo compenso di mezzo milione di dollari da spalmare su tre film che avrebbero potuto – o forse no – entrare a far parte dell'universo di Cassandra Rampart. Aveva rivisto Willa sul set per la prova delle videocamere. Un assistente l'aveva guidato al caravan di lei. Rory aveva salito i gradini con indosso la muta da surf di Caleb Jackson, tutta aderente sul petto, e Willa aveva dato un'occhiata al suo coprotagonista, anonimo ma stupendo, commentando: "Be', non male, cazzo."

Le riprese però erano state rinviate di mesi perché il copione aveva bisogno di una riscrittura, e poi rimandate all'anno nuovo affinché Willa potesse godersi le vacanze col marito: trascorsero il Natale in un castello in Scozia. Il primo giorno di Rory nel ruolo di Caleb Jackson fu a fine marzo, in un teatro di posa a Budapest. Willa lavorava alle riprese già da tre settimane e aveva un caravan del trucco tutto per sé, così i due non si incontrarono mai finché non furono sul set. Dovevano girare la scena di sesso sotto la doccia, ma l'acqua non era abbastanza calda per produrre vapore, quindi la squadra ungherese degli effetti speciali infilò nel box doccia una macchina del fumo. Quando Willa si presentò in accappatoio, tre bodyguard circondarono la sua sedia. Lei chiese a Rory se gli piaceva l'albergo e poi gli disse che essendo ormai sposata non avrebbe mai baciato a bocca aperta sullo schermo.

Per sette mesi Rory recitò pochi giorni alla settimana: a Budapest, Maiorca, di nuovo a Budapest, nel deserto marocchino, poi a Rio de Janeiro per una scena in cui lui e Willa correvano per le strade affollate del carnevale – una scena che richiese quattro giorni di preparativi e sedici minuti per essere girata. Rory lavorò per una settimana a Shreveport, in Louisiana, da solo, mentre Willa si concedeva un po' di tempo in compagnia del marito alle Seychelles. Tornarono sul set insieme per un giorno, altre sequenze tra la folla del carnevale di Rio, ma stavolta girate a New Orleans. Poi, dato che una parte dei finanziamenti del film proveniva dalla Germania, le leggi fiscali li costrinsero a un giorno di riprese a Düsseldorf: si precipitarono fuori da un edificio e si lanciarono dentro un taxi – questa la sostanza del lavoro in Germania. Dopo altri giorni a Budapest mancavano solo le scene di surf. Non andarono mai alle Fiji. Rory e Willa recitarono in una vasca a Malta, davanti a un green-screen: finsero di surfare sulle tavole approntate dalla squadra degli effetti speciali, mentre i macchinisti li infradiciavano con acqua gelida lanciata da bidoni della spazzatura.

GIORNO 3

7:30 – Trucco in camera.
8:00-9:00 – Colazione al ristorante dell'hotel coi vincitori del contest. (Nota: Eleanor Flintstone si unirà per un caffè alle 8:50.)
9:05-12:55 – Intervista con le principali reti televisive (12 min. ciascuna).
13:00-13:20 – Pranzo in camera. Verrà predisposto il servizio in camera.
13:20 – Ritocco.
13:25-16.25 – Continuano le interviste con le principali reti televisive.

BREAK

16:30-16:55 – Intervista TV per "Le Showcase" (con René Ladoux, icona francese della critica cinematografica).

17:00-17:30 – Intervista TV con Petit Shoopi (Petit Shoopi è un pupazzo che ti chiederà di cantare insieme a lei. Canzone da definire).

17:35-18:25 – Raggiungerai Eleanor Flintstone nella Sala da ballo per un'intervista TV con Claire Brule di FTV1 (il programma femminile più seguito in Francia).

18:30-19:00 – Sessione fotografica con Eleanor Flintstone per Le Figaro.

19:05-19:55 – Sessione fotografica per l'Associazione Animali Abbandonati (Nota: ci saranno gatti, cani, uccelli e rettili).

20:00 – Trasferimento con corteo di auto.

20:30 – Arrivo ai Giardini delle Tuileries.

20:30-21:00 – Interviste e fotografie sul red carpet.

21:05-22:00 – Concerto di un popolare cantante francese (da definire).

22:05-22:30 – Commenti live con i fan (Nota: dovrai presentare Eleanor Flintstone. Contatta Irene).

22:35-22:45 – Fuochi d'artificio.

22:50-23:00 – I paracadutisti francesi ricreeranno la discesa di Cassandra-Caleb nella caldera del vulcano.

23:10-23:30 – Svelamento dello schermo su cui sarà proiettato il teaser di CR3: LMDD (Nota: ai fan saranno messi a disposizione occhiali olografici).

23:35-00:15 – Performance di una pop star francese (da definire).

00:20 (ca.) – Inizio della proiezione.

Sarai libero di restare per la proiezione o tornare in albergo.

NOTA: DOMANI PARTIRAI PER SINGAPORE.

I telefoni francesi non squillano. Fanno *blit-blit*, *blit-blit*, *blit-blit*. E quel suono, alle 6.22 di mattina, può farti credere che un animale da fattoria si sia intrufolato nella tua camera. Rory doveva farlo smettere.

"Sì?" Poggiato all'orecchio, il ricevitore sembrava un giocattolo.

"Cambio di programma, zuccherino." All'altro capo c'era Irene. "Resta a letto."

"Puoi ripetere?" Avendo approfittato del bar del Meurice fino a quattro ore prima, Rory si sentiva un po' stordito.

"La tabella di marcia è in evoluzione," disse Irene. "Torna a dormire."

"Guarda un po'." Rory riappese, si girò e perse i sensi come un pugile dalla mascella di cristallo.

Si svegliò tre ore dopo e si trascinò fino al salottino della suite, un tempo gradita agli ufficiali nazisti e adesso più che soddisfacente, anzi eccellente per l'unico figlio di mamma Thorpe. Il programma del Giorno 3 a Parigi era sulla scrivania, accanto al menù del servizio in camera e al kit stampa per CASSANDRA RAMPART 3: LA MANO DEL DESTINO. Erano le 9.46 e Rory avrebbe già dovuto concedere interviste da 12 minuti, ma né Irene né altri erano venuti a prenderlo. L'indomani avrebbe dovuto volare in business sulla IndoAirWays, destinazione Singapore, così ordinò un po' di café au lait e un cestino di brioche.

Finora aveva trascorso ben poco tempo nelle varie camere d'albergo, a parte quando crollava sfinito a letto, dove restava una manciata di ore, o quando doveva truccarsi, cosa di cui si occupavano sempre due donne – una per il trucco in sé, l'altra per la messa in piega – spinte nella suite da Irene mentre Rory era sotto la doccia. Perciò, da solo in biancheria intima, sorseggiando caffè e latte caldo, si guardò meglio intorno.

Di recente l'hotel era stato rimodernato in stile Hipster-Millennial, una generazione che per gli occupanti nazisti di decenni prima rappresentava certamente uno schiaffo in faccia. Quello schermo nero era il televisore. Il telecomando, lungo e sottile e pesante, era incomprensibile a qualunque americano. Le luci venivano azionate da comandi touch, ma solo se si sapeva dove toccare. Quattro bottigliette di Orangina erano ordinatamente disposte sul tavolino da caffè quadrato – accanto, ironicamente, a quattro arance di porcellana. L'impianto stereo consisteva in un giradischi rétro con una selezione di LP dell'Elvis francese, Johnny Hallyday: uno dei dischi risaliva addirittura agli anni cinquanta. Non c'erano libri sulle mensole, ma tre vecchie macchine da scrivere: una con la tastiera in cirillico, una in francese, l'altra in inglese.

Blit-blit. Blit-blit. Blit-blit.

"Sono sveglio!"

"Sei seduto, zuccherino?"

"Dammi un secondo." Rory si versò un'altra tazza di caffè e, aggiunto un po' di latte caldo, la portò con sé tornando alla poltrona reclinabile di cuoio. "Seduto, anzi quasi sdraiato."

"Il tour per la stampa è cancellato." Irene era della vecchia scuola. I *tour promozionali* era quelli organizzati da aziende che volevano venderti i loro prodotti. I *tour per la stampa* erano quelli in cui le star del cinema promuovevano i loro film.

Rory si sputò il café au lait sulle gambe nude, sporcando anche la poltrona di cuoio. "Eh? Cosa?"

"Fatti un giro in internet e scoprirai perché."

"Non mi sono fatto dare la password del wi-fi."

"Willa ha chiesto il divorzio a quell'avvoltoio."

"Perché?"

"Finirà in prigione."

"Si è inventato qualche truffa e ha fatto incazzare i federali?"

"Niente federali. Prostitute. In auto insieme a lui sul Santa Monica Boulevard. E pare che non fosse in possesso solo della sua marijuana terapeutica."

"Wow. Povera Willa."

"Willa se la caverà. È un brutto colpo per la casa di produzione. *Cassandra Rampart 3:* IL LAVORETTO DI MANO DEL DESTINO."

"Devo chiamare Willa e dirle che mi dispiace?"

"Puoi provarci, ma lei e il suo staff sono già in aereo e stanno sorvolando la Groenlandia. Per qualche settimana resterà chiusa nel suo ranch in Kansas."

"Ha un ranch in Kansas?"

"È cresciuta a Salina."

"E gli eventi in programma per oggi? I fuochi d'artificio e l'aviazione francese e tutti quegli animali abbandonati?"

"Cancellati."

"Quando partiamo per Singapore, Seul e Tokio e Pechino?"

"Non partiamo," disse Irene senza un filo di rammarico. "I media vogliono solo una cosa, Willa Sax. Senza offesa, ma tu sei solo un tizio che appare nel suo film. Rory Nessuno. Ti ricordi quel poster nel mio studio: 'Che cosa succede se dai una conferenza stampa e non viene anima viva?' Ma già, tu non sei mai stato nel mio studio."

"Adesso che si fa?"

"Io parto tra un'ora con l'aereo della casa di produzione, anche se mi risparmierei volentieri dodici ore di puttanethon. Negli Stati Uniti il film arriverà in sala tra quattro giorni, e il primo paragrafo di ogni recensione parlerà di puttane, ossicodone e dell'idiota che paga per fare sesso pur essendo sposato con Willa Sax. Sembra la trama di *Cassandra Rampart 4: Udienza Preliminare.*"

"Come ci torno io a casa?"

"Ci penserà Annette, dei nostri uffici francesi."

"Chi è Annette?" Durante il tour Rory aveva incontrato così tante persone che nomi e volti avrebbero potuto essere di marziani.

Irene lo chiamò zuccherino un altro po' di volte, gli disse che era un vero fuoriclasse, una persona tutta d'un pezzo, e che avrebbe fatto carriera se *CR3: LMDD* avesse incassato quanto bastava. Il film comunque le era piaciuto, sul serio. Lo trovava carino.

Non so il russo. E la lingua francese ha troppe lettere e segni di interpunzione senza senso. La cosa buona è che c'è quest'altra macchina da scrivere con la tastiera in inglese.

Penso che Willa Sax – alias Eleanor Flintstone – sia una ragazza meravigliosa che non se lo meritava. Si merita qualcosa di meglio, non uno a cui piacciono le donne da marciapiede e quell'eroina da cafoni. (Un ragazzo come me! Mai, in nessuna delle mille e più interviste, ho confessato la mia cotta per la dea. Irene dice che non devo essere sincero al cento per cento con la stampa. "Di' quanto basta della verità, ma non mentire mai.")

Ho parecchi soldi in tasca. Una bella paga giornaliera. Non appena mettevo piede in una delle tante città, Irene mi consegnava una busta di contanti! Non ho mai avuto occasione di spenderli! A Roma no. A Berlino no. A Londra non ho avuto un secondo libero. Forse dovrei scoprire che piaceri si possono comprare con una manciata di euro qui a Parigi…

A DOPO!

Per la prima volta dopo Berlino sono uscito da solo.

Ehi, Parigi non è niente male! Mi aspettavo la solita orda di curiosi fuori dall'hotel, i fan assembrati per vedere Willa di sfuggita. Centinaia, ovviamente più uomini che donne: fotografi, cacciatori di autografi eccetera, tutti fuori in agguato. Willa li chiamava Paper Boys. Adesso non c'è più nessuno, probabilmente perché si è sparsa la voce che Willa Sax ha lasciato la Ville Lumière.

Secondo Annette LeBoogieDoogie, anche se il tour promozionale è cancellato, non sono costretto a tornare subito a casa. Se mi va sono libero di restare un po' a Parigi o di girare l'Europa, ma a mie spese.

Per il momento non ho fatto che passeggiare senza meta. Ho attraversato il fiume su un ponte famoso e sono passato accanto a Notre-Dame. Ho schivato scooter e biciclette e turisti. Ho visto la piramide di vetro del Louvre, ma non sono entrato. Nessuno mi ha riconosciuto. Non che dovessero. Non che me lo aspettassi. Rory Nessuno, eccomi.

Sono entrato in un parco, quello dove avrebbe dovuto tenersi l'evento con la rock band e il passaggio degli aerei e i fuochi d'artificio e migliaia di persone con occhiali 3D. Invece gli operai stavano smontando palco e schermo. Le transenne c'erano ancora, inutili. Non c'era nessuno da tenere al suo posto.

Alla fine del parco ho trovato la grande rotonda chiamata Place de la Concorde: milioni di automobili e di Vespe che giravano intorno a quel monumento a forma di ago là nel mezzo. Dal 1999 c'è anche la ruota panoramica. È più grande di quella di Budapest... quand'era? Quando ci sono stato per le riprese? Ai tempi del liceo? La ruota panoramica di Parigi non è paragonabile, per stazza, a quella di Londra, che è lentissima e ti fa fare un giro solo. Quand'è stata la conferenza stampa sotto quell'affare mastodontico, l'evento con il coro dei bambini e la Cavalleria Leggera Scozzese e uno dei membri d'infimo rango della famiglia reale? Quando? Ah, già, martedì scorso.

Ho comprato il biglietto per la ruota panoramica ma non ho dovuto aspettare. In fila c'era pochissima gente, e così ho avuto una cabina tutta per me.

Ho fatto il giro un po' di volte. Da lassù ho visto la città allungarsi fino all'orizzonte, e il fiume che si srotolava a nord e a sud, e lunghe imbarcazioni strane che s'infilavano sotto i ponti. Ho visto quella che chiamano Rive Gauche. E la Tour Eiffel. E le chiese sui colli. E tutti i musei lungo i vialoni principali. E tutto il resto di Parigi.

Davanti a me c'era tutta la Ville Lumière e la vedevo gratis.

Oggi in città di Hank Fiset

UNA VOCE IN REDAZIONE

GIRA UNA VOCE qui in redazione, una voce insistente! Si dice, e sono in troppi a ripeterlo per non starli a sentire, che il *Tri-Cities Daily News/Herald* voglia evitare il dissanguamento economico rinunciando alla versione cartacea del nostro giornale tri-metropolitano. Se/quando una simile politica gestionale verrà attuata, l'unico modo per continuare a leggere la mia rubrica e tutto quello che avete fra le mani in questo momento sarà attraverso uno dei vostri numerosi apparecchi digitali – il telefono, forse, o l'orologio che bisogna ricaricare ogni notte.

* * *

IL PROGRESSO è questione di punti di vista, e il progresso mi fa pensare ad Al Simmonds, storico redattore dell'Associated Press. La mia carriera in AP è durata suppergiù quattro anni, ma mi avrebbero licenziato prima se non fosse stato per Al Simmonds, che tramutava in materiale buono per la stampa ogni mio scarabocchio, senza mai arrendersi alle incertezze della mia prosa e alla mia sintassi da scolaretto messa nero su bianco nel taccuino da reporter. Al è morto da tempo, per colpa del suo cuore non ha potuto assistere all'avvento dei quotidiani in versione digitale, alla lettura su laptop o tablet. Se n'è andato quando l'idea appariva inverosimile quanto la nave interstellare *Enterprise*. Non sono neanche sicuro che Al abbia mai posseduto una TV, dato che si lamentava della pessima qualità dei programmi radio arrivati dopo che Fred Allen aveva smesso di andare in onda (e questa storia è come datare al carbonio il sottoscritto!)

* * *

LA MACCHINA DA SCRIVERE di Al era una Continental: una bestia delle dimensioni di una poltroncina, grossomodo, incernierata alla sua scrivania. E non perché qualcuno potesse rubargliela. Era già improbabile tentare di *sollevarla*. La scrivania di Al però era minuscola, un altarino del lavoro redazionale. Al batteva velocemente a macchina la sua riscrittura dei miei pezzi – li rendeva più asciutti, più vivaci, migliori, dannazione – poi ribaltava la bestia, che però non si rovesciava del tutto perché era incernierata, e avendo liberato spazio Al poteva intervenire sull'articolo con la matita blu. Faceva un gran baccano con la Continental, perché ripeteva quella routine un centinaio di volte a turno – il *chonk-chonkka* della battitura e il *ba-ding* del campanello, il *krank* del carrello che tornava indietro, lo *shripp* della copia strappata via dal rullo e il *ka-bump* di quando ribaltava all'indietro quell'arnese mastodontico per lavorare in maniera ancor più primitiva. Al era tutt'uno con la sua macchina da scrivere e non si allontanava più di un metro da lei e dalla scrivania, mai. Spesso mandava me a prendere cibo e caffè, e quando tornavo lui stava già sistemando qualche altro articolo, quindi mi toccava lasciare il cibo su uno sgabello finché lui non sollevava la Continental per fare spazio al pranzo. Se Al Simmonds vi sembra uno stereotipo, ossia la versione macchiettistica di un animale da redazione, è perché Al era uno stereotipo in tutto e per tutto, salvo che per una cosa:

non fumava, e odiava chiunque fumasse all'Associated Press.

* * *

SILENZIO, GIORNALISTI AL LAVORO! Oggigiorno un cartello del genere sarebbe superfluo qui al *Daily News/Herald*. Lavoriamo a computer fin dagli anni ottanta, anche se la prima generazione di quelle macchine veniva chiamata *word processor*, e noi ci definivamo *processatori di parole*. Il punto è che Al Simmonds non avrebbe mai potuto prevedere che negli ultimi cinque anni i lettori dei quotidiani sarebbero aumentati grazie a questi formidabili dispositivi che stanno in una mano. E non avrebbe mai compreso le modalità di diffusione dei giornali degli ultimi tre decenni. "E la furia e il fracasso di un giornale che va in stampa che fine fa?" avrebbe strillato. Contro di me.

* * *

IN ONORE DI AL, ecco un esperimento: voi potete leggermi da un telefono, e io proverò a scrivere usando il mio. Questo è il mio flusso di pensieri, rivisto e corretto...

* * *

MI MANCHERÀ leggere la copia fisica del giornale – la carta – lasciata davanti alla mia porta sette giorni su sette da un ragazzo di nome Brad che, passando in macchina e decelerando un po', scaraventa la mia copia fuori dal finestrino, o leggere qualche giorno a settimana la copia che il Pearl Avenue Café (in Pearl Avenue) lascia a disposizione dei clienti. Mi mancherà la sensazione di una storia messa in prima pagina e la vergogna di una storia relegata a pagina B6. Confesso di gioire ogni volta che vedo la mia faccia e il mio nome in testa all'articolo: la mia rubrica, così facile da individuare in fondo al giornale. E lo sapevate che leggere una rubrica e tenere il tempo mentre si cucina un uovo sodo sono un binomio perfetto? Se/quando il *Tri-Cities/Herald* verrà pubblicato esclusivamente in versione digitale, il sottoscritto – giornalista – si rassegnerà a quella triste cosa chiamata Realtà. E Al Simmonds, nel Paradiso dei Redattori, si gratterà la testa con aria confusa, la macchina da scrivere sollevata per sempre... E adesso la versione rivista dal correttore automatico del mio telefono...

* * *

MI MANCHERÀ *leggere la copia fisica del giornale, quella carta lisciata davanti alla mia porta sette giorni di sette da un ragazzo di nome bravo che, passano in macchina e decima un poco, scarsa e la mia copia fuori dal finestrino, o leggere qualche giorno a settimana la copia che il Peraltro caffè mette a dispositivi dei clienti. La manica della senta tuoi in prima pagina e la vergogna di una storta dorata a padrino B6. Confesso di gioia ogni volta che cadere la mia faccia e il mio nome in asta all'articolo – la mia rubata, così facendo da individuare in fondo al giornale. E lo sappiate che leggere una rubata e tenere il tempo mentre già un uomo tondo sono un binomio perfetto? Se/quando il Tricolore/Herald verrà pubblicato esclusivamente in versione digitale, il sottoscritto giornalista si rassegne a quella triste cosa chiamata Rallegra e Al Sommossa, nel Paradiso dei Redattori, si gratterà la testa con aria confusa, la macchina descrivere sollevata per sempre...*

* * *

ADESSO DEVO SCAPPARE, porto giù l'articolo alla nostra tipografia...

BENVENUTO SU MARTE

Kirk Ullen era ancora a letto, dormiva sotto il piumone e la vecchia coperta dell'esercito. Come accadeva dal 2003, ovvero da quando aveva cinque anni, camera sua era anche lo sgabuzzino di casa: uno spazio da spartire con la lavasciuga Maytag, una vecchia spinetta scheggiata e scordata, l'inoperosa macchina da cucito che sua madre non utilizzava dalla seconda amministrazione Bush e una macchina da scrivere elettrica Olivetti-Underwood resa inutilizzabile dalla roba gassata che Kirk ci aveva rovesciato dentro. In camera non c'erano caloriferi e si gelava persino in quella prima mattina di fine giugno. Gli occhi di Kirk si agitavano dietro le palpebre: stava sognando di essere ancora alle superiori e non ricordava la combinazione dell'armadietto in palestra; era al settimo tentativo – ruotò a destra, due giri completi a sinistra, di nuovo a destra – quando l'armadietto mandò un lampo di un bianco accecante. Poi, altrettanto improvvisa, l'oscurità scese ad avvolgere tutto il suo mondo.

Seguirono altri lampi, come una sequenza di fulmini, e tornò l'oscurità: bianco, nero impenetrabile, a ripetizione. Però non c'era alcun rotolare di tuoni né l'eco del martello di Thor nei canyon distanti.

"Kirk? Kirkwood?" Era la voce di suo padre. Frank Ullen non la smetteva di tormentare l'interruttore, accendeva e spegneva la luce – una trovata divertente come sveglia, secondo lui. "Parlavi sul serio ieri sera, ragazzo?" iniziò a canticchiare Frank. "*Kirkwood, Kirkwood. Voglio una risposta, avanti.*"

"Cosa?" gracchiò Kirk.

"Andiamo su Marte? Di' di no e mi levo di torno. Di' di sì e inizieremo il giorno del tuo compleanno da veri Ullen, impavidi e liberi."

Marte? Il cervello di Kirk ritrovò un po' di lucidità, ed ecco i ricordi. Era il suo diciannovesimo compleanno. La sera prima, dopo cena, aveva chiesto al padre se l'indomani avrebbero surfato insieme, come quando aveva compiuto dieci anni, e anche la mattina del suo tredicesimo compleanno. "Ci puoi scommettere!" aveva esclamato Frank. Le condizioni alla Spiaggia di Marte sarebbero state perfette. Onde da sudovest.

In realtà la richiesta aveva sorpreso Frank Ullen. Da tempo non usciva in mare con il figlio. Il Kirk del college non aveva la stessa voglia di sfidare gli elementi naturali che aveva dimostrato alle superiori. Frank faticava a ricordare l'ultima volta in cui avevano fatto surf insieme. Due anni prima? Tre?

Kirk dovette fare mente locale sugli impegni della giornata, impresa ardua essendo appena riemerso dalla nebbia dei sogni. Compleanno o no, doveva onorare il lavoro estivo come responsabile del Magic-Putt PeeWee Golf Course, dove attaccava alle 10.00. Che ore erano? Le 6.15? Okay, si poteva fare. Il solo impegno lavorativo del padre, Kirk lo sapeva, era presentarsi al piccolo centro commerciale in Bluff Boulevard. Sì, si poteva fare. Avrebbero potuto cavalcare le onde per due ore abbondanti, o finché si fossero slogati una spalla.

Sarebbe stato bello ritrovarsi in acqua e tornare a essere gli Inaffondabili Ullen, *Princes de la Mer.* Sulla sua tavola da paddle ogni mattina il padre di Kirk era un uomo spensierato. Le seccature del lavoro e le escandescenze a casa restavano sempre a riva, quei momenti familiari complicati che andavano e venivano, imprevedibili come incendi boschivi. Kirk voleva bene alla madre e alle sorelle, le amava quanto la vita, ma da moltissimo tempo era sceso a patti col fatto che fossero come ruote stridenti su una strada parecchio dissestata. Suo padre, papà orgoglio, finiva quindi per avere due lavori a tempo pieno – mantenere la famiglia e rappacificarla – senza mai un giorno libero. Ecco perché viveva il surf sia come esercizio tonificante per il corpo sia come terapia mistica per la mente. Uscire con la tavola insieme a papà sarebbe stato un corroborante gesto d'intimità, una cosa tra maschi, una pacca sulla spalla: "Ci diamo dentro insieme, tu e io." Un abbraccio di buon compleanno. Quale padre e quale figlio non ne hanno bisogno?

"Okay," disse Kirk stiracchiandosi con uno sbadiglio. "Andiamo."

"Se voi restare sotto le coperte non fai torto a nessuno."

"Andiamo."

"Sicuro?"

"Non hai voglia di bagnarti?"

"Come no, scemo."

"Allora stamattina ti guarderò le spalle."

"Splendido. Colazione da camionisti. Tra dodici minuti." Frank svanì, costringendo il figlio a socchiudere gli occhi per proteggersi dalla luce lasciata accesa.

La colazione fu il solito trionfo di sapori. Di mattina Frank era il padrone della cucina. Il suo cavallo di battaglia era il tempismo: serviva la kielbasa ancora calda di forno, i panini passati in padella erano morbidi e pronti per il burro, la macchina del caffè (una vecchia Mr. Coffee) aveva un bricco da otto tazze pieno e le uova non erano mai asciutte, i tuorli somigliavano a oro liquido. Preparare la cena andava oltre le capacità di Frank, troppo impaziente per aspettare che uno stinco arrostisse o le patate si cuocessero. Non era cosa per lui. Frank Ullen preferiva l'immediatezza della colazione, bang bang – cuoci, servi, consuma; quando i ragazzi erano piccoli e la famiglia non aveva ancora una rigida tabella di marcia, si sforzava di rendere divertente ogni colazione, e le chiacchiere era saporite (troppo talvolta) e dense come la cioccolata corretta al caffè che Frank aveva iniziato a somministrare a Kirk fin dalla terza elementare. Ultimamente però mamma dormiva fino a tardi, e a colazione non si faceva vedere; Kris invece era scappata a San Diego per viverci col fidanzato, e Dora aveva messo in chiaro da un po' che sarebbe andata e venuta a piacimento, secondo i suoi tempi. Così a colazione quella mattina c'erano solo i due uomini di casa: avevano addosso felpe da surfer sformate e non avevano fatto la doccia. Stavano per tuffarsi in acqua, no?

"Prima delle otto e mezza devo fare un paio di telefonate. Roba di lavoro," disse Frank rovesciando i panini nel piatto. "Non ci vorrà molto. Per un'oretta le onde saranno tutte tue."

"Se devi, devi," disse Kirk. Come d'abitudine aveva aperto un libro sul tavolo ed era assorto. Il padre si allungò e lo tirò a sé.

"L'architettura degli anni venti?" chiese. "Perché leggi questa roba?"

"Per le parti piccanti," disse Kirk inzuppando un panino nel grasso della salsiccia e nel rosso d'uovo. "Il boom edilizio dell'Età del Jazz è durato fino alla Grande Depressione. L'ingegneria e i materiali dopo la prima guerra mondiale hanno cambiato il profilo urbano del mondo. Lo trovo affascinante."

"Quegli edifici che somigliano a torte nuziali, sì. Tutto diventa più piccolo, più si va in alto. Sei mai stato in cima al Chrysler Building?"

"A New York?"

"No, a Dime Box, in Texas."

"Papà, vivo qui, te lo ricordi? Mi hai mai portato a New York per visitare il Chrysler Building?"

Frank recuperò due thermos dalla mensola. “La cima del Chrysler Building è un cacchio di labirinto sovrappopolato.”

Quel che restava del caffè finì nei thermos, che Frank poggiò sul cruscotto del pick-up mentre Kirk tirava fuori la sua tavola – due metri – dal capanno. La ficcò all'interno del modulo camper montato sul pianale del pick-up dove la tavola da paddle di Frank – tre metri e cinquanta, una vera Buick del paddle – occupava gran parte dello spazio.

Il modulo camper era stato comprato sei estati prima, nuovo di zecca, per una vacanza eccezionale: duemila miglia di costa su fino al Canada, lungo strade a due corsie attraverso la British Columbia, l'Alberta, il Saskatchewan, fino a Regina. Si trattava di una Fuga-della-Famiglia-Ullen a lungo pianificata ed era andata come previsto, almeno per qualche centinaio di miglia. Poi la madre, senza più tenersi a freno, aveva cominciato a esprimere liberamente le sue opinioni, pretendendo addirittura di imporre le sue regole alla guida e di dare ordini. A quel punto era suonato il gong del primo di molti, sfiancanti round. I dissensi si erano tramutati in dissapori e poi in veri e propri scontri verbali carichi di rancore che *dovevano* avere un vincitore: la madre o la famiglia. Come sempre Kris aveva esasperato il suo atteggiamento ribelle. Invece la rettitudine di Dora era degenerata in un silenzio rotto solo da scoppi d'ira tanto improvvisi e caustici da risultare quasi shakespeariani. Frank, al volante, sorseggiava caffè freddo o Coca-Cola tiepida e intanto faceva da arbitro, da terapista, da giudice che sentenziava sulla veridicità di certi fatti e da poliziotto, a seconda dell'argomento in discussione o dell'offesa ricevuta. Kirk, per automatismo difensivo, sfogliava un libro dopo l'altro, leggendo come un fumatore seriale con una stecca di sigarette al mentolo: per lui lo psicodramma di famiglia era scivolato in sottofondo, non troppo diverso dal ronzio degli pneumatici sulle miglia d'asfalto.

Erano arrivati in Canada litigando, e senza fare pace erano tornati giù attraverso le praterie americane, in quel paesaggio sconfinato al punto da aver condotto alla pazzia alcuni dei primi coloni, così si raccontava. La famiglia Ullen aveva fatto registrare un grado certificabile di pazzia in Nebraska quando Kris era tornata con un po' di marijuana comprata da un tizio che viveva in auto fuori dal campeggio. La madre avrebbe voluto chiamare la polizia per consegnare spacciatore e figlia. L'allarme rosso era scattato quando papà si era opposto, limitandosi a caricare tutto nel modulo camper e ripartire per lasciarsi alle spalle la scena del crimine. Allora era sceso il gelo di un amaro Natale in famiglia a luglio; nessuno rivolgeva la parola a nessuno e Kirk aveva finito l'intera opera di William Manchester dedicata a Winston Churchill. All'altezza di Tucumcari, in New Mexico, ormai diretti a ovest, tutti avrebbero voluto fermarsi, scendere, scappare gli uni dagli altri. Kris aveva minacciato di saltare sul primo Greyhound per tornare a casa. Papà invece aveva insistito per fare campeggio nel deserto, cosa a cui la famiglia si era rassegnata malgrado le proteste. Kris aveva fumato sotto le stelle, Dora se n'era andata con l'autostop, ma solo quand'ormai era buio, e papà aveva trascorso la notte fuori, in tenda. Mamma invece aveva dormito a bordo del modulo camper e si era assicurata di restare sola chiudendo la porta a chiave, *finalmente* in pace. E allora gli eventi erano precipitati perché in quel modo aveva impedito l'accesso al bagno. Così si era conclusa l'ultima vacanza di famiglia degli Ullen. L'ultimo *tutto* da condividere come famiglia. Il modulo camper era rimasto chiuso, mai ripulito né spazzato dopo 21.000 miglia, ed era ancora imbullonato al pianale del King Cab, il pick-up usato da Frank sia come ufficio mobile che come ripostiglio per la tavola da paddle.

Da ragazzo, Frank Ullen era stato un vagabondo capellone del surf. Poi era diventato grande, si era sposato, aveva avuto dei figli e avviato un'impresa di impiantistica elettrica che era cresciuta pian piano. Solo negli ultimi anni aveva ricominciato a uscire di casa mentre gli altri dormivano per raggiungere le onde che montavano sul fondale davanti alla Spiaggia di Marte: onde da sinistra a destra, un metro di altezza. Da bambino Kirk amava passare metà giornata in spiaggia: padre e figlio parcheggiavano sul ciglio della statale e trasportavano le tavole giù fino a Marte, lungo un sentiero ben battuto. Agli occhi del piccolo Kirk, armato della sua prima tavola da surf morbida, la spiaggia all'epoca appariva rocciosa e sperduta come le Valles Marineris del pianeta Rosso. Ma gli anni del boom economico avevano alterato drasticamente il paesaggio: su quelle che una volta erano paludi avevano costruito complessi di appartamenti di lusso, e cinque anni prima lo stato aveva asfaltato mezzo ettaro di erbacce creando un parcheggio da tre dollari ad auto. La Spiaggia di Marte non era più gratuita, ma era diventata facilmente accessibile; i surfisti si mettevano all'estremità sinistra, sulla sabbia, e la gente comune occupava l'altra metà, mentre i bagnini tenevano separati i due gruppi.

"Questo devi ancora vederlo." Frank uscì dalla statale all'altezza della Deukmejian State Recreation Area. Kirk alzò gli occhi dalle pagine del libro. Dove un tempo c'era un campo brullo ora c'era un terreno spianato e pronto per l'edilizia: le bandierine già piantate, un cartello che identificava il sito del futuro Big-Box Mart. "Ricordi quando il negozio più vicino era quel baracchino di taco sulla Canyon Avenue? Adesso è una steakhouse Chisholm."

"Ricordo di aver cacato tra i cespugli," disse Kirk.

"Modera il linguaggio quando sei col tuo vecchio."

Frank entrò nel parcheggio, un posto vuoto a una fila di distanza dal sentiero per la spiaggia. "Sorpresa, sorpresa," disse come sempre. "Benvenuto su Marte!"

Dall'altro lato della statale era cresciuta una sfilza di negozi coi tetti bassi che volevano somigliare alle case di adobe messicane. C'erano un negozio di attrezzature da surf, uno Starbucks nuovissimo e ubiquo, un Subway, una rivendita di casalinghi Circle W e l'ufficio di un assicuratore di nome Saltonstall che aveva avvitato lì la sua targhetta in modo da poter fare surf quando il telefono non squillava. All'estremità sud di quella specie di centro commerciale all'aria aperta si annunciava l'apertura di un garage della catena AutoShoppe/Ricambio olio, lubrificanti e gomme.

"Un cambio di lubrificante mentre surfi," notò Kirk. "È un'integrazione dei sistemi di consumo."

"Ti ho portato all'inferno. Goditela," disse Frank.

Nel parcheggio c'erano già svariati veicoli rugginosi: Ranchero e station wagon stracariche di attrezzi da lavoro, evidentemente di operai edili che cavalcavano le onde prima di montare il turno. Non mancavano i vecchi pulmini e i furgoncini VW dei surfisti che avevano dormito lì malgrado le ordinanze ben esposte che recitavano DIVIETO DI CAMPEGGIO. Periodicamente, quando gli sceriffi della contea venivano a sgombrare i vagabondi del surf, si accendeva un'interminabile disputa sulla differenza legale tra "campeggio" e "attesa che faccia giorno". Anche gli avvocati facevano surf su Marte, e i dentisti, i piloti dell'aviazione civile, tutti con Audi e BMW sormontate dai porta-tavola allacciati ai tettucci. E Kirk sapeva che in acqua avrebbe trovato anche mamme e mogli, buone surfiste e persone civili. In passato le risse erano frequenti perché le onde richiamavano parecchie teste calde, ma quello era un giorno feriale e la scuola era ancora chiusa, dunque Kirk si aspettava gente ben disposta e innocua. E i Marziani, come si chiamavano tra loro, erano tutti invecchiati, si erano ammorbiditi. A parte un paio di avvocati stronzi.

"Creste niente male, campione," disse Frank scrutando il mare dal parcheggio. Contò più di una dozzina di surfisti già in acqua mentre le grandi onde – la Mareggiata – si formavano a intervalli regolari, oltre il line-up di chi aspettava il momento giusto. Frank aprì la porta del modulo camper. Padre e figlio tirarono fuori le tavole e la pagaia di Frank, mettendole in verticale contro il pick-up mentre s'infilavano nella muta: shorts e maniche lunghe.

"Cera ne hai?" chiese Kirk.

"Nel cassettino," disse Frank. La sua tavola da paddle aveva un rivestimento antiscivolo e non aveva bisogno di cera, ma teneva un po' di paraffina per chi doveva oliare l'*arnese.* Kirk frugò nel cassettino pieno di cianfrusaglie, rotoli di nastro adesivo telato quasi finiti, vecchie trappole per topi, una pistola a caldo, confezioni di punti metallici e una serie di chiavi idrauliche destinate ad arrugginirsi nell'aria carica di salsedine. Trovò il pezzo di paraffina.

"Ehi," disse suo padre. "Metti il mio telefono nel frigorifero, ti spiace?" Gli passò il cellulare.

"Perché nel frigo?" chiese Kris. Quell'affare non funzionava da anni.

"Se entrassi in un camper per rubare qualcosa di valore, guarderesti mai in un frigorifero rotto?"

"Dimmelo tu, pa'." Quando Kirk aprì lo sportello, all'interno trovò non soltanto il puzzo degli anni di inutilizzo, ma anche una scatolina regalo.

"Buon compleanno, figlio mio," disse Frank. "Quanti anni compi, di' un po'?

"Diciannove, ma tu me ne fai sentire trenta." Il regalo era un orologio resistente all'acqua, un cronografo in stile militare tutto nero e metallo già settato con l'ora giusta, un modello più moderno di quello al polso di Frank. Allacciandoselo, Kirk ebbe la sensazione di essere pronto a imbarcarsi su un elicottero dell'esercito per andare a uccidere Bin Laden. "Grazie, papà. Con questo sono ancora più fico. Non credevo fosse possibile."

"Il fustacchione Junior."

Mentre portavano le tavole giù dal sentiero, Frank ripeté, "Verso le otto dovrò fare alcune telefonate. Ti avviso quando esco dall'acqua."

"Urla e ti faccio segno di aver capito."

Coi piedi piantati nella sabbia di Marte, contemplarono il mare e si allacciarono il *leash*, il laccio di sicurezza in veltro alla caviglia. Una decina di grandi onde montarono, si arricciarono e, tramutandosi in spuma, permisero a Kirk di correre in acqua, distendersi sulla tavola e nuotare mentre loro, le onde, s'infrangevano ormai indebolite su di lui, costringendolo solo a immergere la testa. Kirk raggiunse il line-up e aspettò l'onda giusta insieme ai surfisti più giovani, tutti pronti a prendere a calci quello che Poseidone avrebbe mandato loro addosso.

Frank invece si spinse oltre il line-up, più al largo, in piedi sulla tavola da paddle insieme a chi, come lui, aspettava le larghe onde generate dalle tempeste nel sud del Pacifico, onde che si facevano sempre più muscolari nel corso delle miglia. Non ci volle molto perché salisse sul dorso di una alta quasi due metri, e la cavalcò con grazia, disegnando curve ampie. Siccome era il surfista che si era trovato più vicino alla cresta di quell'onda, quell'onda gli spettava di diritto e gli altri Marziani si fecero da parte. Quando l'onda infine si spense, Frank saltò giù dalla tavola e la tenne in posizione sul fondale basso finché la serie non si concluse. Poi risalì di nuovo sulla tavola, i piedi larghi quanto le spalle, affondò la pagaia nell'oceano e attraversò le creste spumose per tornare al largo.

La brezza e l'acqua erano fredde, ma Kirk era felice di essersi alzato prima dell'alba. Riconobbe alcuni Marziani: Bert il Vecchio, Manny Peck, Schultzie e una signora chiamata Mrs. Potts, la veterana delle longboard. C'erano anche ragazzi della sua età, gente con cui era cresciuto e che adesso, come lui, studiava al college o lavorava. Hal Stein frequentava la scuola di specializzazione al Caltech, Benjamin Wu era assistente di un consigliere della giunta locale, "Stat" Magee studiava per ottenere la licenza da commercialista, e Buckwheat Bob Robertson era all'università e, come Kirk, viveva ancora coi genitori.

"Ehi! Spock!" gli gridò Hal Stein. "Ti credevo morto!"

I cinque aspettarono in circolo tra le onde scambiandosi racconti che conservavano sin dall'infanzia. A Kirk fu ricordato quanto se l'era spassata lì. Vivere a un tiro di macchina da quelle onde gli aveva messo a disposizione un mondo tutto suo. Kirk era cresciuto tra onde imponenti, imparando a sentirsi a suo agio. Marte era dove, da solo, si era messo alla prova superando i suoi limiti. Sulla terraferma era un dato statistico, un punto a metà di una curva: non aveva abbandonato gli studi ma non aveva ancora una borsa di studio per l'università, non era né un brocco né un fuoriclasse. A parte i suoi insegnanti d'inglese, solo altre due persone lo avevano notato e scelto credendolo *speciale*: Mrs Takimashi, la bibliotecaria della scuola, e la folle e splendida Aurora Burke dai capelli color miele (prima che il suo patrigno l'affidasse a una nuova famiglia a Kansas City). Ma nelle acque di Marte Kirk primeggiava. Era felice di aver potuto frequentare quel posto per anni, e di esserci tornato oggi che compiva diciannove anni.

Dopo aver cavalcato una serie di onde di cui smise presto di tenere il conto, Kirk si scoprì stanco e decise di riposare sul line-up. E non appena il sole si staccò dall'orizzonte finalmente vide dall'acqua il tettuccio dei furgoni e il camper di suo padre nel parcheggio, i tetti dei negozi al di là della statale e, più oltre, le colline pietrose punteggiate di cespugli. Il blu dell'oceano contrastava il cielo sempre più chiaro, e intanto Marte prendeva le tonalità seppia di una vecchia fotografia di qualche leggendaria località surfistica alle Hawaii o alle Fiji: un'immagine che, perdendo i colori, li virava in una sola tinta legnosa, il verde delle montagne tramutato in sfumature di gialli e marroni. Bastava socchiudere gli occhi e i negozi in stile messicano diventavano *bures* su una sciabolata di spiaggia, capanne di nativi su un atollo in mezzo al Pacifico. Ancora una volta la Spiaggia di Marte si rivelava un mondo diverso e Kirk ne era il sovrano.

Poco dopo sentì suo padre chiamare dalla spiaggia. Frank aveva disteso la tavola sulla sabbia e piantato la pagaia a mo' di bandiera; gli stava facendo il gesto universalmente traducibile come "Vado a fare una telefonata".

Kirk lo salutò proprio mentre Mrs. Potts gridava: "Ci siamo!" Una serie di onde si andava profilando al largo, evidenti come gobbe su un'asse da stiro: montavano almeno cinquanta metri prima del previsto, dando origine a creste lunghe e aggressive. Tutti remarono con furia. Kirk era sfinito ma non se le sarebbe mai perse. Avanzò con bracciate risolute e costanti finché l'esperienza non gli disse di voltarsi per nuotare verso la riva. Catturò la terza onda che incrociò la sua strada.

Mentre l'acqua lo sollevava, l'istinto gli dettò il tempo con cui alzarsi in piedi per scivolare nella gola dell'onda. Un'onda meravigliosa, ben formata, dal fronte piatto. Enorme. Mostruosa. Kirk scalciò per uscirle dal ventre e risalì fin quasi al ricciolo bianco di schiuma, un sussurro compresso di vento alle sue spalle. Virò a sinistra, venne giù perpendicolarmente richiamato verso il basso, ma di nuovo puntò la tavola in alto. Cavalcò, rimbalzò sulla cresta, poi penetrò di nuovo nella gola dell'onda, rallentando per lasciarsi catturare da quella forza propulsiva. Si abbassò sulle ginocchia resistendo finché il fisico glielo permise; l'acqua s'incurvava sopra di lui, e Kirk occupò il poco spazio verde del tunnel d'acqua che si rovesciava alla sua sinistra, mentre alla sua destra la superficie era liscia come vetro. Kirk spinse le dita della mano nella muraglia verde, le affondò come fossero la pinna di un delfino, un coltello nell'acqua.

Poi, prevedibilmente, l'onda si richiuse su di lui, lo schiaffeggiò, lo disarcionò dalla tavola. Rimescolato insieme alla schiuma bianca, Kirk si rilassò come aveva imparato a fare anni prima – lasciò che l'onda, rotolando più avanti, gli concedesse di ritrovare la superficie e riempire i polmoni. Ma l'oceano era un'amante capricciosa e Marte era indifferente agli sforzi umani. Kirk sentì il laccio di sicurezza tendersi, stringersi attorno alla caviglia. E nel caos di tutta quella schiuma, la tavola rinculò scavandogli nella carne del polpaccio. L'urto ebbe lo stesso impatto di quella mazza da croquet che lo aveva colpito nel cortile di casa, spedendo lui dal dottore e la mazza di nuovo al suo posto, in camera da letto. Kirk capì subito che quel giorno col surf aveva chiuso.

Cercò tentoni il fondale sabbioso, sapendo che il prossimo mostro stava per travolgerlo. Si sforzò di risucchiare una boccata d'aria mentre due metri di spuma bianca ruggivano davanti ai suoi occhi. Si piegò sotto l'onda, alla cieca trovò il laccio di sicurezza, strappò il velcro affinché la tavola da surf venisse trascinata liberamente a riva, lontano da lui.

Si lasciò galleggiare senza farsi prendere dal panico malgrado il dolore alla gamba. Quando ritrovò la sabbia sotto i piedi, scoprì di essersi ormai avvicinato alla spiaggia quanto bastava per saltellare e tirare fuori la testa dall'acqua. L'onda seguente lo sospinse ancora più a riva e così quella dopo e le altre. Riuscì a trascinarsi fuori, all'asciutto.

"Coglione," si disse. Si lasciò cadere sulla sabbia, la gamba così profondamente lacerata che insieme alla pelle biancastra si vedevano la carne viva e sangue pulsante. Sarebbero serviti dei punti. Non aveva dimenticato la volta in cui, a tredici anni, un ragazzino di nome Blake era stato colpito dalla tavola ed era stato portato fuori dall'acqua privo di sensi: una botta alla mascella che gli era costata mesi di interventi odontoiatrici. La ferita di Kirk non era altrettanto grave, e lui aveva già convissuto con qualche bernoccolo, ma la fetta di carne portata via alla gamba era meritevole di una medaglia al valore.

"Tutto ok?" Ben Wu gli aveva recuperato la tavola ed era uscito dall'acqua. "Oh, merda!" gridò alla vista del taglio. "Ti porto in ospedale?"

"No. In giro c'è mio padre. Mi porta lui."

"Sicuro?"

Kirk si tirò in piedi. "Sì." Nonostante il dolore e il sangue che colava lungo la gamba disseminando gocce scarlatte sulla sabbia, Kirk congedò Ben con un cenno. "Tutto sotto controllo. Grazie."

Raccolta la tavola, si avviò zoppicando verso il parcheggio.

"Ti ci vorranno, non so... una quarantina di punti," gli urlò Ben prima di rituffarsi in acqua disteso sulla sua tavola.

Il polpaccio pulsava a tempo con il cuore. Kirk arrancò sul sentiero tirandosi dietro il laccio di sicurezza, una scia sul terriccio ricoperto di sabbia. Era arrivata altra gente, due terzi del parcheggio erano occupati, ma Frank aveva lasciato il pick-up vicino alla spiaggia. Kirk si aspettava di trovarlo nel modulo camper, al tavolo, impegnato nelle sue telefonate di lavoro con una manciata di documenti sotto gli occhi. Invece, quando superò il pick-up, scoprì che la porta del camper era chiusa, e di suo padre nessuna traccia.

Kirk poggiò la tavola alla porta e si sedette sul paraurti per esaminare la gamba, che aveva l'aspetto di una salsiccia esplosa. Se la tavola l'avesse colpito un po' più in alto avrebbe potuto frantumargli la rotula. Si sentì fortunato, ma doveva andare subito al pronto soccorso.

Forse suo padre stava bevendo qualcosa o mangiando una barretta proteica al di là della statale, la chiave del camper nella tasca a cerniera della muta. Kirk non aveva intenzione di zoppicare fin là trascinandosi dietro la tavola da surf, ma neppure voleva lasciarla incustodita a disposizione di qualche ladro. Si guardò attorno per controllare che nessuno lo tenesse d'occhio, poi si issò sul paraurti grazie alla gamba sana e spinse la tavola sul tettuccio del camper, dove sarebbe passata inosservata a chi andava e veniva dal parcheggio. Quindi arrotolò il laccio di sicurezza che penzolava e fece sparire anche quello sul tettuccio. Tutto sommato era una precauzione sufficiente, pensò prima di avviarsi verso la statale.

Un cespuglio cresciuto a dismisura gli fece ombra mentre aspettava l'occasione per attraversare. Quando intravide uno spiraglio nel traffico si mosse saltellando e superò le quattro corsie. Sbirciò oltre le vetrine di Subway e di Circle W, ma suo padre non c'era. Forse il negozio di attrezzature da surf: chissà, magari stava comprando una crema solare; all'interno risuonava un brano heavy metal ad altissimo volume ma non c'era nessuno.

L'ultima alternativa, la migliore, era lo Starbucks all'estremità nord della sfilza di negozi. I clienti bevevano caffè leggendo il giornale o lavorando ai laptop, sui tavoli e sulle panchine all'esterno. Di Frank neanche l'ombra, e se qualcuno si prese il disturbo di lanciare un'occhiata a Kirk, comunque non disse nulla. Kirk entrò convinto di trovare suo padre: voleva strappargli di mano il telefono ed esortarlo a mettersi in marcia, gli servivano cure mediche appropriate, ma da Starbucks Frank non c'era.

"Porca merda!" disse la barista notando Kirk sanguinante. "Signore? Si sente bene?"

"Niente di grave," disse Kirk. Alcuni clienti alzarono lo sguardo dalle tazze e dagli schermi dei computer senza reagire.

"Chiamo il 911?"

"Ho già un passaggio per l'ospedale. Mio padre," disse Kirk. "È entrato un certo Frank, che magari ha ordinato un caffè con uno spruzzo di cioccolato?"

"Un certo Frank?" La donna ci pensò su. "Una signora ha ordinato un cappuccino con cioccolato e latte di soia poco fa. Ma nessun Frank." Kirk si voltò per uscire. "Abbiamo un kit di pronto soccorso."

Kirk perlustrò il parcheggio e il marciapiede davanti a Starbucks con uno sguardo, ma niente. Così, nella remota eventualità che ci fossero dei tavolini esterni sul retro, arrivò fino all'angolo: oltre non c'erano tavolini, e non c'era Frank, solo un parcheggio costellato di eucalipti.

Un'auto solitaria, una Mercedes, era parcheggiata dietro uno dei grossi tronchi. Kirk ne vedeva il muso, uno spicchio di parabrezza. Sul cruscotto c'erano delle tazze di Starbucks, due. La mano di un uomo si allungò dal sedile passeggero e prese quella che *doveva* contenere un caffè con una spruzzata di cioccolato: Kirk riconobbe il cinturino nero del cronografo stile militare di suo padre, un orologio simile a quello che anche lui adesso portava al polso. Dai finestrini abbassati della Mercedes venne la nota acuta di una risata femminile, e insieme a quella la risata divertita di suo padre.

La sensazione alla gamba, il dolore, svanì mentre Kirk si avvicinava all'albero e riusciva a vedere un altro po' dell'auto e anche il viso di una donna dai lunghi capelli neri che sorrideva a suo padre. Frank era girato verso di lei, quindi Kirk poteva vederne solo la nuca. "Devo andare," lo sentì dire, ma non lo vide muoversi. Dal tono rilassato della voce si capiva che suo padre non sarebbe andato da nessuna parte.

Allora Kirk si allontanò dall'albero, indietreggiò con lentezza, girò l'angolo, tornò da Starbucks. Rientrò.

Le vetrate della parete di fronte all'ingresso si affacciavano su tre tavolini e sul parcheggio all'ombra degli eucalipti.

Kirk le raggiunse. La donna dai lunghi capelli neri teneva un braccio sulle spalle di suo padre, giocava con le dita tra i suoi capelli induriti dal sale. Frank stava agitando la tazza di caffè al cioccolato. Sul suo sedile c'era un telo da mare, probabilmente perché la muta non si era ancora asciugata. La donna dai lunghi capelli neri disse qualcosa, rise di nuovo. Anche il padre rise, una risata che riservava a rare occasioni: a trentadue denti, la testa rovesciata all'indietro, gli occhi socchiusi. Kirk stava assistendo a un film muto, un dialogo silenziato dalle vetrate di Starbucks. L'unico suono era il picchiettare delle dita sulle tastiere dei computer alle sue spalle, lo smercio di bevande al caffè di qualità.

"Perché non ti siedi?" Era di nuovo la barista; stando alla targhetta si chiamava Celia e aveva con sé una cassettina metallica, il kit di pronto soccorso. "Posso fasciartela."

Kirk si sedette. Celia ricoprì la gamba con strati di garza, un bianco immacolato che si macchiò di rosso all'istante. Un'altra occhiata all'ombra sotto gli eucalipti: la donna dai lunghi capelli neri si stava chinando su suo padre, la bocca aperta, la testa un po' inclinata – il linguaggio corporeo universalmente noto come preludio a un bacio desiderato. Suo padre fece lo stesso.

Kirk riattraversò la strada in uno stato di stordimento, eppure volle recuperare la tavola dal tettuccio del camper e ridiscendere il sentiero per Marte. I surfisti erano ancora in mare, pronti a cavalcare le onde. L'alta marea avrebbe cominciato a cedere presto, nel riflusso delle ore il livello dell'acqua sarebbe tornato a lambire le tacche di bassa marea. Kirk si sedette accanto alla tavola del padre, alla pagaia piantata nella sabbia; aveva la bocca asciutta, la vista sfocata, le orecchie sorde al ruggito e al fragore delle onde. Solo guardando il bendaggio insanguinato sul polpaccio si ricordò che la sua tavola lo aveva ferito in profondità, ma era successo... quando? Settimane fa.

Staccò con cautela il cerotto che fissava la garza e svolse gli strati di macchie scarlatte riducendoli a un mucchietto appiccicoso che strinse nel pugno. Scavò una buca nella sabbia, una buca profonda, ci ficcò il groviglio e lo ricoprì. La ferita riprese immediatamente a sanguinare, ma Kirk non se ne curò, né si curò del gonfiore o del dolore. Rimase seduto, stordito, con la sensazione di essersi ammalato all'improvviso e di essere prossimo alle lacrime. Ma non pianse. Se suo padre fosse tornato avrebbe trovato il figlio che si riprendeva da un incidente con il surf, un figlio seduto lì ad aspettare che lui finisse le telefonate di lavoro per poi andare a farsi mettere una quarantina di punti almeno.

Nessuno si avvicinò, né chi usciva dall'acqua né chi scendeva dal parcheggio. Kirk rimase da solo chissà per quanto, accontentandosi di muovere le dita nella sabbia come fossero un minuscolo rastrello. Avrebbe voluto un libro da leggere.

"Che cazzo è successo?" Frank avanzava a grandi passi sulla spiaggia, gli occhi sgranati alla vista dello squarcio. "Cos'è successo alla gamba?"

"La tavola," disse Kirk.

"Cristo!" Frank si inginocchiò per studiare la ferita. "Deve averti fatto dire *ahi.*"

"Infatti," disse Kirk.

"Ferito in battaglia," disse Frank.

"Bel regalo di compleanno del cazzo," gli disse Kirk.

Frank rise, come farebbe ogni padre quando l'unico figlio maschio si scuote di dosso una disavventura con stoico senso dell'umorismo. "Ti porto in ospedale, facciamola ripulire, te la devono ricucire." Frank raccolse la sua tavola e la pagaia. "Ti resterà una cicatrice sexy."

"Sexy da morire," disse Kirk.

Kirk seguì il padre su per il sentiero, lontano dal frangersi delle onde. Lasciava Marte una volta e per sempre.

MANUFACTURED BY
The Oliver Typewriter Co.
No. 9

UN MESE IN GREENE STREET

Di solito il primo giorno di agosto non è un giorno così particolare: l'inizio dell'ottavo mese dell'anno, a metà di un'estate che potrebbe essere o non essere la più calda della storia. Ma quel primo di agosto, accidenti, stavano per accaderne di cose.

La piccola Sharri Monk era infatti sicura che le sarebbe caduto un altro dentino, un'eclissi di Luna parziale era attesa per le 21.15 e Bette Monk (madre di Sharri, della sorella maggiore Dale e del fratellino Eddie) avrebbe traslocato insieme ai figli in una casa con tre camere da letto in Greene Street. La casa era così caratteristica che solo vedendo l'annuncio immobiliare Bette aveva capito che ci avrebbe abitato. Aveva avuto una visione – *pop* – di sé e dei bambini in cucina, durante una colazione caotica: lei, impegnata ai fornelli, girava i pancake sulla griglia mentre i figli vestiti per la scuola finivano i compiti litigandosi il succo di frutta rimasto. La nitidezza e la profusione di dettagli dell'immagine avevano tolto a Bette ogni dubbio: la casa di Greene Street – oh, quel colossale sicomoro nel giardino davanti – sarebbe stata sua. Loro.

Bette aveva le visioni. Non c'è altro modo di metterla. Non le succedeva ogni giorno, e non si trattava di visioni ammantate di una qualche aura mistica. Bette coglieva un lampo e vedeva schiudersi una finestra, *pop*, come una fotografia scattata tempo prima, in vacanza, nella quale erano conservati i ricordi di ciò che era accaduto allora, e di quello che ancora doveva accadere. Un giorno, il marito Bob Monk era rincasato dal lavoro e – *pop* – ecco schiudersi un'istantanea di lui che stringeva le mani di Lorraine Conner-Smythe in un ristorante vicino al Mission Bell Marriott Hotel; Lorraine era una consulente della compagnia di Bob e i due avevano occasione di frequentarsi. In quel nanosecondo Bette aveva capito che il suo matrimonio era passato da essere accettabile a finito. *Pop*.

Se Bette avesse deciso di contare tutte le visioni avute da quand'era ragazzina, e di riflettere sul loro avverarsi, avrebbe potuto dare una festa per il gusto di snocciolare una lunga serie di aneddoti: la borsa di studio che avrebbe vinto quattro anni dopo esserne venuta a conoscenza, il dormitorio in cui avrebbe alloggiato a Iowa City, l'uomo con cui sarebbe stata a letto la prima volta (non Bob), l'abito di nozze che avrebbe indossato per presentarsi all'altare (dove l'aspettava Bob Monk), la vista sul fiume Chicago dopo aver superato il colloquio di lavoro al *Sun-Times*, e quella telefonata nel cuore della notte, già prevista: la notizia che i suoi genitori erano stati uccisi da un automobilista ubriaco. Per scoprire il sesso dei figli, a Bette era bastato guardare il risultato del test di gravidanza sul lavandino del bagno. La lista si srotolava all'infinito. Non che lei desse tutta questa importanza alle visioni: non rivendicava un talento da chiaroveggente né un'onniscienza da mentalista; Bette riteneva che quasi tutti avessero tali visioni, solo che non se ne rendevano conto. E non tutte le visioni si realizzavano. Una volta si era vista concorrente a *Jeopardy!* ma non aveva mai partecipato allo show. Eppure la sua attendibilità era notevole.

Bob aveva sposato Lorraine subito dopo che Bette aveva scoperto la tresca, ma aveva pagato per quel privilegio garantendo all'ex moglie una sicurezza economica che sarebbe durata almeno finché i figli fossero andati al college; allora il mantenimento sarebbe venuto meno. Comprare la casa di Greene Street aveva implicato un salto mortale con la banca, accertamenti scrupolosi e un deposito fiduciario a sei mesi, ma la compravendita era stata firmata. Il prato, il sicomoro, il portico, tutte quelle stanze e lo studiolo accanto al garage rappresentavano una Terra Promessa, soprattutto se paragonati al piccolo appartamento su due livelli in cui Bette all'inizio aveva parcheggiato i soldi, e dove lei e i tre figli avevano vissuto ammassati come mici in una scatola. Adesso invece avevano un cortile sul retro, un cortile grandissimo! Con un melograno! Per il prossimo ottobre, Bette aveva visto i figli – *pop* – in t-shirt tutti sbrodolati di viola.

Greene Street era isolata, traffico di soli residenti, un luogo sicuro per giocare all'aperto. Quel primo di agosto i ragazzini pregarono i traslocatori di scaricare le biciclette e il triciclo di Eddie prima di tutto il resto, per partire subito in esplorazione. I traslocatori erano una squadra di giovani messicani, genitori a loro volta, gente che disimballava e trasportava le cose di famiglia con allegria.

Bette mise alla prova lo spagnolo imparato alle superiori per tutta la mattina, indirizzando le scatole nelle stanze giuste e facendo disporre i mobili secondo l'istinto: il divano rivolto verso la finestra, le librerie ai lati del caminetto. Intorno alle undici, Dale arrivò di corsa insieme a un paio di ragazzini in carne, forse dieci anni, probabilmente gemelli, stesse fossette e stesso sguardo timido.

"Mamma! Questi sono Keyshawn e Trennelle. Abitano due case più avanti."

"Keyshawn. Trennelle," disse Bette. "Come state?"

"Hanno detto che posso mangiare da loro."

Bette scrutò i ragazzini. "È vero?"

"Sì, signora," disse Keyshawn, o Trennelle.

"Hai detto *signora*?"
"Sì, signora."
"Keyshawn, sei davvero educato. O sei Trennelle?"
I ragazzi si indicarono ripetendo ciascuno il proprio nome. Siccome erano vestiti in modo diverso, non come gemelli da film, per Bette non sarebbe più stato un problema distinguerli. Inoltre Keyshawn aveva i capelli perfettamente raccolti in sottili treccine, mentre la testa di Trennelle era rasata a zero.
"Il menù cosa prevede?" chiese Bette.
"Oggi salsicce e fagioli, signora."
"Chi cucina?"
"Nonna Alice," disse Trennelle. "Mamma lavora in banca, alla AmCoFederal. Papà invece alla Coca-Cola, ma noi non abbiamo il permesso di bere Coca-Cola. Solo la domenica. Nonna Diane invece abita a Memphis. Non abbiamo nonni maschi. Mamma viene appena torna dal lavoro, le porta un po' di fiori del nostro giardino come regalo di benvenuto. Anche papà viene con la Coca-Cola, se in casa sua è permessa, o la Fanta, se preferisce. Non abbiamo chiesto a nonna Alice se c'è abbastanza da mangiare anche per Eddie e Sharri, perciò loro non possono venire."
"Mamma! Sì? No?" Dale non stava nella pelle.
"Direi di sì, se prometti di mangiare anche un po' di verdura oltre alle salsicce coi fagioli."
"Le mele valgono come verdura, signora? Abbiamo le mele verdi."
"Le mele vanno bene, Trennelle."
I tre ragazzini si precipitarono fuori, giù dai gradini del portico, e attraversarono il prato sfilando sotto i rami bassi del sicomoro. Bette li seguì con lo sguardo e li vide svanire nell'ingresso della quarta casa più giù. Poi chiamò Eddie e Sharri, gridò loro di lasciare le biciclette sul prato e di entrare: avrebbe preparato i panini non appena trovava gli ingredienti.

* * *

I traslocatori andarono via alle tre lasciando a Bette il piacere di trasferire da sola gli oggetti della cucina dalle scatole ai cassetti o ai ripiani. Non c'era più nessuno dei fantastici utensili di Bob, quelle invenzioni che lui finiva per usare una sola volta, acquistate assecondando il suo cosiddetto hobby culinario. A Bette cucinare non era mai piaciuto, ma dalla separazione la sua arte era un po' migliorata. I suoi spinaci alla besciamella avevano convinto i ragazzi a chiedere gli spinaci di loro spontanea volontà. I suoi burrito al tacchino, malgrado l'abbondante ripieno di fagioli e formaggio, non si sfaldavano tra le mani. E quando aveva istituito la *Sera del tacchino,* tutti i martedì, i ragazzi avevano esultato, e la aspettavano ogni settimana. Svuotate le scatole, ora che i ripiani avevano un senso, Bette accese uno degli apparecchi che più apprezzava, la macchina per l'espresso. Made in Germany, il bestione di acciaio inossidabile era costato un migliaio di dollari pre-divorzio, occupava quasi un metro quadrato del bancone e sfoggiava indicatori e valvole come un sottomarino in *U-Boot 96.* Bette lo amava tanto che spesso al mattino lo salutava con un "Ehi, ragazzone".

Finalmente si sedette sul divano in soggiorno insieme a una gigantesca tazza di espresso con latte schiumato al 2 per cento. La grande finestra sembrava uno schermo cinematografico su cui scorrevano le immagini di un film intitolato *Adesso vivo qui.* Nella cornice andavano e venivano i ragazzini di Greene Street, o quelli che avevano eletto l'isolato a quartier generale della loro banda. Una ragazza dai capelli stopposi stava ispezionando la bocca di Sharri per offrirle una previsione, nemmeno fosse l'ambasciatrice della fatina dei denti. Un branco di ragazzini montò un piedistallo, ci sistemò sopra una palla da baseball, e tutti si cimentarono alla battuta con una mazza di plastica mentre gli altri acchiappavano la palla. Dale e un'altra ragazzina si lasciavano penzolare dai rami bassi del sicomoro. Keyshawn e Trennelle dovevano avere una sorellina, la bambina con le trecce che aiutava Ed a restare in sella alla sua bicicletta rosa correndogli accanto mentre costeggiavano il prato della casa di fronte.

Quel prato apparteneva alla famiglia Patel: aveva detto così l'agente immobiliare? Patel? Senz'altro un cognome indiano. I Patel dovevano aver fatto un figlio ogni undici mesi, a giudicare dai capelli neri e dalla pelle scura dei cinque là fuori, ognuno la copia dell'altro, solo venti centimetri più basso. Le ragazze Patel più grandi avevano iPhone o Samsung che controllavano ogni quarantacinque secondi; scattarono parecchie fotografie di Eddie sulla bicicletta rosa.

Bette provò a contare i ragazzi, ma non ci riuscì perché erano come un banco di pesci che non smette di muoversi in un acquario troppo grande. Dovevano essercene più di dieci, brulicanti e ridanciani, che saettavano avanti e indietro in tonalità diverse di pelle.

"Mi sono trasferita alle Nazioni Unite," disse Bette, lì da sola in soggiorno. Però era una cosa da condividere con Maggie, l'amica più cara, la donna che le era rimasta accanto durante il graduale sfascio del matrimonio – dal primo *pop* alla disperante realtà dell'infelicità, dalla separazione senza appello alla ricerca di un avvocato, e poi lungo gli anni (più di tre) dell'oscura liturgia della Dissoluzione Matrimoniale, nelle notti al vino rosso. Il telefono era nella borsetta al centro del tavolo. Bette fece per recuperarlo quando vide Paul Legaris risalire il vialetto.

Sembrava un po' più vecchio di lei e portava pantaloncini cargo e una t-shirt rossa sbiadita con il logo grinzoso dei Detroit Red Wings. Gli occhiali da sole erano un po' troppo geometrici e alla moda per uno della sua età: l'impressione di Bette fu che avesse otto anni più di lei. Calzava un paio di infradito. E sì, era estate, ma comunque un giorno feriale, perciò la mancanza di un vero paio di scarpe fece pensare a Bette che Paul Legaris fosse disoccupato. O forse lavorava di notte. Forse aveva vinto alla lotteria. Chissà.

Paul aveva un sacchetto con dentro un prosciutto arrosto confezionato HoneyBaked – e non fu uno dei *pop* di Bette. La marca era stampigliata sul sacchetto. La porta d'ingresso era spalancata, era così da tutto il giorno con quel viavai di traslocatori e bambini, come viaggiatori della metropolitana, ma Paul suonò il campanello senza dire: "C'è qualcuno in casa?"

"Eccomi," gli rispose Bette arrivando sulla soglia.

"Paul Legaris. L'uomo della porta accanto," disse.

"Bette Monk."

"Non sono qui in veste ufficiale," disse Paul, e le offrì il sacchetto con il prosciutto arrosto. "Ma benvenuta."

Bette diede un'occhiata all'HoneyBaked. "Sai, di cognome faccio Monk..." Lasciò in sospeso la frase. Paul aveva l'aria confusa, sembrava un attore che ha perso il filo di un dialogo. "Potrei essere una mamma ebrea," concluse Bette. "E allora un sacchetto di carne di maiale sarebbe..."

"*Treif.*" Dopotutto Paul conosceva la sua battuta. "Proibita."

"Ma non sono ebrea."

"Allora non c'è problema." Paul le porse il sacchetto e Bette lo accettò. "Quando mi sono trasferito, uno dei vicini mi ha lasciato un prosciutto così sullo zerbino e ci ho vissuto per settimane."

"Grazie. In cambio posso offrirti un caffè?" In realtà Bette non aveva voglia di intrattenersi col nuovo vicino, un single (aveva notato l'assenza di fede nuziale) che, abitando nella casa accanto, era la sola realtà imprevista e indesiderata della nuova vita in Greene Street. Eppure non voleva dimenticare le buone maniere.

"Sei gentile," disse lui restando sul portico, dall'altra parte dell'invisibile confine rappresentato dalla porta aperta. "Ma hai traslocato oggi e avrai parecchio da fare."

Bette apprezzò il rifiuto. Aveva davvero parecchio da fare. Indicò con un cenno i ragazzini in strada. "Qualcuno è tuo?"

"I miei vivono con la madre. Verranno questo weekend."

"Capito. Grazie." Agitò il sacchetto col prosciutto. "Magari con l'osso ci faccio la zuppa venerdì."

"Goditelo," disse Paul indietreggiando. "Greene Street ti farà bene. A me ha fatto bene. Oh..." Si voltò, fronteggiando di nuovo la porta spalancata. "Stasera hai da fare?"

Stasera hai da fare?

Negli ultimi anni Bette si era sentita ripetere quelle parole troppo spesso. *Stasera hai da fare?* Gliel'avevano chiesto uomini divorziati, single, senza legami, solitari; uomini con figli affidati alle ex mogli, uomini rassegnati a vivere in appartamento, uomini che frugavano i siti di appuntamenti online alla ricerca di un'affinità intellettuale, sentimentale, sessuale. Uomini che dopo un'occhiata pensavano: chissà se Bette ha da fare stasera.

Pop!

Ecco la visione: Paul è alla finestra e guarda fuori in attesa che Bette Monk, divorziata e attraente (ancora), parcheggi nel vialetto. Non appena lei arriva, lui esce e la raggiunge con una scusa qualunque – la posta di lei finita accidentalmente nella cassetta delle lettere di lui, le voci di un cane smarrito nel quartiere, una domanda premurosa sulla distorsione alla caviglia di Eddie. Sarebbe rimasto troppo a lungo, chiacchiere vuote, l'espressione che tradiva un bisogno.

La mente di Bette processò la visione, la prima vera macchia nel tessuto della nuova vita in Greene Street: il tizio della porta accanto era alla ricerca di una donna.

"Ho da fare qui," disse. "Molto da fare." Bevve un po' di caffè.

"Verso le nove monto il cannocchiale," disse Paul. "Stasera c'è un'eclissi di Luna parziale. Il momento migliore per vederla sarà le nove e un quarto, più o meno. L'ombra rossa della Terra oscurerà metà della Luna. Non durerà molto, potresti venire a dare un'occhiata."

"Ah," disse Bette, e basta.

Paul si allontanò nelle sue infradito, giù dal portico e attraverso il giardino, proprio mentre Sharri arrivava saltellando con qualcosa in mano, un sassolino di puro bianco.

"Mamma! Guarda," urlò. Aveva del sangue sulle dita. "Il mio dente!"

* * *

Nella luce morente di quel primo pomeriggio la strada si acquietò mentre tutti tornavano a casa per la cena in famiglia. Bette servì ai ragazzi fette di prosciutto arrosto e un'insalata di lattuga e pomodori traslocata dal vecchio appartamento. Ma prima di cena Darlene Pitts, madre di Keyshawn e Trennelle, venne a darle il benvenuto con un cestino di fiori colti nel suo giardino accompagnati da un biglietto che diceva *Saremo buoni vicini.* Mentre le due parlavano sul portico, il marito di Darlene, Harlan, si presentò con due grosse bottiglie di Sprite e Diet Sprite. La coppia ragguagliò Bette sui vicini.

"I Patel hanno dei nomi impronunciabili," scherzò Harlan. "Io li chiamo signora e signor Patel."

"Irrfan e Priyanka." Darlene rivolse un'occhiataccia al marito. "E imparare i nomi dei loro figli non ti farebbe male."

"In realtà sì."

Erano il genere di persone che piaceva a Bette.

Darlene snocciolò i nomi. "Ananya, Pranav, Prisha, Anushka. Il piccolino invece è Om."

"Om, capito," disse Harlan.

Gli Smith *là in fondo* avevano un albicocco e regalavano bracciate di frutta. Nel vialetto degli Ornona, *laggiù*, era sempre parcheggiato un motoscafo. In occasione della Pasqua greca la famiglia Bakas organizzava una grande festa nella villa bianca e blu, e se non ci andavi te la facevano scontare per il resto dell'anno. Vincent Crowell teneva acceso il baracchino a tutte le ore – casa sua era quella con la grossa antenna sul tetto.

"E Paul Legaris insegna scienze a Burham. Il college. Ha due figli grandi," riferì Harlan. "Il maschio si sta arruolando in marina."

"Un insegnante," disse Bette. "Ecco perché aveva quelle cose ai piedi."

"Come?" chiese Darlene.

"È venuto a portarci un prosciutto arrosto in infradito. Le aveva lui ai piedi, non il prosciutto. Ho pensato che un uomo vestito così in un giorno feriale fosse, be'..."

"Un tizio che ama stare comodo?"

"Un disoccupato."

"Non ci sono corsi in agosto," sospirò Harlan. "Io un uomo con le infradito in una giornata come questa lo invidio."

Pop! Bette vide Paul al campus, su una panchina in cortile tra una lezione e l'altra, attorniato dalle studentesse del suo corso di Introduzione alla biologia, e lui era sempre così disponibile: una di loro aveva senz'altro una cotta per il maturo professore e la sua autorità, o così sperava Paul Legaris.

La calda sera estiva richiamò i ragazzini in strada, e intanto Bette lavò i piatti e poi salì di sopra per cercare le lenzuola e fare i letti. Dalla finestra della camera di Dale e Sharri intravide Paul che con l'aiuto di alcuni ragazzini spingeva fuori dal garage un grosso tubo montato su un carrello artigianale: il cannocchiale di cui le aveva parlato. Quando rabbuiò del tutto, Bette aveva collegato le casse bluetooth alla presa e aveva connesso il telefono, e Adele fu la triste colonna sonora delle faccende domestiche serali: rivestire i ripiani dell'armadio e districare le grucce. Stava riempiendo la cassettiera quando sentì sbattere la porta d'ingresso, e un rumore di passi pesanti su per le scale.

"Mamma?" gridò Eddie facendo irruzione in quella che sarebbe stata camera sua. "Posso costruire un cannocchiale?"

"Ammiro il tuo spirito di iniziativa."

"Il professor Legaris ne ha costruito uno e guardarci dentro è *favoloso.*"

"Il *professor* Legaris?"

"Sì. Il signore che abita accanto a noi. Ha il garage pieno di cose *favolose*. E in una specie di armadio che chiama *comò* tiene un sacco di cavi e di attrezzi. Ha tre vecchi televisori con le manopole e una macchina da cucire che per farla funzionare devi pedalare." Eddie saltò sopra il letto. "Mi ha lasciato guardare nel cannocchiale per vedere l'universo... insomma, lassù. C'era la Luna, e una parte era coperta dall'ombra del Sole."

"Non sono un professore ma penso che fosse l'ombra proiettata della Terra."

"È stato divertente. A occhio nudo sembrava che qualcuno avesse ritagliato via la Luna dal cielo, e se guardavi nel cannocchiale sembrava ancora ritagliata, ma tutta rossa. I crateri e il resto. Il professore si è costruito il cannocchiale da solo."

"Come si fa a costruire un cannocchiale?"

"Bisogna trovare un pezzo di vetro rotondo e strofinarlo parecchio, finché diventa lucido, poi lo metti in fondo a un tubo, un tubo di cartone di quelli che si usano per arrotolarci i tappeti. Poi compri quella roba, tipo gli spioncini della porta."

"Una lente?"

"Credo si chiami oculare. Lui fa un corso su come si costruisce un cannocchiale. Posso?"

"Se riesci a trovare un tubo di quelli che si usano per arrotolarci i tappeti."

La prima notte in Greene Street i ragazzi andarono a letto tardi ma, sfiniti dopo aver corso da una parte all'altra, crollarono addormentati. Prima di dimenticarsene, Bette infilò tre dollari sotto il cuscino di Sharri in cambio del dente: la fatina era a corto di soldi.

A giornata finalmente conclusa, Bette stappò una bottiglia di vino rosso e chiamò Maggie per raccontarle dei ragazzini del quartiere, dei Pitts spacciatori di Coca-Cola e sì, anche della visione su Paul Legaris.

"Hai una sfortuna nera in fatto di uomini," disse Maggie.

"Non è sfortuna," disse Bette. "Sono gli uomini. Tutti così tristi. E prevedibili. Alla disperata ricerca di una donna che possa dire loro chi sono."

"Alla disperata ricerca di una scopata," commentò Maggie. "Ed ecco che arrivi tu, la donna della porta accanto. Se la prossima volta arriva tutto improfumato di acqua di colonia chiudi a chiave perché vuol dire che ti sta dando la caccia."

"Spero che si accontenti delle studentesse. Delle assistenti. Delle ragazze di un'associazione studentesca."

"Finirebbe per farsi licenziare. Invece con la bella divorziata che si è trasferita vicino a lui non infrange nessuna legge. Magari è là con il binocolo puntato sulle tue finestre."

"Se è così, vedrà le tende di Star Wars di Eddie. Camera mia è dall'altro lato."

* * *

Vennero le giornate più indolenti e calde di agosto, e siccome Bette non aveva voglia di sentirsi ripetere *Stasera hai da fare?* evitò qualunque contatto con il nuovo vicino. Tornando in auto scrutava Greene Street in cerca di segnali della presenza di Paul Legaris. Una volta lo avvistò sul prato e, mentre parcheggiava nel vialetto, lui la salutò con un "Come stai?"

"Benissimo, grazie!" rispose Bette. Poi si precipitò in casa quasi che fosse indaffarata, anche se non aveva niente da fare.

Un'altra volta eccolo invece tenere d'occhio i ragazzi che tiravano calci ad alcuni palloni da football in un gioco chiamato Porcellino sulla Mosca: Bette prese il telefono – che non squillava – e finse di rispondere mentre rientrava. Paul la salutò con la mano e lei si limitò a un cenno. Di sera aspettava con timore il trillo del campanello, ossia l'eventualità che lui si presentasse fresco di doccia e profumato di Creed per chiederle se aveva da fare: le andava di cenare all'Old Spaghetti Factory? Era lo stesso invito che Bette aveva rivolto al suo dentista, il quale si era dimostrato un tale noioso narcisista da convincerla a cambiare fornitore di servizi odontoiatrici. Da allora Bette aveva siglato un armistizio nella Guerra degli Appuntamenti e, per evitare di cacciarsi in altri guai, si era decisa a non riempire il vuoto sentimentale della sua vita.

I suoi figli finirono per frequentare Paul Legaris più di lei. Un venerdì sera lui era fuori a lavare l'auto (chi lava l'auto il venerdì sera?) quando Bob arrivò a prendere i ragazzi perché quel fine settimana spettava a lui. Bette gli mostrò il pianoterra della nuova casa mentre loro preparavano le borse, poi li guardò infilarsi nell'auto dell'ex marito. Ma prima Paul passò per un saluto, perché Eddie voleva presentare a suo padre il professore che insegnava l'universo al college. Secondo Bette i due chiacchierarono più del necessario, ma quando Bob e i figli se ne andarono, Paul si rimise a lavare l'auto. Bette non aveva avuto una visione del dialogo fra i due. Chissà se si erano scambiati impressioni su, be', su di lei.

La mattina dopo, un sabato senza figli, dormì saporitamente fino a tardi. Scese a piedi nudi le scale della casa silenziosa in pantaloni da yoga e felpa di cotone leggero con cappuccio, e portò di sotto l'iPad.

"Ehi, ragazzone." Preparato il suo elisir mattutino, Bette uscì scalza in cortile per approfittare di quel momento, prima che il sole salisse oltre il tetto e cominciasse a fare troppo caldo.

Aveva l'iPad con sé e le pareva che fossero passati anni da quando lo aveva usato in un posto diverso dal letto. Si accomodò su una sedia di plastica Adirondack, sotto il melograno, e sfogliò vecchi numeri del domenicale del *Sun-Times* di Chicago. Era persa sul sito del *Daily Mail* quando udì un *toc toc toc toc toc.*

Un picchio che faceva ciò che prometteva il suo nome.

Toc toc toc toc toc.

Bette guardò i rami dell'albero in cerca dell'uccello: invano.
Toc toc toc toc toc.

"Ancora cinque," disse contando i *toc.*

Lanciò un'occhiata alla casa, felice di scoprire che l'uccello non stava aprendo un buco nel muro in cerca di insetti, quand'ecco un nuovo *toc toc toc toc toc.*

Il rintocco veniva da oltre la staccionata, alta tanto da ostacolare la vista sul cortile di Paul Legaris, in osservanza di una regola di buon vicinato in vigore anche in Greene Street. Si scorgeva a malapena la chioma di un albero, ma tra i rami nessuna traccia di Mister Picchio. Bette si lasciò incuriosire: voleva scoprire le dimensioni dell'uccello, così andò dalla sedia alla staccionata e sbirciò, sperando di vederlo in azione.

Toc toc toc toc toc.

Il giardino di Paul Legaris era pulito e ordinato, c'era anche un orticello con tanto di sostegni per le piantine e un sistema di irrigazione a goccia. Un antico aratro, arrugginito e orfano di un cavallo da tiro, se ne stava nell'erba insieme a una serie di pannelli solari: una coppia male assortita. In fondo al prato, lontano dal patio, c'erano un barbecue di mattoni e una di quelle amache che si reggono da sole, senz'altro ordinata da un catalogo per corrispondenza.

Toc toc toc toc toc.

Paul invece era seduto a un tavolo da picnic poggiato su un tavolato di legno, sotto un gazebo, nella sua divisa di pantaloncini larghi, polo e infradito. Aveva quegli occhiali troppo geometrici e alla moda infilati sulla testa ed era chino, concentrato su un marchingegno che poteva risalire al diciannovesimo secolo.

Era una macchina da scrivere, e non somigliava affatto alle macchine da scrivere che Bette conosceva. Quella di Paul Legaris aveva un'aria antica, sembrava un pezzo di età vittoriana, un apparato meccanico per la stampa coi martelletti curvi sulla carta arrotolata nel carrello. Paul batté un tasto cinque volte, *toc toc toc toc toc*, fece colare un po' d'olio tra le leve interne e ripeté l'operazione.

Toc toc toc toc toc.

Ecco Paul Legaris che guastava una mattina di pace in Greene Street facendo manutenzione a un'assurdità disseppellita dall'epoca di Giulio Verne.

Toc toc toc toc toc.

"Accidenti," brontolò Bette. Poi tornò in casa per un'altra dose di caffeina e ci restò, seduta al tavolo; lesse l'iPad nella relativa quiete della cucina, dove riusciva ancora ad avvertire il *toc* soffocato di quell'elaboratore di testi corazzato.

Quel pomeriggio, mentre il sole tramutava Greene Street sia in una padella che nella brace, Bette telefonò a Maggie.

"Cannocchiali e macchine da scrivere. Chissà cos'altro nasconde in casa," disse l'amica.

"Vecchi tostapane. Telefoni a disco. Mastelli da lavandaia col torchio. Chi può dirlo."

"Ho controllato su qualche sito di appuntamenti. Non l'ho trovato."

"Vicinispaventosi.com? Buoni-a-nulla-x-te?" Bette era alla finestra e notò un'auto fermarsi sull'altro lato della strada: un'auto poco familiare, made in Corea, rossa come smalto per unghie. Il guidatore, un ragazzo, scese seguito da una ragazza di pochi anni più giovane, senza dubbio la sorella. I due attraversarono la strada puntando alla casa di Paul Legaris, e Bette riconobbe l'andatura di Legaris nel ragazzo.

"Allarme figli," disse a Maggie. "Indovina un po' chi è appena arrivato."

"Chi?" chiese Maggie.

"Quasi sicuramente la prole del Professor Solitario. Figlio e figlia."

"Hanno tatuaggi? Birkenstock?"

"No." Bette studiò i ragazzi per cogliere una qualche stranezza, un'evidenza di ribellione giovanile. "Sembrano normali."

La ragazza gridò correndo verso l'ingresso mentre Paul Legaris le andava incontro: i due si trovarono sul prato. Lei lo afferrò per il collo e lo trascinò a terra ridendo. Il ragazzo si unì alla zuffa, e insieme alla sorella finì a rotolarsi sul padre. Non lo vedevano da un po', a quanto pareva.

"Mi toccherà chiamare il 911. Qualcuno sta per lussarsi una spalla," sentenziò Bette.

Quella sera lei, Maggie e le sorelle Ordinand cenarono in un ristorante di laterizi e lampade schermate da veneziane di carta, un locale in stile messicano dall'aria così autentica che ebbero paura di bere acqua, ma non margarita. Fu una serata di risate e aneddoti su ex mariti, pessimi fidanzati, uomini carenti sia di buon senso che di salute mentale. Paul Legaris fu uno dei piatti forti di quelle chiacchiere divertenti e succose e non ottenne commenti lusinghieri.

Quando Bette tornò in Greene Street il cielo era scuro da due ore e il cannocchiale di Paul Legaris era di nuovo sul prato. L'auto del professore però non era parcheggiata nel vialetto. I suoi figli stavano esplorando il cielo da soli. Bette andò dritta alla porta di casa ma il saluto del figlio di Paul la raggiunse a metà strada.

Bette ricambiò con un cenno e una specie di verso – *'sera* – senza rallentare.

"Vuole vedere le lune di Giove?" Fu la ragazza a chiederglielo. "Schiaffate lì in mezzo al cielo sono superfantastiche."

"No, grazie," disse Bette.

"Si perde uno spettacolo!" La ragazza aveva la voce simile a quella di Dale, aperta e amichevole, incline all'entusiasmo per le piccole cose.

"Niente eclissi stasera?" Bette ripescò le chiavi dalla borsetta.

"Non sono così frequenti. Giove invece si vede tutta l'estate," disse la ragazza. "Io sono Nora Legaris."

"Ciao. Bette Monk."

"La mamma di Dale, Sharri e Eddie? I suoi figli sono uno spasso, a quanto racconta mio padre." La ragazza si avvicinò, la raggiunse sul vialetto. "Ha comprato la casa degli Schneider. Si sono trasferiti a Austin, beati loro. Lui è mio fratello." Nora indicò il cannocchiale. "Di' alla signora Monk come ti chiami."

"Lawrence Altwell-Chance Delagordo Legaris Settimo," disse. "Ma va bene Chick."

Bette si sentiva confusa come una donna con tre margarita in corpo, cosa che in effetti era. "*Chick?*"

"O Larry. È una lunga storia. Vuole vedere quello che ha visto Galileo secoli fa? Ha cambiato il corso dell'umanità."

Rifiutare un invito del genere e sgattaiolare in casa sarebbe stato scortese, davvero inappropriato per Greene Street. Nora e Chick erano incantevoli. Bette disse: "Se la metti così, non posso lasciarmelo scappare."

Superò il confine inoltrandosi nel territorio di Legaris per la prima volta. Chick si spostò dal cannocchiale per farle spazio. "Ecco Giove," disse.

Bette avvicinò l'occhio all'estremità del tubo di cartone.

"Cerchi di non muoverlo, dev'essere allineato."

Sbatté le palpebre. Il vetro dell'oculare le faceva il solletico alle ciglia. Non riusciva a capire cosa stava guardando. "Non vedo nulla."

"Chick," sospirò Nora. "Non puoi dirle 'Ecco Giove' e poi startene lì senza fare niente."

"Mi perdoni, signora Monk. Mi lasci controllare." Chick scrutò nel piccolo cannocchiale montato sul tubo più grande e regolò quest'ultimo, su e giù, destra e sinistra. "Eccolo, grasso come un'oca!"

Bette avvicinò l'occhio, così vicino che il mascara avrebbe potuto fidanzarsi con l'oculare, ma all'inizio non vide nulla. Poi ecco un puntino luccicante. Giove, e poi quattro delle sue lune in linea, una a sinistra, tre a destra, nitide.

"Accidenti!" strillò Bette. "Si vede benissimo. Quello è Giove?"

"Il re dei pianeti con le sue lune," disse Chick. "Quante ne vede?"

"Quattro."

"Come Galileo," disse Nora. "Mise due pezzi di vetro in un tubo d'ottone, lo puntò verso l'oggetto più luminoso del cielo sopra l'Italia e vide esattamente ciò che vede lei. E così sbatté la porta in faccia alla teoria tolemaica dell'universo. Cacciandosi nei guai."

Bette non riusciva a staccarsi dal cannocchiale. Non aveva mai scrutato l'universo così a fondo, mai visto un pianeta coi propri occhi. Giove era magnifico.

"Aspetti di vedere Saturno," disse Chick. "Anelli e lune e tutto il circo."

"Fammelo vedere!" Bette si scoprì improvvisamente attratta dai paesaggi celestiali.

"Non posso," spiegò Chick. "Saturno sorge la mattina presto. Metta la sveglia alle cinque meno un quarto, se vuole. Ci troviamo qui. E io le punto il cannocchiale."

"Alle quattro e quarantacinque? Non se ne parla." Bette si scostò dal cannocchiale e dalle lune di Giove. "Adesso spiegami questo Chick."

Nora ridacchiò. "Gianni e Pinotto. Quello magro, in uno dei film, lo chiamavano Chick. Lo abbiamo visto un milione di volte e io ho cominciato a chiamarlo così. Da allora è Chick."

"Meglio di La-La-La-Larry Le-Le-Legaris."

"Capito," disse Bette. "Io mi chiamerei Elizabeth, come altre sette compagne in terza media." Diede un'altra occhiata a Giove nel cannocchiale e rimase estasiata di nuovo.

"Arriva il vecchio." Nora indicò i fari dell'auto del padre che avanzavano in Greene Street. Bette pensò di precipitarsi in casa, ma sarebbe stata un'evidente scortesia. Dovette resistere all'impulso di fuggire.

"Che ci fate voi teppistelli sul mio prato?" disse Paul scendendo dall'auto. Era in compagnia di un ragazzo dai capelli rossi poco più grande di Chick che uscì dal lato passeggero. "Non ce l'ho con te, Bette. Ce l'ho con quei due bricconi."

Nora si girò verso Bette. "Papà usa parole come *bricconi*. Mi dispiace che lei abbia dovuto sentirlo."

"Lui è Daniel," disse Paul presentando il ragazzo dai capelli rossi che, Bette non poté fare a meno di notarlo, era magrissimo. Denutrito, forse. Indossava vestiti che sembravano nuovi ma non dovevano essere di suo gusto, perché li indossava con disagio. Salutò i figli di Paul e anche Bette.

"Hai dato un'occhiata al Grande Giò?" Paul guardò verso il gigante gassoso nel cielo. "Daniel, hai mai visto Giove?"

"No." Daniel non disse altro e si avvicinò al grande tubo per scrutare nell'oculare. "Wow," disse senza alcuna emozione.

"Bette, tu hai dato un'occhiata?" chiese Paul.

"Sì. Mi ha fatto dire *accidenti*," rispose lei lanciando un'occhiata a Nora. "Mi dispiace che tu abbia dovuto sentirmi dire *accidenti*."

"*Accidenti* va bene," disse Nora. "È un'esclamazione con più usi. Come *fico* o *super*."

"Come *trendy*," disse Chick.

"O *forte*."

"O *tetta*," disse Daniel. Di nuovo senza alcuna emozione.

Nessuno seppe come replicare.

* * *

Daniel trascorse alcuni giorni a casa Legaris. Bette li sentiva parlare al mattino, voci sottili che salivano dalla staccionata in cortile, e li vedeva andare via insieme attorno alle sette di sera. Finché una sera il magrolino dai capelli rossi svanì. Greene Street tornò a essere un luogo di biciclette, palloni e ragazzini che giocavano all'aperto, sovreccitati per l'inizio imminente della scuola. La fine dell'estate era all'improvviso nell'aria, palpabile.

L'ultima sera di agosto Bette portò i bambini a mangiare una pizza in un locale zeppo di videogame. Dopo tutto quel baccano, tornando a casa, il quartiere le parve un'oasi di tranquillità. I figli dei Patel stavano giocando con la canna dell'acqua sul prato di famiglia e Eddie e Sharri li raggiunsero. Dale entrò in casa. Bette restò fuori perché soffiava una brezza piacevole e rinfrescante che agitava le foglie del sicomoro: appoggiata a uno dei rami bassi, si ritrovò a masticare uno degli spicchi di pizza avanzati che si era portata a casa.

Non c'era traccia di Paul Legaris. E siccome la sua auto non era parcheggiata nel vialetto, Bette sentì di potersi rilassare nella quiete di Greene Street malgrado il senso di colpa per quel quarto spicchio di pizza al salame piccante, olive e cipolla. Quando gettò la sottile mezzaluna di crosta nell'erba – ci avrebbe pensato un uccello a farla sparire – le parve di vedere un grosso insetto sul vialetto di Paul Legaris.

Per poco non squittì di terrore – forse era un ragno gigante – ma poi si rese conto che si trattava di un semplice mazzo di chiavi, abbandonato là dove di solito c'era l'auto di Paul.

Bette cadde preda di un dilemma: come si sarebbe comportata una buona vicina? Avrebbe dovuto raccogliere le chiavi per custodirle fino al ritorno di Paul e poi suonare alla sua porta per restituirgliele. Se le chiavi erano sue, cosa molto probabile, gli avrebbe risparmiato l'ansia di una ricerca infruttuosa.

Chiunque avrebbe fatto così, ma – *pop* – Paul, felicissimo di riavere le chiavi, si sarebbe sdebitato con un invito a cena e avrebbe cucinato di persona. Metto sul barbecue un paio di costate? Vedrai che buone con la mia salsa segreta.

Bette non voleva trovarsi in quella situazione. La via più semplice per risolvere il problema era far restituire le chiavi a Eddie: al ritorno di Paul, Eddie avrebbe fatto quella buona azione correndo fuori mentre Bette restava dentro al sicuro. La cosa si sarebbe chiusa lì.

Si chinò per raccogliere le chiavi. Appesi all'anello del portachiavi c'erano un ciondolo del Burham Community College, un paio di chiavi di casa e due industriali con numeri seriali, più una chiave per un lucchetto da bicicletta e una grossa fiche da poker cui era stato praticato un foro nel bordo.

La fiche era consumata, i margini dentellati ormai lisci. Macchie sbiadite al posto del rosso che un tempo la colorava. Ma al centro, ancora ben visibile, era stampato un grosso numero 20. Forse Paul aveva vinto venti dollari a bordo di uno di quei casinò sul fiume, i battelli che facevano su e giù lungo il confine, o forse la fiche era tutto ciò che restava di una posta da duemila dollari. Bette girò la fiche e lesse *NA*. Caratteri esotici e stilizzati, da tatuaggio, al centro di un quadrato in equilibrio su uno degli angoli, come il diamante di un campo da baseball. Nella mezza luce della sera Bette notò le scritte negli spazi tra i lati del quadrato e il bordo, ma anche quelle erano logore e illeggibili, tranne per alcune lettere – una *D*, un *mun*, e quella che sembrava *pera* ma avrebbe potuto essere *prat* o *gara* o una qualunque parola di quattro lettere.

I ragazzi giocavano a palla contro la serranda del garage dei Patel. Bette portò in casa le chiavi, solo per poterle poi affidare a Eddie insieme al compito di restituirle.

Dale era in soggiorno al computer e guardava un video su YouTube: cavalli che saltavano ostacoli.

"Hai da fare?" chiese Bette. Dale non rispose. "Ehi, signorina," disse schioccando le dita.

Dale non staccò gli occhi dallo schermo. "Che c'è?"

"Mi cerchi una cosa su Google?"

"Cosa?"

"Questa fiche." Bette le mostrò il portachiavi.

"Vuoi che cerchi in Google 'fiche da poker'?"

"Voglio che cerchi questa fiche."

"Non serve Google. È una fiche da poker."

"Da dove viene?"

"Da una fabbrica di fiche da poker?"

"Te la tiro in testa se non la cerchi."

Dale sospirò, studiò la madre e il portachiavi e la fiche, infine alzò gli occhi al cielo. "Prima finisco di vedere questo, va bene?"

Bette mostrò a Dale alcuni particolari della fiche – il rosso sbiadito, il 20, quel *NA* sull'altro lato e le scritte consunte. Poi lasciò il portachiavi alla figlia per andare a lavarsi le mani unte di pizza. Stava caricando la lavastoviglie quando Dale le urlò qualcosa dal soggiorno.

"Come?" gridò Bette in risposta.

Dale entrò in cucina con il computer. "È una cosa dei tossicodipendenti."

"Cos'è?" Bette sistemò le posate nel cestello superiore della lavastoviglie.

"La fiche da poker," disse Dale mostrando alla madre una serie di immagini. "*NA* sta per Narcotici Anonimi. È come AA, gli Alcolisti Anonimi, ma per chi ha una dipendenza dalle droghe. I tossicodipendenti. Ho inserito *fiche con* NA ed è uscito un sito, poi ho cercato fra le immagini ed ecco qui."

Bette riconobbe il disegno inciso sul portachiavi. *NA* racchiuso in un diamante da baseball con le parole *Sé, Dio, Comunità, Opera* lungo i lati.

"Queste fiches vengono date come premio," disse Dale. "Se ti astieni dalle droghe. Te le danno dopo trenta giorni."

"Ma questa dice venti." Cosa ci faceva Paul Legaris con una fiche dei Narcotici Anonimi?

"Penso che stia per vent'anni," disse Dale. "Dove hai trovato le chiavi?"

Bette esitò. Se Paul Legaris era invischiato con le droghe o coi Narcotici Anonimi, Dale non doveva saperne nulla finché Bette non avesse scoperto qualcosa di più.

"In giro," disse Bette.

"Devo cercarti altro? Fish&Chips o le regole del poker?"

"No." Bette riprese a caricare la lavastoviglie e una volta finito chiamò Maggie.

"Ci mancavano i Narcotici Anonimi," le disse l'amica. "AA per gli ubriaconi. CA per i cocainomani. Esiste un Anonimi per qualunque cosa."

"NA è per i tossici?"

"Non è certo per i narcolettici." Maggie era incuriosita. "Sicura che le chiavi siano sue?"

"No. Ma erano sul suo vialetto, perciò possiamo pensarlo… e magari ci faremo la figura delle sceme."

"La gente che segue i Dodici Passi finisce sempre a letto con un altro alcolista anonimo. Sarah Jallis ha una nipote che si è sposata con uno del suo gruppo di AA, ma credo che poi abbiano divorziato."

"Se Paul Legaris è nei Narcotici Anonimi, o ci è stato vent'anni, chissà come mai."

"Be'," disse Maggie prima di una pausa. "Credo per via della droga."

Eddie e Sharri rientrarono un'ora più tardi, fradici dopo aver giocato con la canna dell'acqua dei Patel. E un'ora più tardi, fatto il bagno, i suoi tre figli si piazzarono davanti alla PlayStation per guardare un film in HD; Bette invece rimase in cucina con l'iPad a visitare siti che parlavano dei Narcotici Anonimi. Non sentì bussare alla porta.

"C'è il professor Legaris." Eddie era entrato in cucina e Bette lo guardò senza reagire. "Sta aspettando fuori."

E infatti eccolo sul portico, poco oltre la soglia, in jeans e maglietta bianca e un paio di mocassini di cuoio. Bette socchiuse la porta per arginare l'audio del film.

"Ciao," disse.

"Mi spiace disturbarti. Volevo chiederti se posso passare dal tuo cortile."

"Perché?"

"Perché sono un cretino. Mi sono chiuso fuori. Magari non ho chiuso una portafinestra. Se scavalco la staccionata dall'altra parte finisco nei bidoni dell'immondizia."

Bette guardò Paul: aveva la stessa espressione di quando le aveva portato il prosciutto arrosto un mese prima, era lo stesso uomo che lavava l'auto il venerdì sera e che trovava i suoi figli spassosi, il vicino capace di costruirsi un cannocchiale e di aggiustare vecchie macchine da scrivere. *Pop!* Ecco Paul Legaris seduto in cerchio insieme ad altri uomini e ad altre donne, tutti su sedioline pieghevoli. Paul ascoltava Daniel, lo scheletro dai capelli rossi, che raccontava i giorni in cui si sparava eroina in vena. E Paul annuiva rivivendo i suoi comportamenti di vent'anni prima.

"Aspetta qui," disse Bette.

Tornò qualche secondo dopo con le chiavi.

"Sono le mie," mormorò Paul. "Per caso me le hai rubate?"

"Erano sul tuo vialetto. Sembravano un grosso ragno, invece..."

"Da quello che vedo si è staccato anche il telecomando della macchina, altro evento di cui ero all'oscuro. Comunque non avevo idea di dove fossero finite, quindi grazie."

"Ringrazia Greene Street e il buon vicinato," disse Bette. Era il momento di chiudere la porta ed evitare ogni altra interazione con l'uomo della porta accanto, il tizio in infradito, quello che evitava da quando si era trasferita. Invece sorprese se stessa con una domanda: "Cos'è successo a Daniel dai capelli rossi e al suo superbo vocabolario?"

Paul stava già per andarsene. Si fermò, si voltò. Faccia a faccia con Bette sulla soglia. "Ah, Danny." Dopo un momento di silenzio aggiunse: "È in Kentucky."

"Kentucky? Viene dal Kentucky?" Bette gli si avvicinò senza rendersene conto. Si sentiva a suo agio in presenza di Paul, una sensazione che non aveva mai provato, non dopo quel primo *Stasera che fai?*

"È di Detroit. Ma gli hanno offerto un lavoro in Kentucky e ci è andato. Novanta giorni, se tutto va come deve. Spero di non averti creato problemi mentre era qui."

"No. Avrei voluto dargli un panino per fargli mettere su qualche chilo."

"Già. Deve mangiare meglio." Paul fece per andarsene.

"Sai," gli disse Bette. "Una volta quelli coi capelli rossi erano considerati demoni. Per colpa dei capelli color diavolo."

Paul rise. "Danny ha i suoi demoni, come tutti noi."

Bette abbassò lo sguardo sulle chiavi in mano a Paul, sulla fiche che celebrava vent'anni di astinenza dalle droghe, due decadi. Aveva fatto un po' di conti. Chick Legaris aveva almeno ventun anni, quindi doveva essere solo un bambino quando suo padre aveva toccato il fondo prima di iniziare il percorso che, da chissà dove, lo aveva condotto a questa notte d'agosto.

In un istante Bette fu ancora più sicura che lei e i suoi figli appartenevano a Greene Street.

"Grazie per avermi risparmiato un mare di seccature," disse Paul agitando le chiavi.

"*De nada*," disse Bette guardandolo avviarsi.

Si stava voltando per rientrare quando – *pop* – si vide in cucina di prima mattina, l'alba ancora lontana, i bambini a letto che dormivano.

"Ciao, ragazzone," diceva alla macchina del caffè prima di preparare il suo cappuccino e, in un'altra tazza, un cappuccino con caffè doppio e un velo di schiuma.

Dopodiché scendeva i gradini con le tazze in mano, attraversava il prato, arrivava sotto i rami bassi del sicomoro.

Paul Legaris aveva sistemato il cannocchiale nel vialetto. Lo strumento puntava a est, verso il blu profondo e oscuro del cielo sopra Greene Street.

Saturno stava sorgendo. Visto dal cannocchiale, il pianeta con gli anelli era uno splendore, bello grasso come un'oca e superfantastico.

ROYAL

ALAN BEAN PIÙ QUATTRO

Quest'anno raggiungere la Luna è stato molto meno complicato che nel 1969, e noi quattro lo abbiamo dimostrato anche se non frega a nessuno. Eravamo in cortile da me a farci una birra fresca, la Luna crescente era un'unghia principesca, bassa nel cielo a ovest, e io stavo spiegando a Steve Wong che se, per dire, avesse lanciato un martello con la forza necessaria, detto attrezzo avrebbe percorso 800.000 chilometri descrivendo un otto e, circumnavigata la Luna, sarebbe tornato sulla Terra tipo boomerang. Strabiliante, no?

Lavorando da Home Depot, Steve Wong ha a disposizione parecchi martelli e si è offerto di prenderne qualcuno. Il suo collega, MDash, che si è scelto questo nomignolo da rapper accorciandosi il nome di battesimo, non era sicuro che qualcuno potesse afferrare al volo un martello che precipita ad almeno millecinquecento chilometri l'ora. Anna, che ha uno studio di graphic design, se n'è uscita dicendo che non ci sarebbe stato nulla da afferrare perché detto martello si sarebbe incenerito tipo meteorite, e aveva ragione. Non si è bevuta neppure la storiella del mio cosmico lancia-aspetta-prendilo-che-torna. Anzi, ha messo in dubbio tutto il mio programma spaziale. Secondo lei ero bravo soltanto a ripetere "la missione Apollo qua" e "l'allunaggio del Lunokhod là", e avrei addirittura travisato certi dettagli pur di farci la figura dell'esperto: aveva ragione anche su questo.

Visto che tengo tutti i miei libri di non-fiction in un Kobo tascabile, ho recuperato alla svelta un capitolo di *Niente da fare, Ivan: Perché l'URSS ha perso la corsa alla Luna*, scritto da un professore esule che aveva le sue ragioni per recriminare. Stando al racconto del professore, a metà degli anni sessanta l'Unione Sovietica sperava di surclassare il programma Apollo grazie, per l'appunto, a una missione con traiettoria di volo a otto: nessuna orbita, nessun allunaggio, solo fotografie e il diritto di reclamare la corona del vincitore. I Rossi avevano lanciato una Soyuz senza equipaggio, presumibilmente con un manichino in tuta spaziale a bordo, però erano andate storte così tante cose che non ci avevano più riprovato, neppure con un cane. *Kaputnik.*

Anna è magra, sferzante come una frusta e motivata come nessuno con cui sia mai uscito (ci siamo frequentati per tre estenuanti settimane). In questa storia lei vedeva una sfida: riuscire dove i russi avevano fallito. Ci saremmo divertiti. Lo facciamo tutti insieme, punto e basta, ha detto. Ma quando? Io ho proposto di fissare il lancio nell'anniversario dell'*Apollo 11*, la missione spaziale più famosa della storia, ma ho ricevuto un *no-go* perché la terza settimana di luglio Steve Wong aveva appuntamento dal dentista. E a novembre, quando l'*Apollo 12* è atterrato nell'Oceano delle Tempeste, evento dimenticato dal 99,999 per cento della popolazione terrestre? Siccome la settimana dopo Halloween c'era un matrimonio a cui Anna doveva partecipare come damigella d'onore, abbiamo deciso per l'ultimo sabato di settembre.

All'epoca del programma Apollo gli astronauti dedicavano migliaia di ore alle esercitazioni di volo e al conseguimento di svariate lauree in ingegneria. Inoltre si addestravano, in particolare a scivolare giù dai lunghi cavi metallici che correvano dal modulo aerospaziale fin dentro un bunker ben imbottito, per farsi trovare pronti in caso di un'evacuazione d'emergenza durante il lancio. Per loro era indispensabile conoscere la fisica dello scivolamento. Noi non abbiamo fatto nulla di paragonabile, però abbiamo testato il nostro razzo vettore il 4 luglio, a Oxnard, sul grande vialetto di casa di Steve Wong: speravamo che in mezzo a tutti quei fuochi d'artificio il primo stadio del nostro razzo senza equipaggio esplodesse nel cielo notturno senza farsi notare. Missione compiuta. Il razzo si è sollevato sulla *baja* California e sta ancora girando intorno alla Terra, ci sorvola ogni novanta minuti, ma le numerose agenzie governative possono stare tranquille: si disintegrerà senza causare danni non appena rientrerà nell'atmosfera terrestre tra dodici o quattordici mesi.

MDash, che è nato in un villaggio subsahariano, è davvero un cervellone. Appena arrivato alla St. Anthony Country Day, da studente con scarsa padronanza della lingua inglese aveva comunque vinto la Menzione al merito al Festival della Scienza con un esperimento sui materiali ablativi, che per la gioia di tutti avevano preso fuoco. Poiché uno scudo termico è un elemento implicito dell'espressione "tornare sani e salvi sulla Terra", MDash è stato messo a capo dello sviluppo dello scudo e di altre cose pirotecniche, comprese le cariche esplosive per la separazione degli stadi dei razzi. Anna si è preoccupata dei calcoli: il fattore di carico, la meccanica orbitale, le miscele di propellenti, le formule – tutte cose che io fingevo di conoscere ma delle quali in realtà non so nulla.

Io ho contribuito con il Modulo di Comando, uno sferoide striminzito a forma di fanale. Ad assemblarlo era stato un magnate delle piscine, un uomo deciso a tentare la fortuna nel business dei viaggi privati nello spazio con investimenti che gli avrebbero fruttato un bel gruzzolo da parte della NASA. Era morto nel sonno a un passo dal novantaquattresimo compleanno e la sua (quarta) moglie-vedova si era decisa a vendermi la capsula per quattrocento dollari, anche se io ero disposto a pagarla il doppio. La vedova aveva insistito per compilare la ricevuta con la macchina da scrivere del marito, una mastodontica Royal Desktop verde, una delle tante macchine da scrivere collezionate dal consorte senza badare alla manutenzione, dato che stavano tutte a prendere la ruggine in garage, accatastate in un angolo. La vedova ha scritto RITIRO ENTRO 48 ORE e anche NESSUN RESO/PAGAMENTO IN CONTANTI. Ho battezzato la capsula *Alan Bean* in onore dell'astronauta che aveva pilotato il modulo lunare dell'*Apollo 12*, il quarto uomo ad aver messo piede sulla Luna e il solo che avessi conosciuto di persona, nel 1986, in un ristorante messicano dalle parti di Houston; era alla cassa per pagare il conto, anonimo come un ortopedico calvo, e io gli avevo urlato: "Diavolo! Tu sei Al Bean!" Mi aveva disegnato un astronauta stilizzato sopra l'autografo.

Sulla Luna ci saremmo andati in quattro, perciò la prima cosa da fare era liberare un po' di spazio all'interno di *Alan Bean* ed eliminare chilogrammi. Non ci sarebbe stato alcun Controllo Missione pronto a darci il tormento, così ho eliminato tutta la strumentazione per le comunicazioni rimpiazzando ogni bullone, vite, cardine, fissaggio e connettore con del nastro adesivo (tre dollari da Home Depot). Il bagno di cui era provvisto il modulo aveva una doccia con tendina, per la privacy; sono venuto a sapere da fonte certa che per andare al gabinetto in assenza di gravità bisogna avere mezz'ora a disposizione ed essere completamente nudi, quindi sì, la privacy era un fattore cruciale. Inoltre ho sostituito la parte esterna del portellone e il massiccio sistema di chiusura EVAC con una leggera lastra in lega metallica dotata di finestrella e profilo a tenuta stagna. Nel vuoto dello spazio, la pressione all'interno di *Alan Bean* avrebbe sigillato il portellone. Semplici leggi della fisica.

Quando dici che stai per andare sulla Luna, tutti pensano che ci vuoi atterrare – per piantare una bandiera, saltellare tipo canguro grazie alla forza di gravità pari a un sesto della nostra, e raccogliere rocce da riportare a casa: tutte attività che noi non avremmo fatto. Noi avremmo volato *attorno* alla Luna. *Atterrare* è tutt'altro sport. E metterci piede? Diavolo, scegliere chi di noi quattro sarebbe uscito per primo consegnandosi alla storia come il tredicesimo essere umano a lasciare le sue impronte sulla superficie lunare ci avrebbe fatto venire il sangue amaro, e l'equipaggio avrebbe finito per sciogliersi ben prima del conto alla rovescia del lancio. E poi non giriamoci intorno: sarebbe stata Anna in ogni caso.

Per preparare i tre stadi dei razzi di *Alan Bean* ci sono voluti due giorni. Abbiamo preso delle bottiglie con tappo a valvola e le abbiamo riempite di barrette ai cereali e acqua, poi abbiamo pompato l'ossigeno liquido per i primi due stadi, e il carburante ipergolico necessario alla singola accensione del motore per il volo translunare, il minirazzo che ci avrebbe condotto al rendez-vous lunare. Parecchia gente di Oxnard è venuta a casa di Steve Wong ad ammirare *Alan Bean*, anche se nessuno aveva idea di chi fosse il vero Alan Bean e del perché la navicella portava il suo nome. I ragazzini ci hanno supplicato di lasciargli dare un'occhiata all'interno, ma non avevamo l'assicurazione. Che cosa state aspettando? Partirete presto? Mi è toccato spiegare a quegli sciocchi sia le finestre di lancio che le traiettorie di volo, mostrandogliele sull'app (gratuita) MoonFaze: dovevamo intercettare l'orbita lunare al momento giusto, altrimenti la gravità del nostro satellite ci avrebbe... Basta, taci! La Luna è lassù! Puntateci il vostro razzo e date inizio allo spettacolo!

* * *

Ventiquattro secondi dopo il lancio, il primo stadio del razzo vettore bruciava a pieno regime e, stando all'app Max-Q (0.99$), l'accelerazione rendeva il nostro peso pari a 11,8 volte quello percepito a livello del mare. Ma non ci serviva un iPhone per saperlo. In pratica stavamo... lottando... per...

respirare… e… Anna… gridava… “Levati… di dosso!” In realtà, addosso non aveva nessuno. Anzi, era lei che si era seduta su di me, mi schiacciava agitandosi come un giocatore di football che si cimenta nella lap dance. Poi gli esplosivi di MDash hanno fatto *kaboom* e il secondo stadio è entrato in funzione come previsto. Un minuto più tardi qualche monetina, un po' di polvere e un paio di penne a sfera hanno preso a fluttuare tra i sedili informandoci che, ehi, eravamo entrati in orbita!

Uno s'immagina che l'assenza di peso sia divertente, e infatti lo è, ma rappresenta anche un problema per chi va nello spazio, ossia per chi trascorre le prime ore lassù a vomitare senza ragioni apparenti, quasi avesse esagerato alla serata di gala prima del lancio. È una di quelle verità che l'ufficio pubbliche relazioni della NASA o i memoir degli astronauti non rivelano. Dopo tre rivoluzioni attorno alla Terra, mentre controllavamo la sequenza necessaria all'acquisizione della traiettoria di inserzione lunare, lo stomaco di Steve Wong si è adattato. Stavamo sorvolando l'Africa quando infine abbiamo aperto le valvole del motore per il volo translunare: il propellente ipergolico ha fatto la sua magia chimica e – *whoosh* – eccoci catapultati nello spazio. La nostra velocità di fuga si attestava a 12 chilometri al secondo e la Terra rimpiccioliva nell'oblò.

Gli americani che avevano raggiunto la Luna prima di noi erano equipaggiati con computer così primitivi da non poter ricevere email o connettersi a Google per appianare le discussioni. Invece gli iPad che ci siamo portati noi erano settanta miliardi di volte più potenti e sono stati *mucho* utili, soprattutto per ingannare l'attesa nel lungo avvicinamento alla Luna. MDash ha visto l'ultima stagione di *Girls*. Ci siamo scattati centinaia di selfie usando la Terra nell'oblò come sfondo e, colpendo una pallina da ping-pong sospesa sul sedile centrale, abbiamo disputato un torneo di tennis da tavolo spaziale senza tavolo… vinto da Anna. Ho utilizzato i propulsori di aggiustamento per correzioni minime all'assetto di *Alan Bean* in modo da poter ammirare le poche stelle nella cruda luce del sole: Antares, Nunki e l'ammasso globulare NGC 6333, nessuno dei quali luccica quando sei lassù.

L'evento più rilevante del volo translunare è superare la linea lungo cui il campo gravitazionale terrestre e quello lunare esercitano la stessa forza di attrazione, un confine invisibile come la Linea internazionale del cambio di data. Per l'*Alan Bean* però rappresentava il Rubicone: al di qua della linea, il campo gravitazionale terrestre continuava a rallentarci, invitandoci a tornare indietro, a un habitat ricco di elementi vitali come l'acqua, l'atmosfera, il nostro campo magnetico. Attraversata la linea, invece, il campo gravitazionale della Luna ci avrebbe catturato, avvolgendoci nel suo antico abbraccio argenteo per sussurrarci *avanti avanti avanti*, e spingendoci a spalancare gli occhi davanti alla magnifica desolazione del satellite.

Nel preciso istante in cui abbiamo raggiunto quella soglia, Anna ci ha regalato l'origami di una gru, un animaletto di carta d'alluminio che ci siamo appuntati sulla tuta quasi fosse un grado dell'aeronautica. Ho attivato il Controllo Termico Passivo affinché *Alan Bean*, continuando la sua rotta verso la Luna, ruotasse per assorbire costantemente il calore solare. Poi abbiamo abbassato le luci e attaccato una felpa all'oblò col nastro adesivo per evitare che i raggi del sole filtrassero nell'abitacolo, e abbiamo dormito un po' rannicchiati in un comodo cantuccio della piccola navicella.

Quando racconto di aver visto l'altra faccia della Luna, la gente spesso ribatte: "Vorrai dire il lato oscuro," come se fossi caduto nelle grinfie di Dart Fener o dei Pink Floyd. In realtà le due facce della Luna ricevono la stessa quantità di luce solare, ma in momenti diversi.

Siccome la Luna si mostrava crescente sulla Terra, noi abbiamo dovuto aspettare di superare la sua parte in ombra. Senza luce del Sole, con il nostro satellite che ostacolava la rifrazione terrestre consegnandoci all'oscurità, ho manovrato *Alan Bean* per puntare l'oblò verso l'infinito spazio-tempo che avrebbe meritato un'altissima risoluzione IMAX: stelle in sfumature di rosso-arancione-giallo-verde-blu-indaco-viola, mai sfarfallanti. La nostra galassia si allungava fin dove poteva spingersi lo sguardo, un tappeto che possedeva la lucentezza azzurra di un diamante, stagliato su un nero che, se non ci avesse sedotto, di sicuro ci avrebbe terrorizzato.

Poi, come se MDash avesse azionato un interruttore, all'improvviso ecco la luce. Sono tornato subito ai comandi mentre la superficie della Luna appariva sotto di noi. Sontuosa, al punto che definirla così non basta: un paesaggio brullo che ispirava incanto e timore. L'app LunaTicket (0,99 $) ci mostrava diretti da sud a nord, ma noi ci pensavamo alla deriva nello spazio sopra quella superficie caotica che ricordava una baia plumbea battuta dal vento. Grazie alla guida *La nostra Luna* che tenevo nel Kobo, ho potuto individuare il cratere Poincaré. Alan Bean veleggiava a 153 chilometri di altezza (95,06 miglia americane), più veloce del proiettile sparato da una pistola, e la Luna sfilava via velocemente, tanto che stavamo già per superarne la faccia illuminata. Il cratere Oresme era inciso da striature bianche che somigliavano a dita, e nel cratere Heaviside c'erano canali e depressioni simili a letti di fiumi in secca. Abbiamo sorvolato il Dufay tagliandolo in due, dalle sue ore 6 alle sue ore 12, quei margini ripidi e aguzzi. Il Mare Moscoviense era troppo lontano, una versione ridotta dell'Oceano delle Tempeste dove quattro decenni e mezzo fa il vero Alan Bean aveva trascorso due giorni in escursione per raccogliere rocce e scattare fotografie. Che uomo fortunato.

Il nostro cervello non poteva assimilare tutto, ma ci hanno pensato i nostri iPhone a immagazzinare immagini. Da parte mia, ho smesso di richiamare l'attenzione dei miei compagni sui diversi panorami pur avendo riconosciuto anche Campbell e D'Alembert, i due larghi crateri uniti dal piccolo Slipher, proprio mentre sorvolavamo il Polo Nord della Luna, pronti a fare rotta verso casa. Avremmo visto sorgere la Terra, e Steve Wong aveva scelto una canzone da usare come colonna sonora, ma è stato costretto a riavviare il bluetooth del Jambox di Anna arrivando quasi oltre tempo massimo. MDash si è messo a gridare: "Schiaccia play! Schiaccia play!" mentre quella macchia azzurra e bianca piena di vita – uno scorcio di tutto ciò che eravamo mai stati, e di cui eravamo stati capaci – faceva la sua apparizione nel nero dell'universo sopra l'orizzonte seghettato del suo satellite. Mi aspettavo un classico, Franz Joseph Haydn o George Harrison; invece ad accompagnare il sorgere del nostro pianeta oltre l'orlo gessoso della luna è stato "Il cerchio della vita", dal *Re Leone.* Davvero? La colonna sonora di un film della Disney? Però, ecco, quel ritmo e quel coro, e quelle parole dal duplice significato mi si sono conficcate in gola togliendomi il fiato. Mi è persino sfuggita una lacrima, che si è unita a quelle che già fluttuavano all'interno di *Alan Bean.* Anna mi ha abbracciato come se fossimo ancora fidanzati. Piangevamo tutti. Avreste pianto anche voi.

Avvicinarsi alla Terra è stata un'esperienza molto più deludente, malgrado la (mai esplicitata) eventualità di finire inceneriti mentre rientravamo nell'atmosfera come un obsoleto satellite spia del 1962 o giù di lì. Eravamo arcicontenti sia dell'impresa che della memoria dei nostri iPhone sovraccaricata da iPhoto, ma cominciavamo a domandarci cosa avremmo fatto una volta tornati, a parte vantarci postando su Instagram. Se avessi incontrato ancora il vero Al Bean gli avrei chiesto com'era cambiata la sua vita dopo aver attraversato due volte la linea lungo cui i campi gravitazionali della Luna e della Terra stanno in equilibrio; nei suoi pomeriggi tranquilli aveva sofferto di malinconia mentre il mondo continuava meccanicamente a girare? Dovevo abituarmi all'idea che ogni tanto mi sarei sentito giù perché una volta sorvolato il Dufay nulla può reggere il confronto? Chi vivrà vedrà, immagino.

"Wow! La Kamčhatka!" ha gridato Anna mentre il nostro scudo termico si disintegrava in milioni di comete della grandezza di un granello. Eravamo sopra il Circolo Polare Artico e la gravità tornava a imporre la sua legge: ciò che sale, deve scendere. All'attivazione dei paracadute, *Alan Bean* ci ha rimescolato le ossa e il Jambox fissato con il nastro adesivo si è staccato colpendo MDash in fronte. Dopo l'ammaraggio al largo dell'isola di Oahu, un rivolo di sangue gli colava tra le sopracciglia e Anna ha dovuto lanciargli la sua bandana perché indovinate cosa avevamo dimenticato di portare nello spazio? Chiunque legga con l'intenzione di seguire il nostro esempio prenda nota: i cerotti.

La navicella si trovava in configurazione d'atterraggio Stable 1 – cioè sballottata dall'oceano e anziché disintegrata in plasma – quando MDash ha sparato il segnale luminoso di salvataggio installato sotto il Sistema Paracadute Jettison; io ho aperto la valvola che manteneva la pressurizzazione in anticipo e, ops, i gas nocivi sono stati risucchiati all'interno, nauseandoci insieme al *mal de mer*.

Non appena la pressione interna ha raggiunto lo stesso valore di quella esterna, Steve Wong ha potuto aprire il portellone e la brezza del Pacifico si è insinuata dolcemente, come il bacio di Madre Terra. A causa di quello che si è rivelato un grave errore di progettazione, tuttavia, anche il Pacifico ha cominciato a insinuarsi, anzi a rovesciarsi all'interno della navicella. La seconda impresa di *Alan Bean* sarebbe stata raggiungere le profondità del mare. Con prontezza Anna ha messo in salvo i nostri dispositivi Apple, ma il Samsung (Galaxy! Ah!) di Steve Wong è sprofondato nel vano di carico mentre il livello dell'acqua saliva spronandoci ad abbandonare la navicella.

Siamo stati messi in salvo da una barca del Kahala Hilton carica di appassionati di snorkeling; chi conosceva l'inglese ci ha detto che avevamo un odore orribile, mentre gli altri si sono limitati a farci posto.

Dopo una doccia, con addosso degli abiti puliti, stavo prendendo un po' di macedonia dalla piroga decorativa sul tavolo da buffet dell'hotel quando una signora mi ha chiesto se ero venuto giù dal cielo dentro quell'affare. Sì, le ho detto, sono arrivato sulla Luna e sono tornato sano e salvo a tutti i duri vincoli terrestri. Proprio come Alan Bean.

"Chi è Alan Bean?" mi ha chiesto lei.

Oggi in città di Hank Fiset

A SPASSO PER LA GRANDE MELA

NEW YORK! Tre giorni in solitaria, anche se ogni tanto mi sono accodato a mia moglie che festeggiava la Venticinquesima rimpatriata delle Qui Ci Vuole Un Uomo, la sua associazione studentesca universitaria. Non tornavo all'isola di Manhattan da quando *Cats* era in cartellone a B'way e le TV in hotel non erano in HD.

* * *

CHE C'È DI NUOVO A NUOVA YORK? Troppo, se avete dei bei ricordi della città, e troppo poco se la cosiddetta Naked City vi fa sentire, be', nudi. È che NY dà il meglio di sé in TV o al cinema, quando basta un fischio per trovare un taxi e i supereroi sono pronti a risolvere qualunque guaio. Nel mondo reale (il nostro), ogni giorno a Gotham City c'è qualcosa che fa venire in mente la carnevalesca parata di Macy per il Ringraziamento, e soprattutto il ritiro bagagli dopo un volo interminabile e affollato.

* * *

SCENDERE IN STRADA al più presto è un'esigenza, qui, in particolare se la vostra signora porta in tour la carta di credito di famiglia in tutti quei negozi col nome proprio del fondatore sull'insegna: Bergdorf, Goodman, Saks, Bloomie, nessuno dei quali è migliore del nostro Henworthy, aperto dal 1952 tra la Settima e Sycamore. Per il mio portafogli (sempre più sottile) quei negozi alla moda fanno pagare troppo i sacchetti. Però una cosa la devo concedere, a questa New York, New York: farsi un giro qui è uno spettacolo di per sé. Insomma, dove va tutta questa gente?

* * *

FORSE A CENTRAL PARK. In questo grande rettangolo di verde ci sono più musicisti che nella banda della nostra East Valley High School, ma qui sono tutti solisti. Suonatori di sax e di corni, violinisti, strizzatori di fisarmoniche, e almeno un suonatore di shamisen: tutti in competizione con l'artista derelitto che pochi passi più in là si esibisce in una fuga funky guastando la relativa quiete del parco. Aggiungete centinaia di corridori scrupolosi e camminatori, ciclisti, e una pari schiera di coppiette, turisti su biciclette a nolo e tricicli coi passeggeri a rimorchio, oltre ai cavalli e agli insetti che garantiscono al parco quell'afrore da zoo domestico, e vi ritroverete così a desiderare il nostro Spitz Riverside Park: meno scorci da cartolina, certo, ma gli scoiattoli della nostra area tri-metropolitana hanno l'aria più felice. Se vi muovete a piedi, potete entrare a Central Park dall'Eastside, dove svettano i palazzi degli ex magnati, e attraversandolo raggiungerete i viali del West Side stipati di Starbucks, Gap, Bed Bath & Beyond. Quello che ho appena incrociato non era il centro commerciale Hillcrest della nostra Pearman? Gli somigliava, e però dov'è finito il comodo parcheggio?

* * *

QUESTA METROPOLIS, alias New York, ha una magia tutta sua, bisogna ammetterlo. Al tramonto, quando il sole si nasconde dietro i palazzi e smette di arroventare le strade, è bello sedersi a uno dei tavolini sui marciapiedi, cocktail in mano, e rinfrescare i piedi. Allora questa Città di Yankee assume lo stesso fascino del nostro Country Market Patio Bar and Grill. Seduto all'aperto, ho sorseggiato il mio drink mentre questo mondo di stravaganti discendenti di coloni olandesi mi sfilava davanti. Ho visto un uomo con un gatto in spalla, turisti europei con addosso i pantaloni più aderenti che si possano immaginare, una squadra di vigili del fuoco che arrivavano a bordo di uno dei loro bestioni ed entravano in un condominio solo per uscirne poco dopo discutendo di un rilevatore di fumo malfunzionante, un uomo che spingeva un cannocchiale artigianale per la strada, l'attore Kiefer Sutherland e una donna con un grosso volatile bianco sulla spalla. Spero che non abbia incontrato l'uomo col gatto.

* * *

LA CAESAR SALAD è il vero banco di prova per il ristorante di qualunque hotel: prendete nota! Il nostro Sun Garden/Red Lion Inn all'aeroporto ne fa una meravigliosa, ma in un ristorantino di Times Square – dove ho cenato prima di andare a teatro insieme a mia moglie e alle sue vecchie compagne d'università ancora niente male – mi hanno servito un'insalata floscia annegata in una salsa troppo agra. *Per la miseria, Cesare!* Mi sono occupato io del conto mentre le ragazze correvano a vedere la rappresentazione di *Chicago* a B'way: come il film, ma senza i primi piani. Non sono un esperto di musical, ma sono pronto a scommettere dei bei dollaroni che lo spettacolo non era meglio dei *Ruggenti anni venti* prodotto dal corso di teatro del Meadow Hills Community College, che l'anno scorso ha partecipato al festival teatrale dei college americani. Broadway, la grande strada bianca, sa tenere testa al meglio della nostra area tri-metropolitana? Secondo il vostro reporter no.

* * *

SE AVETE FAME e morite dalla voglia di un würstel, a Manhattan è possibile trovarli dovunque: agli angoli di strada, ogni manciata di metri nel parco, nelle stazioni della metro, accompagnati da succo di papaya. Ma nessuno batte la salsicciona del nostro Butterworth's Hot Dog Emporium in Grand Lake Drive. Un bagel a Manhattan è roba da teologi, mentre nella nostra area tri-metropolitana la Crane's West Side Cafeteria serve un panino che pare lievitato in paradiso. Gran parte di quello che si mangia qui è fatto alla newyorkese, tipo la pizza stile New York, ma sono felice di aver sborsato i miei soldi per un trancio di pizza napoletana del Lamonica, e sì, consegnano a domicilio in un raggio di dieci miglia da ciascuno dei quattordici punti vendita. Per restare in tema di cibo italiano, comunque, la Anthony's Italian Cellar a Harbor View ha tutta l'autenticità di un locale di Little Italy senza il pericolo di un regolamento di conti mafioso.

* * *

NEW YORK HA MOLTO DA OFFRIRE, ma da noi manca qualcosa? Non direi, visto che la TV ci rifornisce di tutto lo sport e l'intrattenimento del mondo e Internet fa il resto. Ammetto che la quantità di musei a Manhattan è impressionante, roba da leccarsi i baffi eccetera. Poter mettere piede, che so, dentro l'antico tempio di Dendur o in una sala zeppa di ossa di dinosauro ricomposte è un'esperienza magnifica, niente da ridire, anche se la devi condividere con scolaresche venute da ogni angolo dello stato e turisti da tutto il pianeta. Ho dedicato ai musei un giorno intero, mentre le ragazze prenotavano trattamenti di bellezza per il viso, massaggi e pedicure – in altre parole, rimedi dopo una serata alcolica. Ho visto quadri che non capirò mai, una "installazione" che consisteva in una stanza riempita di logori campioni di moquette, e una scultura che somigliava a un gigantesco frigorifero arrugginito e ammaccato.

Ars gratia artis (l'arte per l'arte), ruggisce il leone della MGM.

* * *

L'ULTIMO MUSEO che ho visitato era il tempio della *Modern Art*, dove ho potuto ammirare un film che raccontava soltanto lo scorrere del tempo, cioè una caterva di orologi che ticchettavano e gente che guardava l'ora. Ho resistito dieci minuti. Al piano di sopra c'era una tela bianca squarciata al centro. Un'altra era dipinta di un blu chiaro nella metà inferiore e di un blu scuro in quella superiore. Nella tromba delle scale penzolava un elicottero vero, un uccello d'acciaio in posa di volo. Sui gradini mi sono imbattuto in un paio di macchine da scrivere italiane, versioni grandi e piccole dello stesso modello, conservate in una teca come se fossero adorne di pietre preziose. Ma non era così! E le macchine in sé non avevano più di cinquant'anni. Non ho potuto fare a meno di pensare che la nostra comunità tri-metropolitana potrebbe mettere insieme una collezione di macchine da scrivere usate ed esporla a pagamento. Al momento la Baxter's Ham Factory in Wyatt Boulevard è sfitta, disponibile. Qualcuno ha a cuore la nostra salute civica tanto da mettersi all'opera?

ROYAL
ROYAL

CHI È CHI?

Un lunedì mattina dei primi di novembre del 1978, come ormai accadeva ogni giorno da sei settimane, Sue Gliebe uscì di casa prima che le sue coinquiline si fossero alzate. Rebecca dormiva a due metri e mezzo dal pavimento, sul letto a soppalco in soggiorno, e probabilmente Shelley era ancora appisolata dietro la porta chiusa a chiave dell'unica stanza da letto.

Attenta a non disturbare, Sue aveva fatto una doccia veloce nella piccola vasca da bagno, con il tubo di gomma attaccato al rubinetto e un getto d'acqua fiacco e sbrodolante, ora tiepido ora rovente come la superficie di Mercurio. Dal suo arrivo a New York, Sue aveva la sensazione di non essere del tutto pulita e avvertiva un insolito prurito al cuoio capelluto. Si era vestita nel minuscolo bagno pieno di vapore, aveva recuperato le scarpe da sotto il divano in soggiorno su cui aveva dormicchiato, e dopo aver messo a tracolla la grossa borsa di cuoio aveva preso l'ombrello comprato venerdì. Le previsioni meteo annunciavano un altro temporale e Sue aveva già affidato cinque dei suoi dollari a uno di quei tizi capaci di materializzarsi con una scatola di ombrelli non appena le nuvole si radunano cariche di pioggia. Facendo meno rumore possibile, Sue infilò la porta d'ingresso e nel richiuderla si assicurò di sentire lo scatto della serratura. Una volta non ci aveva fatto caso e

Shelley si era lanciata in una dura ramanzina sui pericoli di un appartamento non chiuso a chiave a New York nel 1978. Non far scattare la serratura era inaccettabile.

Le coinquiline di Sue ormai la vedevano come un fantasma non esorcizzato con cui bisognava fare i conti. E non essendo vere coinquiline, ma persone che la ospitavano, la facevano sentire benvoluta quanto un parassita addominale. L'estate prima Rebecca aveva lavorato come costumista alla Civic Light Opera dell'Arizona ed era stata gentile con Sue, l'attrice di casa che interpretava tre ruoli. Le due in quel periodo sembravano grandi amiche. Nei giorni di fiacca in teatro, Rebecca nuotava nella piscina della famiglia Gliebe e si godeva la loro compagnia nel patio di casa. Era stato allora che aveva offerto a Sue il suo divano per "un po'", se mai si fosse trovata a passare da New York. E quando Sue si era presentata con tre valigie, la *vera* coinquilina di Rebecca, Shelley, si era limitata a un "va bene" senza opporsi. Ma sette settimane dopo Sue continuava a trascorrere le notti sul divano del piccolo soggiorno e l'atmosfera nell'appartamento non lontano da Upper Broadway era passata da un'ospitalità calorosa a una freddezza polare. Rebecca voleva che Sue si levasse di torno; Shelley la voleva morta. Sue sperava di guadagnare un altro po' di tempo e di benevolenza con un contributo di cinquanta dollari per l'affitto e comprando latte, succo d'arancia e – solo una volta – un dolce chiamato "blackout cake" che Shelley si era sbafata a colazione. Ma quei gesti di cortesia non erano più apprezzati, erano pretesi.

Cosa poteva fare Sue? Dove poteva andare? Tutti i giorni cercava un alloggio da affittare, ma le "inserzioni" di Apartment Finders e Westside Spaces la conducevano a caseggiati bui sporchi d'urina dove nessuno rispondeva al citofono, oppure ad appartamenti che non erano più disponibili, o che non erano mai esistiti. Shelley le suggerì di lasciare un avviso

"Cerco coinquilina" sulla bacheca della Actors' Equity, ma Sue confessò di non essere ancora iscritta al sindacato: se non trovava un lavoro da attrice era impossibile. Allora Shelley le scoccò un'occhiataccia e dopo l'ennesimo "va bene" aggiunse: "La prossima volta che vai da ShopRite prendimi un barattolo di Chock Full O'Nuts, per favore." Così nella sua ottava settimana, l'inizio del terzo mese sull'isola di Manhattan, la talentuosa ragazza dell'Arizona che aveva interpretato Maria in *West Side Story* (la stagione passata, alla Civic Light Opera) si ritrovò a soffocare il pianto nel sacco a pelo sul divano, investita dal chiarore rotto in tante losanghe dalla serranda alla finestra (quell'affare era davvero a prova di ladri?). Adesso in metropolitana, dove una corsa costa cinquanta centesimi, Sue doveva spesso ricacciare indietro le lacrime perché nessuno alla vista di una bella ragazza nei guai si mettesse in testa di derubarla o peggio. Per lei trasferirsi a New York era stato un atto di fede, di fiducia in se stessa, nel suo talento, nelle promesse di una città che non dorme mai. Si era immaginata un'avventura da film: lei che usciva dalla porta di servizio del teatro dopo lo spettacolo per baciare un bel marinaio in licenza; o magari una fantasia in stile *That Girl*, quella trasmissione: avrebbe abitato in un appartamento con una cucina enorme e le persiane alle finestre, insieme a un ragazzo che lavorava per *Newsweek*. Ma New York non collaborava. Possibile che andasse tutto così male a Sue Gliebe, una vera artista a trecentosessanta gradi che sapeva cantare, ballare e recitare? Aveva preso parte a tutti gli spettacoli prodotti dal suo liceo! Per tre stagioni di fila era stata selezionata fra i membri del coro della Civic Light Opera e le avevano addirittura affidato il ruolo da solista! Aveva recitato in *High Button Shoes* accanto a Monty Hall, il famoso conduttore di *Let's Make a Deal!* Le avevano fatto una grande festa con uno striscione su cui era scritto ADESSO BROADWAY!

E allora perché New York, New York la faceva piangere? La prima sera in città, quando Rebecca l'aveva portata al Lincoln Center in autobus, Sue aveva osservato il viavai di gente su Broadway e aveva chiesto con sincerità: "Dove vanno tutti?" Ora sapeva che tutti andavano da un'altra parte. Una mattina perciò passò in banca, la filiale della Manufacturers Hanover dove aveva aperto un conto cinque settimane prima: da dietro la parete di plexiglas (antiproiettile), una cassiera indifferente le allungò una banconota da dieci dollari, una da cinque e cinque da uno attraverso la fessura, lasciando a Sue il compito di fare i conti: i suoi risparmi adesso ammontavano alla cifra esatta di 564 dollari. Dal suo arrivo ne aveva spesi più di 200 e non aveva nulla a dimostrarlo, a parte un ombrello da cinque dollari blu con il manico telescopico.

Uscita dalla banca, Sue si infilò in un negozio di ciambelle e ne prese una semplice – la meno costosa – insieme a un caffè zuccherato e macchiato con latte e panna. La colazione. Mangiò al bancone reso appiccicoso dai granelli di zucchero e dal caffè rovesciato. Solo un po' rinfrancata, andò alla Apartment Finders sulla Colombus; l'ufficio si trovava in cima a una lunga rampa di scale, sopra un ristorante cinese. Gli annunci alla parete erano gli stessi di sabato ma Sue diede comunque un'occhiata in cerca di un diamante sfuggito a un anello, una gemma passata inosservata, un posto con il suo nome scritto sopra. Apartment Finders le costava cinquanta dollari al mese, soldi che avrebbe potuto benissimo spendere in candele. Sarebbe tornata più tardi, quando – presumibilmente – sarebbero apparsi nuovi annunci, ma era piuttosto sicura che le sue speranze sarebbero state disattese ancora.

Ormai si stava adattando a Gotham City, e infatti girò i tacchi e fece di nuovo rotta verso Broadway. Aveva un'idea e non avrebbe sprecato la giornata a zonzo per Central Park coi suoi prati infestati di erbacce e le panchine malconce, le aree da gioco sudicie e i sentieri disseminati di tazze di caffè, preservativi usati e spazzatura varia. Avrebbe evitato le librerie e i negozi di dischi dove non poteva comprare nulla. Non avrebbe speso altri soldi per i periodici di settore – *Show Biz*, *Back Stage* o *Daily Variety* – in cerca di colloqui promossi da Equity o audizioni esterne al circuito. Non quel giorno. Quel giorno Sue sarebbe andata alla biblioteca pubblica, il celebre edificio fra la Quarantaduesima e la Quinta, quel punto di riferimento difeso da leoni di pietra.

Era a due isolati dalla stazione della metropolitana sulla Quarantaseiesima quando iniziò a piovere. Sue si fermò, tirò fuori l'ombrello, premette il bottone e, siccome il manico telescopico non voleva saperne di allungarsi, tirò la stoffa per forzare l'apertura. Così facendo però storse alcune asticelle, e nel tentativo di far scivolare il meccanismo di plastica lungo il manico finì per piegare l'ombrello come la gamba di un tavolino da picnic. Allora lo scosse per costringerlo a cedere, ma solo metà della tesa si aprì. La pioggia intanto prendeva forza, e quando Sue chiuse l'ombrello, convinta di poterlo riaprire tutto, quello si rivoltò come un imbuto e gran parte delle asticelle si staccarono, quasi fossero costole segate via dallo sterno.

Sue lasciò perdere e ficcò lo scheletro inutilizzabile in un cassonetto strapieno tra Broadway e la Ottantottesima, ma l'ombrello si oppose, rifiutava di unirsi al resto della spazzatura; ci vollero quattro tentativi prima che restasse giù.

Sue si affrettò a raggiungere la metropolitana, e quando si mise in fila per comprare i due gettoni che sarebbero serviti per la giornata ormai le gocciolavano i capelli.

I treni erano in ritardo. Colpa di un allagamento ai binari nei quartieri residenziali. I viaggiatori in attesa aumentarono avvicinandola alla linea gialla sul ciglio della banchina: un'altra spinta e sarebbe caduta sui binari. Quaranta minuti più tardi, eccola invece a bordo di un vagone così stipato che i passeggeri erano uno sull'altro, e un vapore sottile si levava dai corpi accaldati, chiusi nei cappotti pesanti e fradici. L'aria era irrespirabile, afosa, e Sue iniziò a sudare. A Columbus Circle il treno si fermò e non ripartì prima di dieci minuti, le porte bloccate a prevenire ogni fuga. Giunta finalmente a Times Square, Sue si trascinò fuori ed entrò nel flusso di gente che conquistava le scale; salì faticosamente, superò i tornelli, su per altre scale e poi nel caos di quel Crocevia del Mondo dove tutti andavano da qualche parte.

Times Square era la versione all'aperto della stazione sotterranea: sudicia, allagata, gremita. Sue aveva imparato una lezione essenziale dal suo arrivo, *continuare a muoversi*, camminare fingendo di avere una direzione anche quando non se ne aveva una, in particolare lungo la Quarantaduesima, dov'era necessario schivare i relitti umani che si assembravano in cerca di droghe, porno o, in caso di pioggia, per venderti ombrelli da cinque dollari.

Era già passata da quelle parti a caccia di un appuntamento con gli agenti dello spettacolo meno influenti, quelli che avevano un ufficio vicino alla grande X dove Broadway incrocia la Settima: Sue era rimasta sbalordita alla vista delle comunissime scrivanie dietro cui gente normale faceva un lavoro normale pochi metri sopra l'asfalto sfrigolante di Times Square. Con gli agenti veri non aveva avuto fortuna: non era mai riuscita a entrare nel loro ufficio, sempre costretta a lasciare il curriculum alle segretarie che ripetevano: "Bene, okay," in tono curiosamente simile a quello della vera coinquilina di Rebecca.

Ma quel lunedì Sue aveva una sola cosa in programma: il curriculum.

Durante l'ultimo mese a Scottsdale aveva registrato due spot televisivi per la Valley Home Furniture – aveva allargato le braccia esclamando: "Per ogni stanza, tutti gli stili, per tutte le tasche." E poi aveva recitato per quattro weekend alla fiera autunnale del Rinascimento, citando Shakespeare come una bisbetica per trenta dollari al giorno. Aveva aggiunto quelle due esperienze a penna nel curriculum ma l'effetto era un po', be', *dilettantesco*. Voleva ribattere il curriculum a macchina, trovare una copisteria e farne fare un centinaio di copie, e poi spillare su ciascuna il suo primo piano, la fotografia che la faceva sembrare Cheryl Ladd delle *Charlie's Angels*, ma con una scollatura degna di quel nome.

Il problema era che Sue non possedeva una macchina da scrivere, e neppure Rebecca. E Shelley, quando Sue le aveva chiesto se ne avesse una da prestarle, aveva risposto di no aggiungendo: "Le noleggiano in biblioteca." Ecco perché Sue Gliebe si trovava senza ombrello sulla Quarantaduesima e diretta a est superò un adolescente dall'aria stonata che, tirato fuori il pene dai pantaloni, si mise a pisciare barcollando. Nessuno parve farci caso.

Nell'istante in cui Sue scoprì che la biblioteca era chiusa il lunedì, un lampo sbiancò il cielo eroso dai grattacieli di Manhattan. Lei rimase davanti alle porte chiuse, incapace di accettare il significato di quelle tre semplici parole: *Chiusa il lunedì.* E mentre il fragore di un tuono zittiva lo strombazzare dei clacson in strada, Sue perse la battaglia contro le lacrime e le tante delusioni che si assommavano: le coinquiline di New York non erano sue amiche; Central Park era un luogo di alberi spogli, panchine inutilizzabili e preservativi usati; le serrande alle finestre che chiudevano fuori gli stupratori chiudevano dentro le vittime; ad aspettare una ragazza non c'era un bel marinaio pronto a ricevere un bacio. No. A New York le agenzie immobiliari ti fregavano i soldi rifilandoti bugie, i drogati facevano la pipì davanti a tutti e la biblioteca pubblica era chiusa il lunedì.

Sue scoppiò a piangere lì sulla Quarantaduesima, tra la Quinta e la Sesta o, standο alla mappa, tra le Avenue of the Americas. Singhiozzi, sospiri, lacrimoni, un grande spettacolo. A correre in suo soccorso fu lo stesso numero di persone che si erano preoccupate del pene del drogato: neppure uno dedicò un'occhiata alla ragazza che, abbattuta da una pessima giornata, piangeva davanti a tutti. Finché...

"Sue Gliebe!" gridò una voce maschile. "Il mio pettirosso!"

L'unica persona a chiamarla così era Bob Roy, che era stato direttore di produzione della Civic Light Opera dell'Arizona ma viveva a New York: un professionista del teatro assunto per la stagione, un omosessuale. Negli anni sessanta, Bob Roy aveva avuto una breve carriera a Broadway e aveva fatto qualche spot pubblicitario, ma cercando maggiore stabilità era poi entrato nel management teatrale. Per lui andare a ovest per occuparsi delle produzioni della Civic Light Opera era una specie di vacanza estiva: lo faceva ogni anno, ed era il tipo che prendeva i suoi doveri meno sul serio dei pettegolezzi e di una bella risata. Dava l'impressione di sapere tutto del teatro e se lavoravi con lui, se era lui a firmare i tuoi assegni, o ti amava o ti detestava. Dipendeva tutto da quale direzione prendeva il vento del suo giudizio.

Bob Roy stravedeva per Sue Gliebe dalla prima volta che l'aveva incontrata nell'estate del '76, in occasione di una prova costumi per *Brigadoon*. A deliziarlo erano state la sua giovinezza, la chioma color miele, gli occhi chiari pieni di generosità e la coscienziosità sul lavoro. Bob l'adorava perché Sue arrivava in orario, sapeva le battute e aveva idea di come stare sul palcoscenico. Lo affascinavano il suo corpo abbronzato, i seni sodi e la mancanza di imbarazzo, ego e puntiglio. Ogni eterosessuale – tutti e sette, all'epoca – avrebbe voluto spassarsela con Sue, ma lei non era il tipo; gran parte delle attrici anelava a quel genere di adorazione e chiedeva il camerino più spazioso, invece Sue Gliebe desiderava solo andare in scena. Dopo tre stagioni non era cambiata affatto, e per questo Bob Roy le voleva ancora più bene.

Era a bordo di un taxi parcheggiato lungo il marciapiede. "Sali, subito!" le ordinò da dietro il finestrino abbassato mentre la pioggia li separava. Poi scivolò di lato per farle spazio e il taxi si mise in moto. "Prima di vedere te, sulla Quarantaduesima ho visto Eva Gabor, te lo giuro. Ma stai piangendo?"

"No. Sì. Oh, *Bobby*!"

Sue gli raccontò tutto: era in città da due mesi e dormiva sul divano di Rebecca. I suoi risparmi stavano per finire. Nessun agente le aveva mai concesso un incontro. Aveva incrociato un ragazzo che pisciava per strada. E adesso piangeva perché gli unici film ad averle detto la verità su New York erano quelli in cui c'erano drogati al parco e tassisti che facevano stragi. Bob Roy scoppiò a ridere! "Sei a *Nu Yok* da due mesi e non mi hai chiamato? Cattiva, Sue. Cattiva. Cattiva."

"Non avevo il tuo numero."

"Che ci facevi in questa viscida piazza?"

"La biblioteca."

"Per leggere l'ultimo caso di Nancy Drew? Credevo che li avessi letti tutti, ormai."

"Le macchine da scrivere. Devo rinnovare il curriculum."

"Pettirosso," disse Bob. "Prima devi rinnovarti *tu.* Che ne dici di una tazza di tè o di Postum caldo? Qualunque cosa pur di calmare la Piccola Sue che cerca di farsi grande in questa terra di indiani."

Il taxi li condusse all'appartamento di Bob downtown, in un'orribile zona di palazzoni a sei piani e marciapiedi ingombri di cassonetti malconci. Bob consegnò sei dollari al tassista e non chiese il resto. Sue lo seguì sotto la pioggia, sui gradini, oltre il pesante portone, e poi su per una stretta scala zigzagante, quattro piani fino alla porta dell'interno 4D. C'erano tre serrature e Bob le aprì con chiavi diverse.

Lasciandosi alle spalle la tetra penombra dell'ingresso, dove il verde originale alle pareti era stinto in un sudicio grigio e il pavimento era un dedalo di piastrelle rotte e spaiate, Sue avanzò in quella tana che odorava di candele e detersivo per i piatti al limone – una vera esposizione di oggetti strani, tra cui una vasca da bagno piazzata al centro della piccola cucina. L'appartamento, stretto e lungo, si componeva di quattro stanzette collegate e zeppe di anticaglie, ninnoli, fronzoli, mobili di ogni stile, mensole, libri, fotografie in cornice, trofei comprati al mercato delle pulci e vecchi dischi, lampade, calendari di decenni passati. "Lo so," disse Bob. "Sembra che venda pozioni magiche, qui, come un tasso della Disney." Accese uno dei fornelli con un fiammifero gigantesco, poi riempì una scintillante teiera in stile inglese. Mentre disponeva le tazze su un vassoio disse: "Tè in arrivo tra una decina di minuti, pettirosso. Mettiti comoda."

La stanza su cui affacciava la cucina era un corridoio, un passaggio angusto fra oggetti preziosi e ciarpame. In soggiorno c'erano tre grandi poltrone di epoche diverse e una poltrona reclinabile La-Z-Boy, tutte ricoperte da strane fodere coloratissime. Sul tavolino tondo, quasi troppo grande per il poco spazio, c'erano pile di libri, una scatola di sigari piena di matite appuntite, un'orchidea finta in vaso e due insetti giocattolo, assemblati e posizionati come se si stessero azzuffando o accoppiando. Fuori la pioggia scrosciava, ma le tende alla finestra – che forse provenivano da una villa di prima della Guerra Civile – smorzavano il ruggito del temporale. L'ultima stanza dell'appartamento era la camera di Bob, quasi tutta occupata da un letto a baldacchino.

"Non potrei mai andarmene da qui, ci vorrebbero anni per fare gli scatoloni," strillò Bob dalla cucina, a poco più di due metri da Sue. "Ti spiace accendere la radio?"

"Se riesco a trovarla," ribatté lei, e Bob ridacchiò. Frugare in mezzo alle cianfrusaglie fu come muoversi in un ufficio degli Oggetti Smarriti e Dimenticati dal Tempo dei Tempi. La radio era una scatola di legno chiaro della stazza di un frigo da campeggio, dotata di quattro manopole tonde simili a grosse fiches e quattro linee numerate che indicavano le diverse frequenze. Sue girò e rigirò la manopola ON / OFF VOLUME finché non sentì un appagante *kock*, tanto rumoroso che arrivò a Bob in cucina.

"Le valvole devono scaldarsi," disse.

"Prendi le onde corte dell'Unione Sovietica?"

"Come fai a saperlo?"

"Anche mia nonna ha una radio così."

"Anche la mia! In effetti, quella è sua."

Bob la raggiunse col vassoio su cui aveva sistemato oltre a due tazze un bricco di latte, una zuccheriera con un'ape dipinta sul coperchio e un piatto di Oreo. "Sentiti libera di togliere il cappotto, a meno che non ti piaccia essere fradicia." La radio mandò un brano per orchestra proprio mentre la teiera emetteva il suo armonico *tuut*.

Tè con latte, tre Oreo e l'appartamento caldo e accogliente di Bob Roy: per la prima volta dopo mesi Sue tornò a respirare. Si lasciò andare a un sospiro grande quanto un'onda che monta, e si appoggiò allo schienale della poltrona morbida come la *s* di casa.

"Okay," disse Bob. "Vuota il sacco."

Sue iniziò a parlare e, be', vuotò il sacco invogliata dalla simpatia di Bob, che le ribadì il suo appoggio dopo ogni aneddoto, ogni resoconto: New York era il posto perfetto per lei! Da Shelley non poteva aspettarsi altro che quei "va bene", visto che era una *esse-ti-erre-o-enne-zeta-a* da manuale! Per sopravvivere in metropolitana bastava evitare di guardare negli occhi chiunque. Per trovare casa bisognava leggere gli annunci sul *Times* e sul *Village Voice*, ma Sue doveva accaparrarsi una copia prestissimo, alle sette del mattino, e poi andare di corsa agli indirizzi portando un sacchetto di ciambelle, perché il portinaio è sempre disposto ad aprire a una bella ragazza armata di ciambelle. Dopodiché Sue e Bob fecero un tuffo nel passato e rievocarono le stagioni estive in Arizona, barattando i pettegolezzi che si sussurravano dietro le quinte con quelli che circolavano negli uffici della direzione del teatro, le relazioni finite male, e l'idea di Sue che Monty Hall fosse un professionista. Bob versò il tè ridendo.

"A pranzo hai mangiato?"

"No. Stavo per regalarmi un trancio di pizza." La pizza, mezzo dollaro al trancio, era diventata il pasto abituale di Sue.

"Faccio un salto in gastronomia. Tu togliti quella specie di uniforme e fatti un bagno. Ti lascio un accappatoio, l'ho rubato in una spa nel deserto, poi mangeremo come veri borghesi ebrei."

Bob tornò in cucina e rimosse il grosso tagliere che copriva la vasca: la spiegazione di quella vasca da bagno in cucina era il vecchio impianto idraulico del palazzo. Aprì il rubinetto e mentre caldi pennacchi di vapore annebbiavano la finestra protetta dalle sbarre poggiò l'accappatoio su una sedia. In una graziosa cesta di vimini c'erano sapone profumato, shampoo, balsamo, una spugna naturale e una brocca per risciacquarsi.

"Ci metterò un po'. Tu resta a mollo." Bob si chiuse la porta alle spalle facendo scattare due serrature.

Dopo le frettolose docce delle ultime settimane, Sue si godette la sensazione dell'acqua calda sulla pelle e fra i capelli. Fu strano lavarsi così, in cucina, ma era da sola e la vasca le ricordava l'idromassaggio nel patio di famiglia, quindi Sue si strofinò, si risciacquò, restò a mollo finché non si sentì davvero, meravigliosamente, pulita. Era ancora a mollo quando le serrature della porta scattarono di nuovo e Bob rientrò con una grossa busta della gastronomia.

"Ancora nuda, vedo." Bob non fece neppure finta di distogliere lo sguardo, e Sue non se ne curò. A teatro si diceva che "dietro le quinte non si vive di modestia", e la cucina di Bob Roy non era luogo per la vergogna.

Mentre Sue si accomodava in soggiorno e faceva correre un pettine tra le ciocche bagnate, il suo corpo tornato pallido nuotava nell'abbondante spugna dell'accappatoio maschile. Bob apparecchiò il tavolino con sandwich, contenitori di zuppa, insalata di cavolo, fette di cetriolo e lattine di quell'acqua chiamata seltz, e i due pranzarono chiacchierando di film e spettacoli. Bob disse che le poteva rimediare dei biglietti gratis per le rappresentazioni peggiori di Broadway e dei posti scomodi per le produzioni di grido, così non avrebbe più passato una sera a New York senza niente da fare a parte starsene – sgradita – sul divano di Rebecca. Avrebbe fatto qualche telefonata per scoprire chi erano gli agenti da cui si poteva ottenere un incontro, magari due, senza promettere niente. Conosceva un paio di pianisti che avrebbero potuto aiutare Sue con le audizioni e gli spartiti trasponendo la musica nella chiave giusta per lei. "Okay, pettirosso," disse Bob battendo le mani per ripulirsi le dita dalle briciole di segale. "Fa' un po' vedere questo curriculum."

Sue lo tirò fuori dalla borsa mentre Bob prendeva una matita. Dopo una rapida occhiata, sbuffò tracciando una grossa X sul foglio. "Scontato. Troppo scontato."

"Che c'è di sbagliato?" Sue si sentiva ferita. Ci aveva lavorato duramente. La sua carriera teatrale era racchiusa in quel foglio. Tutte le recite al liceo, senza dimenticare gli atti unici accompagnati dalla dicitura *Premio della Thespian Society*. Tutti i ruoli e gli spettacoli alla Civic Light Opera dell'Arizona, la gavetta nel coro fino al ruolo solista di Nellie Forbush in *South Pacific*, l'anno prima. Diciotto musical in cinque stagioni! Le produzioni in quel localino, il Gaslamp Playhouse Dinner Theater: il ruolo di Emily in *Our Town*, l'ensemble in *Zoo Story.* La voce prestata alla maratona telefonica di beneficenza per la lotta contro il diabete. Qualunque performance di Sue Gliebe era finita nel curriculum.

“Come diciamo noi signore annoiate, Sue: A nessuno frega un cazzo.” Bob si alzò e andò in camera da letto. Cercò sotto il baldacchino e tirò fuori una vecchia macchina da scrivere protetta da un telo di plastica chiara. “Questo bestione è pesantissimo. Dovrei tenerlo fuori. Fai spazio sul tavolo, ti dispiace?” Sue tolse gli avanzi del pranzo e una pila di libri.

La macchina da scrivere di Bob era grande quasi quanto la radio di sua nonna, un pezzo d’antiquariato in metallo nero, perfetto per una casa che straripava di cose vecchie e insolite. Era una Royal con pannelli di vetro laterali, come finestrelle pronte ad accogliere un pettirosso desideroso di annidarsi tra i suoi tasti.

“Funziona ancora?” chiese Sue.

“È una macchina da scrivere, bambina. Cartuccia a nastro. Olio. Carta. Dita felici. Non le serve altro. Questo, però...” Raccolse con fare sdegnoso il resoconto della vita professionale di Sue e lo tenne fra due polpastrelli come una buccia di melone irrancidito. Poi prese una matita e la puntò a mo’ di bacchetta. “Vanno elencati solo i ruoli che hai interpretato, non il liceo che hai frequentato o il Gasbag Amateur Play School Diner. La tua unica credenziale da professionista è la Civic Light Opera, non devi mentire. La metti in cima, in maiuscolo, poi fai un elenco a partire dallo spettacolo migliore, tutti i ruoli di primo piano, senza rispettare l’ordine cronologico. Se hai fatto parte del coro lo inserisci in fondo, ma prima indica la parte che interpretavi: ci scrivi ‘Ellen Craymore’ o ‘Candy Beaver’. Se qualcuno te lo chiede, allora spiegherai che eri nel coro. Quanto agli altri ruoli interpretati al liceo e al resto...”

“Sì?”

“Vanno messi sotto la categoria ‘Teatro regionale’. E abbellisci un po’. Non dire che erano atti unici. Lascia stare i premi. E non dire che sono andati in scena solo per due weekend. Spettacolo. Ruolo. Nient’altro. Sei un’attrice che ha lavorato in Arizona, la regione rocciosa, e hai le referenze per dimostrarlo."

"Ma così non è mentire?"

"Non importa a nessuno." Bob avvicinò di nuovo la matita al curriculum. "Ma guarda! Hai fatto uno spot! Il mobilificio Valley! La malattia del mese! No, no. Qui devi scrivere: 'Spot pubblicitari su richiesta'. Vedranno che hai girato degli spot e non vorranno mai sapere quali."

"Davvero?"

"Fidati di Bobby Roy, Sue. I grandi lavorano tutti così. E adesso l'ultima parte, le tue tristissime *Competenze particolari.* Questa roba, per chi sta dall'altra parte della scrivania durante i casting, è solo un mucchio di stronzate. E ti prego di notare che ho detto scrivania, non 'divano'."

"Ma se cercano delle *competenze particolari*?"

"Te lo chiederanno. Ma un elenco così... La chitarra: conosci giusto tre accordi, no? Giocoleria: sai tenere su tre arance per pochi secondi, no? Sai pattinare: c'è un marmocchio che non lo sa fare? Sai sciare, andare in bicicletta e in skateboard. Hai scritto sul serio 'linguaggio dei segni'?"

"Ne ho imparati un po' durante il Tribal Heritage Day. Questo vuol dire 'cattivo'."

Bob si esibì nell'unico segno che conosceva. "Questo invece significa 'stronzate'. Devi capire che al tuo curriculum concederanno cinque nanosecondi di attenzione. Ai casting guardano la foto, poi guardano te per capire se siete la stessa persona. Sei davvero una ragazza? Hai i capelli biondi? Hai un corpo che si farà ricordare? Se sei quello che cercano, allora si mettono a spulciare il curriculum, esaminano credenziali e bugie, e alla fine scribacchiano la parolina magica: *richiamare.*"

Bob infilò un foglio di carta nella vecchia Royal, aggiustò margini e rientri, e nel giro di pochi minuti produsse un curriculum chiaro, pulito, efficace, da cui Sue emergeva come la più esperta sognatrice che fosse mai saltata su un autobus diretto a New York. Poteva vantare trenta ruoli. Mancava solo il nome in testa al foglio.

"Riflettiamoci un momento," disse Bob. "Ci vuole altro tè." Spostò il vassoio coi resti del cibo sul piano della cucina e accese un altro grosso fiammifero per avviare i fornelli. "Tirerei fuori altri Oreo, ma poi ce ne staremmo lì a mangiarli."

"Riflettere su cosa?" Sue studiò il nuovo curriculum. Grazie al lavoro di Bobby si piaceva di più.

"Hai mai pensato di cambiare nome?"

"Il mio vero nome è Susan Noreen Gliebe. Ma mi chiamano Sue da sempre."

"Joan Crawford era Lucy LeSueur. E prima di diventare Rock Hudson, Leroy Scherer veniva chiamato Junior. Hai mai sentito parlare di Frances Gumm?"

"Chi?"

Bob cantò i primi versi di "Over the Rainbow".

"Judy Garland?"

"*Amicona di Frances* non è spettacolare come *amica di Dorothy del Mago di Oz*, vero?"

"I miei genitori ci rimarrebbero male se non uso il nome che mi hanno dato loro."

"Deludere i tuoi genitori è la prima cosa da fare quando arrivi a New York." Il bollitore fischiò e Bob riempì di nuovo la teiera accanto alla Royal. "E mettiamo che tu possa fare carriera a Broadway, cosa di cui sono convinto: davvero vorresti vedere *quel* nome scritto a caratteri luminosi? Sue Gliebe?"

Sue arrossì, non per l'imbarazzo della lusinga, ma perché nel profondo sapeva di avere un futuro da attrice. Voleva diventare grande. Sì, grande come Frances Gumm.

Bobby versò altro tè. "E come si pronuncia? 'Gleeb'? 'Gliibii'?" Finse un gran sbadiglio. "Sai qual era il nome d'arte di Tammy Grimes? Tammy Grimes." Sbadigliò in modo ancora più scomposto.

"Che ne dici di... Susan Noreen?" Sue non faticava a immaginare quel nome scritto a caratteri luminosi.

Bob diede un colpetto al foglio nella Royal, il nuovo curriculum. "Questo è il certificato di nascita della nuova Sue. Se potessi tornare indietro nel tempo e sceglierti un nome e un cognome quale sarebbe? Elizabeth St. John? Marilyn Conner-Bradley? Holly Woodandvine?"

"Posso sceglierne uno *così*?"

"Controlleremo al sindacato, però sì. Chi vuoi essere, pettirosso?"

Sue rimase in silenzio con il tè in mano. Al liceo aveva fatto parte di un gruppo folk, cantava per la parrocchia Young Life, e c'era un nome che le piaceva; tutti si inventavano nomi sofisticati, tipo Rainbow Spiritchaser, ma lei se n'era immaginato uno sulla copertina del primo LP.

"Joy Makepeace." Lo disse a voce alta. L'espressione di Bobby non cambiò.

"Protesteranno coi segnali di fumo e ci metteremo nei guai," le disse. "A meno che nel sangue della famiglia Gliebe non ci sia un po' di DNA dei nativi americani."

Il pomeriggio proseguì così. Bobby le riversò addosso un flusso costante di nomi d'arte: il migliore fu Suzannah Woods, e il peggiore Cassandra O'Day. Aveva tirato fuori altri Oreo, che erano già finiti. Sue continuò a lavorare all'ipotesi Joy. Joy Friendly. Joy Roarke. Joy Lovecraft.

"Joy Spilledmilk," disse Bobby.

Sue andò in bagno. Anche lì non mancava la refurtiva di chissà quali svendite: non riusciva proprio a immaginare chi potesse desiderare un bowling giocattolo coi birilli di Fred Flintstone, eppure eccolo lì.

Quando tornò di là, Bobby aveva tra le mani una pila di vecchie cartoline di Parigi. Avevano preso in considerazione diversi nomi francesi, come Joan (d'Arc), Yvette, Babette e Bernadette, ma nessuno li aveva convinti.

"Uhm." Bobby si soffermò su una delle cartoline. La mostrò a Sue. "La Rue Saint-Honoré. Si pronuncia 'Honor-rei'. È la desinenza maschile. Il femminile ha un'altra *e* alla fine e viene pronunciato allo stesso modo. *Honorée.* Non è adorabile?"

"Non sono francese."

"Potremmo provare con un cognome di origini anglosassoni. Qualcosa di semplice, una sillaba. Bates. Church. Smythe. Cooke."

"Non mi piacciono." Nel frattempo Sue sfogliava le cartoline: la Tour Eiffel, Notre-Dame, Charles de Gaulle.

"Honorée Goode?" Bob ripeté il nome e il suono gli piacque. "Con una *e* alla fine di tutt'e due."

"Mi daranno della spocchiosa."

"No, nient'affatto. Perché tutti fingono di parlare francese, *mon petit petti-rouge*. Honorée Goode è un buon nome." Bob si allungò per prendere un telefono nero modello Princess e compose un numero.

"Da Equity lavora un mio amico. Hanno un computer per evitare i doppioni. Jane Fonda, Faye Dunaway, Raquel Welch: già presi!"

"Su Raquel Gliebe i miei genitori non avrebbero da ridire."

Bob era in linea con Mark, il suo amico. "Mark, grande Mark, sono Bob Roy. Lo so! Ah sì? No, non da quando se n'è andata a bordo di quella nave! Bei soldi! Senti, puoi farmi un favore? Ho bisogno di un controllo nell'archivio dei nomi d'arte. No, uno ancora disponibile. Cognome Goode con la *e* finale. Nome Honorée." Fece lo spelling. "Con l'accento grave, acuto o circonflesso o quello che è sulla prima *e*. Sicuro, aspetto in linea."

"Non lo so, Bobby." Sue stava ripetendo a mente tutti i nomi.

"Puoi decidere quando ti presenti da Equity col tuo primo contratto e un assegno. Potrai essere Sue Gliebe o Catwoman Zelkowitz. Ma devo dirtelo..." All'altro capo della linea c'era qualcuno, e non era l'amico di Bob. "Sì, sto aspettando Mark. Grazie." Bob tornò da Sue. "Anni fa, quando ho visto le prove di *Brigadoon*, sul palco c'era una ragazza che interpretava Fiona, e ho pensato che avrebbe fatto carriera."

Sue sorrise e arrossì. Era lei quella Fiona. Aveva fatto faville in quella parte, la prima fuori dal coro. Era stata l'interpretazione di Fiona ad averle poi garantito tutti gli altri ruoli alla Civic Light Opera, era stata quell'interpretazione di Fiona ad averla spinta fino a New York, e ad averla fatta sentire di nuovo pulita nella vasca da bagno nella cucina di Bob Roy.

"Io amavo quella ragazza," disse Bob. "Amavo quell'attrice. E lei sicuramente non era una primadonna pronta a dare la colpa a New York, o una starlet ricoperta di trucco che se ne stava alla Civic Light Opera perché quel posto sperduto e il trucco celavano il fatto che avesse quarantatré anni. Quella Fiona non era una befana. No, era una fatina dell'Arizona, una ragazza capace di tenere il palco come Barrymore, di cantare come Julie Andrews, e con un paio di tette da stendere chiunque. Se ti presentassi a me come Honorée Goode, io direi: 'Honorée, ovvio!' Ma no, tu sei Sue Gliebe. E allora io penserei: Sue Gliebe? Questa non andrà da nessuna parte."

Sue Gliebe si sentì avvampare. Bobby Roy era il suo più grande estimatore e lei gli voleva bene. Se fosse stato quindici anni più giovane, una ventina di chili più leggero, e non fosse stato omosessuale, avrebbe trascorso la notte nel suo letto. Magari sarebbe finita così nonostante tutto.

Mark tornò in linea. "Sicuro?" chiese Bob. "Con la *e*? Okay, grazie, Mark. Contaci. Giovedì? Perché no? Ciao!" Bob riattaccò, poi tamburellò le dita sulla cornetta. "È il momento di prendere una decisione, pettirosso."

Sue sprofondò nella morbida poltrona. Fuori aveva smesso di piovere. La spugna dell'accappatoio aveva asciugato la pelle, e Sue si sentiva addosso la delicata fragranza del sapone all'acqua di rose. La grande radio trasmetteva uno standard eseguito da un'orchestra, e per la prima volta New York era un posto a cui Sue Gliebe poteva appartenere...

ESATTAMENTE UN ANNO DOPO

CHI È CHI – IL CAST

HONORÉE GOODE *(Miss Wentworh) – Ms. Goode ha interpretato i primi ruoli alla Civic Light Opera dell'Arizona. L'anno scorso ha ricevuto una nomination nella categoria "produzioni off-Broadway" per la sua interpretazione di Kate Brunswick in* Backwater Blues *di Joe Runyan. Questo è il suo debutto a Broadway. Desidera ringraziare i suoi genitori per averla sempre sostenuta, e Robert Roy Jr. per aver reso possibile tutto questo.*

UN WEEKEND SPECIALE

Era l'inizio della primavera del 1980 e Kenny Stahl, considerato ancora da tutti il piccolo di casa, non sarebbe andato a scuola perché al suo decimo compleanno mancava poco più di una settimana. E siccome la madre sarebbe venuta a prenderlo a mezzogiorno per passare il weekend insieme, Kenny si presentò a colazione senza divisa scolastica. Secondo suo fratello maggiore Kirk e sua sorella maggiore Karen, entrambi nella divisa della St. Philip Neri School, quel trattamento era ingiusto; i due avrebbero voluto che la madre portasse via anche loro, che li portasse lontano dalla casa in cui si erano dovuti trasferire: avrebbero voluto tornare a Sacramento o abitare in qualunque altro posto, a patto di non avere sorellastre o fratellastri, e non volevano più che i foschi sbalzi d'umore del padre e l'inalterabile, solare senso pratico della sua seconda moglie trasformassero la loro vita in un'altalena emotiva.

Le sorellastre di Kenny avevano diciassette, quindici e quattordici anni; il fratellastro era di due anni più grande. Nessuno dei quattro ebbe da ridire sull'imparzialità dei programmi per il suo compleanno. Avevano sempre vissuto insieme a Iron Bend, avevano frequentato lo stesso istituto comprensivo e non avevano mai dovuto indossare uniformi. Per loro quel weekend non aveva nulla di interessante, degno di nota o in qualche modo speciale.

La casetta in cui vivevano tutti si trovava in Webster Road, in periferia, più vicina a Molinas che a Iron Bend, il capoluogo della contea dove il padre di Kenny era capocuoco al ristorante Blue Gum. Gli alberi di eucalipto – i *blue gum* – fiancheggiavano Webster Road spargendo foglie e capsule sulle due corsie e lungo il ciglio per quasi l'intero tragitto tra le due città. Decenni prima quei fusti ritorti di origine australiana erano stati piantati come frangivento a protezione dei filari di mandorli, in base alla malriposta convinzione che potessero fornire legname adatto all'uso ferroviario. All'epoca si potevano fare dei bei soldi con il legname per le ferrovie, ma l'eucalipto non era l'albero adatto. Quegli esemplari storti e grinzosi dalla corteccia fragile erano costati una fortuna, e tre svettavano davanti alla casa di Kenny. La costante pioggia di detriti di eucalipto rendeva vano qualunque tentativo di far crescere un'erba decente. Il cortile sul retro aveva una specie di prato, ossia una chiazza di verde punteggiata di erbacce che i ragazzi tagliavano a turno. Dall'altra parte della strada si allungavano le coltivazioni di mandorli. Quella delle mandorle era stata un'industria fiorente e lo era ancora.

A Iron Bend il padre di Kenny aveva trovato un nuovo impiego, una nuova casa e una nuova scuola oltre che, come si era scoperto, una nuova famiglia. Aveva portato con sé i figli la stessa notte in cui aveva lasciato Sacramento. Tutti i figli maschi della nuova famiglia dormivano in quella che una volta era la veranda. Tutte le ragazze in una camera con due letti a castello.

Due scuolabus arrivarono e se ne andarono, poi Kenny non fece che trascinarsi per casa mentre il padre dormiva e la matrigna lavava i piatti della colazione in silenzio. Kenny non era mai rimasto a casa senza fratelli e fratellastri, e l'idea di averla tutta per sé lo elettrizzava. L'unica restrizione che gli avevano imposto era di non fare baccano. Per un po', quindi, guardò la TV tenendo il volume quasi a zero, ma l'unico canale che si prendeva era Channel 12, trasmesso da Chico, e durante le ore di scuola non c'era nulla di interessante. Allora Kenny giocò coi modellini di navi e di aerei che aveva costruito, utilizzando il piano del tavolino in soggiorno come vasto specchio d'acqua. Frugò nella cassettiera del fratello e del fratellastro in cerca di segreti, ma i loro tesori erano nascosti altrove. In cortile, invece, tentò di calciare la palla da football oltre il mandorlo più vicino correndo il rischio di farla finire tra i rami. Poi tagliò una striscia da un vecchio lenzuolo e la legò a una stecca inutilizzata dell'orto: si costruì così una bandiera con cui correre in giro come se guidasse la carica durante la Guerra Civile; stava cercando di piantarla in una buca quando la matrigna spalancò la finestra della cucina.

"Kenny! È arrivata tua madre!"

Non aveva sentito la macchina.

Quando rientrò in casa, lo spettacolo che si trovò di fronte lo colse di sorpresa. Una scena a cui non assisteva da quasi dieci anni, tutti quelli della sua giovane vita: suo padre era già sveglio, seduto davanti a un caffè. E allo stesso tavolo, pure lei con una tazza di caffè, era seduta anche la madre, la sua vera madre. La matrigna invece era china sul bancone, intenta a versarne un'altra tazza. I tre guardiani del suo mondo non erano mai stati insieme nella stessa stanza.

"Ecco il mio Kenny!" La madre di Kenny era radiosa. Ricordava una segretaria della TV: in tailleur, scarpe col tacco, i capelli neri ben pettinati e il rossetto rosso che aveva già lasciato una sbavatura sulla tazza del caffè. La donna si alzò per stringerlo tra le braccia profumate e gli baciò la testa. "Prendi la borsa che andiamo!"

Kenny non sapeva di una borsa da preparare, ma la matrigna aveva infilato un po' di cose nella piccola valigia rosa di una delle figlie. Kenny era pronto. Il padre si alzò e gli scompigliò i capelli. "Devo fare la doccia," disse. "Va' fuori a vedere il bolide di tua madre... una vera Hot Wheels."

"Mi hai comprato una Hot Wheels?" chiese Kenny, credendo che il suo regalo di compleanno fosse una di quelle automobiline di metallo pressofuso.

Invece no. Nel vialetto c'era un bolide vero, ossia un'auto sportiva rossa a due posti, coi cerchi in lega. Era un modello decappottabile, ma il tettuccio era alzato ed era già ricoperto di foglie e capsule di eucalipto. Le uniche auto sportive che Kenny aveva visto fino ad allora erano quelle guidate dai detective e dai giovani dottori della TV.

"È tua, mamma?"

"Me l'ha prestata un amico."

Kenny stava sbirciando dal finestrino lato guidatore. "Posso salire?"

"Certo."

Kenny riuscì a capire come aprire la portiera e si sedette al volante. I comandi e il quadro degli strumenti sembravano quelli di un jet. I pannelli in radica di legno invece sembravano quelli di un mobile. I sedili avevano lo stesso odore del cuoio dei guanti da baseball. Il cerchio rosso al centro del volante diceva FIAT. La madre mise la valigia rosa nel bagagliaio e poi chiese una mano a Kenny per il tettuccio.

"Ci spettiniamo fino all'autostrada, che ne dici?" Slacciò le fibbie e, quando Kenny l'aiutò a tirare indietro il tettuccio, il lunotto di plastica trasparente si ripiegò su se stesso. La donna avviò il motore, che fece il verso di un drago che si schiarisce la gola, poi uscì in retromarcia dal vialetto; si era tolta le scarpe col tacco per usare più comodamente i pedali e aveva inforcato gli occhiali da sole, un modello simile a quello degli sciatori. Madre, figlio e Fiat si allontanarono con un ruggito lungo Webster Road. Gli eucalipti facevano ombra e rendevano intermittente la luce che batteva sugli occhi di Kenny, e il vento gli fischiava nelle orecchie e gli spingeva all'indietro i capelli. A bordo di quell'auto, il viaggio fu il più bello, il migliore che Kenny avesse mai fatto. Non era così felice da quand'era un bambino piccolo.

* * *

Il benzinaio della stazione Shell di Iron Bend ronzava attorno all'auto ammaliato, sia dall'auto che dalla donna al volante. Riempì il serbatoio, pulì il parabrezza e rimase sbalordito alla vista del "motore dei mangiaspaghetti". Disse a Kenny di prendere una bibita dal distributore, era un regalo, e mentre il bambino ne sceglieva come sempre una gassata, l'uomo aiutò la madre a risollevare il tettuccio e a richiudere le fibbie; rideva, non la smetteva di parlare, faceva domande, voleva sapere se la donna era diretta a nord o a sud e se aveva intenzione di tornare presto a Iron Bend. Quando Kenny e la madre furono di nuovo a bordo, e in viaggio sull'autostrada (in direzione sud), lei gli disse che l'uomo della Shell le aveva fatto lo sguardo da pesce lesso e rise.

"Metti un po' di musica, tesoro," disse poi, indicando la radio incastonata nel cruscotto di radica. "Gira quella manopola, e l'altra serve a trovare una stazione."

Come un operatore radio su un bombardiere, Kenny fece correre la barra rossa della sintonia lungo le tacche coi numeri. La stazione locale trasmetteva una pubblicità della Calzature per Famiglie di Stan Nathan, un negozio in città. Interferenze e voci si alternarono finché Kenny non trovò un segnale forte e chiaro: la canzone di un uomo sotto la pioggia. La madre di Kenny conosceva le parole e iniziò a canticchiare, e intanto continuò a guidare frugando nella borsa. Tirò fuori un astuccio di cuoio che una volta aperto lasciò intravedere il filtro di alcune sigarette. Sigarette lunghe, più lunghe di quelle fumate dal padre di Kenny. Sua madre ne infilò una tra le labbra – il rossetto macchiò subito il filtro bianco – e premette un bottone del cruscotto. Dopo pochi secondi il bottone scattò e lei lo estrasse tutto: l'altra estremità era rossa, rovente, e servì ad accendere la lunga sigaretta. Poi la madre di Kenny rimise a posto quell'affare incandescente, strinse il volante con l'altra mano e aprì il piccolo finestrino triangolare. Appena dischiusa la minuscola fessura, il fumo della lunga sigaretta venne risucchiato fuori come per magia.

"Raccontami della scuola, tesoro," disse. "Ti piace?"

Kenny le disse che la St. Philip Neri non era come la St. Joseph di Sacramento, l'unica altra scuola che aveva frequentato. La St. Philip Neri era più piccola, non aveva tanti alunni e alcune suore non si vestivano da suore. Gustando a piccoli sorsi la bibita gassata, Kenny raccontò dello scuolabus, delle divise di tartan rosso invece che blu, e dei giorni in cui non dovevano indossarle, e del suo compagno di classe Munson che costruiva modellini come lui e che a casa aveva la piscina, ma non una scavata nel terreno come quella comunale, una piscina esterna, rotonda. A partire da una singola domanda, mentre la madre fumava, Kenny parlò ininterrottamente da Iron Bend fino alla periferia di Butte City. E quando il segnale della stazione radio peggiorò, Kenny trovò un'altra stazione, e un'altra. La madre gli permise di salutare i camionisti che superavano, e di fargli segno di suonare il clacson. Kenny chiudeva il pugno e faceva su e giù, e se i camionisti si accorgevano di lui, quasi sempre rispondevano con un colpo di tromba. Uno dei tanti li avvistò nello specchietto laterale e suonò il clacson senza che Kenny gli avesse fatto alcun segno, e poi mandò un bacio che probabilmente era indirizzato alla madre, non a Kenny.

Per pranzo si fermarono in una tavola calda di Maxwell chiamata Kathy's Kountry Kafe, un posto per viaggiatori e, nella giusta stagione, cacciatori di anatre. La Fiat era l'unica auto sportiva nel parcheggio. La cameriera fu felice di poter chiacchierare con la madre di Kenny: le due parlarono come vecchie amiche, o sorelle. Kenny si accorse che anche la cameriera portava il rossetto. E quando lei chiese cosa desiderava l'ometto, lui rispose che voleva un hamburger.

"Oh, no, tesoro," intervenne però la madre. "Gli hamburger non sono per le occasioni speciali. In un ristorante bisogna ordinare dal menù."

"Perché, mamma? A papà non importa. E Nancy ci lascia prendere quello che vogliamo." Nancy era la matrigna.

"Perché non la facciamo diventare una regola tutta nostra? Solo mia e tua." A Kenny sembrava una regola piuttosto strana da imporre così all'improvviso. Nessuno gli aveva mai spiegato cosa si poteva ordinare e cosa no. "Il panino con il tacchino *infuocato* dovrebbe piacerti," disse la madre. "Lo dividiamo."

Kenny credeva che il panino sarebbe arrivato bollente, e non era sicuro che gli sarebbe piaciuto. "Posso prendere un milkshake?"

"Sì," sorrise lei. "Io sono un tipo accomodante."

In realtà, a Kenny quel panino servito con le due metà di pane aperte su un letto di salsa marrone piacque. Non era affatto bollente, e il pane bianco che aveva assorbito tutto il condimento era buono quanto il tacchino; il purè di patate di contorno era il suo piatto preferito da sempre. La madre mangiò del formaggio fresco scucchiaiato a forma di igloo su fette di pomodoro e assaggiò un po' di tacchino. Il milkshake alla vaniglia di Kerry arrivò nello shaker freddo in cui era stato preparato e bastò per riempire due bicchieroni. Kenny se lo versò da solo, appoggiando il metallo dello shaker al vetro del bicchiere per aiutarsi nell'impresa. Era tanto, Kenny non riuscì a finirlo.

Quando la madre andò in bagno, Kenny notò che gli uomini in sala si voltavano tutti a guardarla. Uno di loro, alzandosi per pagare il conto, si fermò al tavolo dove Kenny aspettava da solo.

"Quella è tua madre, campione?" chiese. Portava un completo marrone con la cravatta slacciata. Gli occhiali avevano lenti da sole che si sollevavano e puntavano all'infuori come minuscole visiere.

"Um-humm," disse Kenny.

L'uomo sorrise. "A casa ho un figlio come te, ma non una mamma come la tua." L'uomo scoppiò a ridere e andò alla cassa.

La madre tornò con le labbra fresche di rossetto; prendendo un sorso del milkshake che Kenny non aveva bevuto lasciò un segno rosso sulla cannuccia di carta.

* * *

Impiegarono un'ora per raggiungere Sacramento. Kenny non tornava nella città in cui era nato da quando il padre aveva caricato tutta la loro roba sulla station wagon, ovvero dal giorno che si erano trasferiti a Iron Bend. Gli edifici avevano un aspetto familiare, ma non appena la madre uscì dall'autostrada Kenny si ritrovò in un viale che non riconobbe. Poi però vide l'insegna del Leamington Hotel e sorrise: tutti e due i genitori avevano lavorato al Leamington, e adesso ci lavorava solo la madre. Quando erano ancora sposati, però, Kenny e i suoi fratelli ci avevano trascorso parecchio tempo. Giocavano nella grande sala conferenze vuota, e se non c'erano troppi clienti al bar potevano mangiare al bancone. Per ogni vassoio di patate che avvolgevano nella carta d'alluminio prima della cottura *en masse*, papà dava loro cinque centesimi. E se chiedevano il permesso potevano prendere il latte al cioccolato dal distributore automatico, ma solo se usavano i bicchieri piccoli. Da allora era passato molto tempo. Kenny aveva vissuto un bel po'.

La madre parcheggiò la Fiat sul retro ed entrarono dalle cucine, proprio come una volta, quando papà parcheggiava là dietro la sua station wagon e mamma la sua Corolla. Lo staff la salutò e lei ricambiò chiamando tutti per nome. Una donna e uno dei cuochi non si capacitavano di quanto Kenny fosse cresciuto dall'ultima volta che l'avevano visto, ma lui non riuscì a ricordare chi fossero. Però credette di riconoscere gli occhiali della signora: montatura da gatto, lenti spesse. Le cucine parevano più piccole.

Una volta la madre faceva la cameriera al bar dell'hotel e il padre era uno dei cuochi. All'epoca lei portava l'uniforme, adesso invece portava un tailleur e aveva un ufficio che dava sulla lobby. Dentro c'erano una scrivania coperta da pile di fogli e una bacheca alla parete dov'erano appesi parecchi avvisi, tutti di colori diversi e disposti in colonne.

"Kenny, ho delle cose da fare, ma poi ti racconterò della tua sorpresa di compleanno, va bene?" La madre infilò alcuni fogli in una cartelletta di cuoio. "Resti qui seduto per un po'?"

"Posso far finta che è il mio ufficio e che ci lavoro?"

"Certo," sorrise lei. "Prendi un bloc-notes, e quello lì è un temperamatite elettrico." Gli mostrò come inserire una matita nel foro, e come spingerla finché il marchingegno emetteva quel suono raschiante di una punta che si assottiglia fino a diventare un ago. "Se suona il telefono non rispondere."

Una signora di nome Miss Abbott entrò in ufficio e chiese: "Allora questo è il tuo ometto?" Era più vecchia di sua madre e aveva un paio di occhiali con la catenella attorno al collo. Lo avrebbe tenuto d'occhio e avrebbe saputo dove trovare sua madre, nel caso.

"Kenny sbrigherà un po' di lavoro per noi."

"Meraviglioso," disse Miss Abbott. "Ti darò timbri e inchiostro per rendere tutto ufficiale. Ti piacerebbe?"

La madre se ne andò con la cartelletta di cuoio. Kenny si accomodò dietro la scrivania, sulla sua sedia. Miss Abbott gli portò i timbri PAGATO e RICEVUTO e quello con la data del giorno, e anche una scatola rettangolare con un tampone impregnato di inchiostro blu.

"Sai," disse Miss Abbott. "Ho un nipote della tua età."

* * *

Kenny usò timbri e inchiostro sui fogli del bloc-notes e poi, annoiato, frugò nei primi cassetti della scrivania. In uno c'erano fermagli e scatoline di punti metallici, elastici, matite e penne con la scritta LEAMINGTON HOTEL, tutto ben organizzato da un divisore; in un altro, invece, buste e carta da lettere, e ogni formato di carta aveva in cima la scritta LEAMINGTON HOTEL e il profilo dell'edificio.

Kenny si alzò, andò alla porta, vide Miss Abbott che batteva a macchina alla sua scrivania.

"Miss Abbott," disse. "Posso usare un po' di quei fogli con scritto 'Leamington Hotel'?"

Miss Abbott continuò a battere a macchina. "Cosa?" chiese senza alzare gli occhi.

"Posso usare un po' di quei fogli con scritto 'Leamington Hotel'?"

"Fa' pure," disse lei, intenta nel lavoro.

Kenny provò timbri e matite sulla carta intestata, tracciò qualche linea e firmò accanto al timbro. Poi ebbe un'idea.

Tolse il coperchio dalla macchina da scrivere che era sul tavolino accanto alla scrivania. La macchina era azzurra, marchiata IBM. Era davvero enorme, occupava tutto il tavolino. Kenny inserì un foglio e provò alcuni tasti ma non accadde nulla. Sembravano morti. Stava per chiedere a Miss Abbott perché la macchina da scrivere non funzionava quando notò l'interruttore *ON / OFF*. La metà *OFF* era premuta. Kenny pigiò l'altra metà e la macchina da scrivere ronzò, vibrò, la sfera coi caratteri fece avanti e indietro e si fermò a sinistra. Il carrello invece non si mosse, e Kenny si disse che la macchina da scrivere doveva essere in parte computerizzata, oppure una telescrivente.

Cercò di scrivere il proprio nome, ma ciò che impresse sulla carta fu **kkkkkkkkkkkkk.** E così scoprì che se premeva troppo il tasto, le lettere si ripetevano col rumore di una mitragliatrice – **kkkk kkkkkk kkk keeee eeeenn nnnnnnn n n n yyyy yyy**. La cosa che lo disorientò di più fu la leva che serviva per far tornare il foglio in posizione iniziale. Non c'era proprio, la leva. Però Kenny trovò un bottone davvero grosso che diceva RETURN: quando lo pigiò, la palla coi caratteri ritornò a sinistra con un *chunk,* pronta per imprimere una nuova riga. Quella era ufficialmente la macchina da scrivere più stupefacente che avesse mai visto – o sentito – all'opera.

Non sapeva dattilografare come gli adulti, come Miss Abbott o sua madre: trovava con un solo dito la lettera che cercava, a volte inciampando in altre – **kennystdahl kl kjenny stanhl kenn sath**. Ma piano piano, e facendo molta attenzione, riuscì a comporre il proprio nome nella maniera corretta – **kenny stahl** – e tirò fuori il foglio dalla IBM. Timbrò con la data del giorno, e accanto al nome aggiunse il timbro **PAGATO**.

"Pausa caffè?" Miss Abbott era sulla porta.

"Non bevo caffè," disse Kenny.

Miss Abbott annuì. "Vediamo se riusciamo a trovare qualcos'altro, che dici?"

Kenny la seguì nella lobby, dove vide la madre in compagnia di alcuni uomini; sembrava che stessero parlando d'affari, ma Kenny la chiamò comunque a gran voce.

"Mamma!" le disse mentre andava verso le cucine. "Sto facendo la pausa caffè."

Lei si voltò e sorrise, lo salutò con un cenno, poi tornò agli uomini d'affari.

Nelle cucine Kenny chiese a Miss Abbott se poteva bere il latte al cioccolato, ma nel distributore automatico non ne tenevano più. C'erano solo il latte normale e una cosa chiamata Skim. Miss Abbott però aprì un frigorifero argentato e tirò fuori un bricco di latte al cioccolato, prese uno dei bicchieri più grandi e lo riempì fino all'orlo. Era più latte di quanto Kenny avesse mai avuto il permesso di bere, una cosa grandiosa. Miss Abbott si versò un caffè usando la brocca posata su una macchinetta Bunn Coffee Service. Non potevano portare i bicchieri con sé nella lobby, così andarono al bar, che sembrava lo stesso, e aveva lo stesso odore. Si sedettero a un tavolino libero, non al bancone.

"Ti ricordi di me?" gli chiese lei. "Lavoravo qui con il tuo papà. Ancora prima che ci venisse la tua mamma." Miss Abbott fece a Kenny altre domande: voleva sapere se gli piacevano le cose che piacevano a suo nipote – il baseball, il karate e la TV. Kenny disse che a casa sua si prendeva solo Channel 12, quello che trasmetteva da Chico.

* * *

Quando tornò nell'ufficio della madre, Kenny decise di batterle una lettera a macchina. Inserì un foglio di carta intestata nuovo di zecca e iniziò con grande lentezza.

Cara mammma,

Come stai io sto bene

L'auto del tuo amico è come un'auto da corsa. Mi piace il rumore del motore e usare la radio.

Ti ho visto adesso e oh pensato dove è la mia grande sorpresa di compelanno?????

Voglio nascondere questa lettera in un posto che quando la trovi saàr una SOPRESA

```
per te. Dopo che la ai trovata scrivimi con
questa macchina da scrivere suuuuper che è
facle da usare.

Con amore,
Kenny Stahl
```
RICEVUTO RICEVUTO PAGATO

Kenny piegò la lettera meglio che poté prima di infilarla in una busta dell'hotel, stando attento a non tagliarsi la lingua mentre leccava per chiuderla. Con una penna del Leamington Hotel scrisse PER LA MIA MAMMA, poi cercò un posto dove nasconderla; decise che il posto migliore era il cassetto della scrivania, sotto la carta da lettera e le altre buste intestate.

Stava giocando con gli elastici quando la madre tornò. Insieme a lei c'era un uomo dalla pelle olivastra e coi capelli più neri e lisci che Kenny avesse mai visto. "Kenny, questo è il signor Garcia. È lui che ci ha prestato la macchina."

"Ciao," disse Kenny. "La macchina è tua? La macchina sportiva?"

"Sì," disse il signor Garcia. "Felice di conoscerti. Ma presentiamoci come si deve, ti va? Alzati."

Kenny fece come gli era stato chiesto.

"Adesso dobbiamo stringerci la mano," continuò il signor Garcia. "Stringi bene."

Kenny strinse più forte che poté.

"Non farmi male," ridacchiò il signor Garcia. La madre di Kenny sorrise. "Ora guardami negli occhi come ti sto guardando io. Bene. Adesso devi dire: 'È un piacere conoscerti.'"

"È un piacere conoscerti," ripeté Kenny.

"Ora la parte più importante. Dobbiamo farci una domanda, dobbiamo metterci alla prova da uomo a uomo, capito? Quello che voglio chiederti io è: lo sai cosa vuol dire 'Fiat'?"

Kenny scosse la testa, confuso dalla domanda, soprattutto

perché non aveva idea di cosa stava succedendo. Nessuno gli aveva mai spiegato come ci si stringe la mano.

"Fabbrica italiana automobili tarocche." Il signor Garcia scoppiò a ridere. "Adesso tocca a te. Fammi una domanda."

"Uhm." Kenny dovette pensarci, e intanto studiò la testa del signor Garcia, i capelli folti e corvini, lustri e ben pettinati. In quel momento ricordò di averlo già conosciuto, da piccolo, quando giocava all'hotel coi suoi fratelli. Si ricordò che il signor Garcia non lavorava in cucina come suo padre, ma si presentava nella lobby tutto elegante. "Lavori qui anche tu, come la mia mamma, vero?"

Il signor Garcia e la madre si scambiarono un'occhiata e un sorriso. "Ci lavoravo, Kenny, ma non più. Adesso sono al Senatore."

"Sei un senatore?" Kenny sapeva cos'era un senatore grazie al telegiornale di Channel 12.

"No, Kenny, il signor Garcia lavora all'Hotel Senatore," disse la madre. "E ha una grande sorpresa per te."

"Non gliel'hai ancora detto?" chiese il signor Garcia.

"Pensavo toccasse a te," disse lei.

"Okay." Il signor Garcia guardò Kenny. "Ho sentito dire che tra poco compi gli anni."

Kenny annuì. "Dieci."

"Hai mai volato?"

"Intendi dire con un aeroplano?"

"Sì."

Kenny guardò la madre. Forse era stato su un aereo insieme a lei ma era troppo piccolo per ricordarselo. "Ho mai volato, mamma?"

"Jose è un pilota. Ha un aereo e vuole farti fare un giro. Sarebbe bello, no?"

Kenny non aveva mai conosciuto un pilota con un aereo tutto suo. Dov'era l'uniforme del signor Garcia? Era dell'Aeronautica Militare?

"Che programmi hai per domani?" chiese il signor Garcia. "Ti va di venire in aereo con me?"

Kenny guardò la madre. "Posso, mamma?"

"Certo," disse lei. "Io sono un tipo accomodante."

* * *

Kenny e la madre cenarono in un ristorante che si chiamava Rosemount. Lei conosceva tutti quelli che ci lavoravano. Il cameriere sparecchiò i due coperti in più perché lei gli disse che aveva un "appuntamento speciale con il mio ometto", e intendeva Kenny. I menù erano grandi come giornali. Kenny ordinò gli spaghetti e per dessert il cameriere gli portò una fetta di torta al cioccolato grande come una scarpa. Non riuscì a finirla. Dopo cena la madre fumò le sue lunghe sigarette e bevve il caffè. Uno dei cuochi venne in sala, un tipo che Kenny aveva conosciuto da piccolo al Leamington. Si chiamava Bruce. Si sedette al tavolo e iniziò a chiacchierare con la madre. Perlopiù rise.

"Buon Dio, Kenny," disse poi. "Cresci in fretta come l'erba medica." Bruce conosceva un trucco formidabile: sapeva come tirare una cannuccia e conficcarla in una patata, tipo freccia. Mentre uscivano passando dalle cucine – la madre aveva parcheggiato la Fiat sul retro – Bruce si esibì nel trucco per Kenny. *Fuap!* Per poco la cannuccia non trapassò la patata. Incredibile!

La madre abitava in una palazzina con due appartamenti per piano e una tromba delle scale nel mezzo. In soggiorno c'era un letto a scomparsa che, appunto, si alzava e scompariva nella parete. Era già fatto quando la madre lo tirò giù. Su un carrellino era sistemato un piccolo televisore, e lei lo girò perché potessero vederlo dal letto; prima però volle che Kenny si lavasse.

Il bagno era piccolo e la vasca, minuscola, si riempì in fretta. La mensola era carica di saponette e altre cose da donne, flaconi colorati e tubetti con etichette a fiori. Su un'altra mensola c'erano una crema depilatoria Gillette e un rasoio da uomo Wilkinson Sword. Kenny giocò nella vasca finché le dita non si raggrinzirono e l'acqua si raffreddò. Il pigiama era nella valigia rosa e mentre se lo infilava Kenny fiutò l'odore di popcorn. La madre ne aveva fatti un po' e scosse la pentola per riportarli in vita sulla piccola cucina a gas.

"Trova qualcosa in TV, tesoro," urlò, sciogliendo in un padellino il burro da versare sui popcorn.

Kenny accese la TV, che non aveva bisogno di scaldarsi come quella di casa. Fu felicissimo di ritrovare i vecchi canali, quelli che aveva amato e guardato prima che la mamma andasse via e il padre sposasse la sua matrigna. C'erano i programmi su Channel 3, 6, 10 e 13. E utilizzando l'altra manopola, quella che girava morbidamente invece che scattare, ecco Channel 40. Come se non bastasse i canali erano a colori, tranne i vecchi film su Channel 40. Kenny si fermò su un programma intitolato *The Name of the Game* che alla madre andava bene.

Si sdraiarono sul letto a mangiare popcorn. La madre scalciò via le scarpe e passò un braccio attorno alle spalle del figlio, muovendo le dita fra i suoi capelli. A un certo punto si mise a sedere e disse: "Un massaggino alla mamma." Kenny s'inginocchiò sul letto e cercò di massaggiarle il collo scostandole i capelli ed evitando la catenina. Dopo pochi minuti lei lo ringraziò e disse che voleva tanto bene al suo piccolo Kenny. Si rimisero sdraiati. In TV stava iniziando un programma – *Bracken's World* – in cui degli adulti non la smettevano di parlare di cose che Kenny non capiva. Si addormentò prima della pubblicità.

* * *

La radio era accesa quando si svegliò l'indomani. La madre era in cucina e c'era un bricco di vetro colmo di caffè sul fornello. Kenny dovette saltare giù dal letto, che era un po' alto.

"Buongiorno, dormiglione." La madre lo baciò sulla testa. "Abbiamo un problema."

"Cosa?" Kenny si strofinò gli occhi prendendo posto al tavolo in cucina, su una delle due sedie.

"Ieri non ho comprato il latte." In casa la madre teneva un barattolo di una cosa chiamata Latte condensato senza zuccheri – sull'etichetta c'era il disegno di una mucca – da usare per il caffè del mattino. "Ti va di fare un salto al Louie's Market a prendere una bottiglia di latte fresco? Ci vuole per i cereali."

"Mi va."

Kenny non aveva idea di dove fosse il Louie's Market. Sua madre gli spiegò che doveva uscire, girare a destra e poi a sinistra. Tre minuti a piedi. Sulla toeletta in camera da letto doveva esserci qualche dollaro, poteva prenderne due e comprarsi un dolcetto per dopo.

Kenny si mise gli stessi vestiti del giorno prima ed entrò nella minuscola camera da letto della madre. Vide i soldi sulla toeletta e prese due banconote da un dollaro. L'armadio a muro era aperto e la luce all'interno accesa; a terra c'erano scarpe da donna, e sulle grucce vestiti e gonne da donna. Ma c'erano anche una giacca e un paio di pantaloni da uomo e alcune cravatte appese a minuscoli ganci. Tra le scarpe col tacco ce n'era un paio maschile.

Le strade attorno alla palazzina erano alberate, ma non c'erano eucalipti come in Webster Road. Si trattava di alberi dalle grandi foglie verdi con una chioma di grossi rami. Le radici dei vecchi fusti maestosi erano cresciute al punto da dissestare i marciapiedi. Kenny tenne le banconote in mano mentre svoltava a destra e poi a sinistra. Trovò il Louie's Market in meno di tre minuti.

Alla cassa, circondato da espositori di dolcetti e caramelle, c'era un uomo dai lineamenti giapponesi. Kenny andò al banco frigo, prese una bottiglia di latte e tornò alla cassa. Il giapponese batté il totale e gli chiese: "Chi sei? Non ti ho mai visto in giro."

Kenny disse che sua madre abitava lì vicino e che aveva dimenticato di comprare il latte.

"Tua madre chi è?" chiese l'uomo. Quando Kenny glielo spiegò, l'uomo disse: "Oh. Tua madre è simpatica. Una donna molto bella. E tu sei suo figlio? Quanti anni hai?"

"Dieci fra nove giorni."

"Ho una figlia della tua età."

Come dolcetto per dopo Kenny scelse una confezione di Hostess CupCakes, due tortine al cioccolato ricoperte per metà da una glassa bianca: costavano venticinque centesimi e Kenny sperò di non aver esagerato. Quando rincasò con il latte, la madre non lo rimproverò e cucinò i toast, da mangiare insieme alla tazza di Rice Krispies; gli tagliò anche qualche spicchio di un'arancia senza semi.

Kenny stava guardando Channel 40 – un'intera mattinata di cartoni animati e pubblicità di giocattoli – quando il telefono alla parete della cucina squillò. Dopo un saluto, la madre disse qualcosa che Kenny non capì.

"*Qué pasó, mi amor?* Cosa? Oh, no! Non vedeva l'ora. Sicuro?" Kenny guardò la madre, e lei guardò lui restando in ascolto. "Oh! Sì, potrebbe funzionare. Sì, due piccioni con una fava. Perfetto. Va bene." Rimase in ascolto ancora un momento, poi ridacchiò e appese.

"Kenny Kenny," canticchiò rientrando in soggiorno. "Cambio di programma. Oggi Jose, il signor Garcia, ha un impegno e non può farti provare il suo aereo. Però..." Drizzò il collo come se malgrado tutto si fosse aperta una possibilità ancor più eccitante. Come se invece di un volo in aeroplano si fosse liberato un posto per un viaggio nello spazio. "Domani ti riporterà a casa in aereo! Non dovremo prendere la macchina."

Kenny non riusciva a capire come fosse possibile. Sarebbero atterrati in Webster Road, davanti a casa? Non si sarebbero schiantati contro gli eucalipti?

* * *

Avevano l'intera giornata libera e così Kenny e la madre trascorsero il resto della mattinata alla Città delle Favole, un parco giochi gestito dal Dipartimento dei Parchi e delle Attività Ricreative. Casette dipinte per sembrare di paglia e ramoscelli e pietre, una strada di mattoncini gialli lunga e sinuosa, uno spettacolo di pupazzi ogni ora fino alle 15.00. Da bambino Kenny era stato più volte in quel paese da libro delle favole con mamma e fratelli, ma senza papà, che non li accompagnava mai: restava sempre a casa a dormire. Adesso, a quasi dieci anni compiuti, Kenny lo trova un posto da marmocchi. Persino le altalene erano fatte per bambini più piccoli di lui.

Nelle vicinanze c'era uno zoo, un'altra delle mete preferite della sua infanzia. Le scimmie si stiracchiavano sugli anelli della gabbia, gli elefanti stavano ancora oltre la staccionata del recinto che però non era più alta come una volta, e si poteva ancora dare alle giraffe da mangiare prendendo le carote dai secchi lasciati apposta dalle guardie. Kenny e la madre dedicarono allo zoo più tempo che alla Città delle Favole, e restarono a lungo nella Casa dei Rettili; c'era un pitone gigante arrotolato intorno a un albero, la testa grande come un pallone da football a pochi centimetri dalla vetrata.

Pranzarono all'alimentari che aveva dei tavolini con le tovaglie a quadri sul marciapiede. Kenny ordinò un panino al tonno senza lattuga né pomodori, solo tonno, e la madre una piccola ciotola di insalata di pasta. Da bere c'erano bottiglie a forma di mela che dentro avevano un succo dorato invece della Coca-Cola. All'inizio Kenny rimase deluso, ma il succo di mela si rivelò così denso e dolce che non appena si fece strada giù per la gola e dentro lo stomaco tutto il corpo fu pervaso da una sensazione di piacere. Kenny s'immaginò che fosse come bere vino, perché gli adulti la facevano sempre lunga sul "vino buono". Per dessert aveva già gli Hostess cupcakes.

"Cosa vuoi fare, Kenny?" chiese la madre. "Ti va se proviamo il minigolf?"

Presero la superstrada verso le colline a ovest. Quando superarono il fiume, Kenny capì che erano vicino all'uscita per Sunset Avenue, la rampa che imboccavano sempre per tornare a casa, la vecchia casa. Ecco il grosso cartello verde con la freccia bianca e la scritta SUNSET AVE, ed ecco la stazione Chevron da un lato, e la stazione Phillips 66 dall'altro. La madre però non imboccò l'uscita. Proseguì. E più in là, dalla superstrada, videro apparire una cittadella di mulini a vento e castelli in miniatura, il Minigolf & Family Fun Center. Sembrava nuovo di zecca e incantevole.

Essendo sabato c'era parecchia gente – famiglie e ragazzini venuti in bicicletta o scaricati sul posto, ragazzini a cui erano stati dati i soldi per una giornata di divertimento con la D maiuscola. C'erano i tunnel con le macchine lanciapalle per allenarsi a baseball, una sala giochi zeppa di flipper e il tirassegno. Il bar serviva corn dog e pretzel giganti e Pepsi-Cola. Kenny e la madre si misero in fila per farsi consegnare palline e mazze della lunghezza giusta da un adolescente che sorrise con gli stessi occhi da pesce lesso dell'uomo alla stazione Shell di Iron Bend. Si poteva scegliere tra due percorsi di buche e il ragazzo dietro il bancone non si limitò a suggerire il Regno Magico, quello con il castello, ma li accompagnò alla prima buca e si sforzò di spiegare loro come registrare il numero di colpi sul segnapunti con le matitine. Aggiunse che avrebbero vinto una partita gratis se facevano buca con un colpo alla diciottesima.

"Credo di aver capito l'essenziale," disse la madre nella speranza di liberarsene. Invece il ragazzo rimase fino al primo colpo di tutti e due. Poi augurò loro una buona partita e tornò al bancone per distribuire altre mazze e palline colorate.

Kenny e la madre non si presero il disturbo di segnare i punti. Lui si concentrò sulla sua pallina, quella viola, preoccupandosi più della distanza che della precisione, e si concesse tutti i colpi necessari per fare buca. Lei fu un po' più precisa. La buca più divertente fu quella dove Kenny spedì la pallina in un fungo a pois, e quella sparì per alcuni secondi prima di venire sputata fuori da uno dei tre tubi, cadendo nel green circolare di sotto. Da lì Kenny dovette mandarla nella bocca di una rana gigante che faceva su e giù come il ponte levatoio di un castello: la pallina svanì di nuovo e riapparve al secondo livello inferiore, finendo quasi in buca. A Kenny bastò un colpetto. La madre ci mise un'eternità per centrare la bocca della rana.

"Il minigolf è divertente," disse lui quando tornarono a bordo della Fiat. Lei gli aveva comprato un corn dog, che Kenny aveva mangiato prima di salire in macchina.

"Tu sei un campione," disse lei cambiando marcia mentre uscivano dal parcheggio per tornare in città, di nuovo verso l'uscita per Sunset Avenue.

"Mamma," disse Kenny. Lei stava per accendere un'altra delle sue lunghe sigarette con l'accendino della Fiat. "Possiamo andare a vedere la vecchia casa?"

La madre soffiò un po' di fumo e lo guardò svanire nel vento. Non aveva affatto voglia di rivedere la vecchia casa. Era là che aveva portato Kenny due giorni dopo averlo partorito. Il fratello e la sorella di Kenny erano nati a Berkeley e avevano pochi ricordi dell'appartamento in cui vivevano all'epoca. Ma nel cortile della vecchia casa lei li aveva guardati giocare tenendo in braccio il nuovo arrivato. Kenny aveva gattonato sul tappeto in soggiorno – il vecchio tappeto cucito a mano della nonna – finché aveva imparato a camminarci sopra. La vecchia casa avrebbe fatto riaffiorare Natali e Halloween passati, le feste di compleanno dei bambini del vicinato, dolci ricordi del matrimonio e della sua vita di madre.

Ma negli angoli di quella casa aleggiava anche l'infelicità, riecheggiavano le discussioni, la solitudine che aveva infestato le sue notti mentre i bambini dormivano, e l'esasperazione di quando si alleavano facendola quasi impazzire. Per sfuggire alla casa, ai figli, alla noia nata all'ombra del malcontento, aveva trovato lavoro al Leamington Hotel. Un posto da cameriera. Ci andava in macchina presto, prima che il marito la raggiungesse per i turni di pranzo e cena; affidava i figli a una delle ragazzine mormoni del quartiere. I soldi non guastavano, certo, ma quello che lei cercava era l'impegno quotidiano: avere un posto dove andare, un lavoro da svolgere, persone con cui scambiare due parole. All'epoca era ancora la signora Stahl e suo marito era a capo della cucina, ma tutti, compreso Jose Garcia, la chiamavano per nome. E lei aveva dimostrato di saperci fare così bene coi conti che il direttore dell'hotel l'aveva spostata dal bar all'ufficio contabilità. Dopo il divorzio era arrivata all'ufficio commerciale e non era più la signora Stahl.

Se n'era andata da quella casa da troppo, e non aveva voglia di rivederla.

"Certo," disse al figlio. "Io sono un tipo accomodante."

* * *

Uscita dalla superstrada, svoltò a destra all'altezza della stazione di servizio Phillips 66 e continuò su Sunset Avenue fino a

Palmetto Street. Poi girò a sinistra in Derby Street, scalò marcia mentre girava a destra, e dopo aver attraversato l'incrocio tra Vista e Bush Street accostò, fermandosi davanti al 4114.

Nella sua vita Kenny aveva abitato solo in due case, e quella era stata la prima. La fissò. La cassetta delle lettere sul vialetto era la stessa, e anche la ringhiera del portico con le travi a X, ma l'albero nel prato sembrava stranamente piccolo. L'erba era stata tagliata da poco, lui non l'aveva mai vista così ben tenuta, ed erano stati piantati dei fiori attorno alla casa. Loro non avevano mai piantato fiori attorno alla casa. La finestra grande aveva le tendine blu, non bianche come quelle che ricordava. La porta del garage era chiusa; quando lui viveva lì invece restava sempre aperta, non solo per consentire il traffico di biciclette e giocattoli, ma per arrivare più in fretta alle stanze sul retro. Al posto della station wagon di papà o della Corolla di mamma, sul vialetto c'era una Dodge Dart nuova.

Nella casa accanto vivevano gli Anhalter. Kenny si aspettava di rivedere il loro pick-up bianco, invece niente. Sul praticello della casa di fronte c'era il cartello "In vendita". "I Callendar stanno vendendo," disse Kenny.

"Sembra che si siano già trasferiti," disse la madre. Sì, la casa pareva disabitata. Brenda e Steve, i figli dei Callendar, non erano gemelli ma lo sembravano; avevano entrambi una bicicletta Schwinn, un cane di nome Biscuit e facevano parte della squadra di nuoto, e adesso vivevano chissà dove.

Kenny e la madre rimasero lì nella Fiat per qualche minuto. Kenny guardò la finestra di quella che era stata la sua camera. Le imposte con le asticelle regolabili c'erano ancora, ma erano dipinte di blu, lo stesso blu delle tendine in soggiorno; quando Kenny e Kirk dormivano in quella camera le imposte erano di legno e basta: pareva un'ingiustizia che adesso fossero blu.

"Sono nato qui, giusto, mamma?"

Lei teneva gli occhi sulla strada, non sulla casa dalle imposte blu. "Sei nato in ospedale."

"Lo so," disse lui. "Ma da piccolo abitavo qui, giusto?"

La madre girò la chiave nell'accensione e ingranò la marcia. "Sì," disse mentre il motore ruggiva. La notte che aveva lasciato il 4114 di Derby Street, i figli dormivano e il marito era in piedi in cucina, muto. Non li aveva rivisti per sette settimane. Kenny aveva solo cinque anni.

Quando tornarono all'appartamento, la madre aveva già fumato tre lunghe sigarette; il fumo era volato via insieme al vento che soffiava sull'auto col tettuccio abbassato.

* * *

Per cena la madre lo portò all'Hotel Senatore, che si trovava in centro come il Leamington ma era più alla moda, affollato di eleganti uomini d'affari col nome appuntato sulla giacca. Mangiarono al bar. Jose Garcia passò a salutarli mentre Kenny gustava il dessert, un'enorme fetta di crostata alle ciliegie con gelato – *à la mode*, l'aveva definita la cameriera. Kenny mise da parte le ciliegie ma finì tutto il gelato.

"Decollo a mezzogiorno, va bene?" disse il signor Garcia. "Sorvoleremo il delta prima di puntare a nord. Sei mai salito su un aereo, Kenny?"

Anche se aveva già risposto a quella domanda, Kenny rispose educatamente di nuovo. "Mai."

"C'è il rischio che t'innamori del cielo," disse il signor Garcia. Andando via baciò la madre sulla guancia. Kenny non l'aveva mai visto fare prima nella vita vera: un uomo che bacia una donna sulla guancia. Suo padre non baciava così la sua matrigna solo perché andava via. I baci sulla guancia erano roba da uomini e donne della TV.

* * *

L'indomani Jose Garcia li portò in una caffetteria chiamata Pancake Parade che somigliava a un circo. L'uomo e l'ometto ordinarono i waffle, e la madre di Kenny un altro igloo di formaggio fresco. Mentre facevano colazione parecchie famiglie parcheggiarono l'auto ed entrarono tutte agghindate per la messa della domenica: i papà in giacca e cravatta, le mamme e le bambine con bei vestiti. Anche alcuni bambini portavano la cravatta, e dovevano avere la stessa età di Kenny. Col baccano di quella folla che parlava e ordinava la colazione sembrava di stare davvero al circo.

Jose e sua madre ci misero un po' a finire il caffè – la cameriera continuava a venire a riempire le tazze – ma poi la mamma si diede il rossetto e tornarono alla Fiat. Fu il signor Garcia a sedersi al volante, e inforcò un paio di occhiali dalla montatura dorata con le lenti a specchio e le stanghette che si agganciavano dietro le orecchie. La madre aveva gli occhiali da sciatore. Kenny si sedette nel poco spazio dietro i sedili dove, col tettuccio aperto, il vento era più forte e spegneva gli altri suoni. Per tutto il tragitto non capì cosa si stavano dicendo i due adulti là davanti.

Si appoggiò alla fiancata e si divertì comunque, muovendo la mano nella corrente d'aria mentre superavano ville di solidi mattoni con giardini sconfinati, e un parco con un campo da golf. Quando arrivarono a un posto chiamato Executive Field, che si rivelò un aeroporto, Jose non lasciò la Fiat nel parcheggio. Fece il giro fino a un cancello che si aprì e permise loro di raggiungere alcuni piccoli aeroplani parcheggiati uno accanto all'altro.

"Pronto a ingannare il destino, Ken?" chiese il signor Garcia.

"Voleremo su uno di quelli?" Kenny indicava gli aeroplani. Non somigliavano affatto ai modellini dei velivoli da guerra che aveva a casa, caccia e bombardieri B-17; erano piccoli, sprovvisti di mitragliatrici e non pareva che potessero andare veloci, anche se alcuni avevano due motori.

"Il Comanche," disse il signor Garcia. Si stava avvicinando a un aereo bianco a bande rosse, uno di quelli con un'elica sola.

I portelli si aprivano come portiere di un'automobile, e il signor Garcia ne aprì uno per far entrare un po' d'aria fresca. Kenny salì sull'ala e sbirciò all'interno: gli indicatori e le manopole, il volante e i pedali. Ce n'erano due di ciascuno, più certi strani interruttori e controlli dall'aspetto molto tecnologico. Il signor Garcia girò attorno all'aereo un po' di volte, poi esaminò le carte conservate nella tasca del portello.

La madre di Kenny arrivò con la valigia rosa. "Stai davanti, immagino. No?" disse. Reclinò uno dei sedili e salì dietro, sistemandosi accanto la valigia.

"Devo mettermi qui?" Kenny intendeva dietro una delle due cloche, da vero copilota.

"Mi serve un copilota," disse il signor Garcia. "Tua madre non se la cava sempre bene con la cloche." Ridacchiò prima di mostrare a Kenny come allacciare la cintura di sicurezza. Poi tirò fuori di tasca un paio di piccoli occhiali scuri e glieli passò. "Lassù il sole è forte."

Gli occhiali avevano la montatura dorata come la sua, ma non erano altrettanto costosi. Anche il paio di Kenny aveva le stanghette che si agganciavano dietro le orecchie. Erano troppo grandi per la sua testa di bambino di quasi dieci anni, ma Kenny non lo sapeva. Si voltò per farsi ammirare dalla madre, che sollevò il pollice. Risero tutti.

L'accensione del motore fu rumorosa, e non solo perché i portelli del Comanche erano ancora aperti: il corpo dell'aereo iniziò a vibrare e a ogni giro l'elica sembrava sul punto di spezzarsi. Il signor Garcia manovrò interruttori e manopole e fece ruggire il motore più volte. Alla fine indossò un paio di cuffie e fece qualcosa che mise l'aereo in movimento anche se i portelli erano aperti. Sfilarono accanto agli aerei parcheggiati e a strisce d'erba in cui erano piantati piccoli cartelli con lettere e numeri. L'aereo si fermò al termine della pista. Il signor Garcia si allungò per chiudere il portello dal lato di Kenny, poi chiuse l'altro. Il motore faceva ancora parecchio rumore ma l'aereo non traballava più.

"Pronto?" gridò il signor Garcia. Kenny annuì. La madre gli mostrò di nuovo il pollice e si chinò per accarezzargli la testa; se disse qualcosa, Kenny non lo sentì, però vide il suo gran sorriso.

Quando l'aereo prese velocità e il baccano aumentò, Kenny iniziò a provare una sensazione nuova. Sconosciuta. L'aereo accelerò sempre di più, si staccò da terra, e allora il suo stomaco sembrò voler tornare giù mentre la testa voleva andare su. Il suolo rimpicciolì rapidamente, le strade e le case e le auto persero il loro aspetto reale. Kenny guardò fuori dal finestrino e siccome l'ala ostacolava la vista si sporse in avanti per poter vedere la terra e il cielo di fronte.

Riconobbe il centro della città e ciò che una volta era tutto il suo mondo: il cinema Tower e il reticolo di strade, l'Old Fort – che chiamavano tutti Sutter's Mill, dove i pionieri avevano scoperto l'oro – e il Leamington Hotel. Riuscì persino a leggere l'insegna.

Quel primo volo fu l'evento più straordinario della sua vita. Aveva il fiato corto, e gli sembrava di avere la testa piena d'aria. Il sole era più luminoso che mai, e fu contento di avere gli occhiali scuri. Quando il signor Garcia virò abbassando l'ala di sinistra, ecco lo sconfinato delta del fiume. Laggiù c'erano isolotti separati da serpentelli d'acqua e dighe. Non lontano da dove Kenny era nato vivevano coltivatori a cui serviva la barca per raggiungere la città, e Kenny non ne aveva mai avuto idea!

"Assomiglia al Mekong!" gridò il signor Garcia. Stava indicando il finestrino, e Kenny annuì meccanicamente. "Bell'affare ti propone lo Zio Sam! Ti insegna a volare e poi ti spedisce a fare il cane da riporto in Vietnam!"

Kenny sapeva cos'era il Vietnam grazie a Channel 12, che da Chico parlava della guerra. Invece non aveva idea di cosa fosse il Mekong.

L'aereo fece rotta verso sudovest, salendo finché le auto e i camion sulla superstrada sembrarono muoversi a malapena. Il fiume si allargò sempre di più e là dove l'acqua dolce incontrava l'acqua salata della baia di San Francisco prese un altro colore. Si distinguevano grandi imbarcazioni che però da lassù somigliavano ai modellini con cui Kenny giocava sul tavolino del soggiorno. Quando il signor Garcia virò di nuovo, Kenny sentì di avere la pancia molle, ma solo per un istante.

Adesso puntavano a nord. Il signor Garcia scostò un auricolare delle cuffie. "Ho bisogno che piloti tu per qualche minuto, Kenny," disse a voce alta.

"Io non so pilotare un aereo!" Kenny lo guardò come se avesse di fronte un pazzo.

"Hai idea di come si guida un'auto?"

"Sì."

"Allora stringi bene la cloche," disse il signor Garcia. La cloche era un po' un volante un po' un manubrio. Kenny dovette sedersi ben dritto per afferrarla. "L'aereo va dove punta il muso. Tira la cloche verso di te e prendici la mano."

Kenny mise all'opera più muscoli di quelli che credeva di possedere, e senza bisogno d'altro la cloche lo assecondò avvicinandosi – e intanto il cielo occupò tutto il vetro frontale e il motore rallentò.

"Visto?" disse il signor Garcia. "Adesso rimetti la cloche in orizzontale, allo stesso modo."

Il signor Garcia teneva la mano sui suoi comandi, ma lasciò che fosse Kenny a spingere giù il muso dell'aereo. La terra là sotto si prese un po' del vetro.

"Posso virare?" strillò Kenny.

"Il pilota sei tu," disse Mr. Garcia.

Con estrema attenzione Kenny inclinò la cloche a destra e l'aereo le andò dietro con altrettanta dolcezza. Kenny avvertì fisicamente il cambio di direzione. Ripeté l'operazione, ma verso sinistra, e l'aereo tornò orizzontale.

"Se fossi più alto," disse il signor Garcia, "ti farei controllare anche il timone, ma purtroppo non arrivi ai pedali. Ci vorrà un anno. Magari l'anno prossimo."

Kenny si immaginò a undici anni, da solo alla guida del Comanche, con sua madre sul sedile posteriore.

"Adesso voglio che tu... lo vedi il Monte Shasta là davanti?" Shasta, il grande vulcano che si stagliava in fondo alla valle, sempre innevato. In una giornata tersa, da Iron Bend, somigliava a un lontanissimo immenso dipinto. Dal sedile di Kenny, invece, lo Shasta era un triangolo bianco rivolto contro il cielo. "Punta dritto là, ok?"

"Ok!" Kenny mise gli occhi sulla montagna e cercò di tenere il muso dell'aereo sull'obiettivo mentre il signor Garcia estraeva i fogli dal portello e una penna dalla tasca. Scribacchiò qualcosa prima mettersi a studiare una mappa. Kenny non avrebbe saputo dire da quanto tempo stava pilotando da solo – alcuni minuti, o forse tutto il volo verso casa – ma non perse mai il controllo dell'aereo. Il monte Shasta ormai si mostrava in tutta la sua grandezza quando il signor Garcia ripiegò la mappa e chiuse la penna con un click.

"Bravo il mio Kenny," disse, riprendendo la cloche. "Hai la stoffa del pilota."

"Bel lavoro, tesoro!" disse la madre là dietro. Kenny le lanciò un'occhiata: il sorriso di lei era grande quasi quanto il suo.

Kenny sbirciò dal finestrino e vide le corsie della superstrada che risalivano dritte la valle attraversando città come Willows e Orland, fino a Iron Bend e più in là. Solo due giorni prima lui e la madre avevano percorso la superstrada e adesso ci volavano sopra, a miglia di distanza.

Dopo aver pilotato Kenny dovette stapparsi le orecchie: sbadigliò e soffiò tenendo chiusi naso e bocca. Non gli fece male. L'aereo stava scendendo, il rumore del motore aumentò all'avvicinarsi del suolo. Iron Bend prendeva forma. A sud, ecco l'appezzamento dove veniva accatastata la legna già tagliata, e i due motel sulla superstrada, il vecchio silos di grano senza grano, il parcheggio dello Shopping Plaza dove c'era un Montgomery Ward. Nessuno aveva mai detto a Kenny che Iron Bend aveva un aeroporto, eppure c'era, oltre il campo da football del liceo.

L'aereo traballò e vibrò preparandosi all'atterraggio. Il signor Garcia fece qualcosa che attenuò il rombo del motore, e quasi lo zittì un attimo prima che le ruote stridessero sulla pista d'asfalto. Poi guidò l'aereo come un'automobile, fermandolo a pochi metri da altri aerei già parcheggiati. Quando spense il motore, l'elica continuò a girare prima di fermarsi bruscamente. Senza più baccano calò uno strano silenzio, e lo scatto delle cinture di sicurezza che si slacciavano fu netto, come il sonoro di un film proiettato allo State Theater.

"Ho ingannato la morte un'altra volta," disse il signor Garcia senza bisogno di urlare.

"C'è davvero bisogno di metterla in questi termini?" disse la madre di Kenny.

Il signor Garcia rise, si sporse tra i sedili e la baciò sulla guancia.

* * *

Nel piccolo bar dell'aeroporto non c'erano clienti né, a quanto pareva, personale. Kenny aveva gli occhiali da pilota ancora sul naso e si sedette a un tavolino, la valigia rosa tra i piedi, mentre la madre infilava due gettoni nel telefono alla parete: compose il numero, rimase in attesa, appese e rinfilò gli stessi gettoni; compose un altro numero e finalmente trovò qualcuno.

"Be', suonava occupato," disse. "Puoi venire a prenderlo? Perché noi dobbiamo tornare. Fra quanto? Va bene." Appese e si avvicinò a Kenny. "Tuo padre passa a prenderti dopo il lavoro. Vediamo di trovare una cioccolata calda per te e un caffè per me."

Kenny guardò attraverso la porta a vetri che divideva il bar da un ufficio. Il signor Garcia – lui pure in occhiali scuri – stava parlando con un uomo alla scrivania. Kenny avvertì un forte ronzio che si rivelò essere un distributore che faceva la cioccolata calda. Quando la madre gliene portò una dentro un bicchiere di plastica, un solo sorso disse a Kenny che la cioccolata era acquosa. Non la bevve tutta.

Il padre arrivò a bordo della station wagon. Scese lasciando il motore acceso, in pantaloni da cuoco e scarpe pesanti. Strinse la mano al signor Garcia, disse qualcosa alla madre di Kenny, poi prese la valigia rosa e la portò in macchina.

Kenny si sedette sul sedile del passeggero, proprio come aveva fatto sull'aeroplano. Mentre uscivano dal parcheggio, il padre gli chiese degli occhiali da sole.

"Me li ha dati il signor Garcia," disse Kenny.

Poi gli raccontò del volo verso il monte Shasta, dello zoo e del minigolf e della visita alla vecchia casa.

"Ah," disse il padre. Lo ripeté anche quando Kenny gli disse che i Callendar si erano trasferiti.

Mentre rientravano a Iron Bend e arrivavano al ristorante Blue Gum, Kenny guardò fuori dal finestrino: i suoi occhi, a cui gli occhiali davano una sfumatura più intensa di azzurro, perlustrarono il cielo. Ormai il signor Garcia doveva essere decollato, e Kenny sperava di vedere l'aereo. Al posto del copilota ci sarebbe stata sua madre.

Lassù però non c'era traccia dei due. Niente di niente.

LE MEDITAZIONI DEL MIO CUORE

Non aveva affatto intenzione di comprare una vecchia macchina da scrivere. Non le serviva nulla e non voleva possedere altri oggetti – nuovi, usati, antichi. Neppure uno. Aveva giurato di lasciarsi alle spalle le ultime delusioni personali abbracciando una vita spartana: un nuovo minimalismo, un'esistenza che potesse stare tutta nella sua auto.

Il piccolo appartamento a ovest del fiume Cuyahoga le piaceva. Si era sbarazzata di tutti i vestiti del periodo con lui, il Cretino; ogni sera si cucinava qualcosa e ascoltava una marea di podcast. Aveva risparmiato abbastanza da concedersi un'estate di indolenza, senza impegni, e arrivare al nuovo anno. Gennaio avrebbe congelato il lago e probabilmente arroventato le condutture di casa, ma a quel punto lei non ci sarebbe stata più, già partita per New York o Atlanta, Austin o New Orleans. Finché viaggiava leggera aveva alternative in abbondanza. Però la chiesa metodista di Lakewood, all'angolo tra la Michigan e Sycamore, quel sabato aveva organizzato una vendita di beneficenza nel parcheggio – raccoglieva fondi per i programmi di sostegno alla comunità: l'asilo gratuito, le riunioni degli Alcolisti Anonimi e, forse, anche la mensa per poveri e bisognosi. Lei non era una metodista battezzata e non andava in chiesa, ma era sicura che avventurarsi nel parcheggio zeppo di tavolini pieghevoli appesantiti da quintali di cianfrusaglie non fosse un atto di fede.

Poco ci mancò che per gioco comprasse un set di vassoi d'alluminio per mangiare davanti alla TV, ma tre erano macchiati di ruggine. E nelle scatole di bigiotteria non scoprì tesori. Poi notò un kit Tupperware per fare i ghiaccioli. Era stato uno dei suoi compiti di bambina quello di versare Kool-Aid o succo d'arancia negli stampi e immergervi gli stecchi di plastica, e non appena il freezer permetteva alla fisica di compiere la magia ecco gli economici dolcetti di ghiaccio. Riusciva quasi ad avvertire il vento caldo dell'estate che soffiava ai piedi delle montagne, ricordava la sensazione delle mani rese appiccicose dal succo di frutta che si scioglieva. Comprò il kit per un dollaro senza trattare sul prezzo.

Sullo stesso tavolino c'era una macchina da scrivere di uno sbiadito rosso Pop Art: niente di che. A catturare la sua attenzione fu l'etichetta blu incollata all'angolo sinistro della carrozzeria. In lettere minuscole, sottolineato (utilizzando il tasto Shift e il tasto 6), il proprietario aveva scritto

`le meditazioni del mio cuore`

Quelle parole erano state dattilografate almeno trent'anni prima, quando la macchina da scrivere era nuova di fabbrica, appena uscita dalla scatola, forse un regalo per il tredicesimo compleanno di una ragazza. Uno dei proprietari successivi aveva scritto invece COMPRAMI PER 5$ su un pezzo di carta inserito nel carrello.

Era un modello portatile. Di plastica. Il nastro era bicolore, nero e rosso, e il pannello superiore che nascondeva il telaio aveva un foro a cui un tempo doveva essere fissata la targhetta Smith Corona o Brother o Olivetti. C'era persino una custodia da viaggio di cuoio rossiccio con apertura a ribalta e chiusura a pressione. Lei pigiò tre tasti – A, F, P – e quelli martellarono sulla carta e tornarono indietro. L'attrezzo funzionava, più o meno.

"Solo cinque dollari, sul serio?" chiese alla signora metodista al tavolino lì accanto.

"Quella?" disse la donna. "Penso funzioni, ma nessuno usa più le macchine da scrivere."

Non era la risposta alla sua domanda, ma se ne infischiò. "La prendo."

"I soldi ce li hai?"

E così i metodisti si arricchirono di cinque dollari.

* * *

Tornata a casa preparò una scorta di ghiaccioli al succo di ananas. Ne avrebbe mangiati un paio quando la giornata, rinfrescando, le avrebbe permesso di aprire la finestra e cercare le prime lucciole della sera. Tirò fuori la macchina da scrivere dalla custodia, la sistemò sul minuscolo tavolo della cucina e inserì un foglio di carta prendendolo dal vassoio che alimentava la stampante laser. Provò tutti i tasti: molti erano bloccati. Siccome uno dei quattro piedini di gomma sotto il telaio mancava, la macchina traballava un po'. Batté di nuovo sui tasti, tutti, a partire dalla prima riga, attivando anche il maiuscolo per tentare – con un certo successo – di sgranchirli un po'. Malgrado il nastro dell'inchiostro fosse vecchio, le lettere risultavano leggibili. Provò la regolazione dell'interlinea, singola e doppia: funzionava, ma il carrello non scampanellava tornando in posizione. I regolatori dei margini grattavano e rimasero bloccati.

La macchina da scrivere aveva sicuramente bisogno di una bella ripulita e di una lubrificata, cose che le sarebbero costate, diciamo, venticinque dollari. Ma ciò che le diede da pensare fu il dilemma in cui si ritrova chiunque compri una macchina da scrivere nel terzo millennio: poteva esserle utile? Magari per scrivere gli indirizzi sulle buste. Sua madre sarebbe stata felice di ricevere lettere scritte a macchina dalla figlia giramondo. Avrebbe potuto dattilografare una lettera al vetriolo al suo ex, tipo: "Ehi, Cretino, bell'errore del cazzo che hai fatto!" senza timore di lasciare email rintracciabili. Avrebbe potuto scrivere degli appunti, fotografarli col telefono e poi postarli sul suo blog e sulla pagina Facebook. Avrebbe potuto buttare giù una lista di cose da fare e appenderla al frigo. Quindi c'erano cinque ragioni hipster-rétro per possedere una nuova-vecchia macchina da scrivere. Se aggiungeva le meditazioni del cuore, le ragioni diventavano sei.

Riscrisse il proposito del primo proprietario.

`le med it a zio n idelmi oc uo r e.`

La barra spaziatrice faceva i capricci. Prese il telefono e cercò su Google *riparazioni vecchie macchine da scrivere.*

I primi tre risultati furono: un negozio a due ore di distanza dalle parti di Ashtabula, un negozio in centro dove nessuno rispondeva al telefono e, cosa piuttosto assurda, il Detroit Avenue Macchine da Ufficio, pochi minuti a piedi da casa. Lo conosceva: si trovava accanto a una rivendita di pneumatici. Ci passava davanti per andare alla migliore pizzeria dei dintorni e, poche vetrine più in là, all'emporio di belle arti che stava per chiudere. Aveva sempre creduto che quelli di Macchine da Ufficio riparassero computer e stampanti, e dopo una breve passeggiata, studiando bene la vetrina, fu stupita di trovarci una segreteria telefonica di trent'anni, un aggeggio chiamato dittafono e un'antica macchina da scrivere. Il campanello della porta trillò al suo ingresso.

Da un lato c'erano solo stampanti – scatole e scatole, insieme a toner adatti a ogni modello. L'altra metà del negozio era una sorta di museo delle strumentazioni utilizzate nella storia del lavoro d'ufficio. Addizionatrici con ottantuno tasti corredate di leve, calcolatori da tavolo a dieci cifre, una macchina stenografica e alcune macchine da scrivere IBM Selectric, perlopiù dentro custodie beige, e su mensole a parete decine di altre lucide macchine da scrivere nere, rosse, verdi e persino azzurrine. Sembravano tutte in ottimo stato.

Lo sportello delle riparazioni era sul retro e oltre il bancone c'erano scrivanie e un banco di lavoro dietro cui un vecchio leggiucchiava alcuni fogli.

"Come posso aiutarla, signorina?" chiese lui con un leggero accento che poteva essere polacco.

"Spero che possa salvare il mio investimento," disse lei. Poggiò la custodia di cuoio sul bancone. Poi la aprì per mostrare la macchina da scrivere. Il vecchio sospirò.

"Lo so," disse lei. "Questo gioiello è messo male. Metà dei tasti sono incastrati. Dondola quando batto e la barra spaziatrice è rotta. E niente campanello."

"Niente campanello," disse lui. "Ah."

"Può aiutarmi? Mi è costata cinque dollari."

Il vecchio la guardò, poi tornò a concentrarsi sulla macchina da scrivere. Sospirò di nuovo. "Signorina, non c'è niente che possa fare per lei."

Era confusa. A giudicare da quanto aveva visto, quello era il posto giusto per rimettere in funzione una macchina da scrivere. Per l'amor del cielo, sul banco di lavoro alle spalle del vecchio c'erano telai, ingranaggi, pezzi di ricambio. "Nessuno di quei pezzi è adatto alla mia macchina da scrivere?"

"Per questo modello non esistono pezzi di ricambio," disse il vecchio, agitando la mano sulla macchina rossa slavata e sulla custodia di cuoio.

"E se li ordina? Posso aspettare."

"Lei non capisce." A un'estremità del bancone c'era una scatolina di biglietti da visita. Il vecchio ne prese uno e glielo porse. "Cosa c'è scritto sul biglietto, signorina?"

Lei lesse. "DETROIT AVENUE MACCHINE DA UFFICIO. *Stampanti. Vendita. Assistenza. Riparazioni.* Chiuso la domenica, cioè domani," disse lei. "Orario d'apertura: dalle 9 alle 16. Sabato dalle 10 alle 15. Il mio orologio e il suo fanno tutt'e due le dodici e diciannove, no?" Gli restituì il biglietto. Sul retro non c'era scritto nulla. "Mi sono persa qualcosa?"

"Il nome del negozio," disse il vecchio. "Legga il nome del mio negozio."

"Detroit Avenue Macchine da Ufficio."

"Esatto," disse. "*Macchine* da Ufficio."

"Okay," disse lei. "Sì."

"Signorina, io lavoro sulle *macchine*. Ma questa?" Agitò di nuovo la mano sulla sua macchina da scrivere da cinque dollari. "È un *giocattolo*." Lo disse come lanciando un rimprovero: ignorante.

"È di plastica, è costruita per somigliare a una vera macchina da scrivere. Ma questa non è una macchina da scrivere."

Cercò di staccare il pannello superiore della carrozzeria di quello che aveva definito giocattolo, e il pezzo di plastica curvo venne via con uno schiocco rivelando telaio e meccanismi. "I martelletti, le leve, le bobine dei nastri: tutta plastica. L'invertitore. Il tendinastro."

Lei non aveva idea che una macchina da scrivere fosse provvista di tendinastro.

Provò alcuni tasti, le leve, mosse da una parte all'altra il carrello, ruotò il rullo, pigiò il tasto di ritorno. Disgustato. "Una macchina da scrivere è uno strumento. Nelle mani giuste, una sola può cambiare il mondo. Questa invece? Può solo occupare spazio e fare baccano."

"Almeno ci metterebbe un po' d'olio? Così potrei provarci anch'io, a cambiare il mondo," disse lei.

"Posso pulirla, lubrificarla, stringere le viti. Rimettere a posto il campanello e farlo suonare. Per sessanta dollari cospargerò questa macchina da scrivere di polvere magica. Ma così mi approfitterei di lei. Tra un anno la barra spaziatrice sarebbe di nuovo..."

"Rotta?"

"La porti a casa e ci metta dentro un fiore." Il vecchio rinfilò la macchina da scrivere nella custodia, come se avvolgesse un pesce morto in un foglio di giornale.

Lei ci rimase male, quasi avesse deluso un insegnante consegnando una brutta tesina per scarso impegno. Se la relazione con il Cretino non fosse finita, lui sarebbe stato lì, accanto a lei, pronto a dirsi d'accordo col vecchio. "Te l'avevo detto che era un rottame. Cinque dollari sprecati!"

"Guardi." Il vecchio indicò con un braccio le macchine da scrivere allineate sulle mensole. "Sono tutte macchine. Fatte d'acciaio. Progettate da ingegneri. Costruite in industrie americane, tedesche, svizzere. Vuole sapere perché si trovano su quelle mensole?"

"Perché sono in vendita?"

"Perché sono state costruite per durare per sempre!" urlò il vecchio. E in lui rivide suo padre che urlava: "Chi ha lasciato le biciclette sul prato?... Perché sono l'unico pronto per andare a messa?... Papà è arrivato e ha bisogno di un abbraccio!" Si rese conto che stava sorridendo al vecchio.

"Questa," le disse lui avvicinandosi alle scaffalature. Prese una Remington 7, un modello chiamato Noiseless. "Mi passi quei fogli." Lei trovò la pila di fogli bianchi sul bancone e gliela passò. Lui ne prese due e li arrotolò nel carrello della lucente macchina da scrivere. "Ascolti." Batté sui tasti per scrivere

Detroit Avenue Macchine da ufficio.

Le lettere s'impressero sulla carta una dopo l'altra con un sussurro.

"In America ci si dava un gran daffare," disse. "La gente lavorava in uffici affollati, in appartamenti minuscoli, in treno. Era da anni che la Remington vendeva macchine da scrivere, eppure qualcuno disse: 'Facciamone una più piccola, più silenziosa. Riduciamo il baccano.' E ci sono riusciti! Hanno usato parti di plastica? No! Hanno ricalcolato l'attrito, la forza della battuta sui tasti. Hanno prodotto una macchina da scrivere talmente silenziosa da poterla chiamare Noiseless, nessun rumore. Proprio questa. La provi."

Girò la macchina da scrivere verso di lei, che digitò

Silenzio. Sto battendo a macchina.

"Non si sente niente," disse. "Incredibile." Indicò una macchina a due colori, blu e bianca, con la carrozzeria stondata. "Quella fa rumore?"

"Ah. La Royal." Il vecchio risistemò la Remington 7 e tirò giù la meravigliosa macchina da scrivere compatta. "Il modello Safari. Leggera, portatile. Un'opera d'arte." Infilò due fogli nel carrello e le offrì i tasti. Lei si lasciò ispirare dall'idea del safari.

Mogambo.
Buana Devil
"Ho una fattoria in Africa..."

La Royal faceva più rumore della Noiseless e i tasti richiedevano uno sforzo maggiore, però aveva caratteristiche che rendevano obsoleta l'ingegneria della Remington. Il numero 1 e il punto esclamativo sullo stesso tasto. Il pulsante di IMPOSTAZIONE RAPIDA COLONNA. Ed era a due colori!

"Questa Royal è in vendita?" chiese.

Il vecchio le sorrise e annuì. "Sì. Ma mi dica: perché?"

"Perché voglio una macchina da scrivere?"

"Perché vuole *questa* macchina da scrivere?"

"Vuole convincermi a non comprarla?"

"Signorina, le venderò qualunque modello lei desideri. Prenderò i suoi soldi e le augurerò buona giornata. Però mi dica, perché la Royal Safari? Perché è bicolore? Per lo stile dei caratteri? Per i tasti bianchi?"

Lei dovette rifletterci ed ebbe di nuovo la sensazione di essere tornata a scuola, alle prese con un test che rischiava di non superare, un compito a sorpresa per cui era impreparata.

"Un capriccio," disse. "Perché ho comprato una macchina da scrivere giocattolo e mi sono resa conto che mi piacerebbe scrivere a macchina, invece che con penna e matita, ma quel dannato affare non funziona, e indovini un po'? Il negozio dove sono andata si rifiuta di metterci mano. Mi immagino seduta al tavolino del mio minuscolo appartamento, a scrivere appunti e lettere. Ho un computer, una stampante, un iPad e anche questo." Tirò fuori dalla tasca un iPhone. "Li uso come fanno tutte le donne di oggi, ma..."

Si azzittì. Aveva cominciato a pensarci per davvero, stava pensando a cosa l'aveva spinta a comprare una macchina da scrivere da cinque dollari con la barra spaziatrice inaffidabile e il campanello rotto, e alla ragione per cui si trovava in quel negozio a bisticciare con un vecchio mentre solo il giorno prima non aveva alcuna opinione sulle vecchie macchine da scrivere.

Finalmente disse: "Ho una grafia da ragazzina, tutta fronzoli, qualunque cosa scrivo sembra uno di quei poster motivazionali che si trovano negli ambulatori medici. Non sono una che batte a macchina tra un sorso di whisky e una sigaretta finché svuota il pacchetto. Voglio solo scrivere le poche verità che ho imparato."

Tornò al bancone e prese la valigetta di cuoio. Tirò fuori la macchina da scrivere di plastica, la portò alle mensole e la piazzò con un gesto nervoso accanto alla Royal Safari. Indicò l'adesivo sulla carrozzeria.

"Voglio che i figli che ancora devo mettere al mondo possano leggere *le meditazioni del mio cuore*. Le voglio imprimere nelle fibre della carta con le mie mani, pagina dopo pagina, un flusso di coscienza che terrò chiuso in una scatola delle scarpe finché i miei figli non saranno abbastanza grandi per leggere e riflettere sulla condizione umana!" Si rese conto che stava gridando. "Si passeranno le pagine e diranno: 'Allora è questo che faceva mamma quando si piazzava alla macchina da scrivere e non la smetteva col baccano,' e mi dispiace! Non volevo gridare!"

"Ah," disse il vecchio.

"Non so perché le sto gridando addosso."

Il vecchio la guardò e sbatté le palpebre. "Lei sta cercando qualcosa in grado di resistere al tempo."

"Credo di sì!" Ammutolì e prese un respiro profondo, poi svuotò i polmoni con un sospiro che le gonfiò le guance. "Allora, quanto vuole per questa macchina da scrivere con cui si può andare nella giungla?"

Nel negozio scese il silenzio. Il vecchio si posò un dito sulle labbra, pensieroso, mentre cercava le parole da dire.

"Questa macchina da scrivere non fa per lei." Prese la Royal bicolore e la risistemò sulla mensola. "È stata costruita per una ragazza che si è appena iscritta al primo anno all'università, con la testa piena di sciocchezze, una convinta che troverà presto l'uomo dei suoi sogni. È stata costruita per scrivere tesine dopo aver letto un libro."

Tirò giù da un'altra mensola una macchina da scrivere compatta, con la carrozzeria color acquamarina. I tasti erano di una sfumatura più chiara.

"Questa," disse infilando due fogli nel carrello. "L'hanno costruita in Svizzera. Oltre agli orologi a cucù, al cioccolato e agli orologi di precisione, una volta gli svizzeri producevano le migliori macchine da scrivere del mondo. Nel 1959 hanno costruito questa. La Hermes 2000. All'avanguardia. Inarrivabile. Se la definissi la Mercedes-Benz delle macchine da scrivere, farei un favore alla Mercedes-Benz. Per favore, la provi."

Lei si sentì intimidita di fronte alla verde scatola meccanica. Cosa mai poteva scrivere su una meraviglia dell'industria svizzera vecchia di sessant'anni? Al volante di una Mercedes-Benz vintage dove sarebbe andata?

Sulle montagne sopra Ginevra
La neve cade bianca e pura
E i bambini mangiano ciotole
di riso soffiato al cioccolato senza latte.

"Lo stile del carattere è Epoca," spiegò il vecchio. "Guardi com'è essenziale, pulito. Ricorda una linea tracciata col righello. Gli svizzeri sono così. Vede i buchi nella guida per la carta, dietro il tendinastro?"

Ecco cos'era un tendinastro.

"Guardi." Il vecchio prese una penna dal taschino della camicia e infilò la punta in uno dei fori. Sbloccò il carrello facendolo andare da una parte all'altra per sottolineare quello che lei aveva appena dattilografato.

Sulle montagne sopra Ginevra
La neve cade bianca e pura

"È possibile utilizzare inchiostri diversi per far risaltare le frasi in maniera diversa. E vede quella manopola lì dietro?" C'era una manopola grande come un ditale, il profilo morbidamente dentellato. "Stringendola, o allentandola, si può regolare la resistenza dei tasti."

Orologi a cucù.

"Se deve usare la carta carbone per fare tre o quattro copie, le basterà aumentare la forza, e riuscirà a imprimere fino all'ultimo foglio." Il vecchio ridacchiò. "Gli svizzeri detengono un mucchio di record."

Girando la manopola nell'altro verso, i tasti diventavano piume.

Orologi. Mercedes Hermes 2000000

"E fa davvero pochissimo rumore," disse lei.

"Infatti," disse lui. Le mostrò com'era facile impostare i margini grazie alle leve alle estremità del carrello. E per impostare il tabulatore bastava premere TAB SET. "Questa macchina da scrivere è stata costruita l'anno in cui io ne ho compiuti dieci. È indistruttibile."

"Come lei."

Il vecchio sorrise. "I suoi figli impareranno a scrivere con questa."

A lei piacque quell'idea. "Quanto costa?"

"Non si preoccupi," disse il vecchio. "Gliela venderò a una condizione. Che lei la usi."

"Be', non voglio sembrarle maleducata," disse lei. "Ma… non sono una stupida."

"Deve permettere a questa macchina da scrivere di far parte della sua vita. Della sua quotidianità. Non si riduca a usarla solo una manciata di volte prima di rimetterla nella custodia, in un armadio o su uno scaffale, perché le serve più spazio sul tavolo. Se lo fa, il rischio è che non ci scriva mai più." Il vecchio aprì le ante sotto l'espositore delle addizionatrici, in cerca di una custodia vuota per il trasporto. Tirò fuori quella che sembrava una valigia quadrata, verde con una chiusura a linguetta. "Comprerebbe uno stereo per non ascoltarci i dischi? Le macchine da scrivere devono essere usate. Come una barca deve andare per mare. E un aeroplano volare. A cosa serve un pianoforte senza nessuno che lo suona? Sta lì a prendere polvere, e non c'è musica nella tua vita."

Mise la Hermes 2000 nella custodia verde. "La lasci su un tavolo dove la può vedere. E ci metta vicino una pila di fogli. Ne usi sempre due per non rovinare il rullo. Compri delle buste e della carta da lettere. Le darò un telo per la polvere, glielo regalo, ma non appena arriva a casa lo tolga, così la macchina da scrivere sarà pronta all'uso."

"Vuol dire che stiamo discutendo del prezzo?"

"Credo di sì."

"Quanto?"

"Ah," disse il vecchio. "Queste macchine da scrivere non hanno prezzo. L'ultima l'ho venduta per trecento dollari. Ma a una signorina come lei? Cinquanta."

"E se ritirasse anche la mia?" Indicò la sua macchina da scrivere giocattolo. Voleva trattare.

Il vecchio la guardò come evocando una maledizione. "Mi ripeta quanto l'ha pagata."

"Cinque dollari."

"Affare fatto." Storse le labbra. "Quarantacinque dollari. Se lo scopre mia moglie chiede il divorzio."

"Allora teniamocelo per noi."

* * *

La Hermes 2000 era molto più pesante della macchina da scrivere giocattolo e la custodia verde le sbatteva contro le gambe; lungo il tragitto dovette fermarsi due volte per appoggiarla a terra, non perché avesse bisogno di riprendere fiato, ma per colpa dei palmi sudati.

A casa fece ciò che le era stato detto, ciò che aveva promesso. La macchina da scrivere acquamarina trovò posto sul piccolo tavolo in cucina, insieme a una pila di fogli da stampante. Si preparò due toast con l'avocado e tagliò a spicchi una pera. Aprì iTunes sull'iPhone e schiacciò PLAY mettendo il telefono in una tazza vuota per amplificare la musica: Joni cantò vecchie canzoni e Adele cose più nuove mentre lei sbocconcellava la cena.

Ripulite le mani, col rossore di chi sa di trovarsi davanti a una delle migliori macchine da scrivere mai scese dalle Alpi, finalmente infilò due fogli nel carrello e iniziò a battere sui tasti.

COSE DA FARE:

COMPRARE BUSTE E CARTA DA LETTERE
SCRIVERE A MAMMA UNA VOLTA LA SETTIMANA
La spesa: yogurt / miele / latte parz. scremato
Succhi di frutta, più gusti.
Frutta secca (mista)
olio d'oliva (greco)
pomodori & aglio/scalogno. CETRIOLI!
Impianto stereo economico/Hi-fi. Chiesa metodista?
Tappetino da yoga.
Ceretta.
Appuntamento dal dentista.
Lezioni di piano (perché no?)

"Okay," disse a voce alta nella solitudine dell'appartamento. "Qualcosa ho scritto."

Tirò indietro la sedia allontanandosi dalla Hermes acquamarina. Sfilò la lista di cose da fare e la attaccò al frigo con una calamita. Poi tirò fuori le formine dei ghiaccioli all'ananas dal freezer e le mise sotto l'acqua calda per scongelarne uno; sapendo che ne avrebbe mangiati altri, ripose il Tupperware in frigo: doveva restare abbastanza freddo per quando sarebbe stata pronta per un secondo ghiacciolo, e un terzo.

Aprì le finestre del soggiorno per lasciar entrare un po' di vento. Il sole era tramontato e le prime lucciole della sera avrebbero presto cominciato ad accendersi. Si sedette sul davanzale e gustò quella delizia all'ananas fresca, ben sagomata, e guardò gli scoiattoli che correvano sui cavi del telefono descrivendo sinusoidi perfette di corpi e code. Mangiò il secondo ghiacciolo ancora seduta sul davanzale, e ci rimase finché le lucciole apparvero magicamente sulle chiazze d'erba e sul marciapiede.

Allora tornò in cucina a lavarsi le mani e rimise il Tupperware in freezer: la scorta di altri sei ghiaccioli per l'indomani. Lanciò un'occhiata alla macchina da scrivere sul tavolo.

Le balenò un'idea. Si chiese perché siamo portati a credere che una donna single dopo la fine di una relazione possa soltanto finire a bere vino da sola in un appartamento triste e vuoto, arrivando a perdere i sensi sul divano davanti, chessò, a *Real House-Wives* in TV. Lei non aveva un televisore e l'unico vizio che le restava erano i ghiaccioli fatti in casa. Non era mai crollata sul divano per il troppo vino.

Scrisse

Una meditazione dal mio cuore

poi mandò a capo e iniziò il primo paragrafo. L'eco morbida dei tasti per niente rumorosi riempì l'appartamento e uscì dalla finestra aperta, e risuonò a lungo dopo la mezzanotte.

Oggi in città di Hank Fiset

DOPO UN TUFFO NEL PASSATO

A VOLTE I TIRANNI (ho scritto "tiranni"? Intendevo "titani") dell'informazione che dirigono il *Tri-Cities Daily News/Herald* mi pagano per portare a spasso mia moglie: trasferte sia di lavoro che di piacere, vacanze pagate in località come Rome (in Ohio) e Paris (in Illinois), oppure al quartier generale di famiglia (quella dei miei suoceri) sulle sponde del lago Nixon. Brevi soggiorni che il sottoscritto traduce in un migliaio di parole: giornalismo di prima qualità, o almeno così dicono in redazione. La scorsa settimana sono partito per una *straordinaria* avventura spesata. Un viaggio nel tempo! No, non sono tornato all'era dei dinosauri e non ho assistito coi miei occhi alla caduta dello zar di tutte le Russie, né ho avuto modo di mettere un po' di sale in zucca al capitano del *Titanic*. Grazie a un marchingegno semplice eppure magico ho sperimentato una pigra forma di autocoscienza: ho fatto un tuffo nel mio passato personale…

* * *

L'INNOCENZA ALIMENTA l'avventura: mi sono messo in viaggio per offrire ai miei lettori un resoconto del settimanale raduno di venditori dell'usato che si tiene al vecchio Empire Auto Movie Drive-In a Santa Alameda, quel mostruoso mercato delle pulci che esiste da ben trentanove anni, un assembramento di residui sentimentali e articoli di seconda mano. Vecchi utensili da cucina, vecchi vestiti, vecchi libri, milioni di *objets d'art* sia belli che brutti, montagne di attrezzi usati e innumerevoli rastrelliere di attrezzi nuovi, giocattoli, lampade, strane sedie e migliaia di occhiali da sole mai indossati: tutto può tramutarsi in dollari contanti là dove una volta la gente parcheggiava l'auto per vedere film tipo *Krakatoa, est di Java* proiettati sul grande schermo. L'audio era in mono e arrivava dagli altoparlanti grandi come tostapane che si dovevano appendere ai finestrini…

* * *

IMMAGINATE LA PIÙ GRANDE SVENDITA del mondo occidentale, poi immaginate una campagna *Fuori tutto* a cui aderiscano tutti i Sears sparsi nel paese, e adesso unite le due cose: solo in questo modo vi farete un'idea delle dimensioni di Barattiamo – così lo chiamano gli habitué. Si può vagare un giorno intero tra le innumerevoli file di bancarelle allestite là dove una volta c'erano i sostegni degli altoparlanti, e intanto sgranocchiare hot-dog al chili e pop corn fatti in padella, perennemente assaliti dal desiderio di comprare tutto ciò che cattura l'occhio, con il solo limite dei contanti in tasca e del bagagliaio della vostra auto. Se avessi voluto, per meno di duemila dollari mi sarei portato via un tavolo di legno massello e un frigo-congelatore Amana degli anni sessanta, oppure i sedili anteriori e posteriori schiavardati da una Mercury Montego. Per fortuna, a casa ho già tutto!

* * *

STAVO PER CONCEDERMI una granita gusto lime al bar quando ho messo gli occhi su una vecchia macchina da scrivere, una Underwood portatile in ebano che – dico sul serio – se ne stava luccicante sotto il sole come il bolide di una canzone di Springsteen. Una rapida ispezione mi ha rivelato che il nastro era ancora in buono stato – bastava far scorrere la bobina di qualche centimetro – e nella custodia con la maniglia rotta ho trovato addirittura una scorta di carta pelure cancellabile. Anche se noi uomini contemporanei abbiamo bisogno di una macchina da scrivere quanto di un'ascia per fare legna, ho offerto al ragazzo della bancarella tutti i miei "quaranta dollari per questa vecchia macchina da scrivere con la custodia rotta". E lui ha detto: "Per me va bene." Avrei dovuto offrirgliene venti. O cinque.

* * *

TORNATO A CASA, ho piazzato la Underwood sul tavolo in cucina e ho provato tutte le lettere digitando *ma la volpe col suo balzo ha raggiunto il quieto Fido*. Il tasto D era in parte bloccato e quello della A scendeva un po' a vuoto. I numeri funzionavano e dopo qualche colpo ben assestato anche i segni di interpunzione si sono ammorbiditi. Ho scritto: `Oggi ho comprato questa macchina da scrivere e, non ci crederete, funziona`... poi il campanello di fine corsa è suonato forte e chiaro e improvvisamente sono stato *risucchiato* nello spazio-tempo per un viaggio che è durato un batter d'occhio, o forse ogni istante dei miei ultimi quarantanove anni...

* * *

DING! La prima tappa è stata l'officina di autoricambi di mio padre, di cui oggi non resta traccia, essendo stata trasformata nel Parcheggio Pubblico Numero 9 tra la Webster e la Alcorn. Nel retro mio padre teneva una grossa macchina da scrivere che non gli ho mai visto usare. Durante i weekend mettevo all'opera i ditini sui tasti per cavarne il mio nome. Da adolescente ho cominciato a girare alla larga dall'officina, perché se papà mi vedeva mi costringeva a fare l'inventario per il resto della giornata...

* * *

DING! Sono in terza media, caporedattore del *Frick Junior High School Banner* (forza Bobcats!) e sto guardando la professoressa Kaey, la mia insegnante di giornalismo, mentre cancella il mio "Benvenuti cazzoni!" dalla matrice del ciclostile che avrebbe prodotto 350 copie del giornalino scolastico, pubblicazione letta da almeno quaranta studenti. Vedere per la prima volta il mio nome in testa a un articolo su carta stampata mi riempì d'orgoglio...

* * *

DING! Sono al liceo, il vecchio campus della Logan High, al primo piano di un edificio che non rispetta le norme antisismiche (mai sentita una scossa), in un'aula attrezzata per Dattilografia livello 1, 2 e 3, ossia il corso per ragazzi che da grandi volevano diventare segretari. Nient'altro che banchi e macchine da scrivere indistruttibili sorvegliate da un insegnante tanto menefreghista che non ricordo abbia mai tenuto una lezione. Qualcuno metteva un disco sul giradischi e noi battevamo seguendo il dettato. Un semestre di Dattilografia 1 fu sufficiente: entrai nel gruppo Audiovisivi perché invece di restare al chiuso in classe potevo andarmene in giro per i corridoi a consegnare i proiettori e a montare i rulli di pellicola agli insegnanti che non sapevano come fare. Ecco perché non ho mai imparato il formato delle lettere commerciali o in cosa diavolo consiste il "saluto di apertura". Sarei stato un pessimo segretario. Comunque da allora so battere a macchina...

* * *

DING! Sono le due del mattino nel dormitorio del Wardell-Pierce College e sto battendo a macchina una tesina (da consegnare di lì a otto ore) per il corso di Retorica: sì, esisteva una materia del genere. Il titolo della tesina era "Studio comparato del giudizio negativo nel giornalismo sportivo: Baseball/Atletica", scelto perché all'epoca facevo il reporter sportivo del *Wardell-Pierce Pioneer* e quella settimana avevo visto sia la partita di baseball che il meeting di atletica. Il mio compagno di stanza, Don Gammelgaard, voleva tanto dormire, ma io dovevo rispettare la consegna. E siccome pioveva a dirotto, non avevo alcuna intenzione di attraversare il cortile per andare allo Student Service. Se non ricordo male, in Retorica ho preso il massimo dei voti.*

* * *

DING! Sono alla cosiddetta scrivania della cosiddetta redazione del *Greensheet Give-Away*, la guida al consumatore che una volta riversava sulla nostra area tri-metropolitana una valanga di coupon, pubblicità e, nelle ultime pagine, storie d'interesse locale dove chiunque tra i nostri concittadini poteva trovare il proprio nome stampato. Ero alle prese con un articolo sulla mostra canina appena andata in scena al vecchio Auditorio Civico – la paga era quindici dollari! – quando la donna più bella che si fosse mai fermata a parlare con me entrò e disse: "Sei veloce a battere a macchina." Aveva ragione, e visto che ero un tipo veloce non ho perso tempo: le ho fatto la corte, l'ho sposata e sono il suo uomo da più di quarant'anni.

* * *

LO STESSO BOCCONCINO di pura femminilità americana mi ha fatto riemergere dal passato entrando in cucina e ordinandomi di spostare la macchina da scrivere dal tavolo perché doveva apparecchiare per la cena. Arrivano i nostri nipoti ed è la serata Fatti il tuo Taco Preferito, quindi è previsto un discreto pandemonio. La Underwood ha poteri inesplicabili, sa raccontarmi i miei sogni, così l'ho richiusa nella custodia e l'ho messa su una mensola del mio studio. Di notte forse brilla al buio…

* *Nota: dopo un'attenta verifica del mio curriculum universitario ho scoperto di aver preso B- in Retorica. Errore mio…*

underwood

PER NOI IL PASSATO È IMPORTANTE

Un designer stava rifacendo gli interni del suo aereo e così, per andare a New York, J.J. Cox aveva approfittato di un passaggio a bordo del WhisperJet ViewLiner di Bert Allenberry.

"Ti credevo un uomo intelligente, Bert," urlò J.J. all'amico.

Si erano conosciuti ai tempi del college, due venticinquenni grintosi e arditi che facevano consegne per la FedEx, due cervelli che fumavano per le tante idee. La paga FedEx serviva per l'affitto di un garage senza finestre alla periferia di Salina, in Kansas: un laboratorio dentro cui avevano finito per vivere. Ci erano infatti voluti tre anni e mezzo e centoventi ore di lavoro a settimana per arrivare al prototipo del Relè per Polivalvole d'accesso digitali. Ma era stato come inventare il fuoco. E adesso, trent'anni e 756 miliardi di dollari dopo, J.J. stava giusto scoprendo che Bert aveva sborsato 6 milioni per ogni servizio acquistato da una certa Chronometric Adventures che vendeva, attenzione, *vacanze nel tempo.* No, no, no!

Cindee, la quarta signora Allenberry nonché la più giovane, stava sparecchiando il servizio di porcellana del pranzo; si muoveva con gran disinvoltura perché solo un anno prima su quel jet faceva la hostess. Doveva sbrigarsi dato che mancavano pochi minuti all'atterraggio e il ViewLiner aveva due difetti: la velocità e la vista vertiginosa. I voli da Salina a New York City duravano sessantaquattro minuti, appena il tempo di leccarsi le dita dopo le costolette alla griglia, e il fondo trasparente della fusoliera e i finestrini extralarge davano i brividi, soprattutto a chi soffriva le grandi altezze.

"All'inizio ho pensato che ci avessero drogato," urlò Cindee dalla cucina di bordo. "Mi sono svegliata con un terribile mal di testa e la stanza sembrava un'altra. Poi sono crollata e ho dormito di nuovo per ore."

J.J. stentava a crederci. "Fatemi capire meglio questa truffa: dopo essere entrati in quella stanza vi siete addormentati e vi siete svegliati *nel*?"

"Millenovecentotrentanove," disse allegramente Bert.

"Ovvio," sogghignò J.J. "E dopo aver perso i sensi vi siete svegliati di nuovo nel 1939."

"Esatto. Ancora a New York. In un hotel dell'Ottava." Bert intanto scrutava attraverso il pavimento la Pennsylvania che là sotto diventava New Jersey. "Nella stanza 1114."

"E siete rimasti tutto il giorno in albergo?" J.J. moriva dalla voglia di schiaffeggiarsi, e di schiaffeggiare il socio e amico per farlo rinsavire.

"Sembrava tutto vero," disse Cindee tornando al suo posto per allacciare la cintura in vista dell'atterraggio. "Le cose si possono toccare, mangiare, bere. E gli odori... Gli uomini hanno in testa una brillantina che puzza e le donne esagerano col trucco, e fumano tutti. E i denti! Storti e macchiati!"

"L'aroma di caffè tostato," sorrise Bert. "Di una torrefazione in New Jersey."

"Vuoi dirmi che vi siete svegliati nel 1939 e avete sentito odore di caffè?" chiese J.J.

"Sì, poi Cindee mi ha portato all'Esposizione universale," disse Bert. "Era il mio regalo di compleanno. Avevamo due pass VIP."

"Gli ho fatto una sorpresa." Cindee rivolse un sorriso al marito e gli prese una mano per tenerla fra le sue. "Sessant'anni si compiono una volta sola."

J.J. aveva ancora una domanda. "Ma perché non tornare indietro nel tempo per assistere alla firma della Dichiarazione di Indipendenza o alla crocifissione di Cristo, dico io?"

"Si può tornare solo nel 1939," spiegò Bert. "L'8 giugno del 1939. Alla sede di Cleveland della Chronometric Adventures ti fanno tornare nel 1927, per vedere Babe Ruth che batte un home run. Però io non sono un fan del baseball."

"Babe Ruth. A Cleveland," sibilò J.J. "Gesù sulla croce."

"Ci è andato altre quattro volte senza di me," disse Cindee. "Io non ne potevo più di tutta quella gente che ci scambiava per padre e figlia."

"Ci vado anche domani." Al solo pensiero Bert si illuminò.

J.J. scoppiò a ridere. "Trentasei milioni di dollari. Per la metà ti organizzo un incontro con Adamo ed Eva nel Giardino dell'Eden e vi faccio giocare nudi a limbo. L'importante è che ti fidi di me, Bert, e che non mi chiedi come avverrà quest'incontro."

"Mio marito ci vorrebbe vivere, nel 1939," disse Cindee. "Invece può restarci solo ventidue ore."

"Perché ventidue ore e basta?" chiese J.J.

Fu Bert a spiegarglielo. "La lunghezza di un'onda nello spazio-tempo ha una durata finita. Ed è possibile cavalcarne l'eco solo per quell'intervallo."

"Ti danno questi soldi fatti di carta e delle vecchie monete," disse Cindee. "Ho comprato una guglia e una sfera in miniatura, laminate in oro."

"Il Trylon e la Perisphere," la corresse Bert.

"Esatto. Ma quando mi sono risvegliata nel presente in pratica erano ridotti a una specie di grumo di stucco rinsecchito."

"Colpa della Singolarità Molecolare." Bert non si era allacciato la cintura per l'atterraggio. Il jet era suo. Si fottessero le leggi federali sull'aviazione civile.

"Perché non tornare indietro per cambiare il corso della storia?" Quella di J.J. era una domanda sincera. "Perché non uccidere Hitler?"

"Hitler non si trovava all'Esposizione universale quel giorno." Non appena il WhisperJet iniziò a decelerare, là sotto New York si sollevò andando loro incontro. I propulsori si inclinarono impercettibilmente fino a consentire un atterraggio verticale sul tetto del grattacielo al 909 della Quinta. "E poi non farebbe alcuna differenza."

"Perché no, maledizione?"

"L'unidimensionalità dei vettori tangenti," disse Bert tenendo gli occhi su Central Park, che dopotutto non era cambiato molto dal 1939. "Il numero dei vettori tangenti è infinito, ma la nostra esistenza si verifica soltanto in uno di essi."

J.J. lanciò un'occhiata a Cindee, che gli rispose con un'alzata di spalle. Cosa poteva farci lei?

"Gli piace vedere come s'immaginavano il futuro. Però noi ci viviamo, nel futuro. E questo, per quanto mi riguarda, rende tutto meno entusiasmante," disse.

* * *

Dodici minuti più tardi J.J. sfrecciava a bordo di un Floater lungo la HoverLine, diretto all'isola di sua proprietà nello stretto. Bert e Cindee invece avevano preso l'ascensore privato che dalla piattaforma di atterraggio sul tetto scendeva direttamente nell'appartamento tra il novantasettesimo e il centoduesimo piano, e si stavano sistemando. Anzi, Cindee stava frugando negli armadi e si cambiò subito d'abito. Erano attesi alla festa per il venticinquesimo compleanno di Kick Adler-Johnson e per il concerto privato dei Rolling Stones in diretta olografica. Bert aveva grande stima del marito di Kick Adler-Johnson, Nick, che aveva fatto fortuna comprando diritti sull'aria e sull'acqua in giro per il mondo, ma detestava lei. E poi aveva scritturato i Rolling Stones in carne e ossa per la festa di Natale in azienda nel 2019, quand'era ancora sposato con L'Audrey, la moglie numero tre. Insomma, Cindee non glielo avrebbe permesso, ma Bert sarebbe rimasto volentieri a casa.

Sarebbe stato bellissimo poter fare un balzo nel tempo proprio in quel momento, un salto in avanti fino all'indomani mattina, e da lì indietro, nel 1939, all'Esposizione universale ricca di promesse sul futuro.

* * *

Cindee si era sentita ridicola negli abiti vecchio stile che aveva dovuto indossare durante il viaggio nel tempo per il compleanno del marito. Invece Bert si era sentito squisitamente a suo agio nel completo doppiopetto realizzato su misura dai sarti della Chronometric Adventures. Ogni dettaglio, ogni secondo delle ventidue ore trascorse nel 1939 l'aveva lasciato senza parole. Come sembrava piccola New York allora! I grattacieli *non* arrivavano al cielo e lo lasciavano libero di spalancarsi, sui marciapiedi c'era posto per tutti, automobili e taxi erano enormi e spaziosi. I tassisti portavano la cravatta e si lagnavano del traffico a Flushing Meadows, ma se quello era traffico per Bert andava bene.

L'Esposizione universale ospitava la svettante guglia detta Trylon e la mastodontica sfera detta Perisphere, elementi di una meraviglia dell'architettura unica nel suo genere, il monumento-simbolo che si stagliava bianco e sfavillante contro il cielo azzurro. Il Viale dei Patrioti e quello dei Pionieri erano degni del nome che portavano e c'erano – attenzione – intere Corti dedicate all'Industria Ferroviaria e a quella Navale dove si celebravano portenti tecnologici che funzionavano grazie a motori grandi quanto il WhisperJet. Per non parlare della macchina da scrivere Underwood formato gigante, dello show acquatico e di Electro, l'uomo meccanizzato capace di camminare e di contare sulle sue dita d'acciaio. La Chronometric Adventures aveva dato a Bert e Cindee due pass VIP che risparmiavano loro qualunque fila d'attesa.

L'area dell'esposizione veniva tenuta sempre in ordine. Una brezza leggera agitava bandiere e pennoni. Gli hot-dog costavano cinque centesimi. I visitatori erano elegantissimi, alcune donne indossavano persino i guanti. Quasi tutti gli uomini invece avevano in testa un cappello. Bert non avrebbe voluto perdersi nulla del Mondo di Domani, ma Cindee faticava a camminare in quelle brutte scarpe e non avrebbe mai addentato un hot-dog, e così erano andati via alle tre del pomeriggio; erano tornati all'Hotel Astor in Times Square per bere e mangiare qualcosa. Quando alla fine avevano rimesso piede nella stanza 1114 per la Progressione, il salto in avanti nel tempo, Cindee era ubriaca, esausta e nauseata da tutto il fumo di sigaretta inalato.

Due settimane dopo lei aveva caricato sul WhisperJet le sue amiche ed era volata in Marocco per un soggiorno in una spa concedendo a Bert ventidue ore di solitudine nel 1939. Lui aveva ordinato un solo caffè a Percy, il cameriere del servizio in camera, e da solo aveva fatto colazione al bar dell'Astor, lo splendido edificio che affacciava su Times Square. Ad accompagnarlo all'Esposizione universale era stato lo stesso tassista con la cravatta. Senza Cindee aveva potuto esplorare tutto ciò che aveva tralasciato la prima volta: la Città di Domani, per esempio, e la Fattoria Elettrificata. Si era fermato a mangiare al padiglione della Heinz, e dopo un'occhiata al Tempio di tutte le Religioni aveva reso omaggio al paradiso dei lavoratori: il padiglione dell'Unione delle Repubbliche Socialiste Sovietiche. Origliava le conversazioni, provava a capire l'entusiasmo degli altri visitatori, si stupiva del linguaggio privo di volgarità e dei colori vivaci dei vestiti: niente *mise* in bianco e nero. Chi lavorava per la fiera sembrava orgoglioso di indossare una delle tante uniformi. Ed era vero: un mucchio di gente fumava.

Fu durante quella seconda visita, senza Cindee, che Bert adocchiò una donna minuta e incantevole vestita di verde. Era seduta su una panchina della Laguna delle Nazioni, sorvegliata dalle grandi sculture delle Quattro Libertà. Portava scarpe marroni coi lacci e lasciava intravedere le gambe solo un po'. Aveva una borsetta e un cappello impreziosito dal germoglio di un fiore bianco: quasi un berretto, in verità. Parlava animatamente con una ragazzina che pareva vestita per il catechismo, invece che per un giorno all'Esposizione universale.

Le due ridevano, gesticolavano, si sussurravano segreti come fossero grandi amiche cui succede di trovarsi nel posto migliore nel migliore dei giorni: incarnavano lo spirito della fiera nella sua forma femminea.

Bert non riusciva a staccare gli occhi di dosso alla donna e la guardò allontanarsi a braccetto con la ragazzina. Erano dirette al padiglione della Eastman Kodak, e lui avrebbe voluto seguirle per vedere la fiera attraverso i loro occhi, ma l'orologio segnava quasi le cinque e dunque gli rimanevano poco più di due ore delle ventidue a disposizione. Con riluttanza, Bert raggiunse il posteggio dei taxi fuori dall'Ingresso Nord, vicino al Corona Gate.

Un altro tassista in cravatta lo riportò a Manhattan.

"Gran bella cosa l'Esposizione, non trova?" gli chiese.

"Infatti," rispose Bert.

"Ha visto Futurama? L'America nel 1960?"

"No." Bert, che era nato nel 1966, rise fra sé e sé.

"Deve andarci," disse il tassista. "È nel padiglione della GM. C'è sempre la fila ma ne vale la pena."

Chissà se l'incantevole donna in abito verde aveva visitato Futurama. E se l'aveva visitato chissà cosa pensava del 1960.

* * *

Il corpo umano pativa terribilmente i viaggi nel tempo, ma l'équipe medica della Chronometric Adventures aveva dato il nullaosta per la terza avventura di Bert. Due non erano bastate a esplorare la vastità dell'Esposizione universale, spiegò lui a Cindee, ed era vero. Ma poi non le confessò di aver dedicato il suo terzo soggiorno a Flushing Meadows nel 1939 a cercare la donna in abito verde.

Non la trovò nei padiglioni che celebravano il grande sforzo umanitario della U.S. Steel, della Westinghouse o della General Electric. Né in Piazza delle Luci o in Viale del Lavoro, alla Corte della Pace, lungo il Viale Continentale. Dovunque Bert la cercasse, la donna in abito verde non si palesò mai. Pochi minuti prima delle 17.00, però, Bert tornò alla Laguna delle Nazioni, e come fosse la cosa più ovvia eccola lì insieme alla sua piccola amica, entrambe sedute sulla panchina all'ombra delle Quattro Libertà.

Bert prese posto su un'altra panchina, abbastanza vicino da poterne origliare le impressioni, quell'accento che tramutava New York in *Nu Yok.* Erano indecise su cosa fare prima dell'ingegnoso, coloratissimo spettacolo serale alle Fontane di Luce.

Bert stava cercando il coraggio per attaccare bottone quando le due si alzarono e si allontanarono in fretta a braccetto senza mai smettere di ridere e chiacchierare, dirette al padiglione della Eastman Kodak. Bert le guardò andare via, ammaliato dal portamento della donna in abito verde, dai capelli che le ondeggiavano sulla schiena a ogni passo. Avrebbe voluto seguirla ma si stava facendo tardi: dovette tornare alla stanza 1114.

Per settimane, ogni minuto di quelle settimane, Bert ripensò alla donna in abito verde, al suo modo di gesticolare mentre parlava, ai capelli ondeggianti. Desiderava scoprire il suo nome, conoscerla meglio, passare con lei un'altra ora nel 1939.

Quando Cindee gli comunicò di aver programmato un'escursione a cavallo per vedere Cuba insieme a Kick Adler-Johnson, Bert prenotò un'altra visita medica alla Chronometric Adventures.

* * *

Era sulla panchina della Laguna della Nazioni, l'orologio segnava le 16.45 e sì, puntuali nella meccanica della singolarità, la donna in abito verde e la sua piccola amica si sedettero lì accanto e cominciarono a parlare. La donna poteva avere fra i trenta e i quarant'anni, ma i vestiti dell'epoca invecchiavano tutti: colpa del pregiudizio e dei gusti del futuro. Era più in carne di Cindee e di molte donne del futuro perché la dieta del 1939 non teneva conto delle calorie né dell'esercizio fisico, che allora erano preoccupazioni da atleti o operai. La donna aveva un bel corpo, le curve sortivano il loro effetto.

Bert si era preparato cosa dire a una donna che, a conti fatti, voleva conoscere da più di ottant'anni. "Scusate," esordì. "Voi signore sapete se oggi il Futurama è aperto?"

"Sì, c'è una coda lunghissima," disse la donna in abito verde. "Noi abbiamo trascorso il pomeriggio al Parco Divertimenti. Che pomeriggio!"

"Lei c'è andato sul Paracadute, signore?" La ragazzina non avrebbe potuto mostrare più genuinamente il suo entusiasmo.

"No," ammise Bert. "Dovrei?"

"Non è adatto ai deboli di cuore," intervenne la donna.

"Si va su, su, sempre più su," disse la ragazzina agitando le mani. "E uno si aspetta di tornare giù dolcemente, invece no. *Ka-joink!*"

"È vero." La donna e la ragazzina risero.

"Avete visto il Futurama?" chiese Bert.

"Non avevamo voglia di fare la fila," disse la donna.

"Be'," disse Bert infilando la mano nella tasca del doppiopetto. "Ho due pass speciali che non riuscirò a usare."

Bert porse loro gli stessi pesanti cartoncini che la Chronometric Adventures gli aveva dato per il primo viaggio con Cindee, due cartoncini con il Trylon e la Perisphere in rilievo oltre alla sigla VIP. "Dateli agli addetti della rampa... la Helicline. Vi faranno entrare da un passaggio segreto."

"Oh, che gentile," disse la donna. "Ma noi due non siamo VIP, no davvero."

"Credetemi, neanch'io," disse Bert. "Devo tornare in città. Vi prego, usateli."

"Possiamo, zia Carmen?" chiese la ragazzina, supplichevole.

Carmen. Il nome della donna in abito verde era Carmen. Le calzava alla perfezione.

"Mi sentirò un'imbrogliona," disse Carmen. E dopo un po' aggiunse: "Però sì, andiamoci! La ringrazio davvero."

"Sì, grazie!" disse la nipote. "Io mi chiamo Virginia e lei è mia zia Carmen. Lei è?"

"Bert Allenberry."

"Be', la ringrazio signor Allenberry," disse Virginia. "Siamo in debito. Per merito suo vedremo il Futuro che ci aspetta!" Le due attraversarono a braccetto Piazza della Costituzione per raggiungere il padiglione della GM. Bert le guardò allontanarsi e si sentì bene, felice di essere tornato nel 1939.

Per mesi fantasticò sull'incantevole Carmen, l'imbrogliona. Il corpo di Bert si trovava nel suo ufficio a Salina, o a Tokio per una riunione del board, o su una barca diretta a Mykonos, ma la sua mente era a Flushing Meadows, su una panchina sotto le Quattro Libertà, quei primi di giugno del 1939. Quando un azionista richiese la sua presenza a *Nu Yok*, Bert organizzò l'agenda in modo da potersi concedere un'altra visita da 6 milioni di dollari alla stanza 1114.

* * *

Fu come la prima volta. Offrì a Carmen e a Virginia i pass VIP e le due si allontanarono, in debito perché grazie a lui avrebbero visto quale futuro le aspettava. Volendo però trascorrere un altro po' di tempo insieme a Carmen – non tanto, solo un'altra mezz'ora – Bert la aspettò davanti a Futurama. Fece un cenno non appena vide uscire lei e la nipote.

"Com'era?" chiese.

"Signor Allenberry!" disse Carmen. "Credevo che se ne fosse andato."

"Oh, io non devo rendere conto a nessuno. Un capo può anche cambiare le regole."

"Lei è un capo?" chiese Virginia. "Il capo di cosa?"

"Di tutte le persone che posso comandare a bacchetta."

"Visto che si trova alla presenza di due VIP," ridacchiò Carmen, "potrei offrirle una fetta di torta."

"Si dà il caso che io ami la torta."

"Allora andiamo da Borden!" esclamò Virginia. "Così vediamo Elsie la Mucca Parlante."

Si sedettero davanti a tre fette di torta da dieci centesimi l'una, porzioni perfette. Carmen e Bert presero anche un caffè da cinque centesimi a tazza. Virginia scelse un bicchiere di latte e raccontò le meraviglie previste da Futurama per l'anno 1960.

"Magari nel 1960 me ne sarò andata dal Bronx, finalmente." Virginia viveva in un appartamento in Parkway insieme alla madre (sorella di Carmen) e al padre, macellaio. Frequentava la quinta elementare, faceva parte del Radio Club e da grande, se avesse potuto permettersi il college, voleva fare l'insegnante. Carmen abitava sulla Trentottesima Est, in un appartamento al quarto piano senza ascensore diviso con due coinquiline che lavoravano come segretarie in una compagnia di assicurazione. Lei faceva la contabile in una fabbrica di borse in centro. Tutte erano dell'opinione che l'Esposizione universale del 1939, già bella al cinegiornale, fosse ancora più bella dal vivo.

"Sua moglie è qui a New York, signor Allenberry?"

Bert si chiese come potesse sapere che era sposato, ma poi si ricordò della fede nuziale con cui la Chronometric Adventures lo aveva equipaggiato. La indossava per abitudine.

"Ah, no," disse. "Cindee è a Cuba con le amiche."

"Mamma e papà ci sono andati in luna di miele," disse Virginia. "Io sono nata poco dopo!"

"Virginia!" Carmen era allibita dal comportamento della nipotina. "Le buone maniere!"

"Ma è vero!" disse Virginia. Aveva mangiato il ripieno lasciando la crosta per ultima.

"Lei è sposata, Carmen?" chiese Bert. "Mi perdoni, non so neppure come fa di cognome."

"Perry," disse lei. "Carmen Perry. Che scortese sono stata. E no, non sono sposata."

Dato che non portava anelli alla mano sinistra, Bert lo sapeva già.

"Mamma dice che se non trovi un uomo alla svelta, non ne resteranno più!" disse Virginia. "Hai quasi *ventisette* anni!"

"Fa' silenzio," sibilò Carmen allungando la forchetta per infilzare il pezzo di crosta migliore e infilarselo in bocca.

"Birbante!" rise Virginia.

Carmen si tamponò le labbra con il tovagliolo e sorrise a Bert. "È vero. Sono l'ultima gallina del pollaio."

Aveva solo ventisei anni? Bert gliene avrebbe dati di più.

Dopo lo spuntino diedero un'occhiata a Elsie la Mucca Parlante ed entrarono nell'Accademia dello Sport. Rimasero a guardare un filmato di sci nautico acrobatico finché Bert non controllò l'orologio. Erano quasi le 18.00.

"Devo proprio andare."

"Peccato non possa restare a vedere lo spettacolo delle fontane," disse Carmen. "Dicono sia magico."

"E tutte le sere ci sono i fuochi d'artificio," aggiunse Virginia. "Come il 4 luglio, ma per tutta l'estate."

"Io e Virginia abbiamo trovato un posto perfetto." Gli occhi di Carmen fissavano Bert. "Sicuro di non poter restare?"

"Vorrei, davvero." Ed era così. Carmen era una donna incantevole. Le labbra non troppo sottili, il sorriso sicuro e birichino, gli occhi color nocciola con pagliuzze di smeraldo.

"Grazie per il bel pomeriggio!" disse Virginia. "Siamo VIP!"

"Sì, grazie signor Allenberry." Carmen gli porse la mano. "È stato gentilissimo, ci siamo divertite."

Bert prese la mano di Carmen, la mano sinistra, quella senza fede nuziale. "È stata una giornata meravigliosa."

In taxi, di ritorno a Manhattan, Bert cercò di tenersi stretto il profumo di Carmen: lillà con un sentore di vaniglia.

* * *

Dopo l'ennesimo bis della copia olografica dei Rolling Stones, la festa di compleanno di Kick Adler-Johnson era proseguita fino alle quattro del mattino, e Cindee al momento dormiva, la porta della camera da letto era chiusa e i pannelli oscuranti tirati. Alle otto invece Bert era già lavato e vestito, con un caffè in mano; per colazione prese una barretta proteica In-One e un po' di Mixed-Juice. Poi scese in ascensore e ordinò una Solocar.

Non appena ebbe impostato la Chronometric Adventures come destinazione, l'auto si mise in moto da sola e percorse la Quinta alla velocità algoritmicamente prudente di trenta chilometri l'ora: aggirò il Times Square Dome tagliando per la Cinquantaduesima, girò tre volte a sinistra e si fermò sull'Ottava, tra la Quarantaquattresima e la Quarantacinquesima Ovest.

Bert smontò davanti a un palazzo che era stato, in ordine cronologico inverso, il Milford Plaza, il Royal Manhattan e – nel 1939 – l'Hotel Lincoln. Ormai buona parte della struttura era stata riconvertita in un'area di servizio del Dome, con cui difatti confinava, ma ospitava anche alcuni uffici dell'Autorità di Times Square.

La sede della Chronometric Adventures si trovava tra il nono e il tredicesimo piano, una collocazione che non era frutto di una scelta deliberata o di pura convenienza economica, ma di fortunose coincidenze storiche cui si aggiungevano i prodigi della scienza. Una porzione dell'edificio aveva conservato elementi del passato alberghiero, e una stanza in particolare, la 1114, era uscita miracolosamente indenne da tutte le ristrutturazioni e gli ammodernamenti che si erano succeduti fin dall'inaugurazione del 1928. La 1114 possedeva ancora le sue dimensioni originare, ossia l'Autenticità Volumetrica imprescindibile per riverberare – con estrema precisione – un'increspatura dello spazio-tempo, una curvatura che intersecava l'8 giugno 1939. La griglia al plasma, le imponenti condutture e i cablaggi necessari alle *avventure nel tempo* erano celati da finiture e arredi che ricreavano fedelmente l'ambiente del Lincoln sia sopra che sotto che attorno la stanza 1114. L'insieme delle apparecchiature utilizzava all'incirca un milione dei Relè per Polivalvole d'accesso digitali inventati da Bert Allenberry.

Mentre era in ascensore, a un passo dal nono piano, una voce femminile gli annunciò che era arrivato alla Chronometric Adventures. E quando le porte si aprirono, Bert rivide di fronte a sé la parete fregiata dal motto della compagnia – *Per noi il passato è importante.* Sotto quelle parole, Howard Frye lo stava aspettando.

"Signor Allenberry. Che piacere rivederla." Howard si era occupato di tutte le avventure di Bert. "Spero di trovarla bene."

"Divinamente. Lei?"

"Appena guarito da un raffreddore. Mio figlio se l'è portato a casa da scuola."

"Uno dei vantaggi di non avere figli," disse Bert. Cindee non aveva mai espresso il desiderio di volere figli, neppure una volta, e prima di lei L'Audrey sarebbe stata una pessima madre, proprio com'era stata una pessima compagna; Mary-Lynn invece voleva dei figli, e quando un medico l'aveva informata che la bassa conta spermatica di Bert rendeva l'eventualità biologica altamente improbabile, aveva cercato di soddisfare il suo istinto materno con altri: dopo le seconde nozze aveva sfornato due femminucce e un maschietto. Dal primo matrimonio di Bert, con Barb, era nata una bambina. Tuttavia i rancori e le ostilità del divorzio avevano fatto sì che gli unici contatti tra Bert e la figlia, dopo il diciottesimo compleanno di lei, si riducessero a sporadiche cene a Londra, dove la figlia abitava in condizioni fin troppo agiate grazie agli assegni paterni.

"Andiamo alla Pre-Av?" chiese Howard.

"Certo, non perdiamo tempo."

"Buffo: in realtà il tempo è inesauribile."

Nell'ambulatorio Pre-Avventura l'équipe medica sottopose Bert ai consueti test. Gli prelevarono campioni di fluidi per le analisi, studiarono il suo elettrocardiogramma, indagarono a fondo ciascuno dei dodici attributi fisici che sarebbero stati messi a dura prova dalla Progressione e dalla Riprogressione. Alla fine gli praticarono cinque iniezioni per rendere più resistente la struttura molecolare del corpo e gli somministrarono un farmaco contro la nausea per alleviare l'arrivo nel 1939. Poi Bert si svestì togliendo anche gli anelli e l'orologio, la catenina d'oro che portava al collo. Nessun oggetto del presente poteva sopravvivere al viaggio del tempo perché le molecole finivano per ingarbugliarsi e per compromettere irreparabilmente il processo. Bert s'infilò l'accappatoio con il logo della Chronometric Adventures e fu costretto ad ascoltare una volta di più le condizioni legali che gli venivano imposte, e a sorbirsi le scartoffie che ripetevano tutto, parola per parola. Sapeva già che la Riprogressione poteva costargli la vita, anche se non c'erano precedenti. L'avventuriero del tempo poteva godere della massima libertà durante il soggiorno nel passato – poteva insomma trascorrere la giornata come preferiva – ma non poteva sottrarsi ai protocolli. Con l'impronta del pollice Bert dichiarò per l'ennesima volta di aver compreso tutto e di acconsentire a tutto. Allora Howard tornò nell'ambulatorio Pre-Av e gli consegnò il denso beverone che avrebbe protetto il suo tratto digestivo dai fastidiosi germi del 1939.

"Forza, Howard, sbrighiamoci," disse Bert levando il bicchiere come in un brindisi.

"Ormai potrebbe recitarmelo lei a memoria," disse Howard schiarendosi la gola. Bert sorseggiò il beverone aromatizzato al mirtillo mentre Howard gli illustrava in maniera più diretta le condizioni già sottoscritte. "Di sua spontanea volontà lei chiede alla Chronometric Adventures di fornirle un servizio di Riprogressione che la dislocherà fisicamente in questa medesima stanza l'8 giugno 1939, dove avrà a sua disposizione ventidue ore circa, secondo le attuali unità di misura temporali. Alle 19.00 dell'8 giugno 1939, in questa stessa Costante Volumetrica, lei si sottoporrà alla Progressione che la ricondurrà qui in data odierna. Le è tutto chiaro, vero?"

Bert annuì. "Sì."

"La Chronometric Adventures non ha mai sostenuto in alcun modo che l'avventura da lei richiesta sia esente da rischi. La sua visita nel passato è assoggettata alle nostre leggi della fisica, alle regole e alle norme di comportamento sociale che oggi riteniamo patrimonio comune."

"Se cado, mi rompo una gamba. Se mi danno un pugno sul naso, me lo rompo."

"Infatti. Durante le ventidue ore in oggetto, lei non verrà monitorato in alcun modo. Quindi le consigliamo espressamente di attenersi al Programma predisposto dalla Chronometric Adventures. Un altro giorno all'Esposizione universale, dico bene?"

"Dovrebbe farci un giro anche lei, Howard."

Howard rise. "All'epoca essere un afroamericano non era granché, temo."

"Capisco," disse Bert. I volti di colore in cui si era imbattuto Bert nel 1939 appartenevano quasi tutti a portieri e custodi. Ma all'Esposizione universale aveva incontrato anche famiglie di colore ben vestite che curiosavano nei padiglioni in cerca di un'idea di futuro diversa dalla sua.

"Se dovesse cambiare programmi nel corso della visita, per esempio vedere uno spettacolo o passeggiare per il parco, non correrà rischi fintantoché si atterrà ai protocolli."

"Ho intenzione di tornare a Flushing Meadows. La prossima volta magari farò una passeggiata a Central Park." Bert immaginò una giornata nel verde in compagnia di Carmen, e si chiese come riuscirci. Virginia avrebbe potuto fare un giro sulla giostra! Insieme avrebbero potuto visitare lo zoo nella sua versione originale!

"Ah, la *prossima volta.*" Howard aprì il file di Bert sul tablet. "Signor Allenberry, temo che lei abbia raggiunto il numero massimo di Riprogressioni presso questa sede della C.A."

"Cosa?" Bert doveva ancora mandare giù un terzo del beverone.

"I risultati degli esami Pre-Av sono lievemente peggiorati dall'ultima volta," disse Howard. "Abbiamo riscontrato un'alta concentrazione di trillio nel sangue, e bassa fluidità cellulare."

A Bert non piacque come suonava.

"Ognuno di noi ha una *costituzione* diversa, signor Allenberry. Infatti alcuni nostri clienti hanno potuto concedersi solo due o tre viaggi. Sei è il suo limite."

"Perché?"

"Dinamica molecolare, signor Allenberry. I viaggi nel 1939 deteriorano i tessuti, i legami tra le proteine, la densità del midollo, le terminazioni nervose. Non possiamo correre il rischio di consumarla. In via del tutto ipotetica, una settima avventura all'Esposizione universale sarebbe possibile, persino un'ottava, ma la nostra polizza assicurativa non lo permette. È una cattiva notizia, lo so."

Bert ripensò a Carmen, a Virginia, a loro tre che mangiavano una fetta di crostata e che facevano visita a Elsie la Mucca Parlante. Aveva un'ultima occasione per rifare tutto insieme a loro. Era una cattiva notizia, in effetti.

"La buona notizia," disse allegramente Howard, "è che pur non potendo più tornare nella New York del 1939, lei potrà provare un'altra delle nostre avventure. Nashville del 1961, per partecipare allo storico programma radiofonico Grand Ole Opry. E stiamo aprendo una sede a Gunnison, in Colorado: un bellissimo chalet del 1979. Non succede molto da quelle parti, ma la vista è impagabile."

Bert aveva messo da parte il beverone. Si stava immaginando Carmen, quel profumo di vaniglia e lillà e gli occhi nocciola.

"Mi dispiace signor Allenberry. Il passato per noi è importante, ma la sua vita lo è ancora di più."

"Se questa è la mia ultima volta nel 1939, ho bisogno di una cosa."

* * *

La tuta compressiva si fece sempre più stretta mentre gli atomi della stanza 1114, compresi i suoi, venivano rimescolati dai congegni della Chronometric Adventures. Anche se ormai non cadeva più in preda al panico durante la Riprogressione, Bert non si era ancora abituato al freddo, quel freddo sempre più implacabile che gli faceva perdere ogni senso di sé, ogni residuo di equilibrio. Sapeva di essere disteso su ciò che sarebbe diventato un letto nel 1939, ma la stanza era sottosopra: lottò per restare sveglio e vigile, voleva vederla regredire nello spazio-tempo, ma perse conoscenza come sempre.

Quando sentì scatenarsi un dolore martellante alla testa capì di trovarsi nel 1939. Le emicranie erano brutali ma misericordiosamente brevi. Bert uscì a fatica dalla tuta compressiva – era simile a una muta da sub, una taglia in meno della sua – e si sedette nudo sul bordo del letto, in attesa che quell'urto ripetuto nel cranio si affievolisse.

Il completo doppiopetto era appeso nell'armadio già aperto, le scarpe e i calzini sul pavimento; su una gruccia di filo metallico ecco camicia e cravatta. Invece la biancheria si trovava in una cesta su una sedia. Sul comodino ritrovò l'orologio, la fede nuziale, un anello con sigillo e un portafogli con il documento d'identità e altre fedeli riproduzioni di oggetti d'epoca realizzate coi materiali in uso prima della seconda guerra mondiale. Banconote dall'aspetto bizzarro che in valuta dell'epoca rappresentavano cinquanta dollari. C'erano anche alcune pesanti monete: da mezzo dollaro, con impressa una donna che teneva in braccio del grano e guardava sorgere il sole, e pezzi da dieci centesimi chiamati decini con incisa la testa del dio Mercurio. I nichelini valevano cinque centesimi, e un centesimo nel 1939 aveva un controvalore reale.

Bert raccolse la tuta compressiva e la fece sparire nella vecchia valigia sullo stand per i bagagli, dove l'avrebbe lasciata nascosta fino alla Progressione. Poi allacciò al polso l'orologio già regolato sull'ora esatta: tre minuti dopo le 21.00. Infilò l'anello con sigillo alla mano destra, ma stavolta lasciò la fede nuziale dov'era.

Sulla scrivania era poggiata una busta. All'interno c'erano i pass VIP. Per quest'ultima avventura ne aveva chiesti tre.

La finestra affacciata sull'Ottava era socchiusa e permetteva a un refolo d'aria di entrare in quella stanza ancora ignara dell'aria condizionata e del baccano di Times Square. Bert avrebbe voluto alzarsi, vestirsi e uscire per raggiungere a piedi la Trentottesima Est, dove c'era l'appartamento di Carmen, ma aveva dolori dappertutto. Maledetta fisica! Quella che sentiva addosso era l'inestinguibile stanchezza di sempre, così si distese a letto e non poté che rassegnarsi al sonno di sempre.

Al risveglio, una debole luce veniva dalla finestra e la città era silenziosa. Bert si sentiva bene, come se avesse riposato dieci ore di fila dopo aver preso una Green Tab. L'orologio segnava le sette meno dieci. Era la mattina dell'8 giugno 1939 e aveva dodici ore per trovare Carmen e Virginia. Sollevò la pesante cornetta del telefono, premette l'unico bottone sulla base e si ritrovò in linea con la centralinista dell'hotel. Chiese il servizio in camera come d'abitudine. Ci vollero i consueti cinque minuti affinché un cameriere in uniforme di nome Percy si presentasse alla sua porta con un vassoio: caffettiera d'argento, bricco di panna, zollette di zucchero, un bicchiere d'acqua e l'edizione mattutina del *Daily Mirror* di New York. Nei cinque viaggi precedenti, Bert gli aveva lasciato dieci centesimi di mancia suscitandone la reazione garbata. "La ringrazio, signor Allenby." Quella mattina invece Bert mise in mano a Percy una moneta da mezzo dollaro e il cameriere spalancò gli occhi. "Signor Allenby, lei dev'essere ricco sfondato!"

La panna rese più corposo il caffè, e Bert se ne concesse una seconda tazza in attesa che l'acqua della doccia si riscaldasse: con l'impianto del 1939 ci vollero alcuni minuti. Dopo la doccia si vestì. Gli avevano insegnato come fare il nodo alla cravatta, che riteneva uno sciocco orpello, ma stravedeva per quel completo doppiopetto che, riflettendoci, era stato realizzato per lui quasi un secolo dopo. Le stoffe erano d'epoca, le calze non avevano fibre elastiche e le scarpe somigliavano a portaerei, grandi e pesanti, eppure comode.

In ascensore Bert riconobbe l'odore del tonico per capelli dell'inserviente. Non gli sembrò così orrendo.

"La lobby, signore," disse l'inserviente aprendo le grate.

Bert aveva sviluppato una certa familiarità con gli odori dell'Hotel Lincoln, anzi ormai li apprezzava – il fumo di sigaretta frammisto all'odore di lana dei tappetti, i fiori ben disposti dalle cameriere di colore, il profumo delle signore eleganti che uscivano per una giornata a Manhattan. Sull'Ottava i taxi aspettavano e gli autobus filavano verso i quartieri residenziali spargendo fumi di benzina combusta.

Bert si allontanò a piedi dall'hotel e svoltò a destra, e di nuovo a destra sulla Quarantacinquesima Ovest, fiutando l'aroma di caffè tostato, quella brezza che proveniva dall'Hudson, dalla torrefazione Maxwell in New Jersey: un caffè buono fino all'ultima goccia.

Quella mattina dell'8 giugno 1939 Bert non avrebbe fatto colazione all'Astor, l'hotel con il famoso orologio e gli arredi opulenti. Avrebbe invece infilato la testa in ogni bar e caffetteria senza sprecare tempo. Carmen abitava a soli sette isolati di distanza. E se fosse già venuta da quelle parti per una colazione veloce prima di scendere in metropolitana, diretta al Bronx dove avrebbe recuperato Virginia? Magari era seduta in una tavola calda di Broadway, davanti a caffè e ciambelle. Bert avrebbe potuto incontrarla senza dover aspettare quel momento sulla panchina sotto le Quattro Libertà.

Perlustrò Times Square e le strade accanto, affacciandosi nei caffè o sbirciando attraverso le vetrine delle tavole calde, ma Carmen non si trovava. Allora, pur con una certa riluttanza, Bert si arrese e si sedette al bancone di un localino sulla Settima, dove per venticinque centesimi poté avere uova e salsiccia, pancake, succo di frutta e caffè.

Lasciò i dieci centesimi con Mercurio di mancia. "Signora," disse alla cameriera in divisa, le labbra troppo cariche di rossetto. "Si può andare all'Esposizione universale in metropolitana?"

"Tesoro, è il modo migliore per andarci," disse lei facendo scivolare la moneta nella tasca del grembiule prima di dargli indicazioni sugli orari della linea IRT.

Quella prima corsa in metropolitana gli costò un nichelino, la moneta leggera fregiata dalla testa di un indiano. Il vagone era gremito e tutti odoravano di qualcosa, fosse anche solo dell'appretto che impregnava i vestiti appena stirati. Nessuno guardava il telefono o il tablet. Molti leggevano l'edizione del mattino – enormi rettangoli di carta da giornale e inchiostro, o tabloid di formato più piccolo – e le pagine delle riviste contenevano più parole che immagini. Fumavano in tanti, gli uomini addirittura il sigaro o, in due casi, pipe che sprigionavano nuvoloni di fumo. A giudicare dal numero di guide e volantini, Bert non era il solo diretto alla fiera.

Si affacciò a ogni fermata restando sulla banchina quanto bastava per un'occhiata, nella speranza di trovare Carmen e Virginia, perché, chissà, anche loro forse avevano preso la linea IRT per Flushing Meadows. E nel caso Bert avrebbe chiesto loro indicazioni, e zia e nipote si sarebbero certamente offerte di fargli da guide, visto che ci andavano anche loro alla fiera, e lui allora avrebbe confidato che i tre ingressi VIP stavano scavando un buco nella tasca della sua giacca tanto erano roventi: le due signorine volevano fargli la cortesia di accettare in dono una giornata senza la scocciatura di lunghe code? Così le due ore in compagnia di Carmen di colpo sarebbero diventate un giorno intero.

Ma Carmen non salì mai sul treno metropolitano.

"Wow! Guardate!" gridò all'improvviso un passeggero. Fuori dal finestrino, ecco il Trylon e la Perisphere, la guglia e l'enorme sfera l'una accanto all'altra, luminose e bianche nel cielo del mattino. Tutti nel vagone tributarono uno sguardo al monumento.

La IRT scaricò i passeggeri vicino al Bowling Green Gate, dove Bert pagò settantacinque centesimi per l'ingresso e dieci per una guida.

Erano solo le 10.30 e, a meno di un intervento del destino, aveva davanti a sé lunghe ore di attesa prima di rivedere Carmen. Visitò il padiglione dell'Edilizia, apprezzò l'esposizione nel paglione dell'Arredamento, trovò buffissima quella della American Radiator e trattenne a stento le risate di fronte agli allestimenti – sfolgoranti per l'epoca – della RCA, dell'American Telephone & Telegraph, del Padiglione delle Comunicazioni e alle scenografie in stile museale della Crosley Radio Corporation.

In coda per assistere a *Democracity*, la lezione di studi sociali che si teneva nella Perisphere, Bert si ritrovò a chiacchierare con i Gammelgard, una famiglia di sei persone compresi i nonni arrivati in treno da Topeka per trascorrere una settimana alla fiera. Era il loro primo giorno e nonno Gammelgard disse: "Giovane, mai mi sarei sognato che il buon Dio mi concedesse di vedere un posto del genere." Bert fu felice di sentirsi dare del *giovane*. I suoi 756 miliardi di dollari gli avevano consentito ogni trattamento utile a dissimulare i suoi sessantun anni.

Quando disse di avere alcuni amici a Salina ricevette immediatamente un invito a cena, nel caso si fosse trovato a passare da Topeka.

Per tutta la mattina studiò ogni singola donna in abito verde illudendosi di poter trovare Carmen. Visitò tutti i padiglioni di Corte dell'Energia, di Piazza delle Luci e di Viale del Lavoro, dove le donne che sfoggiavano l'uniforme di Swift & Co. si esibivano in dimostrazioni sulla tecnica migliore per affettare e impacchettare bacon fresco. A mezzogiorno spese due nichelini in hot-dog e s'interrogò sul taglio del suo doppiopetto dopo averlo confrontato con la moda del futuro raccontata dai profeti di Mens' Apparel. Poi raggiunse il Parco Divertimenti e si lasciò incuriosire dall'imponente torre del Paracadute. Le attrazioni del parco erano le più popolari della fiera, e infatti era lì che si radunava l'assembramento più confusionario e festoso di visitatori. Bert pattugliò l'area più volte, girandole attorno e fermandosi al cospetto del Paracadute: si aspettava di vedere Carmen e Virginia salire, salire, e poi venire giù con un *ka-joink*. Le due però non c'erano, e dopo un'ultima lenta ispezione Bert fece per tornare alla fiera vera e propria.

Fu allora che la vide! Non Carmen, Virginia. Sul ponte vicino all'Anfiteatro che ospitava lo spettacolo acquatico, Bert venne superato da un trenino, ed ecco Virginia seduta sul parapetto, e sì, quella accanto a lei era Carmen! Dopotutto erano al Parco Divertimenti, e puntavano a Piazza della Luce. Bert guardò l'orologio: se fosse riuscito a tenere il passo del trenino, avrebbe potuto incontrare Carmen un'ora prima del previsto. Si mise a correre.

Gli tenne dietro lungo Viale del Lavoro, ma davanti a Schaefer in Viale Arcobaleno desistette. Il trenino attraversò la Corte degli Stati americani e si fermò in Piazza della Costituzione per scaricare i passeggeri e farne salire altri. Carmen e Virginia non dovevano essere lontane. Sudato nel doppiopetto, Bert controllò da Beech-Nut e al padiglione della Palestina ebraica, in quello della YMCA e al Tempio di tutte le Religioni, e all'Ente per il Progresso nelle Fabbriche. Invano. Rassegnato alla singolarità dello spazio-tempo, Bert s'incamminò per abbandonarsi su una delle panchine della Laguna delle Nazioni quando Carmen apparve di fronte a lui.

Veniva dal padiglione del Brasile e teneva Virginia per mano. Le due ridevano. Santo cielo, quella donna non faceva che ridere, e il suo sorriso era adorabile. Poco ci mancò che Bert si mettesse a urlare il suo nome, dimenticando che quel giorno non si erano ancora presentati. Si accontentò di seguirla sul ponte sopra il fiume artificiale che alimentava la Laguna. Non le andò dietro quando svanì nel padiglione della Gran Bretagna; l'attese alla panchina. Pochi minuti dopo, eccola insieme a Virginia. Puntuale.

"Scusate," disse Bert non appena Carmen e Virginia presero posto. "Voi signore sapete se oggi il Futurama è aperto?"

"Sì, c'è una coda lunghissima. Noi abbiamo trascorso il pomeriggio al Parco Divertimenti. Che pomeriggio!"

"Lei c'è andato sul Paracadute, signore?"

"No. Dovrei?"

"Non è adatto ai deboli di cuore."

"Si va su, su, sempre più su. E uno si aspetta di tornare giù dolcemente, invece no. *Ka-joink!*"

"È vero."

"Avete visto il Futurama?"

"Non avevamo voglia di fare la fila."

"Io non me lo perderò per nulla al mondo." Bert infilò la mano nella tasca della giacca. "E ho questi pass speciali."

Sventolò i pesanti cartoncini su cui erano impressi il Trylon e la Perisphere, oltre alla scritta VIP. "Con questi si può entrare da un passaggio segreto saltando la coda. Ne ho tre. E sono da solo. Volete unirvi a me?"

"Oh, che gentile. Ma noi due non siamo VIP, no davvero."

"Credetemi, nemmeno io. Non so perché me li hanno dati."

"Possiamo, zia Carmen?"

"Mi sentirò un'imbrogliona... Però sì, andiamoci! La ringrazio davvero."

"Sì, grazie! Io mi chiamo Virginia e lei è mia zia Carmen. Lei è?"

"Bert Allenberry."

"Be', la ringrazio, signor Allenberry. Veniamo con lei a vedere il Futuro!"

Continuarono a chiacchierare mentre attraversavano l'Isola della Costituzione sfilando sotto l'imponente statua di George

Washington, poi costeggiarono il Trylon e la Perisphere. Virginia raccontò tutto ciò che aveva visto in quel giorno di fiera, dedicato perlopiù al Parco Divertimenti.

"Non avete visto Electro, l'Uomo Meccanico?" chiese Bert. "È in grado di contare usando le sue dita di metallo."

Il padiglione della General Motors era vicino a quello della Ford Motor Company. La Ford permetteva ai visitatori di ammirare come si costruiva un'automobile, e poi di guidarne una sulla pista arzigogolata attorno all'edificio. La GM invece portava i visitatori direttamente nel futuro, dapprima facendoli salire su una lunga, sinuosa rampa dall'aspetto futuristico detta Helicline, in cima alla quale si apriva un varco che, incastonato in quell'architettura maestosa, appariva come una via per guadagnare la Terra Promessa. In coda sembrava che ci fossero milioni di persone.

Ma sventolando i cartoncini VIP davanti a una ragazza in divisa GM, Bert, Carmen e Virginia vennero guidati a una porticina ai piedi della rampa.

"Spero che non siate stanchi," disse la ragazza in divisa. "Ci sono un po' di scale da fare."

Gli ingranaggi del Futurama ronzavano e rintoccavano tutto attorno a loro, eppure i tre riuscirono a sentire la voce narrante diffusa al di là delle pareti insieme alla musica.

"Vi faccio notare che la colonna sonora si sposa perfettamente a ciò che vedete," spiegò la ragazza. "Il Futurama è uno spettacolo all'avanguardia che ha richiesto un grande sforzo ingegneristico, e la GM è fiera di averlo sostenuto."

"Ci lascerete guidare un'*automobile*?" chiese Virginia.

"Lo scoprirete presto!" La ragazza aprì una porta, e al di là ecco decine e decine di persone in fila sotto il sole, pronte a iniziare il viaggio nel futuro. "Divertitevi," disse la ragazza.

Non c'erano automobili, ma un lungo treno di divanetti a rotelle, ciascuno racchiuso in un guscio: i visitatori dovevano salire a bordo al volo perché quelle strane vetturine avanzavano imperterrite per imboccare un tunnel senza mai fermarsi.

I tre intrepidi avventurieri salirono al volo: Virginia per prima, seguita da Carmen e infine da Bert. Prima che potessero rendersene conto furono avvolti dall'oscurità, ma la voce narrante sovrastò subito la colonna sonora per dare loro il benvenuto in America: l'America come sarebbe stata nell'anno 1960. La voce narrante aveva un timbro così cristallino che sembrava appartenere a qualcuno seduto lì con loro.

Finalmente apparve una città, un mondo in miniatura che si srotolava fino all'orizzonte. In centro i grattacieli si ergevano come trofei, alcuni erano connessi da rampe sopraelevate. La voce narrante spiegò che nel giro di pochi decenni la progettazione e la costruzione delle città americane avrebbe rasentato la perfezione. Strade pulite e ordinate. Superstrade su cui avrebbero viaggiato automobili moderne, tutte GM: traffico sempre regolare, senza ingorghi. Gli aerei carichi di passeggeri e beni di consumo avrebbero solcato i cieli per fare scalo in aeroporti allestiti tanto sapientemente da poter essere scambiati per stazioni di servizio. Nelle campagne sarebbero sorti complessi residenziali, aziende agricole e centrali elettriche capaci di soddisfare il fabbisogno di spazio abitativo, nutrimento ed elettricità della popolazione americana del 1960. Nelle case, nei grattacieli, nelle automobili, nei treni e negli aeroplani si nascondevano uomini e donne felici che avevano saputo sconfiggere il caos del passato: avevano finalmente capito come costruire il futuro, e anche come abitarlo in pace, gli uni accanto agli altri.

Mentre quella straordinaria visione scorreva davanti ai loro occhi, Virginia restò inchiodata al suo posto; Carmen le sorrise e poi, guardando Bert, si sporse per sussurrargli: "Sembra che le piaccia il futuro in cui vivrà."

Quelle parole si posarono su Bert come dolci baci. La voce

narrante intanto si zittì, lasciando risuonare le corde di violini e violoncelli sempre più solenni. Bert inspirò il profumo di Carmen, quel sentore di vaniglia misto a lillà. Le labbra di lei erano vicinissime alla sua guancia.

"Crede che tutto questo si avvererà?" chiese Carmen sottovoce. "È veramente possibile?"

Bert notò il ricciolo di capelli neri che le circondava l'orecchio e le rispose in un sussurro: "Se tutto si avvererà, sarà meraviglioso."

All'uscita scoprirono che le ombre del pomeriggio si erano allungate. Passeggiando sul Ponte delle Ruote che attraversava il Viale Centrale, Virginia disse che nel 1960 avrebbe avuto trent'anni. "Vorrei entrare in una macchina del tempo per arrivarci subito."

Bert controllò l'orologio: erano le 17.56. Di solito a quell'ora era già in taxi per tornare alla stanza 1114. Alle 19.00, tolti i vestiti, tolti anche i ninnoli dell'ultima avventura – anelli e orologio – si sarebbe infilato nella tuta compressiva e sdraiato sul letto, quel letto meticolosamente posizionato per avviare la Progressione e abbandonare il 1939. Doveva andarsene subito: dietro il padiglione della Chrysler Motors c'era uno dei tanti ingressi dell'Esposizione, e là fuori avrebbe trovato un taxi. Invece Bert chiese a Carmen quanto mancava allo spettacolo delle Fontane di Luce.

"Prima deve fare buio," disse lei. "Ma visto che si trova alla presenza di due VIP," ridacchiò, "potrei offrirle una fetta di torta."

"Si dà il caso che io ami la torta."

"Allora andiamo da Borden!" esclamò Virginia. "Così vediamo Elsie la Mucca Parlante."

Davanti a un caffè e a una fetta di crostata, per la seconda volta Bert venne a sapere del Radio Club di Virginia e delle coinquiline di Carmen. Andò tutto come la prima volta. Ma poi il passato prese una piega inaspettata.

"Nella sua vita c'è qualcuno di speciale, signor Allenberry?"

Bert guardò Carmen negli occhi: sullo sfondo dei tavolini di Borden, avevano assunto una sfumatura più scura di verde.

"Vuole sapere se è sposato!" lo provocò Virginia.

"Virginia! Mi perdoni, signor Allenberry, non volevo essere sfrontata. Però ho notato che non porta la fede e ho pensato, be', che un tipo come lei deve avere qualcuno di speciale."

"Mi sono illuso tante volte," disse Bert con aria nostalgica. "Non ho ancora smesso di cercare, credo."

"Voi scapoli avete una bella fortuna. Potete aspettare la ragazza giusta e nessuno ve lo rinfaccia." Snocciolò i nomi di star del cinema e di atleti ancora sprovvisti di mogli, nomi che a Bert non dicevano nulla. "E noi ragazze, invece? Se aspettiamo troppo diventiamo vecchie zitelle."

"Mamma dice che se non trovi un uomo alla svelta, non ne resteranno più!" disse Virginia. "Hai quasi *ventisette* anni!"

"Fa' silenzio," sibilò Carmen allungando la forchetta per infilzare il pezzo di crosta migliore e infilarselo in bocca.

"Birbante!" rise Virginia.

Carmen si tamponò le labbra con il tovagliolo e sorrise a Bert. "È vero. Sono l'ultima gallina del pollaio."

"Lei quanti anni ha, signor Allenberry?" chiese allora Virginia. "Secondo me ha la stessa età del professor Lowenstein, il preside della mia scuola. Lui ne ha quasi quaranta. Lei ne ha già quaranta?"

"Signorina, adesso ti butto nella Laguna della Nazioni! Signor Allenberry, mi perdoni. Mia nipote deve ancora imparare le buone maniere. Magari nel 1960..."

Bert rise. "Sono come tua zia Carmen. L'ultimo gallo del pollaio."

Scoppiarono tutti a ridere. Carmen si allungò per stringergli il polso. "Siamo proprio una bella coppia!" disse.

Bert avrebbe dovuto scusarsi e andare via. Erano già passate le sei. Trovando subito un taxi, poteva arrivare alla stanza 1114 in tempo per la Progressione. Ma quello era l'ultimo giorno con Carmen. Non avrebbe più rivisto la donna in abito verde.

Bert Allenberry era un uomo intelligente, a detta di molti un genio. Con il Relè per Polivalvole d'accesso digitali, la sua invenzione, aveva rivoluzionato il mondo e conquistato l'attenzione estasiata del pubblico e delle tante personalità influenti che gremivano le sue conferenze a Davos, Vienna, Abu Dhabi e Ketchum. Aveva ai suoi ordini uno stuolo di avvocati, ricercatori e sviluppatori che traducevano l'estro delle sue idee in realtà. La sua ricchezza superava il prodotto interno lordo di molte nazioni, comprese quelle dove aveva aperto le sue fabbriche. Elargiva donazioni per tante buone cause, e il suo nome compariva su edifici che non si era mai preso il disturbo di visitare. Non gli mancava nulla di tutto quello che un uomo come lui – ricchissimo – avrebbe dovuto possedere, esigere o desiderare.

Tranne il tempo, naturalmente.

Secondo la Chronometric Adventures, Bert poteva disporre di ventidue ore dell'8 giugno 1939. Ma adesso ciò che lui desiderava era *restare ancora*. Doveva esserci un po' di margine di manovra, no? Dopotutto la Progressione – o la Riprogressione, non ne era più sicuro – non poteva iniziare finché il suo corpo, l'intero insieme dei suoi atomi e delle sue molecole, non si fosse trovato nella stanza 1114 dell'Hotel Lincoln sull'Ottava. Bert capiva le ragioni che spingevano la Chronometric Adventures a imporre condizioni ferree: dovevano pararsi le chiappe! Ma era davvero obbligato a rimettersi la tuta compressiva e tornare a letto rispettando la loro rigida tabella di marcia? Si era forse tramutato nella Cenerentola del ballo? Non avrebbe potuto rientrare in albergo con tutta calma, intorno a mezzanotte, e scivolare nella tuta di gomma per essere risucchiato via? Cosa poteva succedere?

"Hai visto la Capsula del Tempo?" chiese a Virginia.

"Ne ho letto a scuola. Resterà sepolta per cinquemila anni."

"Al padiglione della Westinghouse hanno fatto una mostra con tutto quello che contiene. E poi devi vedere Electro. Sai cos'è la televisione? La televisione non potete perdervela." Bert si stava alzando. "Andiamo al padiglione della Westinghouse?"

"Andiamo!" Gli occhi di Carmen gli sorrisero ancora.

La Capsula del Tempo era piena di sciocchezze: numeri di Topolino e sigarette e un'intera raccolta di libri in microfilm.

Virgilia rimase colpita sia dalla Capsula del Tempo che da Electro, ma ciò che la mandò in visibilio fu la televisione. Poté ammirare zia Carmen e il signor Allenberry su un piccolo schermo in bianco e nero: sembravano star del cinema, ma le loro immagini erano minuscole, racchiuse in una scatola non più grande della radio di casa. La zia e il signor Allenberry in carne e ossa si trovavano in un'altra sala, davanti a una camera da ripresa che Virginia non aveva mai visto prima, simile a quelle puntate anche su di lei. Lo spettacolo fu elettrizzante. Quando si scambiarono i ruoli, Virginia salutò e disse al microfono: "Sono io, sono in televisione e vi sto salutando da *qui* e voi potete vedermi di *là*."

"Guardati!" le disse Carmen. "Sei bellissima! Sembri più grande! Oh, Bert!" esclamò voltandosi verso di lui. "Sembra impossibile, e invece..."

Bert non stava più guardando Virginia sullo schermo: guardava Carmen. Non essere più il signor Allenberry lo entusiasmava.

Controllando l'ora scoprì che erano le 19.06. Aveva superato il termine ultimo, le ventidue ore si erano esaurite ma, sorpresa sorpresa, c'era margine di manovra!

Visitarono i padiglioni della DuPont, della Carrier e della Petroleum Industry, dove però non trovarono nulla di paragonabile alla televisione. Il padiglione della Glass, l'esposizione della American Tobacco e della Continental Baking servirono solo a ingannare l'attesa: più si trattenevano all'interno, prima sarebbe calata l'oscurità.

Rimasero a guardare alcuni filmati sullo sci nautico all'Accademia degli Sport, poi Bert comprò delle coppette di gelato per tutti; le mangiarono con i cucchiaini di legno.

"Lo spettacolo lo guardiamo da lì, è il nostro posto!" Virginia prese possesso di una panchina da cui si godeva di un'ottima visuale. Nell'indaco della sera era possibile spaziare con lo sguardo dalla Laguna delle Nazioni fino alla gigantesca statua di George Washington che spiccava sullo sfondo della Perisphere: il padre della patria se ne stava là a contemplare la sua progenie. Quando finalmente rabbuiò, i padiglioni della fiera diventarono semplici profili luminosi in campo nero. I grattacieli di Manhattan incendiavano l'orizzonte. Sugli alberi che abbellivano i viali erano puntate lampade che sembravano farli risplendere dall'interno, come se brillassero di luce propria.

Bert Allenberry avrebbe voluto che quella notte durasse in eterno, passato e presente e futuro. Avrebbe voluto restare accanto a Carmen, lì alla Laguna delle Nazioni, con il brusio della fiera nelle orecchie, e nelle narici quel profumo di vaniglia e lillà che si mescolava all'aria estiva del 1939.

Quando Virginia andò a buttare le coppette vuote nel cestino dei rifiuti, Bert e Carmen rimasero soli per la prima volta. Lui cercò la mano di lei.

"Carmen," disse. "È stata una giornata perfetta." Carmen lo stava guardando. Oh, quegli occhi nocciola. "Ma non è stato il Futurama, né la televisione."

"Forse Elsie la Mucca parlante?" disse lei trattenendo il fiato in un sorriso.

"Mi piacerebbe accompagnarvi a casa dopo la chiusura, se me lo permette."

"Non posso. Mia sorella vive in mezzo al Bronx."

"Prenderemo un taxi. E poi la lascerò a casa sua. Sulla Trentottesima Est."

"Sarebbe gentile, Bert," disse Carmen.

Bert desiderava stringerla tra le braccia, baciarla, magari sul sedile posteriore di un taxi diretto alla Trentottesima. O nella stanza 1114. O, ancora meglio, in uno dei cento piani del suo palazzo al 909 della Quinta.

"Sono felice di essere venuto all'Esposizione oggi." Bert sorrise. "Perché ti ho incontrato."

"Sono felice anch'io," sussurrò Carmen, e la sua mano non lasciò quella di lui.

Gli altoparlanti nascosti lungo il perimetro della Laguna delle Nazioni iniziarono a diffondere la musica. Virginia tornò di corsa alla panchina mentre gli zampilli delle fontane si levavano simili a colonne di colori liquidi grazie al gioco di luci. Tutti i visitatori si fermarono ad ammirare lo spettacolo. Intanto, animata da una batteria di proiettori, la Perisphere si stava trasformando in una luminescente sfera di nuvole.

"Wow!" Virginia era estasiata.

"Meraviglioso," disse Carmen.

Il primo fuoco d'artificio salì nel cielo, esplose e ricadde in comete ardenti che si spensero in scie di fumo.

Fu allora che Bert avvertì il martello dietro la fronte. Gli prudevano terribilmente gli occhi, ogni istante più asciutti. Le orecchie e il naso cominciarono a sanguinare. Le gambe cedettero, la spina dorsale pareva volersi staccare dal bacino. Un dolore bruciante gli attraversò il petto mentre le molecole dei suoi polmoni si separavano. Bert ebbe la sensazione di cadere.

Le ultime parole che sentì furono il grido di Virginia: "Signor Allenberry!" L'ultima cosa che vide furono le lacrime negli occhi nocciola di Carmen.

Olympia

RESTATE CON NOI

BRANO MUSICALE: “Mama Said Knock You Out” di LL Cool J

FADE IN

EST. GIORNO – LAS VEGAS

È un posto che conosciamo: la Strip. La lunga via di casinò e fontane. Quello che svetta laggiù, però… è un nuovo, mastodontico hotel di lusso.

OLYMPUS.

È più grande degli altri hotel. Se ti piace rischiare, devi provare le attrazioni dell’Olympus e sederti al tavolo da gioco con gli dei.

DETTAGLIO: GLI OCCHI DI FRANCIS XAVIER RUSTAN

Gli occhi verdi di Francis Xavier Rustan alias F.X.R. sono screziati d’oro e si muovono con gioiosa frenesia sui tanti oggetti della sua attenzione.

DETTAGLIO: SCHERMI DI COMPUTER

Schermo di sinistra: lo SCHEMA DI UN IMPIANTO FOTOVOLTAICO, una smisurata distesa di PANNELLI SOLARI.

Schermo centrale: RIPRESE di Google Earth che mostrano lotti di terra spogli e disabitati, MAPPE dell'Ente nazionale di Geologia, CARTE TOPOGRAFICHE, DIAGRAMMI sull'impatto ambientale.

Schermo di destra: un MOSAICO DI FOTOGRAFIE che ritraggono un uomo intento a pescare un marlin, un uomo in parapendio, un uomo impegnato in un'arrampicata, un uomo che fa rafting, Steve McQueen nel film *Bullitt.* L'uomo è sempre F.X.R.

Fatta eccezione per Steve McQueen.

Sulla parte inferiore dello schermo di destra scorre una stringa di notizie dell'ULTIMA ORA. Si aprono finestre di AVVISI, di MESSAGGI e un LETTORE MUSICALE che, dopo il brano di LL Cool J, sta per passare alla riproduzione di...

BRANO MUSICALE: "Mambo Italiano" di Dean Martin

Appare un BOX DI TESTO:

MERCURY: Ci sei, capo? Per colazione il solito?

L'ICONA ACCANTO ALL'IDENTIFICATIVO raffigura MS. MERCURY: corti capelli corvini, sciabolate di rossetto rosso. F.X.R. risponde digitando – *click click* – sulla tastiera. *F.X.R:*

Già ordinata. Ci pensa Nicholas. MERCURY: Chi? F.X.R: Quello nuovo.

CUT TO:

INT. GIORNO – ASCENSORE DI SERVIZIO

MS. MERCURY è una donna mozzafiato, il suo aspetto da top model mette in soggezione. Uno e ottanta, snella, fisico scolpito dal pilates. Vestita di nero. Con un tipo come lei è meglio non avere dissapori o problemi di alcun genere.

Ms. Mercury ha letto il messaggio di F.X.R. e sta per urlare.

MS. MERCURY

Quello *nuovo* chi!?

Da dodici anni Ms. Mercury è assistente di F.X.R., un lavoro a cui dedica ogni minuto di vita, ogni respiro.

È inaccettabile che "quello nuovo" stia portando la colazione al capo senza che lei lo sappia.

MS. MERCURY riprende a digitare sul dispositivo che tiene al polso, un grande COMPUTER DA POLSO: passa in rassegna PROMEMORIA, MESSAGGI, EVENTI IN PROGRAMMA e finalmente trova le FOTOGRAFIE DEGLI IMPIEGATI. Picchietta sullo schermo finché non trova...

NICHOLAS PAPAMAPALOS – 19 anni. Un ragazzo dall'aria disorientata, come chi è al suo primo giorno di lavoro in assoluto. E in effetti per lui è proprio così.

Le porte dell'ascensore di servizio si aprono ed ecco NICHOLAS PAPAMAPALOS, in uniforme da cameriere addetto al servizio in camera dell'Hotel Olympus; sta spingendo un carrello carico di piatti protetti da cloche.

MS. MERCURY

(con un sorriso forzato)

Il mio Nicky!

Nicky è incredulo: quella donna conosce il suo nome. Entra in ascensore.

NICHOLAS

Eccomi qua.

MS. MERCURY

Eccoti qua. Guarda che figurino, con quell'uniforme di una taglia più grande e la colazione per F.X.R. già pronta!

NICHOLAS

Ho fatto qualcosa di sbagliato?

MS. MERCURY

Non ancora, ragazzo.

NICHOLAS

Lei come fa a sapere che sto portando la colazione a Mr. Rustan?

Ms. Mercury preme il pulsante del 101° piano. Le porte si chiudono e l'ascensore si mette lentamente in moto.

MS. MERCURY

Sapere tutto quello che succede all'Olympus è il mio lavoro, Nick. E sai perché?

NICHOLAS

No. Sono nuovo.

MS. MERCURY

Lascia che ti racconti un po' di me.

(di seguito)

Vuoi sapere cos'ho fatto stanotte fino alle tre? Ho fatto in modo che centotrentadue motociclette d'epoca, l'intera collezione di Francis X. Rustan, arrivassero sane e salve al nuovo deposito climatizzato, dove le terranno in ordine nella remota eventualità che al capo venga voglia di prenderne una per farci un giro. L'ultima volta è stato nel 2013, a maggio. E il fatto che il capo non abbia ancora ispezionato i nuovi magazzini dove sono custodite la sua collezione di pianoforti meccanici e tutte le vecchie insegne Burma-Shave comprate nel corso degli anni non mi ha impedito di comandare a bacchetta venti energumeni: gli ho fatto impacchettare le motociclette e gliele ho fatte spacchettare con tutta la cautela necessaria dentro quello smisurato garage high-tech, che è costato approssimativamente quanto la Batcaverna di Bruce Wayne.

(di seguito)

F.X.R. è un uomo ricchissimo che, quando si tratta del suo vasto impero, finge di sapere tutto. Ma non è così, te lo ripeto, lo sottolineo e ci aggiungo il corsivo: *finge.* Ti dico una cosa che nessuno dei suoi milioni di ammiratori, accoliti, spacciatori di pareri e leccapiedi ha mai capito di El Jefe: non sarebbe in grado di prepararsi il pranzo neppure se gli mettessi davanti il salame, il barattolo della maionese e il suo pane kaiser. Ha sempre la testa fra le nuvole perché in quel suo cervellone frullano progetti da milioni e milioni di dollari. Così eccoci qui, io e te, a semplificargli la vita. Io sono reperibile ventidue ore al giorno, sempre pronta a rispondergli al telefono. Tu invece devi occuparti dei suoi pasti e sincerarti che non ci sia nulla di avvelenato. Scherzo, sul veleno. O magari no.

Ding! Sono al 101° piano.

INT. GIORNO – CORRIDOIO DEL 101° PIANO

È un corridoio lungo!

MS. MERCURY

(senza smettere di sorridere)

Dimmi che hai preso il suo ordine alla perfezione o ti rompo una gamba.

NICHOLAS

Avevo già preparato tutto. Muesli biologico ai sette cereali, mango e ananas a fette, succo di pomodoro e caffellatte alla cannella. Però…

MS. MERCURY

(il suo sorriso? Svanito!)

Però…

NICHOLAS
Mezz'ora fa è arrivato un messaggio in cucina.

MS. MERCURY
Fammi vedere!
Nicholas le mostra il messaggio sul suo computer da polso.

FXR: Truppa della cucina, tutti ai vostri posti: voglio i pancake alla piastra!

MS. MERCURY (CONTINUA)
Pancake alla piastra! ALLA PIASTRA! No no no no!
Ms. Mercury solleva una cloche scoperchiando un piatto di pancake. Pancake speciali alla piastra.

MS. MERCURY (CONTINUA)
Perdinci di un dinci! Sono pancake alla piastra.

NICHOLAS
Con sciroppo di boysenberry.
Ms. Mercury è fuori di sé dall'agitazione.

MS. MERCURY
Oh, Nicky… Nicky. Non è un buon segno. La mia giornata sarà un inferno, ma ti dico una cosa… se oggi cado, tu cadi con me.

NICHOLAS
Per via dei pancake? Io non ho fatto niente. Sono nuovo!

MS. MERCURY

Il boss ordina i pancake alla piastra solo quando è in fibrillazione. Mi toccherà organizzare una spedizione nei fiordi islandesi per trenta dei suoi amici che vogliono andare in kayak. O far tirare una zipline sui crepacci della foresta pluviale ugandese per fargli ammirare gli scimpanzé allo stato brado. O assicurarmi che tutti gli impiegati dell'Olympus indossino queste diavolo di manette...

(il computer da polso)

E la cosa peggiore è che ogni suo desiderio, per me, è un ordine da eseguire. *I pancake alla piastra* significano che il capo sta per appiopparmi un compito assurdo, incomprensibile a un criceto. I *pancake alla piastra* hanno appena rovinato una giornata già miserabile.

NICHOLAS

Allora perché fa questo lavoro?

MS. MERCURY

C'è una sola risposta a questa domanda: per il mio stipendio.

Sono davanti all'unica porta del 101° piano.

MS. MERCURY (CONTINUA)

Aspetta vicino alla cascatella. Raddrizza la targhetta col nome. E sorridi. Gli piacciono quelli che amano il proprio lavoro.

Ms. Mercury ammutolisce. Respira a fondo e ostenta un gran sorriso. In quella sua capacità di cambiare espressione c'è qualcosa che mette paura. Poi bussa alla porta… ed entra.

INT. GIORNO – ATTICO

Un ambiente raffinato con tanto di cascatella, attrezzi all'avanguardia per l'esercizio fisico e poltrone provenienti da una vecchia sala cinematografica disposte davanti a un enorme schermo a tutta parete. Dalle finestre si vede quasi tutta Las Vegas.

MS. MERCURY
(ostentando buonumore)
Pancake alla piastra per il boss dei boss!
F.X.R fa capolino da una postazione di lavoro.

F.X.R.
Sei veloce come la luce.

MS. MERCURY
Non fai che ripetermelo!
Nicholas appronta il tavolino per la colazione.

F.X.R.
Tu sei Nicholas?
(leggendo la targhetta)
Sembra di sì. Benvenuto a bordo, Nicholas.
O'Shay che fine ha fatto?

MS. MERCURY

Sua moglie ha partorito, te lo ricordi? E sì, gli ho già mandato il tuo regalo: una culla e un umidificatore a freddo, insieme a due bambinaie a tempo pieno.

F.X.R. si siede per mangiare gli speciali pancake.

F.X.R.

Che delizia. Se li cuoci in padella sono normalissimi pancake. Ma se li cuci sulla piastra sono tutta un'altra cosa. Questi li hanno fatti in padella o alla piastra, Nico?

NICHOLAS

Non c'ero quando li hanno preparati. Sono nuovo, signore.

F.X.R.

Signore? Io qui sono solo il buon vecchio F.X.

(di seguito)

Scommetto che sono fatti alla piastra.

(versando lo sciroppo di boysenberry)

Ms. Mercury. Non so cos'abbiamo in agenda per oggi, ma annulla tutto.

MS. MERCURY

L'ultima volta che hai detto così mi hai spedito in Mississippi per comprare tutte le coltivazioni di kenaf del delta.

F.X.R.
Penso di aver deciso dove costruire la mia Centrale a Energia Solare.

MS. MERCURY
Addirittura? Però. Splendido.
Ms. Mercury sospira e si lascia sprofondare in un divano. Naviga su internet utilizzando il computer da polso.
(tra sé e sé)
Sarà una lunga giornata…
F.X.R. si alza e torna alla postazione computer portando con sé il piatto di pancake; recupera alcune immagini, le indica con la forchetta che sgocciola sciroppo di boysenberry.

F.X.R.
Al momento Shepperton Dry Creek non esiste. È una sterminata pianura desertica. Ma in realtà è un prodigio di Madre Natura: i like che riceve Taylor Swift sulla sua pagina Facebook sono niente in confronto alla luce solare che riceve quell'area.

MS. MERCURY
(lasciando un like sulla pagina Facebook di Taylor Swift)
Parecchia luce, insomma.

F.X.R.
Vicino a Shepperton Dry Creek passa la vecchia Route 88.

MS. MERCURY

Davvero? Non ne sapevo niente.

F.X.R.

Non credi che un uomo lungimirante dovrebbe comprare tutti i lotti di terra lungo quel tratto d'interstatale, in previsione di un sensibile aumento di transito e afflusso?

MS. MERCURY

(annoiata, guardandosi le unghie)

Uh-uh.

F.X.R.

Insomma, mettiamoci in strada.

MS. MERCURY

In strada?

F.X.R.

La Route 88. Ci divertiremo! Come quel viaggio in Costa Rica sulla panamericana a caccia di ragni, te lo ricordi?

MS. MERCURY

Sì, un vero spasso. Mi hanno morso.

F.X.R.

Sei guarita.

MS. MERCURY

Perché non ti porti Nick?

F.X.R.
Lui mica posso comandarlo a bacchetta. È iscritto al sindacato.
(di seguito)
Sei iscritto al sindacato, vero?

NICHOLAS
Sì, signore. Ehm, F.X.

MS. MERCURY
Perché non ti trovi una moglie per farle con lei, questo genere di cose?

F.X.R.
Non mi serve una moglie. Io ho te, Ms. Mercury. Le mogli sono allergiche ai tipi come me.

MS. MERCURY
E invece io sono condannata a sopportarti. Ho già un mucchio di cose da fare per tenere in piedi il tuo impero, non ti pare?

F.X.R.
Un'avventura on the road farà bene a tutt'e due.
Ms. Mercury alza le mani in segno di resa.

MS. MERCURY
Visto, Nicholas? Tu e i tuoi maledetti pancake alla piastra!

NICHOLAS
Ma io che ho fatto io?

F.X.R.
Sì, cos'ha fatto Nick?

MS. MERCURY
Uno di questi giorni mi licenzio e trovo un lavoro dignitoso, divento qualcuno, una campionessa di sci nautico...
(digitando sul computer da polso)
Faccio preparare il jet.

F.X.R.
Falli preparare tutti e due. Tu vai col piccolo e organizzi il trasporto a terra. Io ti raggiungo dopo con quello grande, che prima devo allenarmi.

MS. MERCURY
Ogni tuo desiderio, o magnate dell'industria. Di', quale strabiliante automobile vuoi aggiungere alla collezione? Una Monza? Una Surfer Woodie?

F.X.R.
Teniamo un profilo basso, confondiamoci tra la gente del posto. L'economia non arriva fin laggiù.
(estrae un rotolo di banconote)
Qualunque auto si possa comprare con ottocento dollari.

MS. MERCURY
Ottocento dollari? Per una macchina? Troverò un rottame.
F.X.R. tira fuori altre banconote.

F.X.R.

Così sono ottocentocinquanta.

(estrae altri venti dollari)

Questi sono per te, Nick, tieni.

Nicholas prende i soldi.

NICHOLAS

Grazie, Mister F.X.

CUT TO:

EST. GIORNO – AERODROMO NEL BEL MEZZO DEL NULLA

Una solitaria pista d'atterraggio e un ufficio smangiato dalle intemperie. Non sono molti gli aeromobili che atterrano qui. Ma ecco…

Un grande jet avanza sulla pista, accostandosi a un piccolo jet già parcheggiato. Sulla fusoliera di entrambi c'è il logo dell'Olympus.

Ms. Mercury – ancora in tailleur nero – è già al volante di una Buick decappottabile degli anni settanta; il tettuccio è abbassato.

Il portellone del jet più grande si apre e F.X.R. fa la sua apparizione abbigliato come la gente di quelle parti, o almeno così crede lui: una camicia taglio western con orli e cuciture ribattute infilata in un vecchio paio di jeans Jordache, una cintura con una grossa fibbia Marlboro, un paio di stivali da cowboy rosso fiamma.

In testa F.X. porta un berretto John Deere che gli calza fin troppo bene, e in mano ha un cappello di paglia modello cowboy.

MS. MERCURY

Ecco Duke, o forse sei Bo, non riesco a capire qual è il personaggio di Hazzard che vorresti interpretare in questa pagliacciata. Non è che il mio capo è rimasto a bordo del jet?

F.X.R.

(riferendosi al proprio abbigliamento)

Niente male, eh? La chiave di tutto sta nell'autenticità.

MS. MERCURY

Sono felice che una ballerina del casinò ti abbia lasciato frugare nel suo camerino.

F.X.R.

(riferendosi all'auto)

Com'è messa?

MS. MERCURY

Per venire qui dal parcheggio ho fatto fuori mezzo serbatoio, e un litro d'olio. La buona notizia è che è stato un affare: settecento dollari.

F.X.R.

Metti il resto in cassaforte. Qui.

(le porge il cappello da cowboy)

Mimetizzati!

F.X.R. le calca in testa il cappello.

F.X.R. (CONTINUA)

(ridendo)

Così siamo perfetti, no?

MS. MERCURY

Sei ricco sfondato, ma se la tua idea di divertimento è travestirti da poveraccio senza un minimo di stile, basta che dai a me tutti i tuoi soldi. Ci penso io, a sistemarti qui. Vivrai felice e contento.

F.X.R. fa il giro dell'auto di corsa e cerca di salire a bordo con un balzo. Un piede gli rimane incastrato nella portiera, e atterra goffamente sul sedile del passeggero.

MS. MERCURY (CONTINUA)

Pronti all'avventura!

Ms. Mercury schiaccia sull'acceleratore e l'auto sgomma via, sollevando polvere e sassi.

BRANO MUSICALE: "I've Been Everywhere" di Hank Snow.

EST. GIORNO – ROUTE 88

La Buick bofonchia tutta sola lungo la strada. F.X.R. sorride nel vento.

F.X.R.

Dovrei uscire più spesso!

MS. MERCURY

Due settimane fa te ne stavi sulla Grande Barriera Corallina a fare boogie board!

F.X.R.

Sì, ma dovrei uscire più spesso per visitare l'America. Non conosco abbastanza la mia terra natia. Le sue strade. Il cielo sconfinato. Questa lingua d'asfalto, solo una linea tratteggiata e l'orizzonte. Amo questo paese! Dio mi perdoni, ma lo amo!

(dopo una pausa)

Ogni tanto scendere dalla vetta fa bene all'anima, Ms. Mercury. Altrimenti finiamo per vedere solamente le vette. Dovrei scriverlo in un promemoria per gli impiegati.

MS. MERCURY

Fallo. Sarà d'ispirazione per tutti.

(dopo una pausa)

Allora, dove siamo diretti, Cochise?

F.X.R. invia un messaggio dal suo computer da polso a quello di lei...

F.X.R.

Qui. Una cittadina chiamata Phrygia.

(la pronuncia in tre modi diversi)

Popolazione: 102 abitanti.

OROLOGIO: *Foto, cifre, informazioni su Phrygia...*

F.X.R. (CONTINUA)

Una volta, per chi viaggiava sulla Route 88, era una tappa importante. Gli abitanti l'avevano battezzata Capitale della Vera Ospitalità Americana. Un'ottima trovata pubblicitaria. Vediamo quanto sono ospitali con gente come noi.

MS. MERCURY

Cioè prima che tu compri ogni centimetro quadrato di casa loro.

(studiando l'orologio)

Oh, diavolo. Ci metteremo ore! Farà un caldo infernale.

EST. GIORNO – UNA GRANDE INSEGNA sbiadita, vecchia, una scritta di tubi al neon rotti che dice MOTEL OLYMPUS...

Sull'insegna, a stento visibili, sono ritratte due figure, un uomo e una donna che agitano la mano invitando a gran voce, a lettere consumate dal sole: "*Restate con noi!*"

BRANO MUSICALE: "Que te vaya bonito" eseguito alla fisarmonica.

SOTTOTITOLI CON TRADUZIONE IN SPAGNOLO

"Come faccio a sapere se la tua mancanza mi ucciderà

anche se ho il cuore fatto d'acciaio..."

CUT TO:

EST. GIORNO – MOTEL OLYMPUS, PHRYGIA

Il motel non somiglia affatto all'omonimo hotel di Las Vegas… no davvero.

Proprio come l'insegna, la struttura ha visto giorni migliori. L'unica cosa degna di nota è la pulizia.

A eseguire il BRANO MUSICALE è JESUS HILDALGO, che sta suonando le ultime struggenti battute, rese ancor più struggenti dalla sua fisarmonica.

SOTTOTITOLI: "Ma nessuno mi dia del codardo…

se non sa quanto l'ho amata…"

Una vecchia coppia – PHIL e BEA (sono i due dell'insegna, sì) applaude mentre Jesus mette via lo strumento e lo carica in un vecchio furgone.

PHIL

Un talento eccezionale!

BEA

Mi fai venire i lacrimoni tutte le volte. Tu hai un dono, Jesus.

JESUS

È che sto bene qui da voi, signor Phil e signora Bea. Mi avete sempre fatto sentire a casa.

BEA

Infatti è così, qui sei a casa nostra.

PHIL

Buona fortuna a Chesterton. Ho sentito che la paga è buona, in quella fabbrica di parabrezza.

JESUS

Grazie. Tornerò a trovarvi. Lo prometto.

BEA

Portaci un parabrezza fatto con le tue mani.

Jesus sale sul furgone, esce dal parcheggio del motel a colpi di clacson. Phil e Bea lo guardano allontanarsi. Per un momento restano in silenzio.

PHIL

E così se ne va il nostro unico ospite.

BEA

Dio, mi mancheranno lui e quella sua fisarmonica.

PHIL

E sessantadue dollari a settimana. Perché mai uno dovrebbe lasciare un angolo di paradiso come questo per andare a vivere in quella topaia di Chesterton...

BEA

Oh, smettila con questo acidume e mettiti al lavoro.

Phil fissa la donna che ha sposato, una donna che trova ancora molto attraente...

PHIL

Non trattarmi come un bracciante.

(dopo una pausa)

A meno che non ti sia messa quel vestitino per giocare a "adesso seduco il bracciante".

BEA

Prendi il decespugliatore e metti all'opera quei muscoli, che magari mi viene voglia.

PHIL

Ti dico cosa facciamo, donna. Dammi venti minuti. Ripulisco i centocinquanta acri laggiù, e ci vediamo nella stanza numero 10. Magari mi trovi già nudo sotto la doccia.

BEA

Lo considero un appuntamento.

Si sta avvicinando una Buick decappottabile, la freccia direzionale inserita.

BEA (CONTINUA)

Aspetta. Ospiti in arrivo, a quanto pare.

PHIL

Bastardi!

(gridando)

Tornate tra un'ora gente!

L'auto parcheggia davanti al motel. Ehi, quelli sono proprio F.X.R. e Ms. Mercury! La cappotta è abbassata.

Lui sorride, lei invece ha un aspetto orribile dopo tre ore di viaggio sotto il sole; ferma l'auto proprio davanti a Phil e Bea.

F.X.R.

Ehilà!

PHIL

Ehilà?

BEA

Ehilà a voi.

MS. MERCURY

Ehilà a voi due, ehilà.

F.X.R.

(atteggiandosi "alla buona")

Come potete vedere, siamo due anime stanche che sono in viaggio da troppo tempo.

MS. MERCURY

E senza protezione solare.

F.X.R.

Cerchiamo un posto dove poterci riposare e godere… dell'ospitalità di queste parti, dico bene?

BEA

Avete pensato di prendere una stanza in un motel?

F.X.R.
Ne conosce uno nei paraggi che valga la pena?

BEA
Be', mi faccia pensare. Motel. Vi serve un motel…

PHIL
Da queste parti c'è il miglior motel del mondo. Sta poco fuori Phrygia. Lo chiamano Olympus, Olimpian, qualcosa del genere.

F.X.R. guarda l'insegna sbiadita.

F.X.R.
Motel Olympus!

PHIL
Esatto, quello!

F.X.R.
Ms. Mercury! Motel Olympus! Che coincidenza. È destino!

Ms. Mercury vorrebbe scendere dall'auto e ritrovarsi sotto la doccia al più presto.

MS. MERCURY
Sì, infatti. In questo parcheggio incontreremo il nostro *destino*!

BEA
Benvenuti. Io sono Bea. Lui è Phil. Restate con noi!

L'adorabile coppia di vecchi assume la posa dell'insegna alle loro spalle.

F.X.R. e Ms. Mercury si scambiano un'occhiata. Phil e Bea non si muovono, mantengono la posa dell'insegna. Restano così ancora un istante. Un altro. Un altro.

MS. MERCURY
Allora, c'è una camera libera?

BEA
(rompendo la posa)
Ci sono solo camere libere.

CUT TO:

INT. GIORNO – RECEPTION DEL MOTEL

DETTAGLIO:
Una fotografia scolorita di cinquant'anni fa: Phil e Bea da giovani, nella stessa posa che ha ovviamente ispirato l'insegna.

L'ufficio è pulito e accogliente. F.X.R. studia la foto mentre Bea prepara i documenti.

BEA
Se sta pensando che avrete il motel tutto per voi, be', è così.

F.X.R.
Gli affari vanno male?

BEA

Sì, da quando Eisenhower ha costruito le autostrade.

F.X.R.

Lo gestite da così tanto tempo, questo posto?

BEA

Non proprio. Io e Phil abitiamo qui da quando Phrygia è stata inserita tra le tappe a tre stelle della guida Autoclub.

Bea porge il modulo di registrazione e una penna da quattro soldi.

EST. GIORNO – MOTEL OLYMPUS

Ms. Mercury sta parcheggiando.
Il motore fa un baccano terribile.
Phil si avvicina.

PHIL

I criceti là dentro stanno tirando le cuoia, a quanto pare.

MS. MERCURY

Con tre o quattro litri d'olio se ne tornano zitti.

Dal cofano comincia a uscire del fumo.

PHIL

Lì dentro ci dev'essere della legna che va a fuoco!

(dopo una pausa)

Spegni, tesoro.

Ha appena chiamato Ms. Mercury "tesoro"?

MS. MERCURY

Ok, bisteccone.

Ms. Mercury spegne il motore proprio mentre qualcosa sotto il cofano ESPLODE. Una volta spenta, la macchina prende a tossicchiare, quasi fosse viva.

PHIL

Questo catorcio vive di vita propria. Apri il cofano.

MS. MERCURY

E come si fa?

Trova una leva, la tira. Il cofano si spalanca liberando una colonna di fumo.

INT. GIORNO – UFFICIO DEL MOTEL

F.X.R. nota il fumo mentre Bea esamina il modulo di registrazione compilato.

BEA

F.X.R.?

F.X.R.

In carne e ossa!

BEA

Niente carta di credito, eh?

F.X.R.

Dio, no. Una volta ce l'avevo. Mi serviva per

andare in un grande magazzino di Flint, in Michigan. Ho accumulato un po' di spese e ho dovuto smammare.

F.X.R. non ha mai fatto niente del genere.

BEA

Non è il primo che passa di qui e che mi racconta questa storia.

(dopo una pausa)

Allora contanti. In anticipo perché non ti conosco.

F.X.R.

Quanto?

BEA

Per due stanze, trentotto e cinquanta.

F.X.R. tira fuori un portafogli stile vecchio western, un oggetto di scena che si è procurato da solo.

F.X.R.

(preoccupato)

Oooohhh…

BEA

Oppure una stanza con letto matrimoniale ventidue e cinquanta.

F.X.R.

(frugando nel portafogli)

Così tanto, eh?

BEA

Oppure una stanza con due letti singoli, sedici e cinquanta.

F.X.R.

A quanto pare ho… dodici dollari… e qualche spiccio.

EST. GIORNO – MOTEL OLYMPUS

Ms. Mercury è china sul motore dell'auto accanto a Phil, che sta cincischiando con una chiave inglese.

MS. MERCURY

Se ne capisco di automobili? Ci metto la benzina e do gas.

PHIL

In effetti sembra che funzionino così, come per magia.

(tira fuori la pompa dell'olio)

Sai cos'è?

Ms. Mercury guarda quello strano pezzo di motore come se si trovasse al cospetto di un topo morto.

MS. MERCURY

Un topo morto?

PHIL

Questo è un alimentatore di flusso asfittico senza più stantuffatore d'ossigeno.

MS. MERCURY

Davvero?

PHIL

Posso trovartene uno rimesso a nuovo. Basta chiamare Tommy Boyer. Te lo porterà in men che non si dica.

MS. MERCURY

Bene. Perfetto.

PHIL

Se volete rimettervi in strada prima dell'alba, posso montarvelo io.

MS. MERCURY

All'alba io resto a letto altre tre ore, ma lei faccia pure.

Si sente un urlo!

F.X.R. (FUORICAMPO)

Ms. Mercury!

Phil e Ms. Mercury si voltano. F.X.R. sta richiamando l'attenzione su Bea, che si appresta ad aprire la porta di una stanza.

F.X.R. (CONTINUA)

Vieni a vedere la nostra stanza.

INT. GIORNO – STANZA DEL MOTEL

Bea e Phil osservano F.X.R. che prova il letto mentre Ms. Mercury ispeziona il bagno.

F.X.R.
Detesto fare il difficile, ma da quando sono caduto mentre tagliavo alberi in Alberta, ho un problema a una vertebra.

Ms. Mercury gli scocca un'occhiataccia. F.X.R. non ha alcun problema alle vertebre.

F.X.R. (CONTINUA)
Con questo materasso rischio di morire prima di addormentarmi.

BEA
(pensierosa)
Nella tre ce n'è uno più nuovo, no?

PHIL
L'abbiamo comprato pochi mesi fa. Lo sostituiamo subito con quello.

F.X.R.
(tastando le lenzuola)
E queste, uhm, "lenzuola"? Troppo ruvide. Ho la pelle delicata.

BEA
Posso aprire un pacco di lenzuola nuove.

F.X.R.
Prima però le lavate, vero? Non esiste niente di peggio delle lenzuola nuove.

BEA

Neanche un infarto, no. Saranno morbidissime.

PHIL

(preoccupato)

Meglio provare i cuscini, a questo punto. Se sono troppo duri potrebbero farle male alla schiena.

F.X.R.

Se sono troppo duri domani mattina non riuscirò più a muovere il collo.

(tasta un cuscino, si stringe il collo)

Ahi! Non ci siamo.

BEA

I nostri sono belli morbidi. Ci mettiamo delle federe pulite e glieli prestiamo per stanotte.

F.X.R.

E infine il quadretto sul letto.

Quello con un ruscello gorgogliante e una fattoria.

F.X.R. (CONTINUA)

Mi fa tornare in mente la casa in cui mi hanno mandato in affidamento. Ci sono rimasto un'eternità. Ne avete uno diverso?

Ms. Mercury ripete con le labbra: "affidamento"?

PHIL

Nella dodici ce n'è uno con le papere.

F.X.R.
Ho paura degli uccelli acquatici.

PHIL
Nella otto c'è quello con le ruote dei carri.

MS. MERCURY
Ruote dei carri? Perché farci un quadro? Non capisco.

PHIL
Nella tredici c'è la faccia di un clown.

Al solo pensiero, F.X.R. rabbrividisce.

BEA
E se ci limitiamo a togliere il quadro?

F.X.R.
Problema risolto.

CUT TO:

INT. GIORNO – STANZA DEL MOTEL

Phil è arrivato con il nuovo materasso. Ms. Mercury è impressionata dalla morbidezza degli asciugamani in bagno, e Bea sta infilando i cuscini del suo letto nelle federe pulite.

MS. MERCURY
(sbalordita)

Cosa usate per rendere gli asciugamani così morbidi? Sembrano visone.

BEA

Li lavo, tesoro. Poi li lascio stesi fuori finché non sono asciutti.

MS. MERCURY

Non vedo l'ora di farmi una doccia!

BEA

Prima lasci scorrere l'acqua, ci mette un po' a diventare calda.

F.X.R.

Bene. Un'ultima cosa: un'anima pia dove trova un po' di nutrimento qui attorno?

PHIL

Un tempo c'era un caffè qui di fronte. Da Truman, così si chiamava. Una crostata squisita. E lo stufato era ancora più buono. Ha chiuso nel 1991.

BEA

A Chesterton ci sono dei fast-food. Trentasei miglia in linea d'aria.

PHIL

Piuttosto che mangiare in un fast-food a Chesterton me ne sto qui a masticare l'aria.

MS. MERCURY

Toccherà farlo anche a noi visto che lo

stantuffatore della macchina è bruciato. Siamo bloccati qui.

PHIL

(ricordandosene)

Devo chiamare Tommy Boyer!

Phil fa per andarsene…

MS. MERCURY

Fate servizio in camera?

BEA

Le toccherà sporcarsi un po' le mani.

CUT TO:

EST. GIORNO – RETRO DEL MOTEL

Sembra una fattoria in miniatura: pollaio, orticello, tutto tenuto a meraviglia. Bea esamina con occhio esperto le verdure mentre Ms. Mercury cerca di staccare dei pomodori da una piantina.

MS. MERCURY

(lanciando i pomodori in un cesto)

Okay. Abbiamo i pomodori. I ravanelli. Quei cosi verdi e lunghi. E metà delle mie unghie.

BEA

Ci starebbe bene un po' di avocado, no? Devo piantare qualche alberello di avocado.

MS. MERCURY

Gli avocado crescono sugli alberi?

BEA

Sì. Ma ne servono due. Maschio e femmina. Altrimenti niente avocado.

MS. MERCURY

Gli alberi… fanno sesso?

BEA

Una volta la settimana. Proprio come io e quel vecchio.

Bea RIDE. Persino le galline nel pollaio CHIOCCIANO, come prendendola in giro.

MS. MERCURY

Grazie per l'informazione…

CUT TO:

EST. TRAMONTO – PISCINA

Phil ha acceso un vecchio barbecue, dove un pollo scarno ruota sullo spiedo. La piscina è vuota…

F.X.R.

Niente figli?

PHIL

(scuotendo la testa)

Non ne sono arrivati. Ma non importa. Anni fa qui era pieno di ragazzini da mattina a sera. Grazie alla piscina. Prima che l'autostrada ci tagliasse fuori, c'erano una decina di motel lungo la 88, ma solo tre avevano la piscina. Ho piazzato un cartello ogni venti miglia che diceva: "Monte Olympus – Piscina". Indovini un po' dove volevano venire i bambini?

F.X.R.

Da Phil e Bea.

PHIL

Mai lavorato nel settore alberghiero?

F.X.R.

Mai a lungo.

Phil gli lancia un'occhiata.

PHIL

È un lavoro che non si impara. Deve venirti naturale. Ti devono piacere le persone, devi saperti fidare. E ogni tanto devi risolvere tutto con una bugia... come quando ti ritrovi davanti un pazzo che ti chiede se c'è una camera libera. Non me ne sono mai pentito. Senso del giudizio.

F.X.R.

Si capisce che ti piace lavorare nel settore alberghiero.

PHIL

Mi piace questo motel. Ma potrebbe andare meglio.

BRANO MUSICALE: “Last Date” di Floyd Cramer

CUT TO:

EST. TRAMONTO – PANORAMA

È il momento in cui il sole si spegne e svanisce dietro l’orizzonte.

CUT TO:

EST. NOTTE – MOTEL OLYMPUS, panoramica sull’INTERA STRUTTURA

L’insegna non si accende, non s’illumina: a rischiararla c’è solo un dozzinale faretto da giardino.
Nei pressi della piscina c’è il tavolo dove i due albergatori e i loro ospiti hanno gustato la cena.

PHIL

Ditemi qualcosa di voi. Da quanto state insieme?

MS. MERCURY

Cosa?

PHIL

Voi due. Non siete una coppia?

BEA

Phil, perché non ti fai gli affari tuoi?

MS. MERCURY

(a occhi sbarrati)

Una coppia? Noi due? Una coppia?

PHIL

Un uomo e una donna arrivano in auto insieme. Fanno il check-in insieme. Prendono una stanza insieme. Non è la prima volta che mi capita...

Ms. Mercury alza gli occhi al cielo, poi scuote la testa, infine ride da sola.

MS. MERCURY

(indicando F.X.R.)

Lui non sarà mai la mia metà, né saremo mai una coppia, proprio come io non scoreggerò mai pagnotte di pane.

BEA

Oh, questa me la segno.

F.X.R.

Ha ragione Ms. Mercury, la nostra è una relazione datore di lavoro-dipendente. Un rapporto incensurabile nel senso più ampio del termine.

MS. MERCURY

Se lui non dorme sul divano, e non ci dormirà perché sul divano non ci dorme mai, state sicuri che ci dormirò io.

PHIL

Okay.

(dopo una pausa)

Lei è lesbica, Ms. Mercury?

MS. MERCURY

No, non sono così alla moda. Sono solo single.

BEA

Niente uomini nella sua vita?

MS. MERCURY

Sentite… permettetemi di spiegare a due estranei molto cortesi come voi due il mio punto di vista sulle relazioni sentimentali.

(dopo una pausa)

Un uomo mi complicherebbe troppo la vita. In questo momento io ho bisogno di un uomo tanto quanto la vostra gabbia di polli di un'antenna parabolica. Sono una donna indipendente, libera da vincoli. Arriverà il giorno in cui mollerò tutto e dirò addio al mio capo, e allora mi dedicherò a un compagno, ai figli, ai costumi di Halloween fatti a mano, tutto. Ma fino a quel momento me ne starò felice e contenta da sola, perché anche se lavorare per quest'uomo…

(F.X.R, che annuisce)

… mi manda al manicomio, lui è uno che sa apprezzare l'ironia. E poi sto mettendo da parte parecchi soldi, posso girare il mondo. Dalla Tasmania a questo bel posticino. Nella mia vita non c'è spazio per un fidanzato.

Tutto tace per un momento.

BEA

Allora ecco cosa mi verrebbe da dirle.

Scende di nuovo il silenzio. Un silenzio che abbraccia tutto, meraviglioso.

F.X.R.

Lo sento.

MS. MERCURY

Sentire cosa? Io non sento niente.

F.X.R.

Non stai ascoltando.

MS. MERCURY

Invece sì, puoi giurarci.

BEA

Il silenzio. Dovrebbe ascoltare il silenzio.

MS. MERCURY

Oh.

(si mette in ascolto)

Ci provo… ma niente.

F.X.R.

Non capita spesso, ma quando mi sento così in pace, mi sento…

(qualunque cosa volesse dire, la tiene per sé.)

E non dura mai.

PHIL

Qui invece sì.

BEA

Ho imparato ad amare la pienezza di questo silenzio. Qualunque problema tu abbia, qualunque preoccupazione, il silenzio della notte sa sempre consolarti.

Phil guarda la moglie. F.X.R. guarda Bea. Ms. Mercury scruta la notte.

MS. MERCURY

Oh. Adesso lo sento. Nessun rumore. Stavi parlando di questo rumore del nulla?

(Ascolta)

Ooh. Aah.

Si avverte un clacson in lontananza. Poi ecco due fari, e infine un furgoncino che parcheggia davanti al motel.

F.X.R.

Non è durata, infatti.

BEA

È Tommy Boyer.

PHIL

Con il pezzo di ricambio per la macchina di Madama Solitudine.

(a Ms. Mercury)

Visto che non sei una lesbica alla moda, magari Tommy ti piace.

MS. MERCURY

(alzando gli occhi al cielo)

Be', allora mi sistemo i capelli…

PHIL

(a voce alta)

Tommy!

TOMMY BOYER smonta dal furgoncino. È la creatura maschile più affascinante della Terra.

MS. MERCURY

Quello è Tommy Boyer?

(scioccata)

Mio dio…

Ms. Mercury inizia immediatamente ad aggiustarsi i capelli.

MS. MERCURY (CONTINUA)

Oddio oddio…

BEA

Gli piace cucinare.

MS. MERCURY

(usa la saliva per sistemarsi i capelli)

Mi. State. prendendo. Per. Il. Culo?

Il bel Tommy Boyer si avvicina; ha con sé il pezzo di ricambio.

TOMMY BOYER

'Sera, Bea. Gente.

BEA

Mangi qualcosa con noi, Tommy?

TOMMY BOYER

Ho già mangiato, grazie. Phil, ti serviva una vecchia pompa di alimentazione della GM?

PHIL

Esatto. Per questa bella signorina.

È chiaro a tutti che Ms. Mercury si è presa una cotta per Tommy.

TOMMY BOYER

Ciao.

MS. MERCURY

(stordita)

Ehilà, straniero.

TOMMY BOYER

Problemi con la macchina, eh?

MS. MERCURY

Sì, infatti. La mia macchina mi ha problemato un po' e non è bello.

TOMMY BOYER

Quella laggiù? La Buick?

MS. MERCURY

È una Buick? Sì, quella Buick tanto triste e tutta rotta…

TOMMY BOYER
Vediamo se riesco a rimetterla in moto.

MS. MERCURY
Grazie mille, sì. Ti vengo ad aprire il cofano…
(sussurrando a Bea…)
Continuo a parlare come una bambina di sei anni. Aiuto.

BEA
Tommy ha divorziato tre anni fa. Ha una figlia. Ha smesso di fumare l'estate scorsa. È uno che legge parecchio.

MS. MERCURY
Ricevuto. Grazie.
Se ne va con Tommy Boyer.

PHIL
Il Motel Olympus e la sua magia.

BEA
(alzandosi)
Io sparecchio. Voi uomini restate qui a perdere tempo, come fate sempre quando le donne sparecchiano.

PHIL
Non c'è problema.
(poi, a F.X.R.)
Ti va di fare il giro della proprietà? Devo dare una controllata.

CUT TO:

EST. NOTTE – MOTEL OLYMPUS, CONFINE DELLA PROPRIETÀ

Phil e F.X.R. camminano ai margini della proprietà.

PHIL

(indicando un punto lontano)

Speravo di cavarci qualcosa, da quei dieci acri laggiù, ma niente. Non cresce niente. Una volta ci volevo mettere un allevamento di serpenti.

F.X.R.

Serpenti?

PHIL

Sì. Volevamo piantare dei cartelli sulla 88 – "Visitate la Casa dei Serpenti: 140 miglia." "Casa dei Serpenti: 62 miglia. Aria condizionata!" Ma poi Bea mi ha fatto notare che avrei dovuto saperne qualcosa su come si allevano i serpenti. Così ci siamo accontentati del motel.

F.X.R.

Qui è incantevole. Un posticino veramente ospitale. E il nome… lo adoro.

PHIL

Se uno resta qui ventiquattr'ore su ventiquattro, sette giorni la settimana, alla fine dà di matto. Una volta alla settimana io e Bea andiamo a farci un giro a Chesterton: la banca, un po' di compere. Usiamo il wi-fi del Theo's Coffee Hutch. Per un paio d'ore ci connettiamo col mondo là fuori.

F.X.R.

(nostalgico)

È il modo migliore per farlo.

(ritrova il suo atteggiamento alla buona)

Se riesco a mettere le mani su uno di quei tablet ci provo.

Phil lancia un'occhiata a F.X.R. senza smettere di camminare.

PHIL

Chissà che altro secondo nome può nascondersi dietro l'iniziale X… a parte Xavier.

(dopo una pausa)

Francis Xavier Rustan.

F.X.R. si ferma. Sa di essere stato scoperto.

Bea l'ha capito quando hai firmato il registro. F.X.R. Mai sentito parlare di pseudonimi?

F.X.R.

(abbandonando le sue finte maniere alla buona)

Non sono stato sincero con voi due, mi dispiace.

PHIL

Non ce n'è bisogno. Per quanto mi riguarda, sei un uomo ricco e famoso con una macchina da poveraccio.

(dopo una pausa)
Scappatella d'amore?

F.X.R.

No, no.

PHIL

Hai intenzione di farci causa perché il nome del nostro motel è uguale al tuo marchio?

F.X.R.

Non è il mio stile.

PHIL

È lo stile di tutti, di solito.

F.X.R.

Sto cercando un po' di terra e un po' di sole.

PHIL

Qui trovi un mucchio di tutte e due le cose. La terra ti costerà. Il sole è gratis.
(indicando i margini della proprietà)

Da là a là è tutto nostro. E se devo credere ai dottori e al buon senso, non resteremo qui per sempre. Ci piacerebbe finire i nostri giorni in un posticino altrettanto bello.

F.X.R.

Allora vuoi che ti faccia un'offerta?

PHIL

(fermandolo con la mano)

Di affari devi parlare con Bea. È lei il mio capo.

(dopo una pausa)

Vado a farmi una tazza di Ovomaltina.

F.X.R. guarda il vecchio allontanarsi.

CUT TO:

EST. NOTTE – PARCHEGGIO DEL MOTEL OLYMPUS

Il cofano della Buick è aperto. Ms. Mercury regge una torcia e passa gli attrezzi a Tommy Boyer.

MS. MERCURY

Ma quindi gli attrezzi possono essere in millimetri e in pollici?

TOMMY BOYER

Proprio così.

(dopo una pausa)

Va bene. Prova ad accendere.

Ms. Mercury si mette al volante.

MS. MERCURY

Eccoci al dunque. Sto per accendermi!

Gira la chiave. La Buick torna in vita con un ruggito!

MS. MERCURY (CONTINUA)

Ne avrai letti parecchi di manuali su come si aggiustano le automobili!

F.X.R. si sta avvicinando.
Capo! Tommy Boyer e io andiamo a fare... un giro di prova.

TOMMY BOYER

Davvero?

MS. MERCURY

Sì, dobbiamo vedere come si comporta questa bellezza sulla 88! Staremo via un po'. Non aspettarmi alzato. Tanto non lo faresti comunque. Aspettarmi, intendo, mentre faccio un giro di prova...

(e poi, a Tommy)

Lasci guidare una signora?

Tommy sale a bordo e allaccia la cintura. Ms. Mercury accende la RADIO e inserisce la RETROMARCIA. Lei e Tommy si allontanano nella notte.

BRANO MUSICALE: "We've Only Just Begun" dei Carpenters

INT. NOTTE – UFFICIO DEL MOTEL

Si sente il TICCHETTIO di una macchina da scrivere. Entrando in ufficio, F.X.R. trova Bea alla scrivania, davanti a un'Olympia.

F.X.R.

È vero che avete l'Ovomaltina?

BEA

Sul fornello elettrico.

F.X.R. trova il pentolino del latte sul fornello, una tazza, il barattolo: si prepara una bevanda calda al malto.

BEA (CONTINUA)

So che butterai giù tutto comunque, ma voglio lasciarti qualche appunto sulla proprietà. Hai intenzione di comprare tutti i terreni qui attorno?

F.X.R.

Se ci riesco.

BEA

Bene, allora saremo il tuo primo acquisto. Per noi è una specie di onore.

F.X.R. guarda la fotografia di Bea e Phil, quella che ha ispirato l'insegna ormai spenta.

F.X.R.

Quanti anni avevate quando è stata scattata?

Bea si accorge che sta studiando la fotografia.

BEA

Io diciannove. Phil ventitré. Eravamo in luna di miele. In Grecia. Un'isola calda e silenziosa, un paradiso da cui non avremmo voluto andarcene. Ma ce ne siamo dovuti andare, ovviamente. Lui è entrato nell'Aeronautica Militare. Io ho finito la scuola. Siamo passati in macchina sulla 88 e abbiamo trovato un posticino in cui investire tutti i risparmi. Alla fine non ci è andata male.

Bea estrae il foglio dalla macchina da scrivere e glielo porge.

I tuoi avvocati ci vorranno mettere bocca, ma le cose essenziali sono queste: prendere o lasciare.

F.X.R. non dà neppure un'occhiata al foglio.

F.X.R.

Siete più tornati in Grecia? In vacanza?

BEA

Noi abbiamo un motel. Per noi è vacanza tutti i giorni.

CUT TO:

EST. NOTTE – PARCHEGGIO DEL MOTEL OLYMPUS, PHRYGIA

F.X.R. ripiega il foglio battuto a macchina e lo infila nel taschino della camicia, poi torna in camera. Alle sue spalle, le luci dell'ufficio si spengono, e così il tenue faretto puntato sulla vecchia insegna.
F.X.R. si ferma nella notte silenziosa…

FADE OUT

BRANO MUSICALE: "Mi Reina y Mi Tesoro"

SOTTOTITOLI: "Adesso so di averla

Amata per davvero..."

FADE IN

EST. SERA – MOTEL OLYMPUS, PHRYGIA

Il sole è tramontato e la luce del giorno sfuma nel blu.

SOTTOTITOLI: "Lavorerò sodo

Per conquistare il suo cuore..."

È una sera di FESTA. I fili di LAMPADINE sospesi sopra il parcheggio del motel aggiungono un tocco magico al calare della notte.

Ci sono COPPIE che ballano mentre Jesus Hildalgo, insieme alla sua BAND, canta della sua regina e del suo amore spassionato per lei, e attorno a lui è radunata tutta la sua grande famiglia, una famiglia allargata con tanti bambini che giocano in una piscina dove finalmente è tornata l'acqua.

Alla festa è presente anche Tommy Boyer con la FIGLIA, che SALTA LA CORDA insieme ad alcuni AMICI e a una Ms. Mercury dall'aspetto molto diverso: jeans sportivi e canottiera.

Alcuni OPERAI sono tornati ai loro furgoni e ripongono gli attrezzi dopo una giornata di lavoro.

Nicholas, il giovane cameriere, serve le ultime leccornie di una cena degna del ponte di Love Boat.

La festa ha richiamato tutti gli ABITANTI della zona, qualcuno è arrivato addirittura da Chesterton, e ciascuno ha portato con sé una sedia da giardino.

F.X.R. indossa un completo dal taglio informale: discute con una MEZZA DOZZINA DI ARCHITETTI ed esamina alcuni progetti.

PHIL E BEA sono seduti al posto d'onore, su due sedie gemelle. Hanno una benda sugli occhi.

BEA

Quell'uomo e la sua fisarmonica mi sono mancati da morire.

PHIL

A giudicare da quello che sento, quando ci toglieremo questa cosa dagli occhi ci ritroveremo davanti un bel circo.

Mentre Bea ondeggia a tempo con la melodia messicana, il caposquadra degli operai, COLLINS, si avvicina a F.X.R. per sussurrargli qualcosa. F.X.R. congeda subito gli architetti.

F.X.R.

Ms. Mercury! Ci siamo.

MS. MERCURY

(continuando a far girare la corda)

Chi è Ms. Mercury?

F.X.R.

Oh, scusa. Le vecchie abitudini.

(ci riprova)

Diane! Ci siamo!

MS. MERCURY

Okay, F.X. arrivo.

(alla figlia di Tommy)

Vieni, Lizzie. Prepariamoci per lo spettacolo.

Jesus conclude il pezzo con uno svolazzo. Dal parcheggio si leva un applauso per la band.

F.X.R. raggiunge Phil e Bea.

F.X.R.

Avete sbirciato? Ditemi la verità.

PHIL

No!

BEA

Stai facendo schierare un plotone di esecuzione, per caso?

F.X.R.

Diane, è abbastanza buio?

MS. MERCURY

Secondo me sì.

F.X.R.

D'accordo. Collins, procediamo!

Collins è all'interruttore principale della linea elettrica.

COLLINS

Sto per togliere la corrente!

Collins toglie la corrente e tutte le luci nel parcheggio si SPENGONO. Adesso è buio pesto.

F.X.R.

Bene, togliete la benda.

Bea e Phil eseguono. È tutto buio.

PHIL

Diavolo, non vedo niente.

BEA

Dove dovrei guardare?

PHIL

Dov'è quel maledetto circo?

F.X.R.

(gridando)

E luce sia!

Collins aziona un secondo interruttore e il parcheggio, e insieme tutta la gente radunata lì, improvvisamente viene investito da fasci di luci al neon rosse, blu e dorate.

L'espressione di Ms. Mercury è quella di chi vede qualcosa di meraviglioso.

Accanto a lei c'è Tommy, che tiene per mano la figlia.

TOMMY BOYER

Wow...

Gli invitati, tutti accarezzati dalla luce, guardano intimoriti il cielo.

MS. MERCURY

Oddio! Che luce celestiale!

DETTAGLIO: Phil e Bea in silenzio con le luci che danzano sui loro volti, come riflessi di uno spettacolo in paradiso...

L'INSEGNA

Phil e Bea si stagliano coloratissimi sul nero del cielo, salutano il mondo come fossero due giganti. "Restate con noi!" dicono levando le braccia, sfavillanti e ospitali, giovani.

L'insegna è splendida. Davvero splendida.

Bea cerca la mano del marito, la stringe. Si guardano negli occhi.

BEA

Così sarà come se vivessimo qui per sempre...

F.X.R. riesce a cogliere quelle parole. Guarda l'insegna. Il riverbero dei neon danza anche sul suo viso.

CUT TO:

EST. NOTTE – MOTEL OLYMPUS, PANORAMICA

L'insegna domina il Motel Olympus.

E poi…

Il paesaggio si TRASFORMA gradualmente in uno…

SVINCOLO TRAFFICATO.

Nella pianura desertica e disabitata adesso si ergono edifici disposti con simmetria, veri gioielli di architettura.

L'IMPIANTO PER LA PRODUZIONE DI ENERGIA SOLARE OLYMPUS si allunga a perdita d'occhio, finalmente ultimato.

Phrygia è cresciuta fino a diventare una bella cittadina.

È cresciuta attorno a quell'insegna…

È cresciuta attorno a Bea e Phil, che rivolgeranno il loro invito a chiunque, nelle generazioni a venire, si trovi a passare di lì: *Restate con noi.*

FADE TO BLACK

CHIEDI A COSTAS

Ibrahim aveva tenuto fede alla parola data. Per il prezzo di una bottiglia di Johnnie Walker Red Label ne aveva rimediate due; era assai probabile che fossero rubate, ma né a Ibrahim né ad Assan importava. In quei giorni gli alcolici americani valevano più dell'oro, addirittura più delle sigarette americane.

Con le bottiglie che tintinnavano nello zaino, in un completo gessato blu quasi nuovo, Assan setacciò le tante taverne del Pireo alla ricerca del primo ufficiale della *Berengaria*. Era cosa risaputa che i primi ufficiali avevano un debole sia per il gusto che per gli effetti del Johnnie Walker Red Label. Ed era altrettanto risaputo che la *Berengaria* aveva un carico diretto in America.

Assan scoprì che il primo ufficiale stava bevendo il suo caffè del mattino alla taverna Antholis e si sentì dire: "Non mi serve un altro fuochista."

"Ma me ne intendo di navi. Parlo tante lingue. So usare le mani. E non sono un gradasso." Assan sorrise ironico. Il primo ufficiale no. "Chieda a tutti quelli della *Despotiko.*"

Il primo ufficiale fece un cenno al giovane cameriere chiedendo altro caffè.

"Tu non sei greco," disse ad Assan.

"Bulgaro," disse Assan.

"E l'accento?" Negli anni della guerra, il primo ufficiale aveva fatto parecchi affari coi bulgari, ma quel bulgaro parlava con una cadenza strana.

"Vengo dalle montagne."

"Sei un pomacco?"

"È una cosa brutta?"

Il primo ufficiale scrollò la testa. "No. I pomacchi hanno la pellaccia dura, sono tipi silenziosi. La guerra non ha avuto pietà coi pomacchi."

"La guerra non ha avuto pietà con nessuno," disse Assan.

Il giovane cameriere portò il caffè al primo ufficiale. "Da quanto sei sulla *Despotiko*?"

"Ormai fanno sei mesi."

"Vuoi che ti assuma per svignartela appena arriviamo in America?" Il primo ufficiale non era uno stupido.

"Voglio che mi assuma perché a bordo avete la nafta. Un fuochista controlla le bolle d'aria nei tubi. Ma solo questo. Non spala carbone perché chi sta sempre con una pala in mano alla fine vive solo per spalare."

Il primo ufficiale accese una sigaretta senza offrirne una ad Assan. "Non mi serve un altro fuochista."

Assan frugò nello zaino che teneva tra i piedi, tirò fuori le bottiglie di Johnnie Walker Red Laber e, una per mano, le poggiò sul tavolo accanto al caffè. "Ecco. Sono stanco di portarmele dietro."

* * *

Dopo tre giorni di navigazione alcuni membri dell'equipaggio cominciarono a creare problemi al primo ufficiale. Il cameriere cipriota era zoppo e quando c'era da sparecchiare se la prendeva comoda. Il marinaio Sorianos era un bugiardo perché, pur non avendo controllato le bocche di scarico sui ponti, sosteneva di averle controllate. La moglie di Iasson Kalimeris lo aveva lasciato – di nuovo – e perciò quella testa calda prendeva fuoco ancor più in fretta del solito; chiunque ci parlava finiva per litigarci, anche chi ci giocava a domino. Assan invece non creava problemi. Non se ne stava mai lì con una sigaretta fra le labbra e le mani in mano: o strofinava le valvole o raschiava le chiazze di ruggine con la spazzola di ferro, e se giocava a carte o a domino lo faceva in silenzio. Ma soprattutto si teneva alla larga dal primo ufficiale. Il primo ufficiale vedeva tutto, il primo ufficiale sapeva tutto. Eppure Assan passava inosservato.

Superata Gibilterra, la nave andò incontro ai marosi dell'Atlantico. Il primo ufficiale si alzava presto ogni mattina e ispezionava la *Berengaria* in cerca di grattacapi. Un giorno, salito al ponte di comando per il caffè com'era sua abitudine, tornò di sotto; non trovò nulla fuori posto finché raggiunse i serbatoi di carburante e sentì parlare in bulgaro.

Assan era in ginocchio e massaggiava le gambe di un uomo che si reggeva a una paratia, un uomo annerito da una patina oleosa, i vestiti appiccicati addosso.

"Fammi provare, secondo me adesso ci riesco," disse l'uomo lercio muovendo qualche passo ciondolante, avanti e indietro. Anche lui parlava in bulgaro. "Funzionano." L'uomo bevve un lungo sorso d'acqua da una bottiglia, poi srotolò una fetta di pane da una bandana e la divorò.

"Ormai siamo in mezzo all'oceano," disse Assan.

"Lo sento. La nave beccheggia." L'uomo finì il pane e bevve ancora. "Quanto manca?"

"Dieci giorni, forse."

"Spero di meno."

"Meglio che torni là sotto," disse Assan. "Tieni, dammi il barattolo."

Assan gli consegnò una latta che un tempo doveva contenere biscotti e prese in cambio dall'uomo un barattolo che un tempo doveva contenere caffè ma che adesso, il primo ufficiale lo poteva fiutare, era colmo di escrementi. Assan coprì il barattolo con la bandana e porse una bottiglia d'acqua che l'uomo lercio prese prima di rientrare nella sua tana – una stretta fessura nel fasciame del ponte da cui era stata divelta una lastra d'acciaio. Con qualche difficoltà l'uomo riuscì a farsi piccolo, s'infilò e svanì. Assan usò una sbarra per rimettere a posto la lastra, quasi fosse la tessera di un puzzle.

* * *

Il primo ufficiale non fece rapporto al capitano. Si limitò a tornare in cabina e studiò le bottiglie di Johnnie Walker Red Label: erano due, una per Assan, l'altra per l'amico nascosto nell'intercapedine di mezzo metro tra l'ossatura del ponte sottocoperta e il suo rivestimento. Sulle navi dirette in America i clandestini non erano inusuali, e la vita a bordo scorreva più tranquilla se si chiudeva un occhio e non si facevano domande. Anche se il risultato, talvolta, era scaricare una cassa da morto.

Ah, il mondo ormai era andato in malora. Ma dopo un sorso della prima bottiglia, al primo ufficiale il mondo apparve subito meno problematico. Se un altro membro dell'equipaggio avesse scoperto l'uomo lercio che strisciava negli antri oscuri della nave, sarebbe stata una seccatura, e al capitano non sarebbero mancate le scartoffie da compilare. Dipendeva tutto da Assan. Se il capitano non l'avesse scoperto da solo, be', non l'avrebbe scoperto mai.

* * *

La *Berengaria* fu rallentata da due tempeste, poi dovette attendere due giorni all'ancora prima che un pilota del porto arrivasse con la pilotina e, arrampicatosi a bordo, si mettesse al timone per guidare la nave all'ormeggio. Era notte quando la *Berengaria* attraccò finalmente al pontile, una nave fra le tante. Il primo ufficiale trovò Assan affacciato al parapetto, gli occhi sul profilo della città in lontananza.

"Quella è Philadelphia, nello stato di Pennsylvania. È l'America."

"Chii-ca-go dov'è?" chiese il bulgaro.

"È lontana, più lontana da Philadelphia di Atene dal Cairo."

"Così lontana? Maledizione."

"Se Philadelphia ti sembra il paradiso, aspetta che attracchiamo al porto di New York, nello stato di New York. Allora sì che potrai ammirare una vera città americana."

Assan accese una sigaretta e ne offrì una al primo ufficiale.

"Le sigarette americane sono più buone." Il primo ufficiale fumò tenendo d'occhio il bulgaro che non gli aveva causato grane. Neppure una. "Domani perquisiranno la nave."

"Chi?"

"Le autorità americane. Perquisiscono la nave da cima a fondo in cerca di clandestini. Comunisti."

Bastò quell'accenno e subito Assan sputò oltre il parapetto.

"Si mettono a contare," proseguì il primo ufficiale. "Se i numeri non corrispondono, sono guai. Se invece non trovano nulla di strano, molliamo il carico e ce ne andiamo a New York. Una volta in città ti porto dal barbiere. Sanno farti la barba meglio dei turchi."

Assan tacque per un momento. "Se sulla nave ci sono dei comunisti, spero che li trovino," disse infine, e sputò di nuovo in mare.

* * *

Assan finse di dormire mentre gli altri membri dell'equipaggio andavano e venivano dalle cuccette. Alle 4.00 però si vestì in segreto e, imboccato il corridoio, avanzò controllando dietro ogni angolo, attento a non farsi vedere. Quando arrivò ai serbatoi di carburante, usò la sbarra metallica per sollevare la lastra e farla scivolare di lato.

"È il momento," disse.

Ibrahim si issò fuori, gomiti e ginocchia scorticati e sanguinanti dopo essere stato rannicchiato così a lungo tra il fasciame del ponte sottocoperta e l'ossatura dello scafo. Da quanto era là sotto? Diciotto giorni? Venti? Che importanza aveva? "Devo prendere il barattolo," gracchiò.

"Lascialo. Dobbiamo andare. Adesso."

"Un secondo, Assan. Ti prego. Le gambe."

Assan massaggiò le gambe di Ibrahim finché il timore non prese il sopravvento, poi aiutò l'amico a mantenere l'equilibrio. Durante la traversata Ibrahim aveva potuto sgranchirsi solo per qualche minuto al giorno: aveva la schiena a pezzi e gli tremavano le ginocchia.

"Dobbiamo sbrigarci," disse Assan. "Resta dietro di me, almeno due metri. Ogni volta che ci tocca girare un angolo, tu aspetta. Se mi senti parlare con qualcuno, nasconditi dove puoi."

Ibrahim annuì e cercò di seguirlo a piccoli passi.

Una rampa di gradini li condusse a un portello che conduceva a un'altra rampa di gradini che conduceva a un altro portello e a un altro corridoio e a un'altra rampa; in cima a quell'ultima rampa, un altro corridoio e un'altra rampa, anche se questa somigliava più a una scalinata. Lassù, Assan tirò la maniglia di un grosso portellone che si apriva verso l'interno e si fermò. Ibrahim fiutò l'aria fresca per la prima volta dopo ventuno giorni: tanti ne erano passati da quando la *Berengaria*, con lui nascosto nella pancia di metallo, aveva lasciato il Pireo.

"Via libera," sussurrò Assan.

Ibrahim avanzò di un passo e si sporse sentendosi finalmente *fuori*, e là fuori la notte era un dono del cielo, e i suoi occhi dovettero riabituarsi alla vista del mondo. L'aria era calda, estiva. Raggiunsero il parapetto che affacciava sulla rada, l'acqua dodici metri più sotto. Ore prima il fuochista pomacco aveva legato una fune alla traversa più bassa del parapetto, una fune anonima come le altre sul ponte di coperta. "Calati. Fai il giro della nave a nuoto e trova il modo di arrampicarti sulla banchina."

"Speriamo di essere ancora capaci di nuotare," disse Ibrahim. Sghignazzava come se avesse raccontato una barzelletta.

"Ho visto una macchia di cespugli, non è lontana. Resta nascosto là fino a domani. Verrò appena posso."

"E se ci sono i cani?"

"Fatteli amici." Ibrahim scoppiò di nuovo a ridere scavalcando il parapetto, la fune nelle mani.

* * *

Il primo ufficiale e il capitano stavano sorseggiando caffè sulla balconata di dritta del ponte di comando. Gli scaricatori si erano già occupati di buona parte del carico e la banchina brulicava di carri, gru e lavoratori.

"Al Waldorf," disse il capitano al primo ufficiale che intanto, notato Assan sulla passarella di sbarco, lo seguiva con lo sguardo mentre si allontanava zaino in spalla, lo stesso zaino da cui aveva tirato fuori le bottiglie di Johnnie Walker Red Label. Aveva anche un pacco sottobraccio. Gli altri membri dell'equipaggio stavano risalendo a bordo con pacchi pieni di cose che si potevano comprare solo in America. Invece Assan scendeva a terra con un pacco.

"Bistecche alte così." Il capitano allargò le dita per mostrare lo spessore delle bistecche. "Andremo al Waldorf Astoria. Là sì che sanno fare le bistecche."

"È un bel posto," disse il primo ufficiale mentre Assan svaniva in una macchia di cespugli.

* * *

Non trovava Ibrahim ed ebbe paura che le autorità americane avessero battuto i cespugli in cerca di comunisti e clandestini senza documenti. Ma anziché chiamare l'amico a gran voce, Assan uggiolò come un cane, e in lontananza un cane rispose al richiamo: era Ibrahim, che uscì dai cespugli a petto nudo, le scarpe luride in mano.

"Chi è questo bel cagnone?" chiese col sorriso.

"Com'è andata stanotte?"

"Mi sono fatto un letto con le canne di questa palude," disse Ibrahim. "Morbido. E non ha fatto troppo freddo."

Assan aprì il pacco: dentro c'erano vestiti, sapone, cibo e il necessario per radersi. C'era anche un giornale ripiegato e legato con lo spago: nascondeva le dracme che i due avevano messo da parte grazie ai tanti strani lavori fatti in Grecia. Ibrahim infilò in tasca la sua parte senza contare i soldi. "Secondo te quanto ci vuole per un treno per Chii-ca-go, Assan?"

"Un treno da Atene al Cairo? Cerca un cambiavalute in stazione."

Ibrahim mangiò e si sciacquò, poi Assan lo fece sedere su un masso e gli accostò il rasoio al viso. Dovette raderlo perché non avevano uno specchio che avrebbe permesso a Ibrahim di fare da solo.

* * *

Dal ponte di comando il primo ufficiale studiava la macchia di cespugli attraverso le lenti degli occhiali. In un punto fra i rami che si agitavano avvistò Assan che radeva uno sconosciuto. Un problema aveva abbandonato la nave senza creare rogne al capitano. E senza che ci fosse stato bisogno di infilarlo in una cassa da morto. Assan era un pomacco sveglio.

Mentre Ibrahim si passava un pettine fra i capelli inumiditi, Assan gli pulì le scarpe. "Di più non posso fare," disse, e gliele porse.

Ibrahim tirò fuori una dracma e la mise in mano all'amico. "Ecco. Una lustrata di classe per scarpe di classe." Assan fece un inchino ed entrambi ridacchiarono.

S'incamminarono insieme, confondendosi nel viavai dei tanti che animavano la darsena. Videro automobili enormi, camion grandi come case che raschiavano le marce tirandosi dietro carichi immani, e navi, alcune più grandi e nuove della *Berengaria,* altre semplici bagnarole arrugginite. Arrivati a un chiosco, Assan lesse l'insegna a voce alta – H O T D O G – scandendo bene perché conosceva l'alfabeto americano, eppure i due non rimasero lì insieme a chi si era fermato per mangiare un panino ripieno di salsiccia; i due bulgari erano affamati ma non avevano soldi americani. Alla fine dello scalo portuale avvistarono un cancello e una guardia che presidiava un bugigattolo: gli americani gli sfilavano davanti senza fare nulla, solo rallentando un poco.

"Assan. Ci vediamo a Chii-ca-go," disse Ibrahim. Poi aggiunse in inglese: "Tenk iu erri mach."

"Ho solo buttato a mare la tua merda," disse Assan sfilando una sigaretta prima di passare il pacchetto a Ibrahim. La fumò osservando l'amico che superava il cancello e la guardia con un cenno del capo: già svaniva lungo la strada che andava incontro a Philadelphia.

* * *

Tornato a bordo, Assan si tenne occupato tutta la mattina e si presentò alla mensa quando il pranzo era quasi terminato e restavano pochi altri membri dell'equipaggio; prese quel po' di pane, di verdure e di zuppa avanzati e si sedette da solo. Il cipriota storpio gli portò il caffè.

"Prima volta in America?" chiese.

"Già."

"L'America è il meglio, te lo dico io. A New York, nello stato di New York, puoi trovare tutto quello che ti piace. Aspetta e vedrai."

"Le autorità quando salgono a bordo?" chiese Assan.

"Quali autorità?"

"Gli americani che ispezionano la nave. A caccia di comunisti. A portare guai."

"Che cazzo stai dicendo?"

"Controllano se il numero degli uomini a bordo corrisponde alle carte, no? Me l'ha detto il primo ufficiale. Le autorità salgono e frugano la nave."

"In cerca di cosa?" Il cipriota tornò al bancone per prendersi un caffè.

"I nostri documenti. Ci mettono in fila e controllano i documenti." Assan si era messo in fila moltissime volte per il controllo dei documenti, e gli pareva ragionevole che una cosa simile accadesse anche in America.

"È il capitano a occuparsi di quelle stronzate." Il cipriota buttò giù metà del caffè. "Ehi, conosco un bordello a New York. Porta i soldi che ti faccio scopare."

* * *

Al suo villaggio proiettavano i film in bianco e nero su un muro pallido. A volte si trattava di pellicole americane con cowboy a cavallo e pistole da cui uscivano lunghi riccioli di fumo. Assan apprezzava di più il cinegiornale che mostrava le tante industrie, i cantieri edili e quel nuovo palazzo che arrivava a toccare il cielo della città chiamata Chicago; a Chicago c'erano un'infinità di palazzi altissimi e strade congestionate da berline nere.

Però New York, nello stato di New York, gli apparve come una città sconfinata, una città da cui si levava una foschia che tingeva d'oro la pancia delle nuvole accendendo di scintillii l'acqua lungo la costa. La nave stava già risalendo la grande foce del fiume, soffiava una brezza calda e New York sfilava davanti agli occhi di Assan come una cortina impreziosita da gioielli luccicanti: una massa compatta di un milione di finestre illuminate, di torri che brillavano come castelli, e coppie di fari di automobili, delle tante automobili lanciate in ogni direzione come insetti. Assan rimase al parapetto a bocca aperta, gli occhi spalancati.

"Canaglia," disse a New York, New York.

* * *

L'indomani mattina il primo ufficiale scese ai serbatoi di nafta. "Assan, metti quel tuo abito a righe. Voglio farmi la barba."

"Sono di servizio."

"Io dico di no, e qui comando io. Perciò sbrighiamoci. Lascia qui i soldi, non voglio che ti fai scippare il primo giorno."

Molte delle automobili che sfrecciavano sui viali erano gialle e avevano una scritta sulle fiancate: facevano stridere le gomme fermandosi agli angoli di strada per scaricare e far salire i passeggeri. Agli incroci c'erano strane scatole montate su aste che mandavano una luce rossa, poi verde, poi arancione, ininterrottamente. Dovunque si vedevano cartelli: fissati ai pali, ai muri, alle finestre, tanti che Assan non cercò più di leggerli. Gli americani dall'aria benestante camminavano veloci, ma anche chi non aveva per niente l'aria da ricco andava di fretta. Tre uomini di colore, i cui muscoli sembravano sul punto di strappare le camicie sudate che portavano, stavano trasportando una grande cassa di legno su per una scalinata, dentro un palazzo. Da ogni lato venivano urla, musica, rombo di motori e voci radiofoniche.

Un giovane alla guida di una bicicletta motorizzata passò accanto ad Assan e al primo ufficiale che stavano per attraversare, e per poco non li travolse con un ruggito. Al cinegiornale Assan aveva visto i poliziotti su grandi biciclette motorizzate, ma quel giovane non era un poliziotto: in America avevano tutti il permesso di andare in giro su quegli affari?

Superarono un'edicola che vendeva giornali, dolcetti, bevande, sigarette, riviste, pettini, penne e accendini. Due minuti più tardi ne superarono un'altra che vendeva le stesse cose. Presto Assan scoprì che c'erano edicole dappertutto. Le strade si allungavano fin dove lo sguardo poteva arrivare, e in tutte si riversava un fiume di automobili, passanti, bus affollati, camion e persino carri tirati dai cavalli.

Il primo ufficiale andava a passo svelto. "A New York devi camminare come se fossi in ritardo per un appuntamento importante, o come se avessi i ladri alle calcagna." Attraversarono una strada dopo l'altra, svoltarono più di una volta. Assan adesso teneva la giacca del completo blu sul braccio. Era sudato, in preda alle vertigini: aveva troppa America in testa.

Il primo ufficiale si fermò a un incrocio. "Vediamo un po' dove siamo."

"Non lo sa?"

"Sto pensando al giro che ci conviene fare." Il primo ufficiale si guardò attorno e riconobbe qualcosa che lo fece ridere. "Vuoi salire a dare un'occhiata?"

Assan sollevò lo sguardo. Appesa al vetro di una finestra dei piani alti c'era una bandiera, messa lì come un cartello: una bandiera greca azzurra e bianca, con la croce a rappresentare la religione e le righe azzurre e bianche il cielo e il mare. Alla finestra c'era anche un uomo in maniche di camicia e cravatta slacciata: gridava nella cornetta di un telefono e agitava un sigaro.

"Noi greci siamo dappertutto." Il primo ufficiale rise ancora, poi mostrò ad Assan il palmo aperto della mano. "New York non è difficile, serve poco per capirci qualcosa. È fatta come la tua mano. I viali numerati sono i più lunghi e corrono in questo senso, dai polpastrelli al polso. Le strade numerate invece vanno nell'altro senso, di traverso al palmo. Broadway è la linea della vita e va in diagonale, così. Il medio e l'anulare sono Central Park."

Assan si studiò il palmo.

"Invece i cartelli..." Il primo ufficiale indicò i due cartelli dell'incrocio, quella X che formavano sul palo. "Dicono che siamo tra la Ventiseiesima Strada e la Settima Avenue. Quindi siamo qui, tutto chiaro?" Il primo ufficiale gli fece vedere il punto esatto sulla mappa della sua mano. "Ventiseiesima e Settima. Capito?"

"Come la mia mano. Canaglia." Assan credette di aver capito. Ripresero a camminare sul lato all'ombra della Settima, poi svoltarono. Il primo ufficiale si fermò davanti a un'infilata di gradini che scendeva in uno scantinato: il barbiere.

"Siamo arrivati," disse davanti all'ingresso.

Il locale non era molto diverso dalle botteghe del paese in cui Assan era nato. Dentro c'erano solo uomini e tutti gli lanciarono un'occhiata, poi ne lanciarono una al primo ufficiale. La radio era accesa ma non trasmetteva musica: era sintonizzata su un uomo che non la smetteva di parlare sovrastando la folla che rumoreggiava in sottofondo; ogni tanto qualcuno cacciava un urlo, ogni tanto ecco invece un applauso. Sugli scaffali si allineavano flaconi di colori differenti. I due posacenere erano colmi di mozziconi perché si poteva fumare.

Il primo ufficiale si rivolse in inglese al barbiere più anziano – ce n'era un secondo più giovane, forse il figlio – e poi si sedette. Assan prese posto accanto a lui e tese l'orecchio ai suoni della lingua inglese mentre ammirava le fotografie sulle riviste: ladri armati di pistole e donne in gonne aderenti. Anche tre americani aspettavano il loro turno. Presto il barbiere più giovane ne chiamò uno e lo fece accomodare su una grande poltrona di cuoio e acciaio dall'aria comodissima. Dopo la rasatura l'americano pagò e disse qualcosa che fece ridere tutti, poi uscì dalla porta e risalì i gradini. Anche il secondo americano, una volta sbarbato, disse qualcosa di divertente prima di dare al barbiere alcune monete e svanire.

Il primo ufficiale si sistemò sulla grande sedia di cuoio e, indicando Assan, parve giustificarne la presenza dicendo qualcosa. Il barbiere lo guardò e disse: "Contaci." Quindi allargò un telo bianco che poi chiuse attorno al collo del primo ufficiale. Lo rasò tre volte. Con panno caldo, schiuma, rasoio: una rasatura simile a quella dei turchi a Costantinopoli. Poi gli tagliò i capelli lavorando sulla nuca con schiuma e rasoio, anche dietro le orecchie. Intanto i due ridevano, sembrava che si raccontassero aneddoti e storielle: il primo ufficiale padroneggiava bene l'inglese, pensò Assan. Poi sentì addosso lo sguardo di tutti gli americani nel negozio e li sentì ridere, come se lo reputassero un personaggio da barzelletta.

Il primo ufficiale, liscio e profumato d'acqua di colonia speziata, consegnò al barbiere una banconota, gli disse qualcosa in inglese e indicò di nuovo Assan. Il barbiere ripeté: "Contaci," e fece cenno ad Assan di mettersi sulla poltrona.

Mentre il barbiere gli avvolgeva il telo attorno al collo, il primo ufficiale gli parlò in greco.

"Barba gratis. Ho già pagato. E questi sono per te." Mise in mano ad Assan un rotolo di banconote. Soldi americani. "Un tipo sveglio come te farà grandi cose in America. Buona fortuna." L'ultima cosa che Assan vide del primo ufficiale furono le scarpe che risalivano i gradini fino alla strada.

* * *

Su New York scese una sera di fine estate, e intanto Assan camminava godendosi la sensazione della pelle liscia e il profumo dell'acqua di colonia. Attorno a lui, le luci sembravano effondere un tepore nuovo. Quante meraviglie incontrò sulla strada: le decine di polli che arrostivano sugli spiedi meccanici dietro una vetrina, il venditore di automobiline a molla che andavano a sbattere contro il bordo di legno inchiodato alla tavola su cui erano esposte anziché cadere, la parete tutta di vetro di un ristorante in cui gli americani mangiavano seduti ai tavoli e sugli sgabelli al bancone. I vassoi delle cameriere carichi di cene principesche, o di piattini con torte e dolcetti. Assan passò accanto a una scalinata che scendeva nel sottosuolo ed era cinta da ringhiere e corrimano di ferro battuto: un flusso ininterrotto di persone la percorreva in un verso e nell'altro freneticamente. Nessuno sembrava una preda facile per i borseggiatori.

Poi, all'improvviso, i palazzi vennero meno e il cielo si spalancò. Adesso un viale trafficato sbarrava il passo di Assan, che alla vista degli alberi dall'altro lato pensò di aver finalmente raggiunto Central Park, l'anulare e il medio della New York sul palmo della sua mano. Non sapendo come arrivarci indenne, si accodò ad altri che già aspettavano per attraversare e li seguì non appena si mossero. Di là, davanti a un muretto curvo, vide un carretto di H O T D O G e avvertì immediatamente i morsi della fame. Studiò le banconote avute dal primo ufficiale e ne trovò una con stampato il numero 1. La porse al venditore di hot-dog che lo investì con una serie di domande cui Assan non seppe come rispondere. L'unica parola che riuscì a capire fu Coca-Cola – era tutto l'inglese che conosceva, in effetti.

Il venditore gli diede un panino ripieno di una piccola salsiccia ricoperta di salse rosse e gialle e filamenti umidi di cipolla, e una bottiglietta di Coca-Cola; poi gli restituì una manciata di monete di tre grandezze diverse che Assan infilò in tasca con la mano libera. Per addentare quel panino delizioso andò a sedersi su una panchina non lontana. Gli restava ancora metà Coca-Cola quando tornò al chiosco. Mostrò le monete, il venditore prese una delle più sottili e gli diede un altro panino riccamente farcito.

Il sole ormai era tramontato, i lampioni brillavano sotto la volta nera del cielo, e Assan si avventurò lungo i sentieri dello splendido parco sorseggiando Coca-Cola. Incrociò statue e fontane, coppie di uomini e donne che ridacchiavano tenendosi per mano, una ricca signora con un cane minuscolo, il cane più buffo che Assan avesse mai visto; avrebbe voluto ulularġli per gioco, ma temeva che la ricca signora potesse denunciarlo a un poliziotto, e l'ultima cosa che Assan voleva era un poliziotto che gli chiedeva i documenti.

Arrivato a uno degli ingressi laterali, un cancello che si apriva in un muro, Assan vide che là fuori la città ricominciava. Ormai era tardi, e le persone che gli venivano incontro entrando nel parco portavano con sé lenzuola e cuscini. Assan capì subito che non dovevano passarsela bene come la signora del cane: erano famiglie bianche o di colore con bambini che ridevano, uomini e donne stanchi dopo una giornata di lavoro. Seguendo una delle tante famiglie, Assan arrivò a un grande prato dove molti stavano già distendendo le lenzuola per dormire all'aperto in quella notte calda e umida. Qualcuno già dormiva, qualcuno zittiva i figli e trovava posto vicino agli alberi, al limitare del prato.

Assan trovò un posticino sull'erba tenera. Si tolse le scarpe e usò la giacca come cuscino. Si addormentò attorniato dal brusio distante del traffico e dai bisbigli tra mogli e mariti.

* * *

Si sciacquò la faccia nel bagno di un edificio di pietra. Spolverò e lisciò la giacca e i pantaloni con qualche schiaffo leggero, poi sbatté la camicia buona e si rivestì, chiedendosi dove andare.

Fu allora che gli tornò in mente l'uomo che gridava al telefono, l'uomo che aveva fatto ridere il primo ufficiale, l'uomo alla finestra con la bandiera greca. Dove si trovava quando lo aveva visto? Assan si scrutò il palmo, la mappa. Il primo ufficiale aveva detto Ventiseiesima Strada e Settima Avenue. Assan capì che col giusto sforzo poteva farcela.

Al suo arrivo non trovò nessuno alla finestra, ma la bandiera greca era ancora là. Accanto al portone del palazzo notò una minuscola targhetta adorna di un'altra bandiera accompagnata dalla scritta – in greco: SOCIETÀ INTERNAZIONALE ELLENICA. Assan varcò il portone e salì le scale.

Era una giornata caldissima e, malgrado la porta e le finestre spalancate, nella sede della società l'afa era stagnante. Assan non oltrepassò la soglia. Avvertiva una stranissima canzone, una voce che scandiva con lentezza *aa... aa... aa... spazio... esse... esse... esse...* Ciascuna parola era ribadita dal singolo ticchettio di una macchina da scrivere. *Dii... tic... dii... tic... dii... tic.* Assan vedeva solo una scrivania in disordine e alcune poltroncine.

Effe... tic... effe... tic... effe... tic... spazio... tum. Assan arrischiò un passo oltre la soglia. A una delle postazioni di lavoro, un tavolino, c'era una ragazza seduta davanti a una piccola macchina da scrivere verde; teneva gli occhi sulle dita della mano sinistra, concentratissima, e premeva i tasti secondo le istruzioni dettate dal disco con la lezione di dattilografia. Assan non disse una parola per non disturbare.

"*Tikanis.*"

Assan si voltò. Ecco l'uomo che aveva visto gridare al telefono: stava rientrando in ufficio con un sacchetto in mano. "Chi sei?" gli chiese in greco.

"Assan Chepik."

"Non sei greco."

"No, bulgaro. Ma vengo dalla Grecia. Ho visto la bandiera."

L'uomo tirò fuori dal sacchetto una tazza di carta dentro cui c'era una bevanda che odorava di caffè, e poi un dolcetto tondo con un buco al centro. "Se lasciavi detto che saresti passato, Assan, ti avrei offerto la colazione!" L'uomo scoppiò a ridere. "Dorothy! C'è bisogno di altro caffè per Assan."

Elle... elle... elle... spazio. "Ho appena cominciato la lezione!"

"Tira su la puntina del disco. Quando i bulgari hanno fame diventano pericolosi." L'uomo si girò verso Assan. "Dorothy ti porterà un caffè. Insomma, quella roba che qui chiamano caffè."

* * *

Assan mandò giù un sorso della bevanda calda, perlopiù latte e zucchero con un sentore di caffè. Dorothy era già tornata alla macchina da scrivere e martellava seguendo la registrazione. *Uu... uu... uu... spazio... ii... ii... ii... spazio.* Intanto Demetri Bakas, era questo il nome dell'uomo, faceva domande cui Assan rispose limitandosi a parlare della *Berengaria*: spiegò che aveva lasciato il lavoro a bordo il giorno prima, tacendo sia la faccenda di Ibrahim nascosto sotto il fasciame del ponte, sia la sua fuga verso quella città chiamata Philadelphia.

Non fece parola dei quattro anni in cui, a guerra ormai conclusa, aveva cercato di attraversare il confine tra Bulgaria e Grecia. Non disse di quella mattina presto che suo fratello aveva commesso l'errore di accendere un fuoco per mettere a bollire l'acqua; erano in montagna, avevano dormito tra le rocce e avevano intenzione di ripartire subito, ma Assan aveva un po' di caffè in tasca. Suo fratello ne voleva una tazza, aveva bisogno di rimettersi in forze, così aveva detto, anche se ciò che desiderava davvero era ritrovare il sapore del caffè caldo in una mattina di gelo. E così i segugi comunisti che li braccavano avevano avvistato il fumo del falò. Assan ormai era al riparo nel bosco, stava liberando l'intestino, e al sicuro tra fusti e rami aveva visto suo fratello lottare e i comunisti spararigli in testa. A Demetri, Assan non raccontò dell'uomo che lui stesso aveva poi dovuto uccidere, un abitante di un villaggio dei dintorni che gli era quasi finito addosso mentre lui, per dissetarsi, stava chino sulla riva del ruscello che scorreva accanto al sentiero. Quell'uomo aveva una spilla del Partito sulla giacca sdrucita e ad Assan era bastato incrociare il suo sguardo: quando l'uomo si era messo a correre per tornare al villaggio e riferire del traditore diretto al confine, Assan l'aveva inseguito e l'aveva colpito con un sasso prima di gettarne il cadavere in una forra. Assan non raccontò neppure di quando, finalmente arrivato ad Atene, si era fatto un amico che l'aveva indirizzato a una certa casa dove i rifugiati come lui vivevano insieme; quando Assan ci era arrivato, era stato malmenato, scaraventato a bordo di un furgone senza contrassegni e riportato oltre il confine, in Bulgaria, ammanettato insieme ad altri caduti nella stessa trappola. Assan non parlò dell'ufficiale comunista che lo aveva incatenato a una sedia per urlargli contro domande e, siccome non gradiva le risposte, era passato dai pugni ai suoi speciali attrezzi di tortura senza mai smettere di urlare domande. Assan non parlò del campo di prigionia, dei prigionieri freddati con un colpo di pistola e di quelli impiccati.

Non disse a Demetri neppure della ragazza incontrata dopo il rilascio, della loro breve relazione, della fame patita insieme. Non ripeté il suo nome, Nadežda, né raccontò che era rimasta incinta e che l'aveva sposata pochi mesi prima della nascita di suo figlio, Petar. Non spiegò le complicazioni del parto della giovane moglie, né della levatrice che non aveva saputo frenare l'emorragia. Senza il latte della madre, il bimbo aveva resistito solo un mese. Le orecchie di Demetri non sentirono Assan pronunciare il nome di suo figlio Petar.

Assan non gli parlò dell'arresto per furto, anche se lui non aveva mai rubato quelle bottiglie vuote per cui lo accusavano, e del ritorno in prigione perché il suo nome compariva in una certa lista. Assan non gli raccontò del quarto tentativo di fuga, dell'ennesimo arresto, dell'anno trascorso nel campo di lavoro o dell'incontro con un altro prigioniero, Ibrahim, né della notte in cui quel treno si era frapposto tra loro e le guardie dall'altra parte dei binari. Non raccontò delle pale che avevano gettato nel fiume prima di gettarsi a loro volta. Non gli confidò chi li aveva trovati miglia più giù, bagnati e quasi assiderati: un contadino che avrebbe potuto segnalarli all'ufficiale di Partito del suo villaggio e che invece, mentre le uniformi di Assan e Ibrahim si asciugavano, aveva offerto loro un pasto caldo. E anche dei soldi: venti lev ciascuno.

Assan e Ibrahim avevano comprato un biglietto dell'autobus che attraverso le montagne sarebbe arrivato al confine greco. Quando la polizia di frontiera era salita a bordo, i due non avevano alcun documento da far controllare, ma ad accorrere in loro aiuto era stata la sorte: le uniformi da prigionieri che avevano ancora addosso erano le stesse indossate dai soldati semplici dell'esercito bulgaro, solo sprovviste di gradi ed emblemi. Assan aveva dichiarato che lui e Ibrahim erano portatori sani di tifo diretti all'ospedale militare, e all'udire la parola *tifo* il poliziotto aveva spalancato gli occhi e si era precipitato giù dall'autobus.

Avevano superato il confine in quota. Ad Atene avevano messo da parte qualche dracma lavorando con pala e piccone, spaccandosi le mani e la schiena per quasi un anno, finché Assan era riuscito a farsi assumere come fuochista sulla *Despotiko* a spalare carbone nelle caldaie mentre il traghetto faceva la spola tra il Pireo e le isole elleniche.

Assan non raccontò nulla di tutto ciò a Demetri, si limitò a informarlo che era stato fuochista a bordo della *Berengaria*, dove aveva controllato le bolle d'aria nei tubi, e adesso si trovava in America perché aveva lasciato il lavoro sulla nave.

Demetri capì che Assan gli stava tacendo gran parte della sua storia, ma non se ne ebbe a male. "Sai cosa posso fare per aiutarti a sopravvivere là fuori?"

"Insegnarmi a battere a macchina?" Dorothy continuava a martellare *Maiuscola... thunk... Cu... tic... spazio... thunk... Maiuscolo... thunk... doppia vu... tic... spazio... thunk.*

Demetri scoppiò a ridere. "Qui c'è della brava gente che mi darà una mano a darti una mano, ma ci vorrà un po'. Per adesso ti consiglio di non cacciarti nei guai: se ti cacci in un qualunque guaio con la polizia, allora diventa tutto un problema. Capito?"

"Certo. Sì."

"Bene. La prima cosa che devi fare è imparare l'inglese. Vai a questo indirizzo, tengono un corso gratuito. Fanno lezione la sera. Entra, firma e stai attento."

Assan prese l'indirizzo.

"Hai qualcosa di valore da vendere? Oro, gingilli della tua madrepatria?"

"Niente. Ho lasciato tutto sulla nave."

"Il mio vecchio ha fatto lo stesso. Nel 1910." Demetri tirò fuori un sigaro dalla tasca della giacca. "Torna tra qualche giorno e ti daremo altri vestiti. Dorothy! Prendi le misure di Assan, gli serve un paio di pantaloni. Qualche camicia!"

"Prima devo finire qui!" Dorothy non staccava lo sguardo dai tasti. *Maiuscolo. Ti. Spazio. Maiuscolo. Gi. Spazio. Tum-tic-tum-tic.*

"Esperienze di lavoro, Assan?" Demetri accese il sigaro con la capocchia incendiata di un fiammifero.

Assan non aveva referenze.

"Allora vai qui. È in centro." Demetri scrisse qualcosa su un pezzo di carta e lo porse ad Assan. "Chiedi di Costas."

"Costas. Va bene." Assan stava per andarsene quando il disco della lezione di dattilografia finì e Dorothy lo girò per cominciare subito la lezione numero 2.

* * *

L'indirizzo si trovava vicino al polso di Assan, molto in basso, dove le strade di New York non erano più contrassegnate da numeri e puntavano in ogni direzione. Per gran parte della giornata Assan vagò in quegli isolati dalla forma contorta girando in tondo e ripassando più volte dallo stesso punto. Quando finalmente arrivò a destinazione, scoprì che l'indirizzo corrispondeva a un piccolo ristorante con l'insegna OLYMPIC GRILL contornata da un motivo greco. All'interno c'erano quattro tavolini addossati alla parete, con le panche di cuoio, e otto sgabelli al bancone. I posti erano tutti occupati e faceva caldissimo. La donna dietro il bancone era troppo indaffarata per accorgersi di Assan, il quale rimase impalato lì a lungo. Allora lei gli gridò in greco: "Aspetta fuori finché si libera un posto, testone!"

"Devo vedere Costas," disse Assan.

"Cosa?" gridò la donna.

"Sono qui per vedere Costas!" alzò la voce Assan.

"Tesoro!" strillò la donna dando la schiena ad Assan. "Qui c'è un testone che chiede di te!"

Costas era un uomo basso munito di gran baffi. Non aveva tempo di parlare con Assan, eppure lo fece.

"Che vuoi?"

"Tu sei Costas?"

"Che vuoi?"

"Un lavoro," disse Assan con una risata.

"Oh, Gesù," disse Costas facendo per allontanarsi.

"Mi manda Demetri Bakas."

"Chi?" Costas si era messo a sparecchiare e stava intascando i soldi di un cliente.

"Demetri Bakas. Ha detto che forse hai un lavoro per me."

Costas lasciò perdere ciò che stava facendo e cercò gli occhi di Assan: era così basso che dovette gettare indietro la testa.

"Vattene affanculo!" I clienti che conoscevano la lingua greca levarono lo sguardo dai piatti. Chi parlava soltanto americano invece continuò a mangiare. "E non tornare più!"

Assan si voltò per andarsene affanculo.

* * *

Impiegò molto per tornare a Central Park, l'anulare e il medio di New York. L'aria era infuocata, opprimente: la camicia s'inzuppò incollandosi alla schiena e non si asciugò più. Assan non entrò nel parco, si limitò a proseguire senza abbandonare il viale su cui camminava, e così finì per avvistare le luci scintillanti di un crocevia dove nove strade anziché confluire parevano collidere originando un uragano di persone, autobus, macchine gialle e persino soldati a cavallo, forse poliziotti. Era la prima volta che Assan si ritrovava fra così tante persone che si precipitavano – tutte – in ogni direzione.

Spese alcune monete in una grande caffetteria – un altro H O T D O G e una tazza di carta piena di un succo dolce, freddo, più buono di qualunque altra cosa avesse mai bevuto, addirittura della Coca-Cola; avrebbe voluto togliersi le scarpe, invece mangiò in piedi come la maggior parte dei clienti. Dall'altro lato di quel triangolo di strade e umanità vide un cinema, segnalato da una collana di lampadine che si rincorrevano in tondo. Assan andò a informarsi sul prezzo di un biglietto: quarantacinque centesimi. Ossia quattro delle monete più piccole che aveva in tasca, e una delle più grandi e spesse, quella con una specie di mucca gibbosa impressa su una delle due facce. Avvertì l'irrefrenabile impulso di mettersi comodo, togliere le scarpe e vedere un film. Sperava che raccontasse di Chicago.

La sala cinematografica somigliava a una cattedrale e c'erano uomini e donne in divisa che guidavano i tanti spettatori ai loro posti: coppiette che chiacchieravano, gruppi di ragazzi chiassosi e ridanciani. Le colonne della sala ricordavano quelle del Partenone di Atene, e sulle pareti erano scolpiti moderni angeli dorati; là davanti invece un sipario rosso scuro si ergeva per una trentina di metri.

Assan si sfilò le scarpe mentre il sipario, aprendosi, svelava uno schermo grande quanto lo scafo della *Berengaria.* Fu la musica a decretare l'inizio della proiezione, e parole capricciose presero subito a roteare e muoversi sullo schermo, apparendo e svanendo così rapidamente che Assan non riuscì ad associarne neppure una a un suono. Nel primo film si vedevano donne che ballavano e uomini che litigavano. Il secondo cortometraggio, più ricco di musica e parole svolazzanti, parlava di pugili e aerei che solcavano il cielo. Nel terzo, una donna dall'aria serissima diceva cose serissime, poi scoppiava in lacrime, poi si metteva a correre per la strada urlando un nome, e il film si concluse così. Un attimo dopo lo schermo si accese di colori vividi perché un uomo con indosso un buffo costume da cowboy – non era un vero cowboy – e una meravigliosa donna dai capelli neri e dalle labbra rossissime iniziarono a cantare e a dire cose che suscitavano risate. Malgrado il baccano, presto Assan cadde in un sonno profondo.

* * *

L'indomani non trovò nessuno alla Società Ellenica. L'intera città sembrava ammutolita, immobile, in pochi risalivano le scalinate che portavano sottoterra e moltissimi palazzi erano come spopolati. Assan riuscì a raggiungere l'indirizzo dove avrebbe dovuto tenersi il corso di inglese, un palazzo sulla Quarantatreesima Strada, ma non c'era nessuno che parlasse inglese.

Quando infine tornò al parco ebbe l'impressione che tutti gli edifici attorno si fossero riversati tra gli alberi, sui sentieri, sui prati. Dappertutto c'erano famiglie e bambini: andavano allo zoo, in barca a remi e a spasso su scarpe con le rotelle, ascoltavano un concerto, giocavano coi cani, e i bambini lanciavano, acchiappavano e prendevano a calci qualunque tipo di palla. Ad Assan piacquero soprattutto i cani; restò ad ammirarli a lungo.

A pomeriggio inoltrato le nuvole oscurarono il cielo, le famiglie raccolsero le loro cose e ogni gioco s'interruppe. Presto il parco si svuotò e venne a piovere. Assan si rifugiò sotto un ponticello dove passò la notte spartendo il poco spazio con una manciata di altri uomini che avevano scatoloni su cui distendersi e dormire, e una sola giacca da usare come coperta. Nessuno parlava una delle lingue parlate da Assan. Nessuno sembrava felice. Assan però era già rimasto sotto la pioggia e non si lasciò abbattere. Aveva già dovuto nascondersi sotto i ponti, gli si erano già infradiciati i vestiti, aveva già camminato per giorni interi, addirittura corso per giorni interi, in fuga da chi, nel suo paese d'origine, sfoggiava la stessa espressione miserabile di questi uomini. Quell'inconveniente era poca cosa.

La mattina dopo Assan si svegliò con la tosse.

* * *

"Questi pantaloni dovrebbero andarti." Dorothy parlava greco. "E anche gli stivali. Provali nella toilette in corridoio."

"Cos'è una toilette?" Assan non aveva mai sentito quella parola.

"Il gabinetto. Il bagno per uomini."

I pantaloni erano della taglia giusta, suppergiù. Gli stivali di seconda mano calzavano alla perfezione e sembravano già sagomati sui suoi piccoli piedi. Dorothy gli consegnò anche delle calze, qualche camicia, due paia di pantaloni pesanti: un guardaroba che dava una piacevole sensazione dopo i giorni passati con indosso solo il completo blu che Dorothy gli strappò di mano per farlo lavare.

"Cos'è successo al bulgaro che ho visto venerdì?" Demetri arrivò in ufficio con un sacchetto di dolci col buco nel mezzo e caffè americano dolcissimo. "Assan? Sembri uno che abita nel Jersey!"

Dorothy si sedette alla macchina da scrivere e mise su un altro disco. La nuova registrazione andava più spedita – *Maiuscolo ii elle spazio cu uu ii ee ti oo spazio* – e Dorothy cercò di stare al passo battendo sui tasti.

"Sei andato da Costas?" chiese Demetri.

Assan prese un sorso di caffè e addentò il dolce, che gli piacque malgrado raschiasse la gola. "Sì. Mi ha detto di andare affanculo." Assan lanciò un'occhiata alla scrivania di Dorothy, che però non si era lasciata distrarre dalla volgarità.

"Ah! Visto com'eri conciato, non devi essergli piaciuto. Ma ora sembri uno di Hoboken venuto per il weekend, come Sinatra." Assan non aveva idea di cosa volesse dire. "Costas è in debito con me, perciò torna a dirgli che ti mando io. Gliel'hai detto che ti mandavo io, vero?"

"Ha detto che non gliene importava."

"Digli che ti mando io."

* * *

Assan s'incamminò di nuovo e arrivò all'Olympic Grill quando metà dei posti erano già occupati. Costas era seduto sullo sgabello più lontano dall'ingresso, davanti a una tazza di caffè e a un quotidiano – sembrava un ragazzino, tanto basso che i piedi dondolavano liberamente avanti e indietro. Assan si avvicinò e aspettò che l'uomo alzasse gli occhi dal giornale, cosa che non fece.

"Demetri dice che puoi darmi un lavoro."

Costas continuò a leggere. "Eh?" fece, prima di annotare a matita una parola su un taccuino. Ne aveva già scritte diverse.

"Demetri Bakas. Mi manda lui."

Senza muoversi, Costas spostò gli occhi dal giornale alla lista di parole, e infine guardò Assan.

"Cosa diavolo vuoi?"

"Demetri Bakas mi ha detto di chiedere a te per un lavoro."

Costas era saltato giù dallo sgabello e aveva il fuoco negli occhi. "Da dove vieni?" urlò.

"Dalla Bulgaria, ma prima di arrivare qui ero ad Atene."

"Allora tornatene ad Atene! Io non posso fare niente per te. Vuoi sapere dov'ero io quando tu ti facevi le seghe in un granaio pieno di merda in Bulgaria? Ero qui! In America. E sai cosa facevo? Mi facevo prendere a calci nel culo solo per aver osato immaginare di aprire il mio ristorante!"

"Ma Demetri mi ha detto di andare da Costas e io ci sono venuto."

"Quello può baciarmi il culo e tu puoi baciare il suo! Io qui do da mangiare ai poliziotti! Se glielo chiedo, ti spaccano la testa in due. Torna un'altra volta e ti faccio trovare la polizia!"

Assan si precipitò in strada. Che altro poteva fare? Non voleva problemi con la polizia.

* * *

Era una giornata torrida. Il traffico era fragoroso quanto un vento di burrasca, e ad assalire le orecchie di Assan erano anche le chiacchiere di tutta quella gente con un lavoro, i soldi in tasca e nessuna preoccupazione. Gli bruciava la gola, al posto delle gambe sentiva di avere due sacchi di sabbia.

Avrebbe voluto arrivare alla Quarantatreesima per la lezione di inglese ma, in preda al malessere, dovette fermarsi in un minuscolo parco, un praticello e pochi alberi in un perimetro triangolare. Poco sopra gli occhi, fin dentro la testa, sentiva pulsare un dolore nuovo. Unì le mani a coppa sotto il getto di una fontanella per bere, ma l'acqua non spense il fuoco che aveva in gola. Notò due uomini su una panchina all'ombra, una panchina grande abbastanza per quattro: aveva bisogno di sedersi al più presto, invece un invisibile pugno allo stomaco lo piegò in due, e un po' del malessere gli uscì di bocca.

Allora un uomo gli chiese qualcosa che lui non capì, e un altro lo trascinò fino alla panchina. Un terzo, forse una donna, gli diede un foulard per ripulirsi le labbra. Qualcuno gli offrì una bottiglia di acqua gassata calda che Assan usò per risciacquare la bocca e sputare. Fu rimproverato per quel gesto, ma non disse nulla. Gettò la testa all'indietro e, appoggiandosi alla panchina, chiuse gli occhi.

* * *

Credeva di aver dormito pochi minuti, ma quando riaprì gli occhi scoprì che le ombre si erano allungate. Il minuscolo parco adesso era affollato di americani che non degnavano di uno sguardo l'uomo appisolato sulla panchina.

Assan si frugò in tasca. I soldi erano svaniti. Restavano le monete, nient'altro. Eppure il primo ufficiale l'aveva messo in guardia: se avesse smesso di muoversi, un ladro gli avrebbe soffiato tutto. Assan restò seduto con la testa dolorante.

Non aveva voglia di camminare, e così lasciò che il pomeriggio si facesse sera, poi arrivò un poliziotto che prese a studiarlo. Allora Assan si rimise in marcia e, un'ora dopo, eccolo addormentato sotto un albero di Central Park, la testa poggiata sulle due paia di calzoni appallottolati.

* * *

Nella sede della Società Ellenica c'erano uomini in abito elegante con valigette di cuoio zeppe di documenti. Nessun greco. Demetri era vicino alla finestra, strillava al telefono in inglese come quando Assan l'aveva visto per la prima volta; disse qualcosa che fece ridere due dei suoi ospiti. Gli altri invece si accesero una sigaretta e uno cominciò a soffiare anelli di fumo. Dorothy si esercitava alla macchina da scrivere, *tic tic tic*, senza l'aiuto di una registrazione.

"Resta in linea," disse Demetri quando vide Assan. Poi coprì il microfono della cornetta. "Dorothy ha il tuo completo. Dorothy!"

Tutti gli sguardi nell'ufficio corsero ad Assan e lo frugarono, insistendo sui suoi vestiti sgualciti, sulla barba sfatta: un altro dei miserabili bastardi ignoranti che si presentavano all'ufficio di Demetri. Dorothy gli portò il completo blu su una gruccia di fil di ferro; giacca e pantaloni erano ben stirati, la camicia ripiegata come una tovaglia. Assan prese tutto e, indietreggiando, ringraziò con un cenno. L'aspetto e le occhiate di quegli uomini lo mettevano a disagio, lo stesso disagio che aveva provato quando i soldati del suo paese l'avevano perquisito, maltrattato, tenuto sulla corda indugiando sui suoi documenti troppo a lungo, o quando le guardie al campo l'avevano costretto a rimanere in piedi allo sfinimento, bersagliato dalle stesse domande, oppure in fila per ore insieme agli altri prigionieri per gli appelli.

Mentre scendeva i gradini, Assan fu inseguito dalla risata degli uomini. Dorothy intanto era tornata alla macchina da scrivere: *tic-tic tic. Tic.*

* * *

Costas stava contando le monete nel registratore di cassa quando l'uomo in completo gessato blu prese posto al bancone. Mancava poco all'ora di pranzo, al trambusto dei clienti abituali che andavano e venivano fin dopo le 15.00, e Costas aveva bisogno di spicci per dare il resto. Poi avrebbe potuto dedicarsi alla lettura del giornale e a un'altra lista di parole nuove. Se studiavi il giornale tutti i giorni e avevi una marea di clienti che non la smettevano di blaterare in inglese, quella lingua non era poi così difficile.

Siccome la moglie stava pulendo i tavoli, fu Costas a occuparsi dell'uomo in gessato blu. "Cosa le porto, amico?"

Assan lasciò poche monete sul bancone, gli ultimi soldi che aveva in tasca. "Caffè, per favore. Un caffè americano, dolce, con il latte."

Costas riconobbe Assan e andò su tutte le furie. "Ti piace scherzare?"

"Perché dovrebbe?"

"Ti manda Demetri? Un'altra volta?"

"No. Sono venuto per un caffè."

"Col cazzo che sei venuto per il caffè!" Costas era fuori di sé: strinse la tazza che aveva in mano e la sbatté con forza sul bancone, a pochi centimetri dalla brocca del caffè, incrinandone il vetro.

"Nico!"

Un ragazzo più basso di Costas si affacciò dalla cucina. "Eh?"

"Tazze!"

Nico tornò con un vassoio di pesanti tazze da caffè. Era uguale a Costas, con vent'anni e dieci chili di meno; evidentemente era suo figlio.

Costas versò una tazza di caffè e la piazzò davanti ad Assan, per poco non gliela rovesciò addosso. "Un nichelino!" disse raccogliendo una delle monete più grosse dal bancone, quella con la mucca gibbosa. Assan mise latte e zucchero nella tazza e mescolò lentamente.

"Ti presenti al mio ristorante e siccome adesso sei in America credi che qui c'è un lavoro che ti aspetta." Costas si stava sporgendo dal bancone e, data la sua statura, gli occhi si trovavano alla stessa altezza di quelli di Assan. "Sei andato a frignare da quel bastardo di Corfù e io dovrei darti un lavoro e pagarti perché lui ti ha detto di chiedere a Costas?"

Assan sorseggiò il caffè.

"Come diavolo ti chiami?"

"Assan."

"Assan? Non sei manco greco e vieni qui a chiedere un lavoro!"

"Sono venuto per il caffè."

Costas dondolava avanti e indietro sui tacchi, furibondo, come pronto a lanciarsi oltre il bancone per azzuffarsi con Assan. "Credi che sono così ricco da poter dare lavoro a tutti quelli che me lo chiedono? 'Costas è un pezzo grosso! Ha un ristorante tutto suo! Gli affari gli vanno benissimo, gli stipendi gli escono dal culo! Andate in America, lui vi darà un lavoro!' Stronzate!"

La tazza di Assan era quasi vuota. "Posso averne un'altra, per favore?"

"No! Per te il caffè è finito!" Costas si mise a fissarlo negli occhi. "Bulgaro, eh?"

"Esatto." Assan aveva svuotato la tazza e la lasciò sul bancone.

"D'accordo," disse Costas. "Togliti quella giacca da bellimbusto e appendila in cucina. Nico ti farà vedere come si strofinano le padelle!"

Oggi in città di Hank Fiset

NOSTRA SORELLA ESPERANZA

C'HAI UNA TAZZINA? Dio quanto mi piace la caffeina. Sì, sono drogato di caffè. E allora? Faccio il cronista, e una redazione che non va a caffè non può pubblicare un buon giornale. Caffettiere e brocche qui al *Tri-Cities Daily News/Herald* sono piene fino all'orlo, anche se moltissimi miei colleghi frequentano quei localini ubiqui ed esclusivi dove ci sono belle bariste e aromi da sei dollari a tazza. Un tour tra gli spacciatori di caffeina della nostra area tri-metropolitana dimostrerebbe che un buon caffè, per darti la sveglia, dev'essere tostato e lasciato in infusione, scaldato a pressione e servito con stile. Provate l'Amy's Drive-Thru in Miracle Mile, quel chiosco di taco riconvertito. Quando vi metteranno davanti un espresso triplo con peperoncino, non crederete ai vostri occhi… Di recente il Corker & Smythe Coffe Shop nella vecchia sede della Kale Mercantile in Triumph Square ha cominciato a servire un caffè da asporto poco entusiasmante. Meglio sedersi al bancone e sorseggiare il *nectar d'noir* in una di quelle loro tazzone di porcellana… Il Kaffee Boss ha tre negozi, uno tra Wadsworth e Sequoia, e serve il caffè in vasetti rivestiti di cuoio. Non azzardatevi a chiedere latte o panna. Quelli sono puristi, e per loro spiegarvi perché è una questione d'onore. Ma il Java-Va-Voom all'angolo tra Second Boulevard e North Payne a East Corning ha qualcosa che gli altri non possono offrire, un accompagnamento sonoro impareggiabile: il *whissh* dello schiumatore, le chiacchiere dello staff e dei clienti, la musica in sottofondo, a basso volume, come la colonna sonora di un film proiettato in un cinema lì vicino. E di tanto in tanto il *clik-clak* dell'arte dattilografica, ma non nel senso comune del termine.

* * *

ESPERANZA CRUZ-BUSTERMENTE è nata e cresciuta dalle parti di Orangeville e fa la consulente in una delle nostre banche, ma a detta di molti quello è il suo *secondo* lavoro. Esperanza è infatti nota come *sorella Esperanza*, dattilografa che mette la sua abilità di tante-parole-al-minuto al servizio degli altri. Anni fa in Messico c'erano suore ben istruite disposte a battere a macchina qualunque documento: istanze, ricette, scartoffie ufficiali, dichiarazioni dei redditi, persino lettere d'amore: qualunque cosa potesse tornare utile al loro gregge di analfabeti o di gente che non aveva accesso a quella meraviglia della tecnologica che sono le macchine da scrivere. Come tanti altri, i genitori di Esperanza hanno scoperto l'arte della dattilografia da queste suore dette *evangelistas* che, dietro richiesta e senza mai arricchirsi, si guadagnavano da vivere battendo a macchina messaggi, lettere e promemoria. Frasi che hanno superato il tempo impresse su carta.

* * *

ESPERANZA HA UN TAVOLINO tutto suo al Java-Va-Voom dove, insieme a una tazza di caffè e latte di soia, tiene una pila di fogli immacolati accanto alla macchina da scrivere. È da un po' che presta i suoi servizi nel locale. Chi non aveva familiarità con il suono e il ritmo di una macchina da scrivere in funzione ci ha messo un po' ad abituarsi al martellio di Esperanza. "All'inizio ci sono state delle lamentele," mi ha confidato. "Ero là che battevo e mi hanno chiesto perché non lavoro con un laptop, che è più facile e silenzioso. Una volta ho visto entrare due poliziotti e ho pensato: Hanno chiamato la polizia? Invece volevano un cappuccino."

* * *

LAVORARE IN ANALOGICO, perché? "Mi hanno hackerato l'account di posta," mi ha detto Esperanza. E chi mai sarà stato? "I russi? Il Consiglio per la Sicurezza Nazionale? Finti eredi al trono nigeriani? Chi lo sa. Però so che mi hanno rubato tutti i dati. È stato un bel pasticcio." Per mesi Esperanza ha potuto connettersi a internet solo saltuariamente ed è tornata a utilizzare uno di quei vecchi cellulari a conchiglia con cui si potevano solo mandare messaggi; lei però si è limitata a usarlo come si faceva una volta: esclusivamente per fare e ricevere telefonate. E così non si è mai trovata a dover chiedere la password del wi-fi. E Facebook, Snapchat, Instagram e simili? "Ho smesso," dice lei, quasi vantandosene. "Quando mi hanno hackerato l'account mi sono tolta dai social e ho guadagnato almeno sei ore al giorno! Prima controllavo il telefono ogni minuto. Non facevo altro che catturare quelle palline colorate di ghiaccio per fare punti a SnoKon e non mi sono mai fermata a riflettere sul tempo che perdevo." Aspetti negativi? "Ho dovuto spiegare agli amici come contattarmi." Cosa ci scrive di preciso, con la macchina da scrivere? "Un mucchio di cose! Ho una famiglia grande. Ai miei nipoti spedisco una lettera a ogni compleanno, e nella busta metto una banconota da cinque o dieci dollari. Scrivo promemoria per il lavoro che poi copio o mando per email in ufficio. E questa..." Mi mostra un documento impaginato nel modo migliore che possiate immaginare. "È la mia lista della spesa."

* * *

ALTRI CLIENTI del Java-Va-Voom si rivolgono a Esperanza per avvalersi dei suoi servizi da *evangelista*. "I bambini non resistono al fascino di una macchina da scrivere. Gli lascio battere il nome mentre le mamme aspettano le ordinazioni. I più grandi buttano giù versi rap o poesie." Anche gli adulti chiedono di lei. "Ormai nessuno ha più una macchina da scrivere che funzioni. Ma le lettere scritte a macchina sono speciali. Alcuni vengono con una lettera già scritta al computer e mi chiedono di ribatterla a macchina. Prima di San Valentino e della Festa della Mamma mi capita di restare seduta qui per ore a scrivere biglietti, e la coda di gente arriva fin dietro l'angolo. Se in quei giorni mi facessi pagare, guadagnerei come un bravo fioraio." In cambio dei suoi servizi Esperanza accetta però l'obolo di un caffè. Normale la mattina. Decaffeinato di pomeriggio.

* * *

"MENTRE ASPETTAVA IL CAFFÈ si è messo a parlare della sua vecchia macchina da scrivere. Gli dispiaceva di averla buttata, e stava per chiedere alla fidanzata di sposarlo. Era convinto che una proposta di matrimonio scritta a macchina sarebbe durata per sempre, come il momento in cui l'avrebbe consegnata alla sua fidanzata. Cos'avrei dovuto fare? Ho preso un foglio e gli ho detto di cominciare a dettare. Ci sono volute sei bozze." E alla fine il ragazzo come ha chiesto la mano alla fidanzata? "Non sono affari tuoi." La fidanzata ha detto sì? "Non ne ho idea. Lui ha riletto la lettera una decina di volte per essere sicuro di aver scelto le parole appropriate, poi se n'è andato con la proposta e un cappuccino alla vaniglia. Da allora non l'ho più visto."

* * *

QUELLA DI ESPERANZA è una macchina da scrivere portatile che le permetterebbe di prestare la sua opera dovunque, ma il Java-Va-Voom è la sua personalissima Plaza Centrale. "Qui mi sopportano e il mio cervello resta acceso. Mi piace avere tanta gente attorno," mi ha spiegato. "E alcune persone, qui, ormai hanno bisogno di me." Oh, più di quante tu non creda, *nostra sorella* Esperanza!

STEVE WONG È PERFETTO

Oggigiorno un video può fare il giro del mondo in pochi nanosecondi, e infatti i porcellini che salvano gli agnelli dall'annegamento sono diventati famosi. No, fermi tutti: quello era una bufala su internet. Invece l'impresa di Steve Wong è accaduta per davvero, è stata compiuta alla presenza di testimoni, e così Steve è diventato virale.

Una sera eravamo al bowling e Steve si è messo a fare il fenomeno, sul serio, e siccome ha tirato, lanciato, insomma ha fatto rotolare la palla da bowling realizzando un numero inverosimile di strike, si è meritato la venerazione di tutti coloro che praticano il bowling per soldi e per diletto. Certo, se non avete visto la serie perfetta di Steve coi vostri occhi, potreste pensare che io, Anna e MDash ci siamo inventati tutto.

Ma l'impresa di Steve non è una truffa e neppure un colpo di fortuna. Steve è stato il capitano della squadra di bowling della St. Anthony Country Day e ha vinto parecchie gare giovanili sulle piste del Surfside Lanes. Ha addirittura messo a segno una partita perfetta – dodici strike consecutivi per un totale di 300 punti – a soli tredici anni: il giornale gli ha dedicato un articolo e al Surfside lo hanno lasciato giocare gratis per un bel po'.

Quella sera eravamo al bowling per festeggiare il primo anno da cittadino degli Stati Uniti di MDash. Gli avevamo fatto credere che fosse una tradizione americana: allo scoccare del primo anno di cittadinanza, chi era immigrato dal Vietnam, dal Cile o da chissà dove andava al bowling, e lui non doveva essere da meno. MDash se l'era bevuta. Steve Wong si presentò con il suo guanto professionale e un paio di scarpe da bowling personalizzate! Noi ci accontentammo di quelle a noleggio coi lacci spaiati che stavano nell'umido stanzino dietro il bancone, lui invece s'infilò quell'esemplare unico giallo e marrone con tanto di scritta STEVE e WONG sulle punte, senza contare le tre X incise su ogni tacco – XXX – in memoria dell'ultimo *frame* della sua storica partita perfetta. Conservava le scarpe in una borsa coordinata negli stessi orribili colori, giallo e marrone. Noi le strofinammo un po', come per evocare il genio della lampada, e quando arrivarono le birre gridai: "Il mio desiderio si è avverato!"

MDash non aveva mai giocato a bowling, nel suo villaggio subsahariano nessuno ci giocava, perciò gli facemmo riservare una pista dove lo staff montò le sponde per bambini affinché i suoi tentativi non finissero inesorabilmente nei canali. Pur non facendo che rimbalzare da un lato all'altro della pista, la sua palla riuscì sempre a buttare giù qualche birillo: punteggio totale 58. Nella mia partita migliore io toccai quota 138, un risultato rispettabile considerata la quantità di Rolling Rock che mi ero scolato. Anna, che dio la benedica, si concentrò sulla meccanica di lancio al punto da superarmi di sei birilli. Totale: 144. Paonazza per avermi battuto, quasi stordita, strinse MDash in uno dei suoi abbracci da anaconda e lo definì "il nostro compare americano".

Ma la sorpresa della serata furono Steve Wong e la sua bravura. In tre partite – 236, 246, e un finale in crescendo di 269 – spazzò via ogni possibilità di una competizione sensata con noialtri. Giocò così bene che, per il solo osannare i magnifici colpi con cui tramutava ogni *split* in *spare*, noi tre ci ritrovammo esausti. Dopo averlo visto inanellare una serie di undici strike a cavallo di due partite, lo minacciai di rubargli il guanto e dargli fuoco.

"La prossima volta porto la mia palla," disse lui. "Non riuscivo a trovarla."

"Quelle scarpe orrende invece le tieni a portata di mano?"

Tornammo al bowling la settimana dopo, sempre noi quattro. Grazie al mio aiuto, Steve aveva la sua palla personale. Ero passato a prenderlo a casa, quella casa troppo grande a Oxnard, e insieme avevamo ispezionato tre armadi e il garage. La borsa della palla da bowling – di delizioso cuoio giallo e marrone – era dietro la vecchia custodia malridotta di una macchina da scrivere, sul ripiano più alto di quello che un tempo era l'armadio di sua sorella, tant'è che nella scatola accanto alla palla erano stipate centinaia di Barbie dal sorriso vacuo e dal vitino innaturale. La palla aveva la stessa combinazione di colori del resto: una sfera di finto vomito uscita da un negozio di stramberie. Nella trinità dei fori pronti ad accogliere le dita di Steve era stampato l'ideogramma cinese che stava per *fulmine*. Dopo essere arrivati al Ventura Bowling, Steve inserì la palla in uno strano macchinario che si rivelò un lucidatore. Poi regalò ad Anna un guanto dotato di un particolare supporto per il polso.

MDash cominciò a giocare da solo sulla pista accanto alla nostra; in quattro partite, ancora facilitato dalle sponde, fece registrare il suo record personale: 87. Nella prima partita io invece totalizzai 126, dopodiché me ne fregai perché avevamo già giocato la settimana prima e per i miei gusti quattro partite di bowling in un anno erano il numero giusto. E Anna? Era posseduta! Di nuovo! Cambiò tre palle nella prima partita, poi tornò alla rastrelliera per riprendere la prima. Equipaggiata con quel guanto speciale, concentrata sui passi e sul punto di rilascio, asciugandosi ossessivamente il palmo davanti al piccolo ventilatore del congegno che restituiva le palle, Anna flirtò coi 200 punti per tutta la sera, e alla fine chiuse a 201. Era così su di giri che bevve un sorso della mia birra.

E Steve Wong? Per andare in scena gli bastò inserire le tre dita nei fori scavati appositamente per lui con millimetrica precisione nella sfera lucida. Gli anni di esperienza riaffiorarono subito nell'aggraziato movimento dei piedi, nell'arco descritto dalla mano, nel rilascio con finale in alto, ossia verso il tabellone computerizzato del punteggio. Sembrava di vedere un ballerino: l'equilibrio nella posa, il piede destro all'infuori dietro il sinistro, la punta della scarpa che lasciava sulla pista un bacio tripla XXX giallo e marrone. Quella sera Steve non scese mai sotto i 270, e concluse con un… 300.

Proprio così. Il tabellone cominciò improvvisamente a lampeggiare – PARTITA PERFETTA PARTITA PERFETTA PARTITA PERFETTA – e il gestore fece suonare la vecchia campana navale dietro il bancone. Allora i clienti abituali, gente per cui il bowling era una cosa seria, si avvicinarono per stringere la mano a Steve e dargli una pacca sulla spalla, e poi pagarono tutti i Rolling Rock ordinati dal sottoscritto: a riprova che sì, le scarpe di Steve erano magiche.

MDash insistette per tornare al bowling dopo un paio di giorni. Di notte ormai sognava di giocare. "Vedo la boccia nera che curva verso il birillo 1 prima di buttarli giù tutti, ma non cadono tutti, e io voglio abbatterli tutti!" Superare quota 100 ormai rappresentava una sorta di rito iniziatico per lui, e alla sua terza visita alle piste rinunciò alle sponde e spedì le prime cinque palle nei canali.

"Benvenuto tra i veri dilettanti," gli dissi prima di mancare i birilli 9 e 10 di trenta centimetri e chiudere il *frame* con un 8. Anna invece realizzò uno *spare* centrando il birillo 7, e mi aveva già superato. L'ultimo nella rotazione era Steve Wong. Strike.

Una tempesta inizia sempre con una singola goccia di pioggia su una pietra. Un incendio nella foresta è annunciato da un pennacchio di fumo lontano. Una partita perfetta a bowling è possibile solo se nel primo riquadro del *frame* numero 1 viene scritta una X, la prima di una serie di dodici. Quella sera Steve Wong mise a segno nove strike di fila, e quando arrivò il momento del decimo e ultimo *frame* della sua prima partita – MDash aveva chiuso a 33, io a 118 e Anna a 147 – una trentina di sconosciuti ormai si accalcavano alle nostre spalle (dopo il *frame* 6 di Steve avevano abbandonato le rispettive partite per assistere a quella che poteva diventare la seconda partita perfetta di fila, un evento raro e prodigioso quanto l'apparizione di due arcobaleni gemelli).

Steve aprì il decimo *frame* con uno strike. La folla esplose in gridolini di gioia e Anna urlò: "Bravo ragazzo!" Poi calò il silenzio. Steve cominciò la rincorsa, lanciò, altri dieci birilli caddero. Era l'undicesimo strike. Ne mancava uno per raggiungere ancora una volta la perfezione. Dire che "non si sentiva cadere un birillo" sarebbe una pessima battuta, ma era proprio così. Prima dell'ultimo lancio, il silenzio nella sala da bowling era assoluto. E così, quando il tabellone elettronico si mise a strombazzare PARTITA PERFETTA PARTITA PERFETTA PARTITA PERFETTA, fu come essere tornati a quella notte di capodanno in cui avevano inaugurato il Brooklyn Bridge, o a quando Neil Armstrong aveva camminato sulla Luna, o a quando avevano stanato Saddam Hussein. La Wong-mania dilagò e non riuscimmo a schiodarci prima delle tre del mattino. Le tre, capito?

Se quella sera ci fossimo presi il disturbo di giocare un'altra partita, magari non avrei nulla da raccontare. Steve avrebbe potuto fare 220 e andare a divertirsi col flipper. Invece il Destino è un'amante capricciosa e quattro giorni dopo eccoci di nuovo al bowling per approfittare della partita offerta a mo' di premio per i ventiquattro "dieci-in-un-colpo" consecutivi di Steve. Tutto cominciò con il misero 33 di MDash che continuava a spedire palle nei canali. Ma Steve Wong impresse tutt'altro ritmo alla serata facendo rotolare il suo *fulmine*. Strike. Strike. E, be', come dicono sulle piste da bowling del subcontinente indiano, porca vacca!

Strike dopo strike, Steve parlava sempre meno, in preda a una Trance Agonistica capace di alienarlo da tutto il resto. Non aprì più bocca, non tornò a sedersi, non si guardò mai alle spalle, dove intanto gli spettatori mandavano messaggi ai compari del bowling rimasti a casa invitandoli ad accorrere. Pizza gratis per tutti. Gli smartphone erano puntati per registrare ogni secondo, una coppia arrivò coi quattro figli ancora in pigiama dopo averli tirati giù dal letto: mamma e papà non avevano trovato una baby-sitter ma non volevano perdersi un'altra partita perfetta. Steve Wong fece registrare solamente X per la terza partita di fila. E in un'atmosfera di stupore e d'incanto, totalizzò solo *frame* da trenta punti nella quarta, nella quinta e – attenzione – nella sesta partita. Sempre di seguito.

Noi tre eravamo a bocca aperta, la voce arrochita dal troppo gridare, rannicchiati dietro il tavolino tra la pista 7 e la 8, assediati da centoquaranta persone, più altre decine in arrivo. Io mi ero ritirato da un pezzo. E al quinto *frame* della seconda partita anche Anna aveva smesso di lanciare: meglio misurare nervosamente i passi per non rovinare in alcun modo la pista e mandare all'aria la striscia positiva di Steve. Solo MDash continuò a giocare da solo: prendeva due palle dalla rastrelliera e le spediva nei canali.

Si levavano scariche di urrà e poi, nell'apnea dei polmoni, l'eco si spegneva magnificando il silenzio. I "bravo ragazzo" di Anna fecero da contrappunto a tutti gli strike di Steve e anche, generosamente, ai tiri a vuoto di MDash. Quando il tabellone prese nota del settantaduesimo strike per S. Wong certificando la sua sesta partita perfetta, l'uomo in trance si strofinò gli occhi attardandosi a pochi centimetri dalla linea di fallo, la schiena rivolta alla folla che dietro di lui urlava indemoniata e pestava i piedi e faceva tintinnare bottiglie di birra e bibite varie. Nessuno di noi aveva mai assistito a un evento del genere: un risultato insignificante per chi considera il bowling un gioco, cosa che in effetti è. Però andiamo: sei partite perfette sono un ricordo indelebile, proprio come *qualunque altra cosa* fatta alla perfezione per sei volte di fila.

Cercate su internet i video di quella sera: vedrete l'espressione impassibile di Steve mentre sconosciuti e amici lo celebrano come se fosse stato eletto senatore. Spulciate i commenti: quasi il novanta per cento dell'Orda Anonima crede che sia tutta una bufala, ma questa ormai è la normalità. Il giorno dopo invece Steve dovette rispondere alle chiamate di giornali e televisioni che chiedevano una sua dichiarazione, una fotografia, un'apparizione in diretta. Steve finì al telegiornale: tutti e quattro i telegiornali locali lo intervistarono sulla pista 7, e in ogni servizio Steve apparve irrigidito, l'incarnazione del disagio. Davvero hai realizzato una serie di partite perfette? Come ci si sente ad averne fatte così tante di fila? A cosa pensavi mentre lanciavi? Credevi di poter fare così tanti strike? Sì. Bene. Pensavo solo a fare un altro strike. No.

Ogni troupe volle chiudere l'intervista con un lancio, e Steve concesse altri quattro strike, tutti registrati ed eseguiti a comando. La serie continuava. Il culmine fu la telefonata di ESPN che lo invitava a partecipare a *Paese Bowling*. Se avesse accettato gli avrebbero dato 1700 dollari, e se avesse realizzato un'*altra* partita perfetta avrebbe ricevuto uno di quegli assegni da due metri per un valore di 100.000 dollari.

Considerato l'invito in TV e il resto, qualcuno potrebbe illudersi che quei giorni di esaltazione generale siano stati uno spasso. Ma Steve era l'ultimo discendente di una lunga progenie di Wong umili e discreti. Di conseguenza si chiuse a riccio. MDash lo rivide da Home Depot: era nella corsia Attrezzi Elettrici per riordinare le lame dei seghetti alternativi, ma se ne stava là immobile a fissare due confezioni diverse come se le etichette fossero scritte in una lingua straniera. Di notte si svegliava coi conati. Quando passammo a prenderlo con il mio furgoncino VW per la serata su ESPN, ci mancò poco che dimenticasse le scarpe con le iniziali e il fulmine cinese.

La trasmissione sarebbe andata in onda dal Crowne Lanes di Fountain Valley e, in previsione del lungo viaggio, prima di imboccare l'autostrada ci fermammo da In-N-Out per un hamburger. In coda dietro le altre auto per il ritiro delle ordinazioni, Steve finalmente ammise che cosa lo turbava. Non voleva giocare a bowling in TV.

"Sei contrario all'idea di fare soldi gratis?" gli chiesi. "Io ho quasi guadagnato un migliaio di dollari grazie a un biglietto della lotteria con solo due numeri vincenti, nient'altro."

"Al bowling ci si dovrebbe divertire," disse Steve. "Si ride e si scherza in un contesto informale, e quando viene il nostro turno tiriamo senza preoccuparci del punteggio."

Secondo MDash doveva riscuotere la vincita in dollari d'argento.

Steve lo ignorò mentre la coda avanzava lentamente, come sempre succede da In-N-Out. "Ho chiuso con il bowling agonistico alla St. Anthony Country Day. Era diventato uno sport di scartoffie. Bisognava presentare una richiesta e aggiornare costantemente i segnapunti. Mantenere una media. Aveva smesso di essere divertente. Era diventato stressante. Proprio come adesso."

"Guardami, mio piccolo Steve," disse Anna prima di voltarsi e prendergli il viso tra le mani. "Rilassati! Oggi non c'è niente che tu non possa fare!"

"L'hai letto su un poster in una sala d'attesa?"

"Ti sto solo dicendo che stai per andare in televisione e te la devi godere, Steve Wong. Devi Divertirti, con la D maiuscola. Divertiti divertiti divertiti divertiti."

"Non andrà così," disse Steve. "No, no, no, no."

Le piste del Crowne Lanes avevano ospitato alcuni tornei della Professional Bowlers Association. L'impianto era dotato di tribune con gli striscioni della ESPN, e c'erano le luci per la diretta televisiva e diverse telecamere. Quando Steve vide i fanatici che gremivano ogni ordine di posti si lasciò scappare un'imprecazione, cosa rara per lui.

Ci venne incontro una donna dall'aria stremata con un paio di cuffie in testa e un portablocco sotto braccio.

"Chi di voi è Steve Wong?" Io e MDash alzammo la mano. "Okay. Pista numero 4, dopo la partita tra Shaker Al Hassan e Kim Terrell-Kearny: chi vince tra i due dovrà sfidare il vincitore tra Kyung Shin Park e Jason Belmonte. Fino ad allora sei libero."

Steve tornò al parcheggio insieme ad Anna che gli ripeteva quanto doveva essere *divertente* andare in onda su ESPN. Io e MDash prendemmo da bere e ci accomodammo in tribuna VIP per vedere Kyung Shin Park che batteva Jason Belmonte di 12 punti in quella che fu una sopraffina dimostrazione di come si può giocare divinamente con dieci birilli su una pista di legno. Nella seconda semifinale, MDash tifò sfacciatamente per Shaker Al Hassan perché aveva conosciuto parecchi Al Hassan prima di venire negli Stati Uniti, ma Kim Terrell-Kearny (una giocatrice professionista, per essere chiari) lo sconfisse con un risicato 272-269. Quando la troupe puntò le telecamere sulla pista 4 e cominciò a regolare le luci, la folla era in fibrillazione e Anna ci raggiunse.

"Steve è fuori a vomitare," ci disse. "Tra due camion della TV."

"Panico?" tirai a indovinare.

"Fai lo scemo?" mi chiese.

MDash si allontanò per un selfie con Shaker Al Hassan.

Trovai Steve seduto su un muretto accanto all'ingresso, la testa fra le mani come se avesse la febbre e fosse sul punto di rimettere di nuovo.

"Wong-o" dissi, afferrandogli la spalla. "Ecco il mio piano: lanci il fulmine cinese un paio di volte e te ne torni a casa con 1700 dollari. Liscio come l'olio."

"Non ce la faccio." Steve sollevò la testa, gli occhi all'orizzonte, oltre il parcheggio. "Sono tutti qui per vedere la perfezione. Portami a casa."

Mi sedetti accanto a lui. "Posso farti una domanda? Questa pista è diversa dalle altre piste da bowling sparse per il pianeta? Anche questa ha una linea di fallo e le solite frecce di mira, no? Non ci sono dieci birilli alla fine della pista? La tua palla non tornerà magicamente indietro passando in un tunnel sotterraneo?"

"Oh, ho capito. Bel discorso d'incoraggiamento."

"Vuoi rispondere alle mie acutissime domande?"

"Sì, e lo so che hai ragione. Anzi, dopo il tuo bel discorso andrà tutto bene." Il volto di Steve non tradiva alcuna espressione. "Sono speciale e sono in grado di fare tutto quello che la mia mente desidera e i sogni si avverano, basta cogliere l'attimo."

"Bravo ragazzo," dissi io, poi restammo lì un altro paio di minuti. La donna dall'aria stremata arrivò gridando che Steve Wong doveva darsi una mossa perché il suo *tempo* era *scaduto.*

Steve si passò una mano fra i capelli corvini e si alzò, lanciandosi in una sequela di improperi molto poco Steve Wong. Per fortuna non c'erano i suoi genitori.

* * *

Quando Steve infilò le sue orribili scarpe da bowling, un mormorio percorse la folla. "Ehi... eccolo." La sua leggenda in rete lo precedeva. Alla ripresa della trasmissione, Steve fu presentato dal conduttore di *Paese Bowling* e tutti gli spalti lo salutarono con un applauso; anche i quattro giocatori professionisti tenevano gli occhi sulla pista numero 4.

"Steve Wong," disse il conduttore. "Una striscia di sei partite perfette. Settantadue strike di seguito. Eppure serpeggia una domanda: questa serie incredibile è frutto di un abile montaggio video e di effetti speciali? Come risponde a queste insinuazioni?" Il conduttore puntò il microfono contro le labbra di Steve.

"Sono comprensibili, visto che la rete è la rete." Gli occhi di Steve andarono dal conduttore alla folla, e poi a noi, e al pavimento, infine tornarono al conduttore: ma tutto in un istante, come animati da un'overdose di attenzione indotta.

"Aveva mai pensato di raggiungere un livello tale da permetterle questo impressionante numero di *frame*?"

"Io gioco per divertirmi."

"Il record ufficiale di strike consecutivi è quarantasette, e a detenerlo è Tommy Gollick, ma lei sostiene di aver realizzato ventiquattro *turkey* di fila. Molti appassionati si domandano se una serie del genere sia possibile."

Mi voltai verso un tizio che, considerata la camicia da bowling decorata con il logo del Crowne Lanes, doveva essere un cittadino di *Paese Bowling*. "Cosa intende per *turkey*?"

"Tre strike di fila, stronzo. E non esiste che quel coglione ne abbia fatti ventiquattro." Poi urlò a pieni polmoni: "Sei una truffa!"

"Come può sentire, Steve, c'è chi dubita non solo delle sue performance, ma anche della buona fede del gestore delle piste dove gioca di solito, al Ventura Party, Billiards and Bowling."

Steve fece correre lo sguardo sulla folla, e probabilmente vide solo gli occhi di chi non gli credeva. "Le ripeto, gioco solo per divertirmi."

"Be', come dico sempre, i birilli non mentono, perciò ci dia dentro, Steve: vediamo di cosa è capace oggi. E voi amici ricordate: al bowling vicino casa, voi e la vostra famiglia potrete vivere tanti bei momenti. Quindi cominciate a lanciare e non fermatevi più."

Steve andò a recuperare la sua palla infilandosi il guanto mentre noi lo incitavamo: "Vai campione!" Altri invece non la smettevano di fischiare. Vedemmo Steve incurvare le spalle e lasciarsi andare a un profondo sospiro, poi fummo spinti più in su sulle tribune. Steve diede la schiena al pubblico e sospirò ancora. Dopo averlo visto raccogliere il fulmine e inserire le dita in quei fori fatti su misura, noi che eravamo suoi amici capimmo che non si stava affatto divertendo.

Eppure i suoi movimenti furono uno spettacolo di grazia, e il rilascio della palla fu morbido, un gesto senza sforzo: la mano applicò l'effetto che ormai conoscevamo, le dita liberate dal peso della palla parvero voler toccare il soffitto, e la punta del piede destro, allontanandosi dal sinistro, si esibì in una sorta di tip tap sui listelli di legno, mentre i tacchi mettevano in mostra le XXX.

Rotolio. Fracasso. Strike. "Solo fortuna!" urlò qualcuno, e tutto l'impianto gli fece eco. Con la schiena rivolta al mondo intero, Steve si asciugò la mano in attesa che il fulmine cinese riemergesse dal sottomondo. Poi eccolo assumere la posa e ripetersi. Rotolio. Fracasso. Strike numero 2.

Ne seguirono altri quattro, per un totale di 120 nel quarto *frame*. Steve aveva ormai portato la folla dalla sua parte, ma dubito che se ne fosse reso conto; non lanciò mai un'occhiata verso di noi.

Il conduttore chiese un'opinione sulla prestazione di Steve a Shaker Al Hassan, che guardando dritto in camera per rivolgersi a tutti gli abitanti del *Paese Bowling* disse: "Semplicemente magnifica!"

Gli strike numero 7, 8 e 9 furono commentati da tutti e quattro i giocatori professionisti: elogiarono il senso dell'equilibrio di Steve, la meccanica dei suoi movimenti, la sua capacità di resistere alla pressione, e discussero di ciò che Kyung Shin Park definì "il tunnel" e che, per Jason Belmonte, andava invece sotto l'espressione "Dinamica del Destino". Kim Terrell-Kearny dichiarò che l'associazione dei giocatori professionisti sarebbe stata felice di accogliere un nuovo membro determinato e composto come Steve Wong.

Quando i dieci *frame* di sole X furono mandati in sovrimpressione sui monitor televisivi, il conduttore rimase esterrefatto tanto da ammetterlo: "Sono esterrefatto dalla performance di questo giovane rappresentante dei tanti giocatori di bowling sparsi per il paese!" La folla era in piedi e strillava come se incitasse un gladiatore dell'antica Roma. L'undicesimo lancio di Steve fu un momento surreale, un onirico passo di danza, una palla in caduta libera dal cielo e indirizzata tra il birillo 1 e il 3 che, *badabum*, abbatté anche gli altri otto.

Mancava un solo strike per ottenere la partita perfetta, 100.000 dollari e l'immortalità su ESPN, ma Steve andò a recuperare la palla sciabattando, senza mostrare alcuna emozione: né speranza né ansia né paura. Ma neppure gioia. Non se la stava godendo. Anzi, a me bastava vedergli la nuca per capire che il suo volto doveva essersi tramutato in una specie di maschera mortuaria con gli occhi sbarrati.

Quando portò la palla sul cuore prima della rincorsa, sulla pista calò qualcosa di più penetrante del silenzio: un'assenza di suono, come se qualcuno avesse risucchiato tutta l'aria e creato il vuoto per impedire il propagarsi di una qualunque onda sonora. Anna affondò le dita nel mio braccio e in quello di MDash tenendosi sulle labbra un *bravo ragazzo.*

L'inizio del dodicesimo e ultimo lancio di Steve fu quasi impercettibile, come il lentissimo decollo di un razzo diretto alla luna: un oggetto così pesante da sembrare inerte malgrado l'accensione dei razzi e le fiamme, la furia d'inferno. Nel nanosecondo in cui il *fulmine* toccò i listelli di legno prendendo a rotolare, ecco però esplodere un ruggito poderoso: sembrava che ogni abitante di *Paese Bowling* fosse all'apice del piacere insieme all'amore della sua vita, un orgasmo simultaneo di massa. Il motore di un jet supersonico non avrebbe prodotto lo stesso frastuono di quella folla che strillava quasi volesse scoperchiare il tetto dell'impianto mentre la palla gialla e marrone descriveva la sua traiettoria curva. Quando arrivò a pochi centimetri dal birillo, il Crowne Lanes era un unico muro di suono.

L'urto della palla con il birillo 1 e il birillo 3 accadde altrove, un tuono a miglia di distanza. Tutti riuscimmo a vedere quel lampo bianco simile al sorriso di un gigante dalla dentatura perfetta che in un istante viene sconvolta: i dieci birilli si sparpagliarono e si dispersero e non rimase più nulla se non quei soldati morti stesi a terra. Tutti e dieci.

Steve si era già rimesso dritto e dalla linea del fallo rimase a scrutare la fine della pista, quel vuoto, finché il meccanismo non spazzò via i birilli abbattuti per calarne altri dieci. Il conduttore allora urlò: "Steve Wong è perfetto!" e il nostro amico s'inginocchiò quasi volesse ringraziare il suo Dio – perché doveva conoscerlo – per quel trionfo.

Invece si stava solo slacciando la scarpa sinistra, la STEVE. E dopo averla tolta, la posò sulla pista, la punta sulla linea di fallo. Fece lo stesso con la destra, la WONG, affinché tutte le XXX che fregiavano quel paio di scarpe personalizzate fossero a favore di telecamere.

In calzini, Steve andò a recuperare il fulmine riemerso dal sottosuolo, lo sollevò con tutt'e due le mani come se fosse la tessera di pietra di un lastricato, poi lo sistemò sulle scarpe: un gesto di cui io, Anna e MDash cogliemmo subito il significato. "Non giocherò a bowling mai più."

Infine Steve lanciò il guanto alla folla scatenando una zuffa tra i cacciatori di cimeli, e Kim Terrell-Kearny lo raggiunse di corsa per baciarlo sulla guancia e abbracciarlo. Anche gli altri professionisti si avvicinarono per stringergli la mano e scompigliargli i capelli.

Quando riuscimmo a farci largo tra i tanti giocatori amatoriali – tramutati in fan – che lo assediavano, Anna piangeva. Gettò le braccia al collo di Steve Wong e singhiozzò tanto da farmi temere che stesse per svenire. MDash continuò a ripetere qualcosa nella sua lingua madre: un gran complimento, ne sono sicuro. Io brindai a Steve con la birra trovata in un frigo portatile vicino a una telecamera, poi recuperai tutta la sua attrezzatura e la ficcai nella sua borsa da bowling.

Solo noi tre lo sentimmo dire: "Sono felice che sia finita."

* * *

Nessuno di noi giocò a bowling nei mesi seguenti, ma non fu una decisione concordata. A me spuntò sulla gamba un'escrescenza grande come una moneta che continuò a peggiorare fino a quando, terrorizzato, prenotai un intervento in day-hospital perché mi sbucciassero, affettassero, insomma per farla rimuovere. Nulla di grave. MDash si licenziò: abbandonò le prospettive di carriera da Home Depot per farsi assumere da Target, che si trovava dall'altro lato del parcheggio condiviso con Home Depot. Entrò, cambiò polo e non si guardò indietro. Anna prese lezioni di pesca volante in una riserva del Dipartimento dei Parchi, la Stanley P. Swett, un posto di cui nessuno aveva mai sentito parlare e impossibile da trovare senza l'aiuto di Google Maps. Tentò di far iscrivere anche me, ma a mio parere la pesca volante è uno sport di coppia tanto quanto il doppio in slittino: non avrei mai provato nessuno dei due.

La vita di Steve Wong tornò alla normalità. Calcolò l'ammontare di tasse da pagare per i soldi ricevuti da ESPN e si comportò di conseguenza. Tornò al lavoro, per qualche tempo dovette concedersi ai clienti che chiedevano fotografie, e disse a MDash che passare da Home Depot a Target era come emigrare dal suo paese subsahariano alla Corea del Nord (questo prevede la retorica aggressiva imposta dalla direzione di Home Depot). Del bowling invece non parlò più.

Ma una sera eccoci là a giocare gratis, mentre gli habitué sulle altre piste si avvicinavano a Steve per un saluto: pugno contro pugno, per toccare le dita che avevano messo a segno la serie di partite perfette. Io e lui eravamo arrivati per primi, ma quando ero passato da casa sua l'avevo visto uscire a mani vuote.

"Non fare lo scemo!" gli avevo detto mentre saliva a bordo del mio furgoncino VW.

"Cosa?"

"Torna dentro e prendi la tua roba. Le scarpe, la borsa e il fulmine cinese."

"Okay," aveva detto lui dopo un lungo silenzio.

Quando finalmente arrivò anche Anna, seguita da MDash, io avevo già bevuto un Rolling Rock e Steve stava spendendo tutte le sue monete in un videogame di motocross. Portammo noi la sua attrezzatura alla pista, poi indossammo le nostre scarpe a noleggio e scegliemmo le palle dalla rastrelliera; credo che Anna le abbia esaminate tutte. Urlammo a Steve che eravamo pronti, ma lui rimase concentrato sul videogame e con un cenno ci disse di cominciare. Finimmo per giocare due partite solo noi tre. Anna le vinse entrambe, io le persi, MDash si vantò di avermi scalzato sul podio per la medaglia d'argento.

Steve ci raggiunse in tempo per assistere agli ultimi *frame* della seconda partita. Poi iniziammo a discutere se era il caso di giocarne un'altra perché ormai si era fatto tardi ed era giovedì. Io volevo tornare a casa, MDash voleva battere Anna per conquistare la medaglia d'oro e lei voleva distruggere i nostri sogni per la terza volta di fila. Per Steve una cosa valeva l'altra; se avessimo giocato si sarebbe seduto accanto alla pista e magari avrebbe bevuto una o due birre.

"Non vuoi giocare con noi?" Anna era incredula. "Da quando sei così presuntuoso?"

"Andiamo, Steve," lo supplicò MDash. "Per me, tu e il bowling siete l'America."

"Mettiti le scarpe," dissi io. "O te ne torni a piedi."

Steve restò seduto per un momento, poi ci diede degli idioti e si tolse le scarpe per infilare il suo inguardabile paio da bowling.

Tirai io per primo, e dopo aver buttato giù quattro miseri birilli mancai i restanti di pochi millimetri. MDash si sbellicò dalle risate. La sua prima palla ne lasciò in piedi tre, ma con la seconda chiuse lo *spare.*

"Stasera tu morirai!" sibilò ad Anna.

"Ci vai pesante con le intimidazioni," disse lei. "Nessuno resta ucciso giocando a bowling, a meno che non arrivi un tornado." Poi buttò giù nove birilli e, da specialista, chiuse il *frame* con la seconda palla: lei e MDash erano pari.

Poi arrivò il turno di Steve Wong, che sospirando aprì la borsa personalizzata da cui estrasse la palla personalizzata, l'arnese sferico della sua leggendaria impresa. Forse esagero nel dire che tutti i giocatori sulle altre piste si fermarono per ammirare il maestro in azione, e che l'intera sala improvvisamente ammutolì chiedendosi se, in un modo o nell'altro, il fulmine avrebbe fatto di nuovo centro: nel caso avesse inaugurato un'altra partita perfetta, avrebbe offerto la prova inequivocabile che Steve Wong era il vero Dio dei *turkey.* Ma temo di essermi lasciato suggestionare dal momento.

Steve si piazzò sulla pista e avvicinò la palla al cuore, gli occhi fissi su quel triangolo di dieci birilli bianchi. Poi iniziò la rincorsa e, passo dopo passo, arrivò a un nonnulla dalla linea di fallo prima di rilasciare il fulmine sollevando la mano al cielo. La punta del piede destro batté dietro il tacco sinistro, e le sei X erano lì in bella mostra per noi. La palla roteò nella sua traiettoria curva, giù lungo i listelli tirati a lucido, indirizzata tra il birillo 1 e il 3 a caccia di uno strike.

RINGRAZIAMENTI

Grazie di cuore a Anne Springfield, Steve Martin, Esther Newberg e Peter Gethers – la famiglia che ho acquisito mentre queste mie parole si sposavano.

Un riconoscimento particolare a E.A. Hanks per la sua matita blu e l'acume, la franchezza dello sguardo.

In più, un tocco alla tesa del cappello e una moneta a Gail Collins e a Deborah Triesman.

E grazie a tutti quelli della Penguin Random House che hanno scandagliato, apprezzato, migliorato e reso presentabili questi racconti.

Printed in Italy